제임스

JAMES
by Percival Everett

Copyright ⓒ Percival Everett, 2024
All rights reserved.

Korean Translation Copyright ⓒ MUNHAKDONGNE Publishing Corp., 2025
Korean translation rights arranged with Melanie Jackson Agency, LLC
through Alex Lee Agency ALA.

이 책의 한국어판 저작권은 Alex Lee Agency ALA를 통해
Melanie Jackson Agency, LLC와 독점 계약한 (주)문학동네에 있습니다.
저작권법에 의해 한국 내에서 보호를 받는 저작물이므로
무단 전재 및 복제를 금합니다.

퍼시벌 에버렛 Percival Everett
장편소설
송혜리 옮김

제임스

문학동네

일러두기

1. 주석은 모두 옮긴이주다.
2. 본문 중 고딕체는 원서에서 이탤릭체 등으로 강조한 부분이다.

댄지에게

차례

대니얼 디케이터 에밋의 노트 · 9

1부 17

2부 245

3부 325

감사의 말 · 398

대니얼 디케이터 에밋의 노트

어느 날 밤 난 마을에 와써
소음이 들려꾸, 그 광경을 바써
야경꾼들이 바쁘게 움직이구 이썬네
소리치며 늘근 댄 터커 마을루 왓네
저리 비켜여, 저리 비켜여
저리 비켜여, 늘근 댄 터커
저녁 먹으러 오기엔 너무 늦엇네

양과 돼지가 초원을 걷구 이써
양이 말하네, "돼지야 더 빨리 걸을 수 엄써?"
쉿! 쉿! 저기 늑대가 으르렁거리자나
아, 아, 아이구, 불독두 으르렁거린다

저리 비켜여, 저리 비켜여
저리 비켜여, 늘근 댄 터커
저녁 먹으러 오기엔 너무 늦엇네

여기 내 면도칼은 상태가 조아
매그넘 보넘—방금 사 왔다네
양은 귀리 껍질 까구, 터커는 옥수수 껍질 까네
물이 따뜻해지면 내가 면도해줄게
저리 비켜여, 저리 비켜여
저리 비켜여, 늘근 댄 터커
저녁 먹으러 오기엔 너무 늦엇네

어치가 제비 둥지에 인네
아무리 애를 써두 어치는 쉴 수 엄썼지
늘근 터커는 여우굴에 인네
새끼여우가 아홉인가 열인가 나왓지
저리 비켜여, 저리 비켜여
저리 비켜여, 늘근 댄 터커
저녁 먹으러 오기엔 너무 늦엇네

어느 날엔 내가 그 모임에 가써
늘근 터커가 설교하구 기도를 햇지
모두 술에 취햇지만 나만 멀쩡햇네

늙은 터커에게 떠들며 걷게 했지
저리 비켜여, 저리 비켜여
저리 비켜여, 늘근 댄 터커
저녁 먹으러 오기엔 너무 늦엇네

늙은 집 쿤

나는 그날 오후에 샌디훅으로 내려갔지
나는 그날 오후에 샌디훅으로 내려갔지
나는 그날 오후에 샌디훅으로 내려갔지
거기서 처음 만난 사람이 늙은 집 쿤이었네
늙은 집 쿤은 매우 유식한 학자야
늙은 집 쿤은 매우 유식한 학자야
그는 작은 골짜기에서 밴조 코니를 연주하네

바다 위에서 기러기가 유영하는 모습을 본 적 있니
바다 위에서 기러기가 유영하는 모습을 본 적 있니
바다 위에서 기러기가 유영하는 모습을 본 적 있니
오, 그 기러기의 움직임은 매우 예쁜 반짝임
기러기가 제비에게 유혹의 손짓을 깜빡이지
그리고 기러기는 소리치며 구글구글 외치지

만약 내가 이 미국의 대통령이라면
만약 내가 이 미국의 대통령이라면
만약 내가 이 미국의 대통령이라면
아가씨들 사탕을 빨고 그 문을 흔들어 열 거야
그리고 내가 싫어하는 그놈들 못 오게 막을 거야
크로켓*도 절레절레할 방법으로 막을 거야

밀짚 속의 칠면조

내가 길을 지나고 있을 때
지친 무리와 무거운 짐이 보여
채찍을 휘두르니 대장이 튀어나와
마차에 대고 잘 가라 인사하네

(후렴)
밀짚 속의 칠면조, 건초 속의 칠면조
밤새 춤을 춰라, 종일 일을 해라
말아올리고 비틀어올리고 높이 감아올려

＊ 데이비드 크로켓(1786~1836). 미국의 정치인이자 개척의 왕으로 불린 인물.

밀짚 속의 칠면조란 곡을 불러줘

오 나는 우유를 짜러 갔는데 방법을 몰랐지
그래서 젖소 대신 염소의 우유를 짰네
원숭이 한 마리가 밀짚 더미에 앉아서
자기 장모님에게 윙크를 하네

(후렴)
밀짚 속의 칠면조, 건초 속의 칠면조
밤새 춤을 춰라, 종일 일을 해라
말아올리고 비틀어올리고 높이 감아올려
밀짚 속의 칠면조란 곡을 불러줘

파란 꼬리 파리

어릴 때 나는 쥔님의 시중을 들며
그에게 접시를 주구
목이 마르다 하면 물병을 주구
파란 꼬리 파리를 쫓아주엇네

(후렴)

지미는 앉아서 떠들구 나는 신경쓰지 안아
지미는 앉아서 떠들구 나는 신경쓰지 안아
지미는 앉아서 떠들구 나는 신경쓰지 안아
내 쥔님은 사라져버렷네

그가 오후에 말을 타구 이쓸 때면
나는 히코리 빗자루 들구 그 뒤를 쫓곤 햇네
조랑말은 꽤 부끄러워햇네
파란 꼬리 파리에 물릴 때면

(후렴)

어느 날 그는 말을 타고 농장 주변을 돌구 이썬네
파리들이 너무 많아서 떼를 지어 다녓네
파리 한 놈이 허벅지를 물려구 하면
악마가 그 파란 꼬리 파리를 데려가네

(후렴)

조랑말이 달리다 뛰어올라 꼬꾸라젓네
말이 내 쥔님을 도랑에 던져버렷네
쥔님이 죽구 배심원은 이유를 궁금해햇네
평결에 따른 범인은 파란 꼬리 파리엿네

(후렴)

그들이 쥔님을 감나무 아래 눕혔네
그의 묘비명은 다음과 같앗네
'이 돌 아래 나는 강제로 누워 있어,
파란 꼬리 파리의 희생자로서'

1장

그 조그만 녀석들은 키가 큰 풀숲에 숨어 있었다. 달이 아직 완전히 둥글지는 않았지만 밝은 달빛이 그 녀석들 뒤로 비쳐서, 나는 깊은 밤이었는데도 대낮처럼 또렷하게 그애들의 모습을 볼 수 있었다. 반딧불이가 검은 화폭 같은 풍경을 배경으로 반짝였다. 나는 왓슨 아주머니의 부엌 문가에서 헐거워진 디딤판을 밟고 선 채 몸을 흔들거리며 기다리고 있었다. 분명 내일쯤 왓슨 아주머니가 내게 이 디딤판을 고치라고 할 것이다. 거기서 나는 왓슨 아주머니가 세이디의 레시피로 만든 옥수수빵 한 판을 가져다주기를 기다렸다. 기다림은 노예의 삶에서 커다란 부분을 차지한다. 노예는 기다리고, 좀더 기다리기 위해 또 기다린다. 지시를 기다리고, 음식을 기다리고, 하루가 끝나기를 기다린다. 그리고 모든 것이 끝날 때 기독교인에게 찾아오는 정당하고 응당한 보상을 기다린다.

그 백인 소년들, 헉과 톰은 나를 지켜보고 있었다. 두 아이는 늘 나를 장난감 삼아 악당이나 먹잇감으로 설정해두고 일종의 역할놀이를 했다. 그애들은 바깥에서 진드기와 모기 같은 벌레에 물려 깡충깡충 뛰어다니면서도 내 쪽으로 더 다가오지는 않았다. 백인들에게 원하는 것을 주는 편이 항상 더 도움이 되기 때문에 나는 마당으로 걸어가 어둠에 대고 외쳤다.

"일케 어두운데 거기 누가 잇나여?"

두 소년은 어설프게 바스락거리는 소리를 내며 킥킥거렸다. 앞이 보이지 않고 귀가 들리지 않는 사람이 요란한 음악을 연주하는 악단에 둘러싸인 상황이어도 녀석들이 다가오는 기척만은 눈치챌 수 있을 것이다. 그애들을 굳이 상대하느니 반딧불이 마릿수나 세면서 시간을 낭비하는 편이 더 나을 것 같았다.

"그냥 여기 현관에 안자서 저 소리가 계속 나는지 살펴보는 게 낫겟다. 늘근 악마나 마녀가 잇는 걸지두 몰구. 여기가 안전하니까 그냥 여기 이써야지." 나는 계단 맨 위 칸에 앉아서 기둥에 몸을 기댔다. 그리고 피로를 느끼며 눈을 감았다.

두 소년은 신이 나서 서로 속삭였다. 그애들의 목소리는 교회 종소리만큼 또렷하게 들렸다.

"벌써 잠든 걸까?" 헉이 물었다.

"그런 거 같은데. 내가 듣기로 깜둥이들은 저런 식으로 잠들 수 있대." 톰이 그렇게 말하면서 손가락을 튕겨 딱 소리를 냈다.

"쉿." 헉이 말했다.

"묶어버리면 어떨까?" 톰이 말했다. "저기 깜둥이가 기댄 현관 기둥에 묶어버리는 거지."

"안 돼." 헉이 말했다. "그러다 잠에서 깨서 난리를 피우면 어떡해? 그럼 내가 침대에 누워 있어야 할 시간에 밖에 나와 있는 걸 들킬 거야."

"그렇긴 하지. 그런데 말이야, 나 양초가 좀 필요해. 왓슨 아줌마네 부엌에 몰래 들어가서 가져와야겠어."

"그러다 짐이 깨면 어떡해?"

"아무도 깨지 않을 거야. 곯아떨어진 깜둥이는 천둥이 쳐도 깨지 않아. 그것도 몰라? 천둥도 번개도 사자가 으르렁거리는 소리로도 못 깨워. 지진이 났는데도 잠에서 깨지 않았다는 깜둥이 얘기를 들은 적이 있다니까."

"지진이 나면 어떤 느낌일까?" 헉이 물었다.

"네 아빠가 한밤중에 널 잠에서 깨우는 것 같은 느낌이겠지."

두 소년은 어설프게 살금살금 기어가기 시작했고 무릎 아래에 주먹을 댄 채 나아갔지만, 현관의 삐걱거리는 발판들을 가로질러 왓슨 아주머니 부엌의 더치도어*를 지날 때까지 전혀 조용하지 않았다. 그애들이 찬장 문과 서랍을 열면서 부엌을 여기저기 뒤지는 소리가 내 귀에 들려왔다. 나는 팔에 앉은 모기도 무시하며 계속 눈을 감고 있었다.

"찾았다." 톰이 말했다. "세 개만 가져가야지."

"아줌마의 양초를 그냥 가져가면 안 돼." 헉이 말했다. "그건 도둑질이야. 사람들이 짐을 탓하면 어떡해?"

---

* 상하로 나뉘어 있어 따로 열리는 문.

"여기에 오 센트짜리 동전을 놓고 갈 거야. 이 정도면 양초 값보다 더 나갈걸. 그럼 노예들을 의심하지 않을 거야. 노예가 어디서 오 센트 동전을 얻을 수 있겠어? 자, 이제 아줌마가 나타나기 전에 빨리 밖으로 나가자."

두 소년은 현관 밖으로 나왔다. 자신들이 온갖 소음을 다 내고 있다는 걸 알아차리지도 못하는 것 같았다.

"메모도 남겨놔야 했어." 헉이 말했다.

"그럴 필요까진 없어." 톰이 말했다. "오 센트면 충분해." 아이들의 시선이 내 쪽으로 향하는 게 느껴졌다. 나는 가만히 있었다.

"뭘 하려고?" 헉이 물었다.

"짐에게 약간 장난을 칠까 해."

"그럼 잠에서 깰 거야."

"조용히 해봐."

톰이 내 뒤쪽으로 걸어와 양쪽 귀 부근의 모자챙을 잡았다.

"톰." 헉이 투덜거렸다.

"쉿." 톰이 내 머리에서 모자를 벗겨 들어올렸다. "난 그냥 이 낡은 모자를 여기 이 낡은 못에 걸어놓기만 할 거야."

"그럼 어떻게 되는데?" 헉이 물었다.

"짐이 잠에서 깨서 모자를 보면 마녀의 소행이라고 생각하겠지. 우리가 근처에 있을 때 그 모습을 볼 수 있으면 좋을 텐데."

"그래, 이제 못에 걸었으니 가자."

집안에서 누군가가 돌아다니는 소리가 들리자 두 소년이 도망가기 시작했다. 둘은 전속력으로 모퉁이를 돌며 먼지를 일으켰다. 그들의 발소리가 사라져갔다.

그때 누군가가 부엌에 들어와 문가에 섰다. "짐?" 왓슨 아주머니였다.

"예, 마님?"

"자고 있었니?"

"아니에여, 마님. 좀 졸렷던 거 가튼데 자구 잇진 안아써여."

"내 부엌에 들어갔었어?"

"그럴 리가여, 마님."

"그럼 누군가 내 부엌에 들어갔었니?"

"전 못 바써여, 마님." 그 말은 실제로 꽤나 사실에 가까웠다. 내내 눈을 감고 있었기 때문이다. "부엌에 누가 들어가는 건 못 바써여."

"그래, 여기 옥수수빵이다. 세이디에게 내가 레시피를 마음에 들어했다고 전해줘. 몇 군데 약간 손보긴 했지만 말이야. 말하자면 살짝 다듬은 거지."

"네, 마님. 꼭 전할게여."

"혹시 헉은 못 봤니?" 왓슨 아주머니가 물었다.

"아까 전에 본 것 가타여."

"얼마나 오래 전이었지?"

"한참 전이여." 내가 답했다.

"짐, 그럼 이제 질문을 하나 할게. 혹시 대처 판사의 서재에 들어간 적이 있니?"

"대처 판사의 머라구여?"

"서재."

"책이 잔뜩 잇는 방이여?"
"그래."
"아니여, 마님. 그 책들을 본 적은 잇지만 방에는 간 적 엄써여. 그건 왜 물으세여?"
"아, 대처 판사가 책장에서 책이 몇 권 꺼내져 있었다고 하더라고."
나는 소리 내어 웃으며 말했다. "제가 그 책으루 멀 하게써여?"
왓슨 아주머니도 웃었다.

옥수수빵은 얇은 수건으로 감싸져 있었는데, 빵이 너무 뜨거워서 손을 계속 바꿔 들어야 했다. 배가 고파서 한입 뜯어먹고 싶다는 생각도 들었지만 세이디와 리지에게 먼저 맛보게 하고 싶었다. 집에 도착해서 문을 열고 들어가자 리지가 내게 달려와 사냥개처럼 허공에 대고 킁킁거리며 냄새를 맡으려고 했다.
"이게 무슨 냄새예요?" 리지가 물었다.
"아마 이 옥수수빵 냄새 같은데." 내가 말했다. "왓슨 아주머니가 네 엄마의 특별한 레시피로 만든 빵이니 냄새는 확실히 좋구나. 하지만 레시피를 몇 군데 약간 손봤다고 하시긴 했어."
세이디가 내게 다가와서 입을 맞췄다. 그리고 내 얼굴을 쓰다듬었다. 세이디의 몸짓은 부드러웠고 입술도 부드러웠지만, 손은 밭에서의 고된 노동 탓에 내 손처럼 거칠었다. 그래도 그 손길만은 다정했다.
"이 수건을 내일 마님께 가져다드려야 할 것 같아. 백인들은 늘 이런 걸 기억하고 있잖아. 분명 수건이나 숟가락이나 컵 같은 것들의 개수를 셀 시간을 매일 따로 마련해놓는 게 틀림없어."

"그러게나 말이야. 내가 갈퀴를 헛간에 가져다놓는 걸 깜빡했던 일 기억해?"

세이디는 우리가 식탁으로 쓰는 나무 그루터기 위에 옥수수빵을 올려놓았다. 그리고 빵을 몇 조각으로 잘라서 리지와 내게 조금씩 나눠줬다. 내가 빵을 한입 맛보았고, 리지도 한입 베어 물었다. 우리는 서로를 쳐다보았다.

"냄새는 정말 좋은데." 리지가 말했다.

세이디도 빵 한 조각을 잘라내 입으로 가져갔다. "그분은 요리를 하면 안 되는 재능이 있는 게 틀림없어."

"이거 다 먹어야 해요?" 리지가 물었다.

"아니, 그럴 필요 없단다." 세이디가 말했다.

"하지만 마님이 빵이 어땠냐고 물으면 뭐라고 답해야 하지?" 내가 물었다.

리지가 목을 가다듬었다. "왓슨 마님, 그 옥수수빵은 정말 첨 먹어보는 맛인 것 가타써여."

"'맛인 것 가튼 것 가타써여'라고 해보렴." 내가 말했다. "그래야 엉망진창 문법을 제대로 표현할 수 있을 거야."

"그 옥수수빵은 정말 첨 먹어보는 맛인 것 가튼 것 가타써여." 리지가 말했다.

"아주 잘했어." 내가 말했다.

그때 앨버트가 우리 판잣집 문가에 나타났다. "제임스, 너 나올 거야?"

"바로 나갈게. 세이디, 가도 되지?"

"그럼." 세이디가 말했다.

나는 밖으로 걸어나가 커다란 모닥불이 피워져 있는 곳으로 갔다. 그 주위로 남자들이 둘러앉아 있었다. 다들 인사를 건넸고 나는 자리에 앉았다. 우리는 다른 농장에서 도망쳤던 노예가 어떻게 되었는지 얘기를 나눴다. "그래, 그자들이 그를 흠씬 두들겨 팼다니까." 도리스가 말했다. 도리스는 남자였지만 노예 주인들이 그에게 이름을 붙일 때는 그게 여자 이름이든 남자 이름이든 신경쓰지 않았던 것 같다.
"그놈들은 죄다 지옥에 갈 거야." 늙은 루크가 말했다.
"너는 오늘 무슨 일이 있었어?" 도리스가 내게 물었다.
"별일 없었는데."
"분명 무슨 일이 있었을 거야." 앨버트가 말했다.
이 친구들은 내가 뭔가 이야기를 꺼내기를 기다리고 있었다. 보아하니 내가 이야기를 들려주는 데 재능이 있는 듯했다. "아무 일도 없었어. 내가 오늘 뉴올리언스까지 날아갔다 온 것만 빼면. 그것 외에는 아무 일도 없었지."
"네가 어떻게 됐었다고?" 앨버트가 물었다.
"있잖아, 내가 정오쯤인가 즐겁게 낮잠을 자고 있다고 생각했는데 말이지, 그다음 순간에는 글쎄 노새가 끄는 수레며 별의별 것들이 지나다니면서 북적거리는 거리에 서 있더라고."
"미쳤군." 누군가가 말했다.
그 순간, 백인들이 가까이에 있다고 내게 경고하는 앨버트의 신호가 얼핏 보였다. 그러고 나서 누군가가 덤불 속에서 서투르게 움직이는 듯한 소리가 들렸다. 그 소년들이 가까이 온 것이었다.

"내가 말한 것처럼 말야, 글쎄 내 모자가 못에 높이 걸려 잇더라구. 그래서 '난 저기다 걸어논 적이 엄는데'라고 혼잣말을 하면서 '저 모자가 어케 저기 올라갓지?' 햇지. 그 순간, 그게 마녀의 짓인 걸 깨달은 거야. 내가 마녀를 본 적은 엄찌만, 그건 분명 마녀의 짓이엇어. 마녀 하나가 내 모자를 가져가 가지구 날 누올린스 거리까지 날려보낸 거지. 다들 믿을 수 잇게써?" 나는 말투를 바꿔서 나머지 친구들에게 백인 소년들이 여기에 잇다는 사실을 알렸다. 그러면서 이 소년들을 위한 연극이 내 이야기를 구성하는 틀이 되었다. 이제 내 이야기는 더는 재미삼아 들을 무용담이 아니엇다. 이 소년들에게 내 모습을 보여주는 것이 더 중요해졋기 때문이다.

"그럴 줄 알아찌." 도리스가 말햇다. "그 마녀들이랑 얼키면 안 대는데 말야."

"그 말이 마자." 또다른 남자가 말햇다.

소년들이 킥킥대는 소리가 들려왓다. "내가 누올린스에 가서 어케 댓게?" 내가 말햇다. "갑자기 어떤 점쟁이가 뒤에 나타난 거야. 그러더니 '이 도시에서 멀 하는 거냐'고 묻더라니까. 그래서 여기 어케 온 건지 잘 몰겟다구 햇지. 그랫더니 그 점쟁이가 나한테 머라고 햇는지 알아? 머라고 말햇게?"

"머랫는데, 짐?" 앨버트가 물었다.

"점쟁이가 말하길 나, 짐이 자유인이래. 다시는 아무두 날 깜둥이라구 부르지 안을 거라구 하더라니까."

"아이구, 주님." 편자공인 스키니가 큰 소리로 말햇다.

"그 악마가 말하길, 그 거리에서는 내가 원하는 게 이쓰면 살 수 있다더라구. 내가 원하면 위스키를 살 수두 잇다는 거지. 그 말에 대해선 어케들 생각해?"

"위스키는 악마의 술이야." 도리스가 말했다.

"그건 중요하지 않어." 내가 말했다. "그런 건 조금두 중요하지 안아찌. 그 점쟁이는 내가 원하는 걸 가질 수 잇다구 햇다구. 위스키 말구 다른 머라두 말야. 하지만 어쨋든 중요한 건 그게 아니어써."

"왜지?" 어떤 남자가 물었다.

"우선 말야, 내가 거기에 간 건 악마가 날 거기루 보냇기 때문이자나. 진짜가 아니라 그냥 꿈이엇던 거지. 그리구 난 돈이 한 푼두 엄쓰니까. 간단하자나. 그러니깐 악마가 그 늘꾸 더러운 손꾸락을 팅겨서 나를 다시 집으루 보내버린 거라구."

"그자가 왜 그런 짓을 한 건데?" 앨버트가 물었다.

"이봐, 친구. 누올린스에서는 돈이 엄쓰면 어떤 말썽두 피울 수 엄따구, 그게 꿈이든 아니든 말야. 그러니깐 내가 그다지 쓸모가 엄썻던 거지." 내가 말했다.

그 말을 듣고 모두가 웃음을 터뜨렸다. "그런 말을 나두 분명 들어써." 누군가가 말했다.

"잠깐만." 내가 말했다. "지금 저 덤불 속에서 악마 소리가 들리는 거 가튼데. 누가 불 좀 줘바, 여기 덤불에 좀 부쳐보게. 마녀랑 악마는 주변에 불이 나는 걸 조아하지 안으니까. 불을 부치면 마녀랑 악마가 철판 위 버터처럼 녹기 시작할 거야."

우리는 거기서 백인 소년들이 황급히 줄행랑치는 소리를 들으며 모두 소리 내어 웃었다.

어젯밤에 그 삐걱삐걱하는 디딤판을 밟고 나서 나는 왓슨 아주머니가 내게 그 디딤판에 못질을 해서 헐거운 발판을 고치라고 할 것임을 알았다. 나는 백인들을 아무도 깨우지 않도록 아침나절까지 기다렸다. 백인들은 아주 태평하게 오랫동안 잘 수 있었고, 아무리 늦은 시간이라고 해도 너무 일찍 잠에서 깼다며 매번 불평하곤 했다.

헉이 집에서 나오더니 몇 분 동안 나를 지켜보았다. 헉은 뭔가를 고민할 때 늘 그러던 것처럼 내 주위를 맴돌았다.

"왜 나가서 친구랑 안 놀아여?" 내가 물었다.

"톰 소여 말하는 거야?"

"그런 거 가타여."

"걔 아마 아직 자고 있을 거야. 밤새도록 은행이나 기차나 뭐 그런 걸 털었을 테니까."

"그런 걸 하는 친구군여, 그런가여?"

"그런다고 하더라. 걔는 돈이 조금 있어서 늘 모험에 관한 책을 사서 읽고 있어. 가끔은 나도 걔를 잘 모르겠어."

"무슨 말이에여?"

"그게, 걔가 동굴을 발견해서 우리가 같이 들어갔거든. 거기서 다른 애들도 만났단 말이야. 그런데 동굴에 도착하더니 자기가 대장이어야 한다는 양 행동하는 거야."

"그래여?"

"그게 다 걔가 그 책들을 읽어서 그런 거야."

"그래서 신경이 거슬린 거에여?" 내가 물었다.

"왜 사람들은 그렇게 말할까? '신경을 거스른다'고?"

"음, 제 생각에는여, 헉. 만약 물고기를 머리에서 꼬리까지 포크루 긁으면 별 문제가 업겟지만, 만약 다른 방향으루 거슬러서 긁으면……"

"이해했어."

"가끔은 친구들이 짜증나게 해두 그냥 참아줘야 할 때가 잇는 거 가타여. 어차피 자기들이 하고 시픈 건 그냥 할 테니까여."

"짐, 너는 노새도 다룰 줄 알고 수레바퀴도 고칠 수 있지. 이제는 여기 현관 바닥도 고치고 말이야. 그런 건 다 누가 가르쳐준 거야?"

나는 망치질을 멈추고 내 손에 든 망치를 쳐다본 다음 뒤집었다. "조은 질문이에여, 헉."

"그래서, 누가 가르쳐줬는데?"

"필요성이요."

"뭐라고?"

"필요해서여." 나는 말을 정정했다. "필요하면 사람이 먼가를 하게 대여, 그러지 안으면."

"그러지 않으면 뭐?"

"그러지 안으면 기둥으루 끌려가 채찍질을 당하거나 강으루 끌려가 팔려버리니까여. 헉은 전혀 걱정할 필요가 엄는 일이지만여."

헉이 하늘을 쳐다보았다. 헉은 내 말에 대해 잠시 곰곰이 생각했다. "그냥 이렇게 아무것도 없는 파란 하늘을 쳐다보고 있으면 참 예쁜 것 같아. 그런데 파란색을 부르는 이름이 다양하다고 들었어. 빨간색 같은 것도 그렇대. 나는 네가 저 파란색을 뭐라고 부르는지 궁금해."

"개똥지빠귀의 알'이여." 내가 말했다. "개똥지빠귀의 알을 본 적 이써여?"

"네 말이 맞네, 짐. 하늘이 개똥지빠귀의 알 같네. 개똥지빠귀의 알껍데기처럼 작은 얼룩들은 없지만 말이야."

내가 고개를 끄덕였다. "원래 조금 얼룩진 것들은 무시해야 하는 거에여."

"개똥지빠귀의 알이란 말이지." 헉이 다시 한번 말했다.

우리는 거기서 조금 오랫동안 앉아 있었다. "그거 말구 또 무슨 생각을 하구 이써여?" 내가 물었다.

"왓슨 아줌마가 정신이 나간 것 같다고 생각해."

나는 아무 말도 하지 않았다.

"아줌마는 항상 예수니 기도니 뭐 그런 것들에 대해 얘기하잖아. 머릿속에 예수 그리스도가 들어 있나봐. 나한테는 기도를 하면 이 세상에서 이타적으로 행동하는 데 도움이 될 거라고 했다니까. 그런데 빌어먹을, 그게 대체 무슨 뜻이야?"

"욕하지 말아여, 헉."

"왓슨 아줌마처럼 말하네. 뭘 해달라고 기도해도 들어주지 않는데, 어차피 들어주지 않는다는 교훈만 얻을 거라면 기도하는 게 무슨 소용인가 싶어. 대체 그게 무슨 의미가 있어? 그냥 저기 발판에 대고 기도하는 게 낫겠어."

나는 고개를 끄덕였다.

"고개를 끄덕이는 게 내 말에 동의한다는 뜻이야, 아니면 동의하지 않는다는 거야?"

"그냥 끄덕인 거에여, 헉."

"나는 정신 나간 사람들 사이에 둘러싸여 있어. 톰 소여가 무슨 짓을 했는지 알아?"

"말해줘여, 헉."

"우리 중 누구라도 비밀을 발설하면 그애의 가족을 몰살할 거라는 피의 서약을 하게 했어. 완전히 정신 나간 소리 같지 않아?"

"피의 서약은 어케 하는 건데여?" 내가 물었다.

"각자 칼로 손을 그어서 상처를 낸 다음에 함께 악수를 해야 한대. 그럼 서로 피가 막 섞여서 뭉개지는 거지. 그렇게 해서 피로 연결된 형제가 되는 거라나."

나는 헉의 손을 쳐다보았다.

"우리는 침을 뱉는 걸로 대신했어. 톰 소여가 그것도 효과는 똑같다면서, 우리가 전부 손에 상처를 내면 은행을 어떻게 털 수 있겠냐고 하더라. 한 명이 울면서 다른 사람들한테 다 말할 거라고 했는데, 톰 소여가 오 센트 동전을 주면서 그 녀석의 입을 막았어."

"지금 저한테 비밀을 말하구 잇는 거 아니에여?" 내가 물었다.

헉이 말을 잠깐 멈췄다. "너는 다르지."

"제가 노예라서여?"

"아니, 그건 아냐."

"그럼 머에여?"

"넌 내 친구잖아, 짐."

"아이구, 고마어여, 헉."

"넌 아무한테도 말하지 않을 거잖아, 그렇지?" 헉이 불안한 표정으로 나를 쳐다보았다. "우리가 나가서 은행을 턴다고 해도 말이야. 넌 말하지 않을 거야, 그렇지?"

"전 비밀을 지킬 수 이써여, 헉. 헉의 비밀두 지킬 수 잇져."

왓슨 아주머니가 뒷문으로 다가와서 씩씩거렸다. "아직도 그 발판을 안 고친 거니, 짐?"

"사실 다 고쳐써여, 왓슨 마님." 내가 말했다.

"이 녀석이 옆에서 이렇게 귀찮게 떠들어대는데도 다 고쳤다니 기적이네. 허클베리, 너는 어서 들어와서 침대 이불을 정리하거라."

"어차피 밤이면 다시 엉망이 될 텐데요." 헉이 말했다. 헉은 방금 한 말이 도를 지나쳤다는 걸 안다는 듯 두 손을 반바지에 집어넣고 흔들었다.

"내가 널 끌고 들어와야겠니, 헉?" 왓슨 아주머니가 말했다.

"나중에 봐, 짐." 헉은 그렇게 말하고는 왓슨 아주머니가 찰싹 때릴까 봐 겁난다는 듯 옆쪽으로 피하며 집으로 뛰어들어갔다.

"짐." 왓슨 아주머니가 말했다. 아주머니의 시선은 헉을 따라 집 안쪽을 향해 있었다.

"마님?"

"헉의 아빠가 마을에 돌아왔다는 소문을 들었어." 왓슨 아주머니가 나를 지나쳐 걸어가더니 도로를 쳐다보았다.

내가 고개를 끄덕였다. "예, 마님."

"헉을 계속 지켜보렴." 왓슨 아주머니가 말했다.

나는 왓슨 아주머니가 나더러 정확히 뭘 하라는 건지 알 수 없었다. "예, 마님." 나는 망치를 다시 공구함에 집어넣었다. "마님, 제가 정확히 어케 계속 지켜바야 할까여?"

"그리고 헉이 그 톰 소여라는 아이를 조심할 수 있도록 도와줘."

"이런 얘기를 왜 제게 하시는 거에여, 마님?"

왓슨 아주머니는 나를 쳐다보고는 다시 도로를 바라보았고, 이어서 하늘을 올려다보았다. "나도 모르겠다, 짐."

나는 왓슨 아주머니의 말을 천천히 곱씹어봤다. 톰 소여는 헉에게 실제로 위험한 존재는 아니었다. 그냥 헉의 어깨 위에 앉아서 귓가에 터무니없는 말을 속삭이는 작은 친구에 불과했다. 하지만 헉의 아버지가 돌아왔다면, 그건 완전히 다른 얘기였다. 그 남자는 맨정신이든 술에 취해 있든, 어떤 상태에서도 불쌍한 헉을 계속해서 때릴 것이기 때문이었다.

2장

그날 저녁에 나는 내 딸 리지와 여섯 명의 다른 아이들과 함께 우리 판잣집에 앉아 언어 수업을 하고 있었다. 이 수업은 필수적인 일이었다. 이 세상에서 안전하게 움직이며 살아가려면 언어를 유창하게 익혀야 했다. 아이들은 단단히 다져진 흙바닥에 앉았고, 나는 집에서 손수 만든 두 스툴 중 하나에 앉았다. 판잣집 중앙에 피워진 불의 연기가 지붕에 뚫린 구멍으로 빠져나가고 있었다.

"아빠, 우리가 이걸 왜 배워야 해요?"

"백인들은 우리가 특유의 말투로 말할 거라고 기대하기 때문에 그들을 실망시키지 않으려면 언어를 배워두는 게 도움이 된단다." 내가 말했다. "그들에게 열등감을 느끼게 하면 우리만 고통받으니까. 아무래도 '그들이 우월감을 느끼지 못하면'이라고 말하는 편이 낫겠구나. 자 그럼, 잠깐 쉬면서 기초를 조금 복습해보자."

"눈을 맞추면 안 된다." 남자아이가 말했다.

"그렇지, 버질."

"절대 먼저 말하면 안 된다." 여자아이가 말했다.

"정확해, 페브러리." 내가 말했다.

리지가 다른 아이들을 쳐다보고서 다시 내게 시선을 돌렸다. "다른 노예들과 얘기할 때는 그 어떤 주제도 절대 직접적으로 언급해서는 안 된다."

"그걸 우리가 뭐라고 부른다고 했지?" 내가 물었다.

아이들이 함께 답했다. "행동으로 표현하기."

"아주 잘했다." 아이들은 스스로에게 만족했고, 나는 아이들이 만족감을 좀더 오래 느낄 수 있도록 기다렸다. "그럼 이제 상황에 따라 적절하게 언어를 바꿔 표현해보자꾸나. 조금 극단적인 상황을 먼저 가정해보자. 길을 걷고 있는데 홀리데이 부인의 부엌에 불이 난 걸 발견한 거야. 홀리데이 부인은 뒷마당에 서 있고, 집을 등지고 있어서 불이 난 걸 모르는 상황이지. 이럴 때는 홀리데이 부인에게 어떻게 말해줘야 할까?"

"불이야, 불이야." 재뉴어리가 말했다.

"조금 직접적이야. 그래도 거의 정답에 가까웠단다." 내가 말했다.

이중에서 가장 어린, 호리호리하고 키가 큰 다섯 살짜리 레이철이 말했다. "아이구, 마님! 저기 좀 보세여."

"완벽해." 내가 말했다. "그게 왜 정답이지?"

리지가 손을 들었다. "늘 백인들이 먼저 문제를 언급하도록 해야 하니까요."

"왜 그렇지?" 내가 물었다.

페브러리가 말했다. "왜냐면 백인들은 늘 우리보다 먼저 모든 걸 알고 있어야 하거든요. 자기들이 모든 것을 말해야 하니까요."

"좋아, 잘했다. 너희 모두 오늘 정말 예리하구나. 좋아, 그럼 이번에는 기름에 불이 붙은 상황을 가정해보자. 홀리데이 부인이 베이컨을 화덕 위에 올려두고 잊어버린 거지. 그런데 불이 나니까 홀리데이 부인이 그 위에 물을 뿌리려고 해. 이럴 때는 뭐라고 말해야 하지? 레이첼?"

레이첼이 잠깐 생각하더니 말했다. "마님, 거기 물을 뿌리면 큰나여!"

"물론 맞는 말이지만, 방금 대답에는 어떤 문제가 있지?"

버질이 말했다. "마님에게 잘못된 행동을 한다고 지적하고 있어요."

내가 고개를 끄덕였다. "그럼 뭐라고 말해야 할까?"

리지가 천장을 바라보며 곰곰이 생각하더니 말했다. "제가 모래를 조금 가져다드릴까요?"

"올바른 접근법이지만, 말투를 바꾸지 않았어."

리지가 고개를 끄덕였다. "오, 아이구, 마님, 마님, 제가 모래를 쫌 가져다드리면 댈까여?"

"잘했다."

"'쫌'이라는 부분이 말하기 어려워요." 아이들 중 가장 나이가 많은 글로리의 말이었다. "그 발음이요."

"그렇지." 내가 말했다. "그 부분에서 말을 약간 더듬어도 좋단다. 사실 그렇게 하면 더 좋아. 제가 그… 그… 모… 모래를 쪼… 쪼… 쫌 가져다드리면 댈까여, 홀리데이 마님?"

"그러다가 상대가 이해를 못하면 어떡해요?" 리지가 물었다.

1부 37

"그건 괜찮아. 네 말을 알아서 이해할 때까지 기다리면 된단다. 가끔 웅얼거리기도 하렴. 그럼 백인들은 우리에게 웅얼거리지 말라고 하면서 만족감을 느끼거든. 그들은 우리가 하는 말을 고쳐주고, 우리가 멍청하다고 생각하면서 즐거워하지. 기억하렴. 그들이 우리가 하는 말을 더욱 무시할수록 우리끼리는 더 많이 말할 수 있게 된단다."

"어째서 하느님은 이런 식으로 상황을 설정하신 거예요?" 레이철이 물었다. "그들은 주인이고 우리는 노예로요?"

"하느님은 없어, 애들아. 종교는 있지만 그들이 말하는 하느님은 없어. 그들의 종교에서는 마침내 우리가 보상을 받을 거라고 하지만, 보아하니 그들이 받을 처벌에 대해서는 아무 말도 없더구나. 그래도 우리는 그들 주변에 있을 때면 하느님의 존재를 믿어야 해. 아이구, 주님, 우리는 믿구 이쑵니다, 라고. 종교는 그저 그들이 편리할 때만 신봉하며 사용하는 통제 수단일 뿐이야."

"분명 뭔가가 있을 거예요." 버질이 말했다.

"미안하다, 버질. 네 생각이 옳을지도 몰라. 신과 같은 존재가 있을지도 모르지. 얘들아, 하지만 그건 그들이 말하는 백인의 하느님 같은 존재는 아닐 거야. 그래도 우리가 하느님과 예수와 천국과 지옥에 대해 더 많이 말할수록 백인들의 기분은 더 좋아질 거란다."

아이들은 함께 말했다. "그리고 백인들의 기분이 더 좋아질수록 우리는 더 안전해지고요."

"페브러리, 노예 말투로 바꿔보렴."

"그들이 더 기분 조아질수록 우리는 더 안전해져여."

"아주 잘했다."

내가 사륜 짐마차에서 닭 모이가 담긴 자루들을 내려 더글러스 부인의 집 뒤편 헛간으로 옮기고 있을 때 헉이 내 시야에 들어왔다. 헉은 뭔가에 몰입해서 열심히 들여다보고 있었지만, 나는 헉이 얘기하고 싶어 한다는 걸 알 수 있었다.

"무슨 생각을 하구 잇나여, 헉?"

"기도에 대해서." 헉이 말했다. "너도 기도를 해?"

"네, 전 늘 기도하지여."

"뭐에 대해 기도하는데?" 헉이 물었다.

"모든 것에 대해 기도하져. 한번은 꼬마 페브러리가 아파서 빨리 낫게 해달라구 기도해써여."

"효과가 있었어?"

"머, 이제는 갠차느니까여." 나는 짐마차 위에 앉아서 하늘을 올려다보았다. "한번은 비 오게 해달라구 기도햇져."

"그때도 효과가 있었어?"

"아니나 다를까, 정말 비가 왓다니까여. 바로는 아니었지만여, 결국엔여."

"그럼 하느님이 그렇게 해준 건지 어떻게 알아?"

"저두 모르져. 하지만 하느님이 모든 걸 하는 게 아니라면여? 달리 누가 비가 오게 할 수 잇나여?"

헉이 돌멩이를 집어들더니 손에 올려놓고 잠시 살펴보았다. 그러고선 느릅나무 가지 높은 곳에 앉아 있는 다람쥐 쪽으로 집어던졌다.

"제 생각을 알구 시퍼여?"

헉이 나를 쳐다보았다.

"저는여, 기도라는 게 헉이 기도하길 바라는 주변 사람들을 위한 거라구 생각해여. 기도를 해서 왔슨 아주머니와 더글러스 부인이 헉의 기도 소리를 듣게 하구, 그분들이 원할 법한 걸 예수님에게 요청하는 거져. 그럼 헉의 삶이 좀더 편해질 테니까여."

"그럴지도."

"가끔 새로운 낚싯대를 달라는 말 같은 것두 기도에 끼워너갖구 그분들이 헉에게 잔소리할 수 잇게두 하구여."

헉이 고개를 끄덕였다. "그거 말이 되네. 짐, 너는 하느님을 믿어?"

"아이구, 당연하져. 하느님이 엄따면 어케 우리가 여기서 일케 멋진 삶을 살 수 잇게써여? 이제 헉은 빨리 가서 놀아여."

나는 헉이 거리를 따라 달려서 대처 판사의 커다란 집 앞에 있는 모퉁이를 돌아 시야에서 사라질 때까지 지켜보았다. 내가 마지막 모이 자루를 어깨에 짊어지려고 할 때 늙은 루크가 등 뒤에서 나타났다.

"놀랐잖아요." 내가 말했다.

"미안해." 루크가 짐마차에 올라타서 작은 몸뚱이로 마차 바닥에 앉았다. "저 짜증나는 꼬마 녀석이 뭘 원했던 거야?"

"저애는 괜찮은 녀석이에요." 내가 말했다. "그냥 여러 가지 고민을 하더라고요. 우리처럼요."

"세인트루이스에 산다는 매킨토시라는 친구에 대해 들어본 적 있어?"

나는 고개를 저었다.

"자유인이라더군. 자네처럼 피부색이 밝아. 그런데 부두에서 시비가 붙는 바람에 경찰이 와서 그를 붙잡은 거야. 그래서 그가 경찰에게 물었대. 싸움을 하다가 붙잡혔으니 어떻게 되는 거냐고. 그랬더니 경찰 하나가 아마 교수형에 처할 거라고 한 거지. 그 친구는 경찰 말을 믿었어. 하긴 당연히 믿을 수밖에 없었겠지. 그래서 칼을 꺼내 두 경찰을 베어버렸다더군."

그때 백인 남자 한 명이 걸어와 무슨 이유인지 짐마차에 묶여 있는 말을 자세히 살펴보았다. 루크는 말을 멈췄다. 우리는 그 남자와 눈을 마주치지 않으려고 애썼다. 남자가 다가올 때까지 말을 하고 있었기 때문에 우리는 계속 뭔가를 얘기해야 했다.

"계속 말해바여." 내가 루크에게 말했다.

"그으래. 그런 다음에 그 시꺼먼 원숭이가 무슨 루시퍼가 빗자루를 타구 가는 것처럼 골목으로 쏜살가치 도망간 거야. 그러니까 그 바보들이 원숭이를 막 따라간 거지. 무슨 비누 거품처럼 딱 달라붙엇다니깐."

나는 고개를 끄덕였다.

"이봐." 백인 남자가 소리쳤다.

"예?" 내가 말했다.

"여기 이 말이 왓슨 아주머니네 것이지?"

"아니여, 나리. 짐마차가 왓슨 마님 거에여. 그 말은 더글러스 마님 거구여."

"더글러스 부인이 이 말을 팔고 싶어할까?"

"그건 저두 알 수 업져, 나리."

"더글러스 부인을 보면 좀 물어봐주게."

"알아써여, 꼭 그럴게여."

남자는 말을 다시 한번 쳐다보며 손가락으로 말의 입술을 벌려보고는 떠났다.

"저런 멍청이가 말을 가지고 뭘 하고 싶어하는 것 같아? 말에 대해선 아무것도 모르는 놈 같은데." 루크가 말했다.

"이 말은 나이를 백 살이나 먹은 노인이나 다름없고 텅 빈 마차도 간신히 끄는데 말이에요."

"백인들은 뭔가를 사는 걸 좋아하지." 루크가 말했다.

"그래서 매킨토시는 어떻게 됐는데요?" 내가 물었다.

"그들이 도망가는 매킨토시를 따라잡은 다음 붙잡아서 참나무에 사슬로 묶었대. 그러고는 그 아래에 장작을 쌓고 산 채로 불태워버렸다더군. 누구든 자기를 총으로 좀 쏴달라고, 매킨토시가 그렇게 소리쳤다고 들었어. 하지만 그를 고통에서 구해주려고 나선다면 그자 먼저 쏴버리겠다고 사람들이 외쳤다더군."

속이 울렁거렸지만 이것도 내가 지금까지 들었던 많은 이야기와 그다지 다르지 않았다. 하지만 날은 더욱 무덥게 느껴졌고, 나는 온몸이 땀으로 끈적끈적해졌음을 깨달았다. "끔찍하게 죽는 방법이네요." 내가 말했다.

"죽기에 좋은 방법은 없는 것 같아."

"그건 잘 모르겠네요."

"무슨 말이야?" 루크가 물었다.

"제 말은, 우리는 어쨌든 죽을 거잖아요. 어쩌면 죽는 방법이 전부 다 나쁘기만 한 건 아닐 거예요. 제가 만족할 수 있는 죽는 법도 있겠지요."

"말도 안 되는 소리를 하고 있구먼."

나는 웃음을 터뜨렸다.

루크는 고개를 저었다. "이 이야기에서 가장 끔찍한 부분은 아직 나오지 않았어. 유색인종은 매일 죽고 있지, 자네도 알다시피 말이야. 가장 끔찍한 부분은, 이번 사건이 다수가 벌인 일이므로 기소 권고를 할 수 없다고 판사가 대배심에 말했다는 거야. 즉 다수의 사람이 저지른 일은 범죄가 아니라는 거지."

"맙소사." 내가 말했다. "노예제네요."

"그렇지. 만약 많은 이가 모여서 자네를 죽여도 그들은 무죄라는 거야. 그 판사 이름이 뭐였을지 맞혀봐."

나는 잠시 기다렸다.

"롤리스*."

"우리가 언젠가는 세인트루이스나 뉴올리언스 같은 곳에 갈 수 있을 거라고 생각해요?" 내가 그에게 물었다.

"우리가 천국에 도착하면 글케 대겟지." 루크가 그렇게 말하면서 한쪽 눈을 찡긋했다.

우리는 웃기 시작했고, 그러고 나서 도로에 서 있는 백인 남자 한 명을 발견했다. 웃고 있는 두 명의 노예만큼 백인들을 짜증나게 하는 건 없었다. 그건 아마 우리가 자신들을 비웃고 있을까봐 불안하기 때문일 수도 있고, 아니면 단순히 우리가 즐겁게 시간을 보낸다는 생각 자체가 싫기 때문일 수도 있을 것이다. 어느 쪽이 사실이든 우리는 제때 소리

---

* lawless. '무법의' 또는 '법을 무시하는'이라는 의미.

를 낮추지 못해 결국 그의 주의를 끌고 말았다. 그가 웃음소리를 듣고 우리 쪽으로 걸어왔다.

"이놈들, 너낸 사내놈들이 뭐 때문에 어린 여자애처럼 킥킥거리는 거야?"

전에 본 적 있는 남자였지만 누군지는 알지 못했다. 그는 위험한 사람인 것처럼 자세를 취하려고 했다. 그런 모습을 보니 그가 더 무섭기도 하고 덜 무섭기도 했다.

"우리는 그게 정말 진짜인지 궁금해하구 이써써여." 루크가 말했다.

"뭐가 진짜인데?" 남자가 물었다.

"누올린스의 길거리가 정말루 사람들이 말하는 것처럼 온통 금으로 만들어져 잇는지 궁금해하구 이써써여." 루크가 그렇게 말하며 나를 쳐다보았다.

"만약 그게 다 진짜라면, 홍수 때는 거리가 위스키루 넘쳐나겟져. 저는 한 번두 위스키를 맛본 적이 엄찌만 그건 분명 마싯을 거에여." 나는 루크 쪽으로 고개를 돌렸다. "마싯을 것 같지 안나여, 루크?"

나는 바로 그 순간에, 우리가 놀리고 있다는 걸 그가 알아채는 상황을 잠깐 상상했지만 그는 크게 웃으며 말했다. "맛있겠지, 좋은 거니까 말이야, 녀석들아." 그러고는 시끄럽게 웃으며 다시 걸어서 가버렸다.

"저자는 지금 술에 취하러 가는 거예요. 술을 좋아해서가 아니라 우리가 할 수 없는 일이라고 생각하기 때문이죠." 내가 말했다.

루크가 쿡쿡 웃었다. "나중에 저 인간이 바보짓을 하면서 비틀대고 돌아다니는 모습을 보게 되면 그건 예견된 아이러니인 거야, 아니면 극적 아이러니인 거야?"

"둘 다일 수도 있죠."
"그야말로 아이러니하구먼."

3장

봄에 눈이 내리자 모두가 놀랐다. 왓슨 아주머니는 내게 하루종일 장작을 패게 해서 몇 주 동안 사용할 수 있을 만큼을 마련했다. 그러나 장작이 넘쳐나지는 않아서 나나 다른 노예들에게 장작을 가져가도 된다고 말하지 않았다. 우리는 땅에서 주울 수 있는 나무를 모으고 노예 거주 구역 근처에 있는 작은 나무들을 몰래 베었다. 물론 그런 나무들은 물기가 아직 마르지 않아 불을 붙이면 끔찍할 정도로 연기가 많이 나는데다 쉽게 꺼졌지만 그래도 거기서 약간의 열기를 얻을 수 있었다. 나는 왓슨 아주머니의 현관 아래에 잘 건조된 통나무를 조금 숨겨뒀다. 그리고 밤에 다시 가지러 오기로 마음먹었다. 늙은 노예인 에이프릴과 코튼에게는 장작이 필요했다. 누군가는 내 행동을 도둑질이라고 부를지도 모른다. 물론 나 역시 그럴 것이다. 그렇지만 딱히 신경쓰지 않았다. 나는 땀을 흘리며 통나무를 쪼개다가 셔츠를 벗었다. 날씨가 추웠는데도 그랬다.

"통나무가 엄청 많네." 헉의 목소리가 들려서 나는 깜짝 놀랐다. "나 때문에 놀랐어?" 헉이 물었다.

"조금 그런 거 가타여. 어디서 오는 길이에여?"

"방금 내 모든 재산을 대처 판사에게 팔았어. 그 대가로 판사님에게 여기 이 돈을 받았지."

나는 휘파람을 불었다. "일 달러네여. 글케 재산이 만을 줄 몰라써여."

나는 장작을 좀더 패다가 헉이 나를 계속 보고 있다는 걸 알아챘다.

"학교는 어때여?"

"나름 적응하고 있는 것 같아."

"저두 먼가 배우면 조을 거 가타여." 나는 통나무를 좀더 쪼갰다.

"있잖아, 넌 나보다 피부색이 별로 까맣지 않아."

"충분히 까만대여."

"어쩌다가 노예가 된 거야?"

"엄마가 노예여쓰니까여."

"너희 아빠는?" 헉이 물었다.

"아마 아니엇겟져. 하지만 그건 상관엄써여. 부모 중 하나가 흑인이면 흑인이 대는 거져. 실제로 어케 보이는지는 상관엄써여."

"눈 위에 발자국들이 있더라." 헉이 말했다.

"눈 위에는 별별 자국들이 다 잇을 걸여. 사람들이 지나가면서 남겨논 거져."

"그 발자국 중 하나는 뒤꿈치에 십자가 모양이 있었어."

"무슨 말이에여, 십자가라녀?"

"그거 있잖아, 예수님처럼. 그런 십자가."

"저라면 글케 너무 고민하지 안을 거에여." 내가 말했다. 이 아이가 불안해하는 모습을 보고 싶지 않았다. 나는 헉이 무슨 생각을 하고 있는지 알고 있었다.

"그러니까 너도 그게 그의 발자국이라고 생각하는 거구나." 헉은 아버지에 대해 얘기하고 있었다. "너도 그가 돌아왔다고 생각하는 거잖아."

"글케 말하지 안아써여."

"하지만 그렇게 생각했잖아. 난 네 생각을 알 수 있어. 그가 뭘 원하는 걸까, 짐? 넌 많은 걸 알잖아."

나는 주머니에 손을 넣어서 노새 꼬리털을 둥글게 말아 만든 털뭉치를 꺼냈다. 백인 아이들을 위해 항상 가지고 있는 물건이었다. "이게 먼지 아시게써여?" 나는 털뭉치가 잘 보이도록 햇빛 아래로 내밀었다.

"그게 뭐야?"

"황소 배에서 꺼낸 털뭉치에여. 이걸로 멀 할 수 잇는지 아시져?"

헉이 고개를 저었다. "마법이여." 내가 말했다. "이 털뭉치에는 마법의 힘이 이써서 저한테 말을 걸 수 이써여."

"그게 뭐라고 하는데?"

나는 털뭉치를 귀에 갖다댔다. "그래여, 들려여. 지금 말을 하구 이써여. 털뭉치가 말하기를 이 세상에는 헉의 아빠를 따라다니는 두 천사가 잇대여. 하나는 까맣구 하나는 하얗다네여. 두 천사가 서로 다른 얘기를 한대여. 하나는 나쁜 말을 하구 다른 하나는 조은 말을 하는데, 헉의 아빠는 그중에서 누구 말을 들어야 할지 모르는 거에여. 멀 어케 해야 할지 모르는 거져. 떠나야 할지 머물러야 할지두 모르구여. 이 털뭉치는 그 답을 알아야 할 텐데, 이 친구두 모른다네여."

"아무 도움이 되질 않는데."

"기다려바여, 털뭉치가 다시 말하구 이써여."

헉도 함께 털뭉치의 소리를 들으려고 했다.

"예, 예. 털뭉치가 말하기를 헉은 갠차나질 거래여. 상처를 입겟지만 갠차나질 거라고 하네여. 그리구 헉 주변에 여자가 두 명 잇대요. 그래서 가난한 여자와 결혼햇다가 부자 여자와 다시 결혼할 거래여. 하지만 멀 하더라두 물에서는 멀리 떨어져 이쓰라구 하네여. 강이 헉을 죽일 수두 잇대여."

"그걸 전부 들은 거야?"

나는 고개를 끄덕였다. "지금은 잠들어써여."

왓슨 아주머니가 문가로 다가와 헉을 불렀다. "헉, 이리 들어와서 저녁 먹기 전에 씻으렴." 왓슨 아주머니가 나를 쳐다보았다. "이 녀석아, 아직도 장작을 다 못 팬 거야?"

"일이 잘 안 대구 이써써여, 마님."

"그래, 장작 패는 소리가 너무 시끄러우니 이제 그만해라. 내 머리가 다 아프다."

"예, 마님."

내가 집으로 걸어가고 있을 때 루크가 뒤에서 따라왔다. "천천히 좀 가, 그래야 늙은이가 따라갈 수 있지." 그가 말했다.

우리는 잠시 조용히 걸었다. 나는 내가 유난히도 조용히 입을 다물고 있다는 걸 알았지만 어쩔 수 없었다. 발로 돌멩이만 찰 뿐이었다.

"뭘 그렇게 걱정하고 있어?" 루크가 물었다.

"아무것도요." 내가 말했다.

"현관 아래에 숨겨놓은 통나무들이 걱정되는 거야?"

"그걸 봤어요?"

"봤지."

"아뇨, 그 통나무에 대해서는 걱정하지 않아요."

"그 아이에 대해 걱정하는구먼." 루크가 말했다. 내가 쳐다보자 그가 말을 이었다. "헉 말이야, 그 소년, 헉."

"음, 그애를 가만히 놔두지 않는 술고래 아버지가 있어서요."

"그게 자네와 무슨 상관이야? 백인들의 일이잖아."

나는 고개를 끄덕였다. "그애는 아직 아이니까요."

"그래, 노예가 아닌 아이지." 그는 나를 가리켰다. "그애에게 뭔가가 있는 것 같아. 그애와 자네 사이에 뭔가가 있어."

"그애는 매우 곤란한 상황에 처해 있어요." 내가 말했다. "하지만 슬프게도 저는 아직 노예라서 그애를 전혀 도울 수 없고요."

4장

 날씨가 계절에 맞지 않게 줄곧 추워서 어쩌다보니 에이프릴과 코튼뿐만 아니라 우리 가족과 몇몇 다른 사람들을 위해 나무를 계속 조금씩 훔쳐야 했다. 나는 나무가 사라진 게 들통날까봐 너무나 걱정됐고, 그 걱정은 어느 일요일 오후에 현실이 되었다. 세이디가 내 쪽으로 다가왔다.
 "무슨 일이야?" 내가 물었다.
 세이디는 판잣집 문을 힐끔 훔쳐보고서 아홉 살짜리 우리 딸을 쳐다보더니 내게로 시선을 옮겼다. "어떻게 할 거야?" 세이디가 물었다.
 "무슨 말이야?"
 "왓슨 아주머니가 대처 판사에게 하는 말을 들었어."
 "응?"
 세이디가 코를 훌쩍였다.

나는 세이디를 끌어안았다. "진정해."

내가 그 어떤 마음의 준비를 했더라도 세이디가 다음에 꺼낸 말에 대비할 순 없었을 것이다. 세이디는 이렇게 말했다. "왓슨 아주머니가 대처 판사에게 당신을 뉴올리언스에 사는 남자에게 팔 거라고 말했어."

"그게 무슨 뜻이에요?" 리지가 물었다. "아빠, 그게 무슨 말이에요?"

나는 문가로 걸어가 밖을 살펴보았다.

"짐?" 세이디가 말했다.

"아빠?"

"우리 모두를 팔 거래, 아니면 나만?" 내가 물었다.

"당신만, 짐." 세이디가 울음을 터뜨렸다. "우리 이제 어떻게 하지? 그들은 우리를 갈라놓을 테고, 우린 당신이 어디에 있는지 알 수 없을 거야."

"뭐라고요?" 리지가 놀라서 헉 하고 숨을 들이쉬었다.

"아니야, 그럴 수 없을 거야." 나는 커다란 낡은 천을 하나 가져다 펼쳤다.

"뭐하는 거야?" 세이디가 물었다.

나는 그 위에 빵과 말린 고기를 놓고 천을 접었다. "내가 그들 손에 없으면 팔 수 없겠지."

"도망치면 안 돼." 세이디가 말했다. "그들이 도망자에게 무슨 짓을 하는지 잘 알잖아."

"나는 숨어 있을 거야. 잭슨섬에 있을게. 그들은 내가 북쪽으로 도망쳤다고 생각하겠지만 나는 여기 있을 거야. 그런 다음에 방법을 생각해 볼게."

"그럴 순 없어. 분명 당신을 찾아낼 거야. 그러고는 도망자처럼 취급할 거야. 그리고 어쩌면—" 세이디가 말을 멈췄다.

"어쩌면 뭐요?" 리지가 말했다.

"어떻게 할지 생각해낼 때까지 일단 거기로 나가 있을게." 나는 한쪽 무릎을 꿇고 앉아 리지를 바라보았다. 그리고 꽉 끌어안았다. "잘 들으렴, 전부 괜찮아질 거야. 그래, 내 말 알아들었지, 우리 귀염둥이?"

리지가 울음을 터뜨렸다.

나는 일어서서 세이디에게 입을 맞췄다. "내가 어디로 갔는지 아무에게도 말하지 마. 루크에게도 안 돼."

"알았어."

"알았지, 리지?" 내가 말했다.

"네, 아빠."

나는 문 쪽으로 향했다.

"아빠?"

"난 괜찮아, 아가야." 세이디가 내 어깨에 손을 올리는 게 느껴졌다. 나는 세이디에게 입을 맞췄다. "당신을 위해 꼭 돌아올게."

나는 가족을 떠나 숲으로 들어갔다. 대낮에 탈출을 시도하는 건 멍청한 일이겠지만, 그들이 언제 나를 데려가려고 들이닥칠지 알 수 없었다. 나는 달리지 않았다. 달리기는 노예에게 절대 허락되지 않는 일이었다. 물론 도망칠 때는 얘기가 달라지겠지만. 더글러스 부인의 뒷마당을 지나서 가파른 언덕을 내려가 강으로 향할 때까지 아무도 나를 보지 못했다. 나는 침식되어 깎여나간 강둑 아래쪽에 기대어 기다렸다. 대낮에 위험을 무릅쓰고 강 위로 나갈 순 없었다. 강에는 연락선과 증기선이 너무 많이 지나다녔고 강가에서 낚시하는 사람도 많았다. 나는 두려운 만큼 화도 났지만, 노예가 대체 어디에 대고 화를 낼 수 있겠는가? 노예끼리 서로에게 대고 화를 낼 순 있었다. 우리도 인간이었으니까. 하지만 우리가 느끼는 분노의 진정한 근원은 해결하지도 삼키지도 억누르지도 못한 채 견뎌야 했다. 그들은 우리 가족을 갈가리 찢어놓고, 나를 뉴올리언스로 보내려 했다. 내가 지금보다 자유와 더 멀어지고, 아마 우리 가족을 다시는 볼 수 없게 될 그곳으로.

해질 무렵, 나는 산 채로 모기들에게 먹히고 있었다. 강둑에서 통나무 하나를 밀어서 냉랭하고 탁한 강물 위로 미끄러뜨렸다. 그러고는 강을 똑바로 가로지르기 위해 발로 바닥을 차며 통나무를 타고 앞으로 나아갔다. 미시시피강의 강한 물살에 휩쓸리면 강 하류로 끌려갈 수 있다는 건 잘 알고 있었다. 어둠 속에서 섬은 간신히 보일 정도였고, 섬을 그냥 지나쳐 물살에 떠내려가지 않기를 바랄 뿐이었다. 다행히 강가와 섬 사이의 물길을 따라 운항중인 배는 한 척도 없었다. 하지만 어느 시골뜨기 백인이 카누나 뗏목을 타고 지나갈 가능성도 있었다.

마침내 시야에 섬이 들어왔지만 갑자기 뭔가가 한쪽 다리를 끌어당기는 듯한 느낌이 들었다. 다리를 붙잡고 있는 것을 떨어낼 수 없었다. 강에 괴물이 산다고는 생각하지 않았기에 누군가가 설치해놓은 낚싯줄에 걸린 거라고 판단했다. 엉킨 발을 빼내는 건 힘들었다. 그래서 내가 섬을 놓치거나, 익사하거나, 아니면 섬을 놓치고 익사할 거라는 생각이 잠시 들었다. 하지만 결과적으로는 오히려 운이 좋았다. 밧줄에 묶인 낚싯줄을 홱 잡아뽑으면서 그날 밤에 먹을 커다란 메기 세 마리를 함께 꺼낼 수 있었다. 좋은 일이었다. 내가 가져온 빵은 이미 못 먹게 되었기 때문이다. 게다가 그 낚싯줄과 바늘은 다시 활용할 수 있었다. 이런 생각을 하는 것 또한 좋은 일이었다. 나는 매우 지친 상태였지만 생각을 하며 피로를 잊을 수 있었다. 잭슨섬의 바위투성이 강기슭에 도달해서는 바닥에 등을 대고 누웠고, 내 가슴팍에는 메기가 있었다. 그 물고기 비린내에 잠에서 깰 수 있었고, 피로가 차츰 사라지자 몸이 주체할 수 없이 떨리기 시작했다. 얼어붙을 것처럼 추웠지만 추위를 어떻게 할 방법이 없었다. 우선 완전히 젖어버린 해진 코트와 옷을 벗었다. 그리고 주머니에서 작은 칼을 꺼내 메기의 내장을 제거했다. 얼굴은 차마 볼 수 없어 머리를 잘라서 버렸다. 하지만 어둠 속에서 불을 피우는 위험을 감수할 순 없었다. 물고기는 아침에 요리해서 먹어야 할 것 같았다. 몸을 말리고 따뜻하게 한 뒤 어떻게든 잠을 청해야 했다. 그래서 우선 바람을 피해 나무들이 있는 쪽으로 들어가 낙엽 속에 몸을 파묻었다. 낙엽 위에 젖은 코트를 올려두고 눈을 감았다. 옷의 무게 덕분에 적어도 내 몸이 따뜻해지고 있는 듯한 상상은 할 수 있었다.

아침이 찾아오자 나는 어젯밤보다 물기는 말랐지만 얼어서 붙어버린 옷 속으로 기어들어갔다. 코트는 여전히 축축해서 덤불 위에 펼쳐놓았다. 체온을 높이기 위해 가볍게 주위를 뛰면서 그동안 태양이 높이 떠올라 내가 가진 유리 조각으로 불을 피울 수 있기를 기다렸다. 그때 수풀 사이에서 바스락거리는 소리가 들렸다. 사람 소리 같았다. 주변에 백인이 있는 듯했다.

"거기 숲속에 머가 잇는 거지? 유령인가여? 내게서 떨어져라, 이 유령아."
"짐? 너구나, 짐?" 헉이었다.
"정말 절 깜짝 놀라게 하는 걸 조아하시네여."
"여기서 뭘 하는 거야?" 헉이 물었다.
"추워가지구 얼어붙는 중이에여." 내가 말했다. "헉은 이 섬에서 뭘 하는 거에여? 그리구 왜 글케 핏자국을 잔뜩 묻히구 잇어여?"
"나를 죽였거든."
나는 헉을 대충 훑어보았다. "제대루 해내진 못한 거 같네여."
"뭐, 왓슨 아줌마랑 그 망할 판사랑 아빠는 내가 죽었다고 생각할 테니까 그거면 됐어. 그들은 내가 살해당했다고 생각할 거야."
"왜 글케 생각하져?" 내가 물었다.
"돼지를 죽여서 아빠의 오두막집 여기저기에 피를 뿌려놨거든. 거기서 싸움이라도 있었던 것처럼 엉망을 만들어놨지."
나는 머릿속으로 상황을 정리했다. 헉은 살해당한 것으로 보일 테고 나는 막 도망쳤다. 그렇다면 그 극악무도한 범죄를 저지른 범인으로 그들이 누구를 의심할까?
"그런데 넌 여기서 뭘 하는 거야, 짐?"
"숨어 이써여."
"왜?"
"왓슨 아주머니가 절 강 하류에 팔아버리려구 하구 이써서여. 그리구 이제는……" 나는 고개를 저었다.
"그리고 이제는 뭐?"
"그리구 이제는 내가 헉을 죽여쓰니까여. 적어두 그들은 글케 생각할 거에여." 나는 헉의 눈을 바라보았다. "헉은 돌아가야 해여."

"그럴 순 없어." 헉이 말했다. "아빠가 분명 날 죽일 거야."

"그것두 맞는 말이라구 생각해여." 나는 우리가 건너온 물길을 둘러싼 나무들 너머를 바라보았다. "아이구, 주님, 맙소사."

"네 계획은 뭐야, 짐?"

"여기 이 섬에서 당분간 숨어 지내려구 했져. 근데 이제는 그들이 살인마와 시체를 찾구 잇겟네여."

"그건 무슨 말이야? 왓슨 아줌마가 널 강 하류에 팔아버린다는 건?"

"전 노예니까여, 헉. 왓슨 마님은 원하면 절 팔 수 이써여. 그러구 시퍼하신다는 소리를 들엇구여. 그래서 도망칠 수바께 엄써써여."

"하지만 너에겐 가족이 있잖아."

"노예에게 그런 건 아무 의미두 엄써여."

헉이 앉아서 내 말을 곰곰이 생각했다.

해가 떠올라 그 빛이 나무들을 얇은 조각으로 자르며 추위를 조금씩 태워서 몰아내고 있었다. 나는 메기를 가리켰다. "그래두 아침거리는 잇으니까여. 성냥 이써여?"

"아니."

"그럼 내 마법의 유리를 쓸 수바께 엄네여." 내가 말했다. 그러고는 오래전에 발견해서 가지고 있던 유리병의 둥근 아랫부분을 주머니에서 꺼냈다.

"마법?"

"마법이여." 내가 다시 말했다. "이 물건은 저 해에서 빛을 모아가지구 섞은 다음에 가늘게 만들어서 불로 바꿔줘여."

나는 헉과 함께 나무가 없는 작은 빈터로 가서 유리를 썼다. 그리고 마른 이끼에 불이 붙기 시작하자 헉에게 그 위에 나뭇가지를 더하게 했다. 이후 통나무 몇 개를 더하고 나니 멋진 모닥불을 얻을 수 있었다. 불은 근사하게 느껴졌다. 아마 좋지 않은 생각이었겠지만, 우리는 마지막 물고기의 껍질을 벗기지 않았다.

"나한테 빵이 조금 있어." 헉이 말했다.

"저는 저 물에서 빵을 일어버려써요. 고기는 잘 말라 이써쓰니 갠차늘 거에여." 나는 물고기를 바라보았다. "저 껍질은 불에 타서 다 엄써질 것 가타여."

"아빠는 껍질도 그냥 먹더라고."

"흐음."

나는 연기가 피어오르는 모습을 지켜보았다. 연기는 나무 꼭대기까지 도달하기 전에 꽤 잘 흩어지는 것 같았다.

헉은 생선을 맛있게 먹었다. "이것들을 어떻게 잡은 거야?"

"사실 제가 잡은 건 아니에여. 누군가가 쳐둔 낚싯줄에 발이 걸렷는데 거기에 이미 잡혀 이썻더라구여."

"운이 좋았네."

내가 고개를 끄덕였다.

"왓슨 아줌마가 널 팔아버리려고 했다니 믿을 수 없어. 아줌마는 널 좋아했잖아."

"돈을 더 조아하셧던 거겟져. 대부분 사람들은 무엇보다두 돈을 조아해여. 백인들은 어쨋든여."

"난 아냐." 헉이 말했다. "판사님에게 내가 발견한 돈을 전부 가지라고 했는걸."

"그게 얼마나 댓던 거 가타여?"

"수천." 헉이 말했다. "돈은 문제만 일으킬 뿐이야. 그렇게 생각하지 않아, 짐?"

"몰겟어여. 돈이 이썻던 적이 엄거든여."

헉이 고개를 끄덕였다.

우리는 쾅 하는 소리를 듣고 땅에 납작 엎드렸다. 그리고 나무들의 가장자리로 기어가서 연락선이 지나가는 모습을 보았다. 대처 판사와 그의 딸인 베시가 배의 고물 쪽에 타고 있었다. 톰 소여의 이모인 폴리는 배 측면에서 몸을 기울인 채였다. 처음 보는 남자 하나가 작은 대포를 다시 발사하려고 준비하고 있었다. 그는 도화선에 불을 붙이고 다시 한번 대포를 쏴서 공기 중에 쾅 하는 큰 소음을 일으켰다. 대포알이 물속으로 첨벙 하고 떨어졌다.

"왜 저런 짓을 하는 거야, 짐?"

"헉의 시체를 강물 위로 떠오르게 하려는 거에여."

"다른 시체가 떠오르면 웃기겟다."

"상당히 우습겟네요." 나는 무심코 노예 말투로 바꾸지 않고 말했다.

"뭐라고?" 헉이 나를 쳐다보았다.

"'상상두 못하겟다'고 말한 거에여."

"뭘 말이야?"

"네? 저것 좀 바여." 나는 말을 돌렸다.

헉이 다시 고개를 돌렸고 우리 시야에는 뱃머리에 있는 남자가 강물 위로 뭔가를 띄우는 모습이 들어왔다. 나는 헉의 주의를 다른 데로 돌릴 수 있었던 것에 안도했다. 내 인생에서 말이 헛나온 건 이번이 처음이었다. 이 말실수는 내가 얼마나 혼란스럽고 불안한 상태인지 보여주는 게 틀림없었다.

"저게 뭐야?" 헉이 물었다.

"안에 수은을 넣은 빵 덩어리 같네여."

"저걸로 뭘 하는 거지?"

"시체를 찾는 방법인 것 가타여."

"효과가 있어?"

"백인들은 제가 잘 모르는 모든 것들을 믿어여. 이 세상에서 제일가는 미친신봉자들이에여."

"'미신 신봉자'라는 말이겠지."

"그게 제가 하려던 말이에여." 우리는 연락선이 강의 굽이를 돌아 사라지는 모습을 지켜보았다. "저들은 헉이 분명 죽엇다구 생각하는 거 가타여." 그 말을 내뱉는 순간, 다시 공포의 물결이 나를 덮쳐왔다. 어쩌면 내가 강에 빠져 죽거나 밤새 얼어 죽는 편이 더 나았을지도 몰랐다. 한 가지는 분명했다. 나는 헉이 그들이 찾는 시체가 되지 않도록 해야 했다. 그리고 더 중요한 건, 나 역시도 그들이 찾는 시체가 되지 않아야 한다는 점이었다.

5장

 우리는 강이 육지 쪽으로 굽이진 작은 공간을 둘러서 낚싯줄을 설치했고, 그 덕분에 메기를 많이 잡을 수 있었다. 가끔은 민물고기인 크래피도 잡았다. 게다가 블랙베리와 구스베리도 잔뜩 발견할 수 있었다. 구스베리는 시큼했지만 블랙베리랑 까치밥나무 열매와 섞어 먹으면 맛이 꽤 괜찮았다. 날씨도 나아졌고 우리가 너무 잘 지내고 있어서 세이디와 리지도 나와 함께 바깥에서 살 수 있지 않을지 궁금해질 정도였다. 하지만 그러면 탈주자처럼 늘 피하고 숨으며 도망다녀야 할 것이다. 노예로 사는 것도 힘든데, 도망 노예로 사는 건 더 힘든 일이다. 그것도 백인의 바로 코앞에 숨어 사는 도망 노예가 되는 건 견딜 수 없는 일일 것이다.
 그래도 헉은 아버지에게서 벗어나 안전함을 느낄 수 있어 행복해 보였다. 우리는 섬 중앙 근처에서 커다란 동굴을 발견했고, 거기서는 밤에 불을 피워도 될 정도로 안전했다.
"짐." 헉이 어느 날 밤에 말했다. "넌 우리 아빠가 나를 왜 그렇게 싫어한다고 생각해?"
"저두 몰겟어여, 헉. 헉은 어케 생각해여?"
"아빠가 내 머리를 싫어하는 것 같아."
"네?"
"내 헤어라인 말이야. 아빠가 싫어해. 항상 날 붙잡고 머리카락을 뒤로 잡아당긴 다음에 때리거든."
"흐으음."
"나한테 과부 이마를 가졌다고 했어. 그게 무슨 뜻인지도 모르겠는데 말이야. 왓슨 아줌마에게 물어봤더니 이런 이마를 가진 사람이 많다고 하더라. 헤어라인이 화살 모양처럼 생긴 걸 말한대." 헉은 머리를 뒤로 넘겨서 내게 이마를 보여줬다. "쳇, 짐. 네 머리도 똑같아. 뒤로 한번 넘겨봐."
"그래여?" 나는 내 머리에 손을 올렸다. "그런 거 같네여. 그래서 과부 이마가 무슨 뜻이라구 생각해여? 행운을 가져다주는 걸까여?"
"나한텐 전혀 행운을 가져다주지 않았어." 헉이 말했다.
잠시 침묵이 흐른 뒤 나는 헉이 나를 빤히 바라보고 있는 걸 알아챘다.
"왜여?" 내가 물었다.
"노예로 산다는 건 말이야, 주인이 말하는 건 무엇이든 해야 하는 거야?"
"주인이 말하는 건 머든지여." 내가 말했다. "그리구 언제든지여. 주인이 '뛰어' 하면 '얼마나 높이여?'라구 말해야 하구, '침을 뱉어라' 하면 '얼마나 멀리여?'라구 물어야 하져."

"어떻게 한 사람이 다른 사람을 소유할 수 있어?"

"조은 질문이네여, 헉."

"내가 뭘 발견했는지 봐." 헉이 내게 길쭉한 뱀 껍질을 보여줬다. 그러고는 그걸 내 쪽으로 내밀기에 밀어냈다.

"뱀 껍질을 만지면 불운이 온댓어여." 내가 말했다. "뱀이 옷을 찾으러 돌아올지두 모른다구여."

"이제 보니 미신 신봉자는 너구나?"

"그건 미친이 아네여. 그냥 상식이에여."

헉이 웃었다. "어떤 미신들을 알고 있어, 짐?"

"사다리 아래로 걷지 말라는 말은 들어봣어여. 믿지는 안치만여."

"그럼 넌 사다리 아래로 걸어다닐 거구나."

"아니여. 사다리 아래로 걷는 건 안전하지 안아여. 그래두 불운은 아니에여. 검은 고양이가 불운을 의미하져. 하얀 고양이는 갠찬치만 검은 고양이는 나빠여."

"낮에 부엉이를 보면 어떻게 돼?"

나는 헉의 말을 거의 듣고 있지 않았다. 온통 세이디와 리지를 걱정할 뿐이었다. "부엉이여?" 내가 말했다. "낮에여? 맙소사, 그건 먼가 나쁜 일이 일어난다는 거에여. 누군가가 창조주를 만날 거라는 뜻이져." 내 대답을 들으며 헉이 만족하는 것이 느껴졌다. "그렇다구 제가 미친을 믿는다는 건 아니에여. 그냥 좀더 빠릿하다는 뜻이져, 제가 말햇듯이여."

헉이 웃었다.

"음, 한 가지 확실한 게 먼지 아세여? 내일은 미친듯이 비가 쏟아질 거에여. 그러니까 식량을 안전한 데 넣어두구 어딘가 숨어 이쓸 준비를 해야 해여."

"왜 비가 올 거라고 생각해?"

"매들이 많이 날아다니는 걸 밧거든여. 비가 오기 전에 사냥하는 걸 조아해여. 그리구 개미들이 구멍 주위에 흙을 쌓구 이써여."

"그것들은 비가 올 거라는 걸 어떻게 알지?" 헉이 물었다.

"그것들은 자연의 일부구, 날씨두 자연의 일부니까여. 그런 일부분들은 서로 얘기를 나누는 거져."

"사람도 자연의 일부 아냐?"

"만약 그렇담 사람은 조은 일부가 아닐 거에여. 자연의 나머지들이 사람에게는 이제 얘기를 거의 하지 안으니까여. 가끔씩 말을 걸려구 할 수두 잇지만 사람은 듣지 안쳐. 어쨋든 큰비가 올 거에여."

헉은 피로가 몰려오는 듯했다. 고개가 아래로 떨어졌고 곧 잠이 들었다. 나는 동굴 밖으로 나가 나무를 잔뜩 모았다. 모닥불을 계속 피워놓아야 할 것 같았다. 날이 흐려서 불을 다시 피우는 데 필요한 햇빛이 없을 것이기 때문이었다. 비가 온다고 했던 건 그냥 한 말이 아니었다. 내 관절에서 그 감각을 느낄 수 있었다.

내 예측은 사실이었지만, 자연을 과소평가했던 것으로 드러났다. 비는 엄청난 기세로 맹렬하게 쏟아졌다. 우리가 가던 강가는 거의 사라졌고, 나는 가까스로 낚싯줄을 회수할 수 있었다. 그러지 못했다면 낚싯줄은 영원히 유실됐을 것이다. 홍수가 일어나리라는 건 정해진 결과였다. 유일한 의문은 얼마나 큰 홍수가 일어나느냐 하는 것뿐이었다. 강물은 계속 불어나고 불어나 잭슨섬을 대부분 덮어버렸다. 가끔씩 커다란 번개가 하늘에서 번쩍였다. 헉은 토네이도가 올지도 모른다고 불안해했지만, 나는 바람이 토네이도와 반대로 불고 있다고 말해줬다. 정확히 내가 했던 말은, "바람이 투네이다와 반대루 돌구 이써여"였다. 말도 안 되는 얘기였지만 헉의 불안감을 잠재우는 데는 도움이 되었다. 그때 헉이 어딘가를 가리켰다.

나는 그쪽을 쳐다보았다. 집 한 채가 물길을 따라 우리 쪽으로 둥둥 떠내려오고 있었다. 두려운 광경이었다. 늦은 오후였고 해도 없어 날이 어두웠기에 시야를 확보하기가 어려웠지만 보통 집 정도로 크기가 컸다. 집은 나무 몇 그루에 걸려 있었는데, 그 모습을 보며 헉과 나는 같은 생각을 떠올렸다. 식량이었다. 우리는 동굴에서 헉의 카누를 끌고 물가로 나와 집까지 노를 저어 갔다. 힘든 일이었다. 그러고는 카누를 나무에 묶어놓고 깨진 창문을 통해 집안으로 기어들어갔다. 부서진 집안에서는 물을 헤치며 걸었다. 모든 곳에 옷이 떠 있었다. 집이 심각하게 기울어져 있어 부엌 찬장까지 가려면 등산하듯이 올라가야 했다. 헉이 찬장 하나를 열어 베이컨 한 조각을 발견하자 기쁜 마음에 아이러니하게도 돼지처럼 꽥꽥 소리를 냈다. 나는 돌아서다가 조리대와 벽 사이에 있는 부츠 한 짝을 발견했다. 찬찬히 보니 부츠는 누군가의 다리에 신겨져 있었다.

"그게 뭐야?" 헉이 물었다.

"베이컨을 가지고 카누로 돌아가요." 내가 말했다.

헉이 자리에 굳어버린 채 나를 멍하니 쳐다보았다.

"내가 말한 대루 해여!"

나는 몸을 앞으로 숙여서 부츠를 신고 있는 남자의 얼굴을 제대로 확인했다. 백인이었고 확실히 죽은 상태였다. 얼굴은 일그러져 있었고, 추했고, 죽어 있었다. 잠시 그 얼굴을 쳐다보고 있자니 손이 떨리기 시작했다. 남자가 죽어서가 아니라 그가 죽은 장소에 내가 있기 때문이었다. 죽은 백인 남자라니. 그의 얼굴을 찬찬히 살펴보았다. 모든 백인 남자는 어떤 면에서 전부 비슷해 보였다. 곰 같기도 하고, 벌 같기도 하고. 특히 죽었을 때는 더 그랬다.

"그 사람 죽었어?" 헉이 물었다.

"어서 가서 배에 타여!"

"누구야? 아는 사람이야?"

"모르는 사람이에여. 이제 배에 타여. 이런 걸 볼 필요는 엄쓰니까여."

"난 어린애가 아니야, 짐."

"헉은 아직 어린애에여. 이제 여기서 어서 나가자구여. 거기 옷들 좀 집어서 저기 창문으루 빨리 나가여."

헉이 옷들을 그러모으는 동안 나는 찬장 구석에 끼워진 종이 더미를 발견했다. 거기에는 잉크도 한 병 있었다. 나는 그것들을 모두 내 바지 안으로 밀어넣었다.

창문으로 무사히 빠져나온 뒤 카누를 다시 우리 쪽으로 끌어당기려 애쓰고 있을 때, 헉이 아까 왜 그렇게 이상한 말투로 말했냐고 물었다.

"무슨 말을 하는 거에여? 어서 배에 타여. 이 집은 곧 나무에서 떨어져나갈 거에여."

우리가 노를 저어 집에서 멀어지자마자 바로 내 말대로 되었고, 집은 우리 옆으로 굉음을 내며 떠내려갔다.

"우아아아아!" 헉이 말했다. "저거 봐."

집이 빠르게 시야에서 사라졌다.

"그 남자 죽은 거지, 짐?"

"예, 그는 죽었어여."

"누구였어?"

나는 아무 말도 하지 않았다. 그리고 묵묵히 숲을 향해 노를 저었다. 우리는 진흙땅 위로 기어올라갔다.

"누구였어, 짐? 나는 죽은 사람을 한 번도 본 적이 없어."

"저두 한 번두 본 적 엄는 사람이어써여."

동굴로 돌아와서 우리는 폭풍우 소리에 귀를 기울였다. 어쩌면 번개가 나무에 떨어지는 소리를 들었는지도 모른다. 천둥이 칠 때마다 몸이 크게 흔들렸다. 우리는 베이컨을 조금 뜯어서 씹었다. 아주 맛있지는 않았지만 오래 씹을수록 베이컨의 크기가 점점 더 커져서 허기를 달래줬다.

"누구였는지 궁금해." 헉이 말했다.

"죽은 사람을 계속 생각하구 이쓰면 불운이 와여." 내가 말했다. "벌써 그 뱀 껍질을 만져가지구 불운이 쌓이구 잇자나여."

"이 베이컨은 정말 끔찍해."

"그러네여."

하지만 우리는 계속 베이컨을 씹었다.

"거울을 서로 마주보게 놓으면 안 된다는 얘기를 들어본 적 있어?"

헉이 물었다. 나는 헉의 아이 같은 눈을 들여다보면서 리지를 생각했다. 리지가 내 걱정에 얼마나 두려워하고 있을지 생각했고, 그러면서도 리지가 두려움이라는 감정을 느낀다는 생각 자체가 싫었다. 그리고 내가 그 감정을 스스로 너무나 잘 알고 있어서, 매일 낮과 밤으로 느끼는 감정이어서 그렇다는 걸 깨달았다. 웃음이 터져나왔지만 이유는 알 수 없었다.
"무슨 일이야?" 헉이 물었다.
헉에게 아이러니라는 단어를 사용할 순 없었다. "그냥 웃겨서여, 글치 안아여?"
"뭐가?"
"여기서 우리가 이 끔찍한 베이컨을 씹구 잇는데, 난 도망자구 헉은 죽은 사람이자나여. 헉두 알구 잇듯이 사람들은 내가 헉을 죽엿다고 생각할 거구여."
"그건 생각지도 못했네." 헉이 말했다. "내가 널 곤란하게 할 수 있다는 상상조차 하지 못했어. 네가 날 죽일 이유가 없잖아?"
"백인들에게 그런 건 중요하지 안아여."
"나도 백인들을 좋아하지 않아. 하지만 나도 백인이야."
"분명 그들처럼 보이긴 하져."
번개가 동굴 입구 바깥에서 번쩍였고 다시 천둥소리가 크게 진동했다. 폭풍이 우리 바로 위에 와 있었다. 날씨에 대해서는 내 생각이 옳았지만, 이 섬에 우리 말고도 건조한 곳을 찾아올 다른 존재들이 있다는 걸 기억할 정도로 멀리까지 내다보지는 못했다. 나는 시선을 돌리지도 않은 채 모닥불에 더 집어넣을 나뭇가지로 손을 뻗었다. 그 순간, 손을 찌릿하고 관통하는 듯한 고통이 느껴졌다. 나는 비명을 지르며 제자리에서 펄쩍 뛰어올랐다.

"짐!" 헉이 소리쳤다.

내 손에 붙어 있던 방울뱀이 불 쪽으로 떨어졌지만, 뱀은 몸을 꿈틀거리며 바닥을 가로질러 자유를 찾는 데 성공했고 빗속으로 나가버렸다.

"뱀에 물렸어?"

"그런 것 같네여." 나는 동굴 입구로 걸어가 무릎을 꿇고 주저앉았다. 칼을 꺼내 물린 부분을 베어낸 뒤 피를 빨아내서 뱉었다. 그런 다음 상처 위에 진흙을 올리고 두드렸다. "천을 가져와서 여기를 묶어주세여."

"그럼 어떻게 되는 거야?" 헉이 물었다.

"그 진흙이 독을 빼주기를 바라구 이써야져. 꽉 묶어여."

"효과가 있을 것 같아?"

"아침이 오면 우리 둘 중에 적어두 한 명은 알게 되겠져."

6장

얼굴이 점점 부어오르면서 감각이 없어졌고 손과 발 역시 아무것도 느껴지지 않았지만 뱀에 물린 자리는 극도로 고통스러웠다. 나는 그 어느 때보다 약해진 느낌이 들었다. 제대로 된 음식을 먹은 상태였다면 아마 전부 토해냈을 것이다. 머리도 빙빙 돌고 세상도 빙빙 돌고 있는데 그게 뱀의 독 때문인지 내 불안감 때문인지 알 수 없었다. 나는 가만히 누워 있었다. 처음에는 헉의 걱정어린 시선을 느낄 수 있었지만, 이제는 소용돌이로 빨려들어가듯이 모든 게 빙글빙글 돌면서 섬망 속으로 빠져들었다. 열이 심하게 나면서 불에 타는 듯이 뜨거웠고, 거의 흥미로울 정도의 오한이 느껴졌다. 눈앞에 세이디와 리지가 보였다. 둘은 나무로 된 작은 부두에 선 채 조그만 배에서 채소를 꺼내 커다란 밀짚 바구니에 담고 있었다. 그러고 나서 나는 대처 판사의 서재에 있었다. 판사가 일을 하러 가거나 오리 사냥을 갈 때마다 내가 수많은 날의 오후를 보냈던 장소였다. 내 앞에 책들이 보였다. 이전에는 늘 몰래 책을 읽었지만, 고열로 인한 이번 꿈에서만은 들킬 걱정 없이 책을 읽을 수 있었다. 그 서재에 숨어들어갈 때마다 노예가 글 읽는 법을 배웠다는 걸 알면 백인들이 그 노예에게 무슨 짓을 할지 궁금했다. 다른 노예들에게도 글 읽는 법을 가르쳤다는 걸 알면 그 노예에게 무슨 짓을 할까? 노예가 직각삼각형의 빗변이 뭔지 알고, 아이러니의 의미를 알고, 응보retribution라는 단어의 철자를 적을 줄 안다는 걸 알면 그 노예에게 무슨 짓을 할까? 나는 열이 펄펄 끓었고 의식이 나갔다가 돌아왔다가 했으며, 헉의 얼굴이 제대로 보였다가 다시 그 얼굴에 초점을 잡기를 반복했다.

프랑수아마리 아루에 드 볼테르가 모닥불에 굵은 나뭇가지를 하나 넣었다. 다소 길게 느껴지는 시간 동안 그의 섬세한 손가락이 나무를 들고 있었다.

"나무가 더는 없는 것 같아요." 내가 말했다. "하지만 괜찮아요. 제가 이미 충분히 뜨거우니까요. 아주 뜨거워요."

볼테르는 다시 손을 뻗어 까맣게 불에 탄 조각들을 이리저리 움직였다. 그러고는 까매진 자신의 손가락 끝을 바라보았다. "나는 자네와 같네." 그가 말했다.

"어떻게 그렇죠?"

볼테르가 바지에 손을 문지르자 자국이 남았다. "자네는 노예가 되어서는 안 되네." 볼테르는 그렇게 말하며 한숨을 내쉬었다. 그는 내 옆에 앉아 손등을 내 이마에 대려고 하다가 마음을 바꿨다. "몽테스키외처럼 나는 우리가 피부색이나 언어, 또는 습관과 상관없이 모두 동등하다고 생각한다네."

"그러시군요. 정말인가요?" 내가 물었다.

"그러나 자네는 인류의 발달 정도를 결정하는 데 기후와 지리가 중대한 요인이 될 수 있다는 사실을 깨달아야 하네. 자네가 동등하지 않은 건 겉모습 때문이 아니야. 겉모습은 생물학적 차이, 그 덥고 황량한 곳에서도 자네를 생존할 수 있도록 만드는 차이에서 비롯된 징후일 뿐이지. 유럽에서 나타나는 더 완벽한 인간의 형태에 도달할 수 없게 자네를 가로막는 건 바로 그 차이 때문이라네."

"정말 그런가요?"

"물론 아프리카인도 유럽인의 방식으로 쉽게 교육받을 수 있을 거야. 인간은 본래 타고난 모습을 넘어서 예절과 기술을 배움으로써 동등해질 수 있다네."

"네?"

"그게 평등의 의미지, 짐. 바로 동등해질 수 있는 **능력**을 말하는 거라네. 마르티니크에 있는 흑인이 프랑스어를 배워서 프랑스인이 되듯, 인간은 평등에 필요한 기술을 획득할 수 있고 그에 따라 동등해질 수 있다네. 그런데 내가 같은 말을 반복하고 있군."

"난 당신이 싫어요." 내가 열과 오한 속에서 말했다. "물론 당신도 알겠지만, 나는 뱀에 물렸죠. 그런데 이렇게 헛것을 보는 와중에 나를 찾아온 게 당신이라니."

"뭐, 그렇지. 어쨌든 모든 인간은 동등하다네. 그게 내 요점이고. 하지만 우리가 악마라고 부르는 모습이 자네 아프리카인들에게 내재되어 있다는 건 인정해야 하네." 볼테르는 자세를 고치고 불에 손을 가까이

댔다.

"당신은 우리가 동등하다면서 열등하다고 말하고 있어요."

"내 의견을 못마땅해하는 듯한 목소리로 들리는군." 그가 말했다. "들어보게, 친구. 나는 자네 편이야. 노예제에 반대하네. 모든 형태의 노예제에 반대하지. 자네도 잘 알고 있듯이 나는 최고의 노예제 폐지론자야."

"고맙네요?"

"천만에."

"당신은 인간이 내재적으로 악하다는 주장을 믿지 않겠네요?" 내가 물었다.

"믿지 않는다네. 만약 그 명제가 사실이라면 인간은 걸을 수 있자마자 누군가를 죽일 걸세."

"노예제에 대해서는 어떻게 설명할 거죠? 왜 우리 흑인이 그런 잔인한 대우를 받으며 노예제의 희생양이 되어야 하죠?"

볼테르가 어깨를 으쓱했다.

"이렇게 생각해볼게요." 내가 말했다. "당신에게는 철학자 레이날처럼 자연적 자유에 대한 생각이 있어요. 우리는 모두 인간이기에 그런 자유를 가졌다고 하는 거죠. 하지만 자연적 자유가 사회적, 문화적 압력을 받으면 시민적 자유가 되고, 시민적 자유는 계급과 상황 여하에 달리게 돼요. 내가 비슷하게 맞혔나요?"

볼테르는 종이에 뭔가를 휘갈겨 쓰고 있었다. "좋은 설명이었네, 좋은 설명이었어. 전부 다시 한번 말해주게."

"짐? 짐?" 헉의 목소리가 들렸다.

"허클베리?"

"괜찮아?"

헉이 내 시야에 점점 또렷하게 들어왔다. "전처럼 열이 나는 것 같진 안아여." 동굴 입구를 언뜻 쳐다보자 오후의 햇빛이 눈에 들어왔다. "제가 견뎌낸 것 가타여."

"자면서 이상한 말투로 말을 했어."

"제가여?"

헉이 고개를 끄덕이고는 나를 의심스러운 눈으로 바라보았다.

"머라구 햇는데여?"

"레이날이 누구야?"

그 순간, 아까의 꿈이 살짝 떠오르면서 내가 얼마나 많은 부분을 소리 내어 말했는지 궁금해졌다. "오래전에 알앗던 노예에여."

"계급은 무슨 뜻인데?"

"머라구여?" 내가 말했다. "그런 말은 엄써여."

"네가 그렇게 말햇잖아. 그리고 다른 많은 단어도. 마치 다른 사람 같았어. 빙의됐던 거야, 짐?"

"아이구. 그랫는지두 몰라여. 그랫담 어마무시한 일이네여. 뱀은 악마자나여. 그쳐? 뱀이 내 피 안에 악마를 집어넣지 안앗기를 바래여." 나는 동굴을 둘러보았다. "내 행운의 유리 조각은 어디 잇져?" 나는 둥근 유리 조각을 찾아내 헉이 볼 수 있도록 잡았다. "행운의 유리가 날 지켜줄 거에여."

나는 여전히 몸이 좋지 않았고, 유리 조각 쓰다듬는 걸 구실삼아 헉의 질문에서 빠져나가고자 했다.

"너 진짜 이상한 말투로 말하고 있었어."

"다시 오한이 느껴져여." 그리고 이 말은 사실이었다.

"여기, 물 좀 마셔." 헉이 우리가 물을 마실 때 사용하는 낡은 캔을 내게 건넸다.

"고마어여, 헉."

"폭풍 때문에 나무 열매들이 상하진 않았는지 보고 올게."

"그래여. 전 좀더 자야게써여. 뱀 조심해여."

헉이 바깥의 밝은 햇살 속으로 사라지자 내가 얼마나 아픈지 다시 느낄 수 있었다. 그 순간, 내가 죽지 않을지도 모른다는 생각이 들었지만 그게 기뻐할 일인지는 확실히 알 수 없었다. 머리가 어질어질했고 매우 고통스러웠다. 여전히 속은 매슥거렸고 열이 났다. 일어서려고 했지만 사지에 감각이 없어서 몸이 제대로 말을 듣지 않았다. 사실 잠들기가 두려웠다. 헉이 다시 돌아와 노예 필터를 거치지 않고 빠져나오는 내 생각들을 듣게 될까봐 걱정됐다. 훨씬 더 두려운 건 노예제, 인종, 그리고 무엇보다 백색증에 대해 볼테르와 루소, 로크와 비생산적인 상상 속 대화를 이어가는 것이었다. 세상은 얼마나 이상한가, 존재란 얼마나 이상한가, 본래 평등한 사람이 자신을 위해 스스로 그 평등을 입증해야 하고, 평등을 주장할 수 있는 위치에 올라가야만 자신의 의견을 펼칠 수 있다니, 그렇지 않으면 사람이 자신의 권리를 스스로 주장할 수 없다니, 또한 그런 주장에 대한 전제가 평등을 부정하는 이들의 검토를 거쳐야만 한다니.

오한이 또 찾아왔고, 내가 죽을지도 모른다는 생각이 다시 들었다. 나는 땀을 엄청 흘리면서 헉이 돌아올 때까지 몇 시간 동안 그대로 누워 있었다.

"짐, 괜찮아?"

"좀 나아진 것 같네여."

"망가지지 않은 블랙베리들을 좀 발견했어." 헉이 그렇게 말하며 천을 펼쳐서 보여줬다. "낚싯줄도 다시 쳐놨으니까 오늘밤에는 생선도 조금 먹을 수 있을 거야."

"홍수는 얼마나 심한가여? 물은 좀 줄엇나여?"

"내가 보기엔 아닌 것 같아." 헉이 말했다. "우린 이제 육지에서 멀리 떨어졌어."

"물이 넘 빨리 움직이구 이써서 메기를 잡기가 힘들지두 몰라여."

"너 조금 나아진 것 같다." 헉이 말했다. 헉은 모닥불을 약간 휘젓고 나뭇가지들을 좀더 넣어 불이 꺼지지 않게 했다.

7장

 그후 이삼 일 동안 계속 아팠다. 열은 내렸고 식욕도 천천히 돌아왔다. 놀라운 일이었다. 우리가 먹을 수 있는 건 메기와 나무 열매뿐이었기 때문이다. 나는 결국 토끼를 잡으려고 덫을 몇 개 놓기 위해 위험을 무릅쓰고 밖으로 나갔다.

 마침내 우리는 토끼를 한 마리 잡았고, 진정한 만찬처럼 느껴지는 식사를 하려고 자리에 앉았다.
 "네가 죽지 않아서 기뻐." 헉이 말했다.
 "저두 정말 기뻐여." 나는 모닥불을 응시했다. "죽음은 조은 시간을 망칠 수 이쓰니까여."
 "왜 그래, 짐?"
 "제 가족이 걱정대서여." 내가 말했다. "가족들두 절 걱정하구 이쓸 거에여. 가족들이 갠차는지 헉이 가서 바야 해여."

"난 거기 갈 수 없어. 죽은 사람인걸."

"죽은 사람이 아니면 절 도와줄 수 잇지 안을까여?" 내가 말했다. 나는 그때 떠내려왔던 집에서 헉이 급하게 가져왔던 옷을 바라보았다. "저 원피스를 입구 여자애인 척하면 어떨까여?"

"난 전혀 여자애 같지 않아."

"원피스를 입으면 글케 보일 거에여. 백인 여자애들이 하는 것처럼 머리두 뒤로 묶구여."

"싫어."

"가족들이 갠차는지 알아야 해여."

"하긴, 상황이 어떻게 돌아가는지 나도 알긴 알아야 하니까. 이름은 뭘로 할까? 내 여자 이름."

"간단한 걸로 해여."

"'메리'는 어때?"

"아주 조은 이름이져."

"성은 뭐라고 하지? '맥길리커디'는 어떨까?"

"철자를 적을 수 잇게써여?"

헉이 발치로 시선을 떨궜다. "아니."

"간단한 걸로 해여." 내가 다시 말했다.

"'윌리엄스'?"

"조아여."

헉이 입고 잇던 옷을 벗고 여자 원피스를 입었다. 헉의 앳된 얼굴은 얼핏 보면 여자애로 착각할 정도로 여성스러웠다. 하지만 자세히 보면

들통날 것 같았다. 자세가 완전히 잘못되어 있었다.

"나 어때 보여?" 헉이 물었다.

"똑바루 서구 곰처럼 등을 구부리지 말아여."

"이렇게?"

내가 고개를 끄덕였다.

"어머나, 그렇군요." 헉이 가성으로 말했지만 그건 사실 평소 목소리보다도 낮았다. "아이고, 여기는 꽤 덥네요."

"여자애인 척해야져, 아주머니가 아니라."

"분명 실패할 것 같은데." 헉이 말했다.

"분명 잘델 거에여."

나는 쇠약해진 몸으로나마 헉이 동굴에서 카누를 꺼내 강으로 옮기는 걸 도왔다. 홍수로 불어난 물은 상당히 줄어들었지만, 강과 닿은 뭍의 윤곽선이 새롭게 바뀐 건 확실해 보였다. 이러한 변화 때문에 우리는 헉이 강가의 어느 쪽에 도달해야 하는지 파악하기가 어려웠다. 나름대로 추측을 하기는 했지만, 헉이 노를 저으며 강으로 나서자 우리가 선택한 곳 중 어딘가에 도달할 가능성이 매우 희박하다는 게 분명해졌다. 나는 잠시 헉의 모습을 쳐다보다가 몸을 끌고 동굴의 모닥불로 되돌아왔다.

인생에서 처음으로 지금 내게는 종이와 잉크가 있었다. 감정이 격해졌다. 나는 모양이 곧은 나뭇가지를 찾아 끝을 뾰족하게 깎은 다음 길게 홈을 팠다. 그리고 무릎에 종이를 놓고 나뭇가지를 잉크에 살짝 담갔다 꺼내서 알파벳을 적었다. 책에서 보았던 글자들을 천천히, 서투르게, 인쇄체로 적었다. 그런 다음, 내 첫번째 글을 적었다. 이 글이 내가 쓴 글이고 판사의 서재에 있던 책에서 본 구절이 아니라는 점을 명확히 하고 싶었다. 나는 다음과 같이 적었다.

나는 짐이라고 불린다. 이름은 아직 고르지 못했다.

나를 붙잡고 있는 백인 포획자의 종교적인 설교에 따르면, 나는 '함의 저주'*를 타고난 희생자다. 소위 주인이라고 불리는 백인들은 자신의 잔혹함과 탐욕을 인정하지 못하고, 도미니크회 수사의 거짓된 말에 기대어 종교적 정당성을 확보하려고 한다. 하지만 나는 이런 상황이 나를 정의하도록 두지 않을 것이다. 나 자신과 내 마음이 공포와 분노에 사로잡히게 두지 않을 것이다. 나는 물론 분노할 것이다. 하지만 내 관심사는 내가 이 종이 위에 긁어서 만들고 있는 이 자국들이 어떤 의미를 가질 수 있는가다. 만약 이 글자들이 의미를 가질 수 있다면, 삶도 의미를 가질 수 있을 것이고, 나 역시 의미를 가질 수 있을 것이다.

---

* 구약성서에서 노아는 술에 취해 벌거벗고 잠든 자신의 모습을 아들 함이 보고 다른 형제들에게 알린 일에 화가 났다. 그래서 함의 아들인 가나안에게 형제들의 종이 되라고 저주한다. 이는 함의 후손이 아프리카인이라는 해석을 통해 노예제를 정당화하는 데 이용됐다.

8장

나는 헉에게 임무를 주고 뭍으로 보낸 덕분에 행복했다. 헉을 배웅하면서 내 기쁨은 세 배가 되었다. 만약 헉이 성공하지 못하고 발견되면, 내가 도망자로 여겨지는 게 아니라 헉이 내 탈출을 도왔다는 혐의로 비난받을지도 모른다. 그러면 나는 더는 헉을 죽였거나 납치했다는 의심을 받지 않아도 되고, 고문이나 사형 같은 처벌도 받지 않을 것이다. 게다가 발각되지 않고 무사히 돌아오는 데 성공한다면 헉은 내가 그토록 바라고 필요로 하는 우리 가족의 상황에 대한 소식을 가져다줄 것이다.

헉이 그 작은 몸에 담긴 힘을 끌어모아 물살을 뚫고 노를 저어 육지로 나아간 것이 자랑스러웠다. 헉이 강기슭에 서 있을 때 아침 안개는 꽤 사라진 상태였다. 반대편 강가에서 나무에 배를 묶고 덤불로 그 위를 덮어놓는 헉의 모습이 간신히 보였다. 헉은 여자 원피스를 입은 채 그쪽 강둑을 기어올라간 뒤 시야에서 사라졌다. 나는 동굴로 돌아와 말린 생선을 조금 먹고 낮잠에 빠져들었다. 꿈은 꾸지 않았다.

나는 뱀에 물려도 죽지 않을 가능성이 크다는 것을 경험으로 알고 있었다. 내가 걱정했던 건 뱀독이 아니라 물린 곳의 자국, 즉 상처였다. 똑같이 생긴 두 개의 구멍 자국에는 딱지가 덮였고 붓기도 없었다. 나는 안도감을 느끼며 잠들었다. 내가 그렇게 오랫동안 잘 수 있다는 사실에 약간 놀랐지만 몸은 계속 나아지고 있었다. 그리고 잠에서 깰 때마다 더 강해진 느낌이 들었다. 얼른 움직이고 싶을 정도로 강해졌다. 나는 나무를 모아서 모닥불이 꺼지지 않게 신경썼다. 그리고 낚싯줄에 걸린 메기를 수거해 일부는 먹고 나머지는 훈연되도록 연기 위에 널어놓았다. 한동안은 헉과 함께 또는 헉 없이 외딴 시골을 가로질러 도망가는 걸 상상했다. 둘째 날이 지나자 불안해졌고 경계심이 커졌다. 큰 나뭇가지들을 더 많이 가져와 동굴 입구를 숨겼고, 앉아서 망볼 수 있는 장소를 만들었다. 누군가가 다가오는 걸 발견하면 어떻게 해야 할지 딱히 대책이 있는 건 아니었다. 카누는 헉에게 있으니 나는 몇 시간을 들여서 커다란 나뭇가지들을 서로 묶어 뗏목을 만들었다. 제대로 된 건 아니었다. 뗏목을 제대로 만들려면 물가 근처에서 작업해야 했지만 그런 위험을 감수할 순 없었다.

그때 홍수로 떠내려온 집에서 목격한 시체가 헉의 아빠였다는 걸 말해주는 것도 생각해봤다. 그 사실을 알면 헉이 왓슨 아주머니의 집에서 다시 안전하다고 느낄 수 있을지도 모른다. 솔직히 내가 왜 그 사실을 숨기고 있는지 알 수 없었다. 헉이 아빠를 무서워했든 그렇지 않든,

또는 싫어했든 그렇지 않든, 어쨌든 아빠가 죽었다는 사실에 크게 상심할까봐 약간 걱정되는 것 같기도 했다. 이기적인 생각으로는, 헉이 슬픔에 빠져 아무것도 할 수 없으면 내게 영향이 미칠까봐 우려스럽기도 했지만, 그런 생각에 대해선 아주 잠시 죄책감을 느꼈을 뿐이다. 이제 며칠 동안 그 정보를 숨기고 있었으니 헉이 사실을 알면 내게 화를 낼지도 몰랐다. 어쩌면 나를 배신하고 고발할 수도 있었다.

셋째 날, 땅거미가 질 때쯤 섬 반대편에서 한 줄기 연기가 피어오르는 모습을 목격했다. 공포스러운 광경이었다. 어부나 사냥꾼일 수 있었지만, 과연 거기에 사냥할 게 있는지는 알 수 없었다. 섬에서 멧돼지의 흔적을 본 적이 있지만 멧돼지는 육지에 아주 많았다. 여기서는 새와 뱀과 다람쥐와 토끼밖에 본 적이 없었다. 긴장한 나는 누군가를 목격한다면, 아니, 그들이 나를 목격한다면 어디로 도망쳐야 할지 계획을 세웠다. 낙엽이 쌓인 숲길을 밟으며 다가오는 발소리를 들으면서, 내가 생각해놓은 도주로로 피하려는 찰나에 헉의 목소리가 나무 사이를 갈랐다.

"짐!" 헉이 내 이름을 소리 내어 불렀다. 그렇게 큰 소리는 아니었다.

"전 여기 이써여."

"우리 떠나야 해."

"알아여." 내가 연기를 가리켰다.

"내가 불을 피웠어. 어떤 남자들이 따라오는 것 같았거든. 그들의 주의를 돌려서 도망칠 시간을 벌려고 불을 피웠어."

"조은 생각이엇네여."

"남쪽 지점에 카누를 놔뒀어."

"저들이 오구 잇는 게 확실해여?"

"내 뒤로 오고 있었어. 아는 건 그뿐이야. 날 따라오는 것 같았어. 확신할 순 없지만."

"그럼 떠나야겟네여. 이러고 이쓸 시간이 엄써여."

나는 음식을 챙겼고, 헉은 여자 원피스를 벗은 뒤 다시 바지와 셔츠를 입었다. 헉의 보고를 듣고 싶었지만 지금은 때가 아니었다.

우리는 들키지 않도록 섬 중간을 가로질러 걸었다. 홍수로 불어난 물이 완전히 다 빠져나간 게 아니어서 무릎 깊이까지 오는 흙탕물을 가로질러 걸어야 했다. 서로 거머리를 떼어줘야 할 게 분명했다. 헉은 다리가 짧아서 무릎을 높이 들어올리며 물을 헤치고 나아갔다. 나는 헉이 물을 가르며 첨벙거리는 소리가 늪살모사를 쫓아낼지도 모른다는 상상을 했다. 상상보다는 바람에 가까웠다. 그러다가 우리는 숲을 가로질러 울리는 목소리를 듣고 그 자리에 얼어붙었다. 식량과 얼마 되지 않는 도구들을 머리 위로 든 채였다.

"첨벙 소리를 그만 내는 게 조케써여, 헉."

"나도 그렇게 생각해."

"저들이 누군지 알게써여?"

"아니, 짐. 사실 날 따라온 게 맞는지도 잘 모르겠어."

"알게 되고 싶지 안네여."

우리는 카누를 찾아 강으로 밀고 나갔다. 하지만 들킬까봐 카누에 올라타지는 못하고 물속에 숨어 덜덜 떨고 있었다. 그러다가 곧 우리는 물살을 따라 섬에서 멀어졌다.

9장

우리는 카누에 올라타서 드러누웠다. 헉에게 괜찮냐고 묻자, 춥다는 대답이 돌아왔다. 나는 헉에게 젖은 옷을 벗고, 내가 말린 생선을 싸는 데 사용했던 천을 덮으라고 말했다. 나도 셔츠를 벗어서 할 수 있는 한 물기를 짜내려고 했다.

"우리 가족은 바써여?" 내가 물었다.

"멀리서." 헉이 말했다. "다들 괜찮은 듯했어. 슬퍼 보였지만."

"또 멀 바써여? 멀 발견해써여?"

헉은 얘기를 하면서 지금의 춥고 비참한 상황을 잊을 수 있었다. "먼저 작은 강변에 도착했는데, 바로 위쪽에 스틴슨네 땅이 있었어. 포도 넝쿨이 울타리를 덮은 곳 있잖아."

"어딘지 알아여."

"거기 판잣집에 어떤 여자가 있었어. 그게 스틴슨인지 아닌지는 모르겠지만. 키가 컸는데, 거의 너만했어. 사실 그래서 남자처럼 보였어. 손이 크고 투박했지. 아마 내 옷이 다 젖어서 진흙투성이였나봐. 그 여자가 나를 불렀거든. '꼬마 아가씨'라고 불렀어. 믿어져?"

"그래써여?"

"정말 날 여자애라고 생각했는지는 잘 모르겠어. 계속 빤히 쳐다봤거든. 그래도 그 여자가 얘기하는 걸 좋아해서, 사람들이 날 죽인 살인자를 찾고 있다고 알려줬어. '날 죽인 살인자'라고 말했다는 건 아니야. '헉을 죽인 살인자'라고 했지. 여자 말로는 처음에 사람들이 아빠를 비난하면서 거의 목매달아 죽일 뻔했대."

"하지만 그러지 안앗군여." 내가 말했다.

"그러지 않았지. 어떻게 알았어?"

"추측이져."

"그다음에는 사람들이 날 죽인 살인자가 너일 거라고 생각했대."

나는 심장이 쿵 내려앉았다.

"왠지 자신이 얘기하는 대상이 바로 나라는 걸 그 여자가 알고 있다는 생각이 계속 들었어. 어쨌든 사람들은 살인자가 아빠일 거라고 다시 생각하기 시작했나봐. 아빠가 마을에서 도망친 뒤 아무도 보지 못했기 때문인 것 같아. 아빠 머리에 이백 달러의 현상금이 붙었어." 헉이 말을 잠시 멈췄다.

"왜 그래여?"

"그리고 너한테는 삼백 달러가 걸려 있대."

나는 아무 말도 하지 않았다.

"마을로 숨어들어가 톰 소여가 있는지 찾아보려고 했어. 톰이 우리를 도와줄 수도 있을 거라고 생각했거든. 하지만 어린애를 죽인 살인자가 잡히지 않았으니 애들이 전부 집안에 갇혀 있었어. 적어도 내가 보기에는 그랬어."

"누가 말하는 건 못 들엇나여?"

"대처 판사가 누군가에게 말하는 소리는 들었는데, 내가 이미 여자에게 들은 얘기를 하고 있더라."

"하지만 노예들한테는 말을 걸지 안은 거져?"

헉이 고개를 저었다. "하룻밤은 왓슨 아줌마네 헛간에서 잤어. 부엌에 숨어들어가 양초랑 성냥을 조금 가져왔지. 치즈도 약간 챙겼는데 잃어버렸어. 그런데 카누를 찾을 수가 없더라고. 그 스틴슨네 여자의 헛간에 숨어 있었는데 내가 거기 있는 걸 그 여자가 아는 것 같았어. 그러다 배를 발견해서 출발하는데 어떤 남자들이 따라오는 걸 알아챈 거지. 적어도 내가 보기엔 그들이 날 따라오는 것 같았어."

"제 아내는 어때 보여써여?"

"말했듯이 슬퍼 보였어."

"제 어린 딸은여?"

"슬퍼 보였지."

나는 등을 바닥에 대고 누워 보이지 않는 하늘을 바라보며 헉의 말에 대해 생각했다. 그리고 가족에게 돌아갈 거라고 스스로 다짐했다.

우리는 강변에 무사히 도착해서 숲속에 숨었다. 다음날 아침에는 가진 식량을 조금 먹었다. 나무 열매와 메기였다. 말린 생선과 헉이 훔쳐온 비스킷은 남겨놓았다. 지나가는 다른 배가 없는지 지켜보면서 우리는 비스듬한 임시 덮개가 달린 간단한 뗏목을 하나 만들어 카누에 단단히 묶었다.

"밤에 이동해야 할 것 가타여." 내가 헉에게 말했다. "낮에는 물고기두 잡구 식사두 하면서 그냥 쉬구여."

"괜찮네." 헉이 막대기에 꽂아 모닥불 위에서 익히고 있던 물고기를 뒤집었다. "뭐 하나 물어봐도 돼?"

"물론이져."

"아빠가 왜 나를 혐오한다고 생각해?"

"혐오는 강한 표현이에여." 내가 말했다.

"그럼 뭐라고 해야 하지?"

"말하구 시픈 대루 하면 댄다구 생각해여."

"아빠는 너도 혐오해." 헉이 말했다.

"당연히 저를 혐오하겟져. 노예니까여."

"왜 아빠가 너를 노예라는 이유로 혐오해야 해?"

"세상이 그런 거니까여, 헉."

"이제 아빠는 너를 특히 더 혐오하겠네."

나는 고개를 끄덕였다.

황혼이 드리웠고, 우리는 안개 속이라면 출발해도 괜찮을 거라고 판단했다. 미시시피강은 보이는 것보다 물살이 더 빨랐다. 그래서 무서웠다. 나무 사이나 후미에서 여유롭게 즐길 때는 물살이 온화하다고 생각하겠지만 실제 강으로 나가보면 상황이 완전히 달라진다. 최근의 홍수 때문에 우리는 강둑에서 꽤 멀리 떨어진 곳으로 나가야 했다. 그렇지 않으면 덤불이나 갖가지 잔해들에 휘말릴 수 있었다. 그래서 더 괴로웠다. 배들은 우리를 볼 수 없었고, 우리를 보더라도 피하려고 방향을 틀 것 같지 않았다. 게다가 배들이 엄청난 소음을 내는데도 불구하고, 다른 배가 아주 가까이 접근할 때까지 안개 때문에 그 위치를 파악하지 못하는 경우가 많았다. 다른 배가 지나갈 때마다 우리는 엄청나게 흔들렸다. 특히 우리가 만든 쉴 자리 때문에 배의 윗부분이 무겁고 약간 기울어져 더욱 그랬다. 우리는 가지고 있던 작은 양철통 두 개로 물을 퍼내는 데 많은 시간을 썼다. 아주 고된 일이었다.

안개가 걷히자 강을 가로지르는 증기선들의 불빛을 볼 수 있었다. 포마일섬이 시야에 들어왔다. 섬은 끝없이 이어지는 것 같았고, 그 모습을 보며 내가 우리 가족에게서 얼마나 멀리 떨어져 있는지 깨달았다. 그때 헉이 비명을 질렀다. 고개를 돌리자 우리에게 돌진하는 배가 보였다. 배에서 아무 소음도 나지 않는 걸로 보아 엔진에 문제가 있는 게 틀림없었다. 우리는 강기슭으로 최대한 열심히 노를 저었다. 강물이 우리를 끌어당기는 듯한 느낌이 들었다.

"빨리여, 헉! 힘을 내야 해여!"

"열심히 하고 있어!" 헉이 소리쳤다.

우리는 다가오는 배 쪽으로 위태롭게 기울었다. 그러더니 그 배가 우리를 놓아주려고 마음먹은 것처럼 우리 배가 다시 똑바로 섰다. 나는 헉을 쳐다보았고, 헉도 무엇이 다가오고 있는 건지 깨달았다. 배가 지나가면서 생긴 물결이었다. 우리는 작은 배를 있는 힘껏 붙잡아 뒤집히지 않게 하는 동시에 부서지지 않게 하려고 애썼다. 물살이 우리를 덮쳤다. 마치 물로 만든 벽에 부딪히는 것 같았다. 우리가 만들어둔 쉴 자리 일부가 물살에 휩쓸려 사라졌다. 파도가 우리를 흠뻑 적셨고 배가 격렬하게 흔들렸다. 우리는 한 손으로 배를 붙잡은 채 물을 마구 퍼냈다.

"예수님을 믿어?" 헉이 소리쳤다.

"물론이져." 내가 말했다. "하지만 여기서는 헉만 예수님께 도움을 구할 수 잇지 안을까여? 노예들 소원은 들어주실 생각이 전혀 엄는 것 가트니까여."

마침내 배가 사라졌지만 우리는 계속해서 물을 퍼냈다. 배의 흔들림이 조금 가라앉았다.

"주님께 기도해써여?" 내가 물었다.

"그럴 기회도 없었지." 헉이 말했다. "어쨌든 우리가 해냈어."

"우리가 해낸 것 가타여."

10장

 우리는 며칠 동안 강 하류로 향했다. 일단 세이버튼을 지나자 보이는 게 별로 없었다. 그래도 밤마다 계속 이동했고 낮에는 식량을 구했다. 배에서 강물에 낚싯줄을 던져놓았다가 회수하는 식의 낚시를 두어 번 시도했지만, 헉이 배 위로 독사를 끌어올릴 뻔한 이후로는 포기했다. 강줄기가 갈라지자 폭이 좁아져서 우리는 낮에도 조금씩 움직이기로 했다. 그러나 계획은 오래가지 못했다. 다시 넓은 물길에 도달했을 때 작은 배의 갑판에서 어떤 사람들이 우리를 보며 손가락으로 가리키는 모습을 목격했다. 무서워진 우리는 다시 어두울 때 움직이기로 했다.
 어느 날 밤, 모닥불 앞에서 헉이 물었다. "왜 나한테 그냥 강 건너로 데려가달라고 하지 않는 거야? 일리노이주에 가면 너는 자유인이잖아."

그렇게 할까도 생각했었지만 어쩐지 내가 가족과 더 멀어질 것 같은 느낌이 들었다. 노예제는 가상의 경계를 인정하지 않았다. 나는 돈이 필요했다. "그 생각두 해밨져, 헉. 하지만 헉과 나는 친구니까여. 헉을 두구 그냥 떠날 순 엄써여." 그리고 이건 내 진심이었다. 헉은 아직 어린 소년이었다.

헉이 고개를 끄덕였다. "우리가 어디로 가고 있는지 알아?"

"전혀 몰게써여. 하지만 어디론가 가구 잇는 것 가타여."

밤이 되었고 우리는 다시 출발했다. 그러나 한 시간쯤 지나자 폭풍이 다가오면서 우리는 물위에 뜬 장난감처럼 흔들리기 시작했다. 남쪽에서 번개가 번쩍였는데, 우리 쪽을 향하고 있는 게 분명했다.

"어케 생각해여?" 내가 물었다.

"모르겠어."

"번개가 치는데 물에 떠 잇는 건 조은 생각이 아닌 것 가타여."

"저거 봐!" 헉이 그렇게 말하며 어딘가를 가리켰다.

우리 앞에는 강가에 좌초된 증기선이 있었다. 배는 거의 45도 정도 기울어져 있었다. 헉은 앞쪽으로 노를 저었고, 나는 내 노를 키처럼 사용해서 최대한 방향을 돌리려고 했다.

"뭐하는 거야, 짐?"

"저기 가는 건 조은 생각이 아닌 거 가타여."

"무슨 소리야, 당연히 좋은 생각이지. 뭘 발견할지 모르잖아? 어쩌면 보물이 있을지도 모른다고. 금이랑 은이랑 다이아몬드 같은 것들 말이야. 어쩌면 지니가 나오는 요술램프를 발견할지도 몰라."

"노예가 금을 가지구 잇으면 아주 빨리 죽을 수 이쓸 거라는 생각은 안 해바써여? 그리구 지니두 분명 노예의 소원은 들어주지 안을 거라구여."

"어쩌면 음식이랑 콩 통조림 같은 게 있을지도 몰라. 베이컨도 더 있을지 모르고."

헉의 말은 일리가 있었지만 나는 여전히 고개를 저었다.

"내가 올라가볼게."

나는 고집을 꺾고 헉을 도와 난파선 근처로 갈 수 있도록 노를 저었다. 일단 가까이 다가가자 배가 모래톱에 완전히 박힌 것이 아니라 커다란 나무에 묶여 있음을 알 수 있었다. 헉이 강둑의 덤불에 우리 배를 묶었다.

나는 배 뒤편에 멈춰 섰다. 배의 커다란 외륜은 죽은듯이 미동조차 없었다. 부서진 타륜의 손잡이 하나가 하늘을 가리키고 있었고 다른 하나는 먼 강둑을 가리키고 있었다. 선미에는 배의 이름이 적혀 있었다.

"머라고 써 이써여?" 내가 물었다.

"월터 스콧." 헉이 말했다.

"누군지 궁금하네여."

"배 이름일 거야, 짐."

"아."

"배 위로 안 올라가볼 거야?" 헉이 물었다.

"여기 이쓸게여. 주변이나 살피구 잇게여."

"좋은 생각이야." 헉이 말했다. "위험해 보이거나 누군가 다가오는 것 같으면 휘파람으로 신호를 줘."

나는 헉이 미끄러운 갑판 위로 올라가는 모습을 지켜보았다. 그러고 나서 기울어진 선체 아래에 숨어서 비를 피했다.

바람 때문에 선체 아래에서도 비를 거의 피할 수 없었다. 그래서 흠뻑 젖고 말았다. 뭔가 생각을 하려고 했지만 할 수 없었다. 그때 헉이 갑판에서 빠르게 내려오더니 강물 속으로 미끄러졌다. 헉은 몸을 떨고 있었다.
"여기서 빠져나가야 해." 헉이 말했다. "여기서 빠져나가야 해. 도망쳐야 해, 짐."
"무슨 일이에여, 헉? 무슨 일이 이써써여?" 배를 묶어놓은 곳으로 향하며 나는 헉에게 물었다.
헉이 내 질문에 미처 답하기도 전에, 우리 배를 묶어놓은 줄이 풀려서 배가 강 너머로 떠내려가는 모습이 눈에 들어왔다. "내가 제대로 묶어놓지 못했나봐." 헉이 말했다. "우리 숨어야 해. 숨어야 해."
"왜여?"
"배에 강도들이 타고 있었어. 서로 약탈품을 나누다 한 명이 다른 놈을 죽이겠다고 하더라. 그자의 모습은 보지 못했어. 지금 어디 있는지도 모르겠어."
"들어가지 말라구 햇자나여, 거 바여." 내가 고개를 저었다. "이제 와서 아무것두 바꿀 순 업져."
월터 스콧호에서 낮은 목소리가 들려왔다. 나는 헉을 덤불 쪽으로 끌어당겼다. 우리는 남자들이 약탈품을 작은 배에 옮겨담는 모습을 지켜보았다. 그때 큰 파도가 밀려와 **월터 스콧호**를 들어올렸다가 쿵 하는 소리와 함께 떨어뜨렸다. 번개가 번쩍였고 천둥소리가 크게 울렸다. 폭풍이 닥쳐온 것이다.

강도들은 다시 배로 돌아갔다. 우리는 여기서 빠져나가야 했고, 배는 사라졌다. 헉을 쳐다보니 나와 같은 생각을 하고 있음을 알 수 있었다. 우리는 덤불에 숨은 채로 조금씩 가까이 움직이다가 강도들이 두고 간 작은 배를 향해 질주했다. 내가 밧줄을 풀자마자 물살이 우리를 몇 초 만에 강가로 휙 낚아챘다. 또다시 커다란 파도가 난파선을 들어올렸다 쾅 하고 내려놓았고, 강도들이 갑판으로 뛰쳐나왔다. 그들의 모습은 보이지 않았지만 고함치며 욕하는 소리가 들려왔다. 나는 노를 잡고서 배가 뒤집히지 않게 하는 데 집중했다. 그것만으로도 충분히 힘든 일이었다.

뒤틀려 있던 하늘이 다시 원래대로 돌아왔고 폭풍은 이제 북쪽에서 번쩍였다. 천둥소리는 가볍게 우르릉대는 정도로만 들려왔다. 나는 배를 간신히 강둑에 댔다. 동이 트고 있어서가 아니라 완전히 녹초가 되었기 때문이다. 우리는 나무들 사이로 올라가 등을 대고 누웠다. 몸은 꽤 젖었지만 이제 비는 오지 않았다.

날이 밝아지자 헉이 강도들의 약탈품이라 부르는 물건들을 살펴보기 시작했다. 헉은 이 모험에 완전히 신이 나 있었다. 나는 그 점에 감탄했고, 사실을 말하자면 부럽기도 했다. 목매달려 죽거나 그보다 더한 일을 당할 염려가 없는 세상에 살면서 그런 감정을 느낄 수 있다는 것이 부러웠다.

강도들은 먹는 데 거의 신경을 쓰지 않았던 것으로 드러났다. 약탈품 중에는 식량이 전혀 없었다. 보석과 옷, 시가가 전부였다. 책도 있었다. 나는 책을 발견하면서 느낀 흥분을 숨겨야 했다. 책의 금전적 가치에 대해서는 아는 바가 없었지만 그 지적인 가치는 매우 명확했다.

책 중에는 볼테르의 『관용론』과 『캉디드』, 루소의 『인간 불평등 기원론』도 있었다. 내가 대처 판사의 책장에서 발견하고 너무 읽고 싶었던 것들이었다. 성경책과 말 훈련법에 관한 책도 있었다. 소책자도 하나 있었다. 나는 그 책을 들고 낡은 크림색 표지를 살펴보았다. 『아프리카 원주민이지만 미국에서 60년 이상 살았던, 벤처의 삶과 모험에 관한 이야기』. 얇은 책자는 부드럽게 느껴져서 마치 땀이 난 손으로 어루만진 것 같았다. 이 책은 '주인공이 직접 들려준 내용'이라고 주장하고 있었다. 들려줬다고.

"이 보석들을 팔 수 있을 거야." 헉이 말했다.

내가 고개를 끄덕였다.

"그 책들은 왜 들고 있어?"

"느낌이 조아서여."

"그거 웃기네. 어떻게 책이 느낌이 좋을 수 있어?" 헉이 루소 책을 집어서 휘리릭 넘겼다. "심지어 그림도 없는데."

"무게가 마음에 들어여."

헉은 꽤 한참 동안 나를 빤히 쳐다보았다. "나는 깜둥이들을 이해하지 못하는 거 같아."

왠지 모르겠지만 그 단어가 헉의 입에서 나온 것이 이상하게 느껴졌다. 헉도 그런 느낌을 받은 것 같았다. 우리 사이에 잠시 어색한 침묵이 흘렀기 때문이다.

"어쩌면 이 책들루 글 읽는 법을 배울 수두 잇져."

"아마 공부를 시작하려면 이것보다 더 좋은 책들이 있을 거야." 헉은 내가 성경책을 옆으로 밀어서 치워놓은 걸 알아챘다. "이건 필요하지 않구나? 성경책?"

나는 궁지에 몰린 듯한 느낌을 받았다. "필요 엄써여." 내가 말했다. "이 책들을 제가 가지구 이써도 대나여?"

"나한테는 확실히 필요 없는 것들이니까 상관없어."

나는 책들을 원래 담겨 있던 자루에 다시 넣었다.

"넌 정말 이상해, 짐. 수수께끼 같아."

"저두 그런 것 가타여, 헉."

"자유인이 될 수 있는 일리노이주에는 가고 싶지 않다고 하더니, 이제는 느낌이 좋다는 이유로 책을 모으잖아. 정말 이해할 수 없어."

11장

"난 지니에 관한 이야기를 정말 좋아해." 헉이 말했다. "지니가 램프 안에 사는 모습을 상상해봐."

"램프여?"

"응. 그런데 안에 기름이 든 게 아니라 사람이 있는 거야."

"작은 사람이겟네여." 내가 말했다.

헉이 고개를 저었다. "아니야, 그는 작지 않아. 내가 듣기로는 지니가 램프에서 연기처럼 나오면 이렇게 커진다고 했어."

"그걸 어케 알아여?"

"톰 소여가 말해줬거든."

"아하, 글케 댄 거군여."

"무슨 말이야?"

"톰 소여가 머라두 마지막으루 진실을 말햇던 게 언제에여? 금이랑 무지개에 대해 말했던 건 기억나여?"

"어쨌든 지니는 램프에서 나와서 세 가지 소원을 들어준대. 원하는 건 뭐든지. 그냥 부탁만 하면 돼. 다만 세 개만 가능하지."

"더 많은 소원을 원한다구 하면여?"

"그렇지, 나도 그렇게 말했어. 하지만 그건 안 되고 세 개만 들어준대. 무슨 소원을 빌고 싶어?"

허구의 등장인물에 대해 논쟁하는 건 지치는 일이었지만, 이런 질문에 대해서는 이전에도 많이 생각해본 적이 있었다. 그리고 판사의 서재에서 읽었던 이야기처럼, 내가 좋다고 생각하는 건 무엇이든 필연적으로 나쁜 결과를 수반할 수 있다는 것도 알고 있었다. 가령 영원한 삶은 내가 사랑하는 사람이 모두 죽는 모습을 지켜봐야 한다는 의미일 수도 있다. 머릿속에 떠올랐지만 헉과는 공유할 수 없을 것이 분명한 의문 한 가지는 '철학자 키르케고르라면 무슨 소원을 빌까?' 하는 것이었다.

"몰게써여, 헉. 저는 머든지 소원을 비는 게 무서운 거 가타여."

"생각해봐."

"지니두 백인일 거 아니에여. 들어주지두 안을 소원을 머하러 빌어야 하나여. 그게 조은 얘기든 아니든."

헉은 잠시 시간을 두고 내 말을 이해하고 나서 하늘을 올려다보았다. "내가 무슨 소원을 빌 건지 말해줄게. 우선 모험을 하고 싶다고 할 거야." 헉이 크게 미소 지었다. 그리고 나를 쳐다보았다. "그런 다음에, 네가 나처럼 자유인이 되면 좋겠다고 할 거야."

"고마어여."

"고맙긴 뭘. 아예 모든 노예가 자유로워지면 좋겠다고 하려고."

나는 고개를 끄덕였다.

"모든 인간은 자유로울 권리가 있는 거 아냐?" 헉이 물었다.

"권리 같은 건 존재하지 않아요." 내가 말했다.

"뭐라고?"

"아무 말두 하지 안아써여."

헉이 자루를 쳐다보았다. "그 무거운 책으로 뭘 하고 싶은 건지는 모르겠지만 당연히 가져도 돼. 진짜 보물이 생기면 책이야 그냥 버리면 되니까."

"지니가 든 램프 가튼 거 말이져?" 내가 말했다.

"맞아." 헉이 말했다.

헉과 나는 잠시 침묵했다. 우리는 젖은 나뭇잎들 위에 누워 있었다. 헉에게 피로가 몰려오고 있다는 게 느껴졌고, 얼마 지나지 않아 헉은 가볍게 코를 골기 시작했다. 나는 머리 위로 우거진 플라타너스 가지들 너머를 멍하니 쳐다보았다. 나무껍질이 말리면서 벗어지는 게 나는 항상 좋았다.

진심으로 책을 읽고 싶었다. 헉은 잠들었지만 혹시라도 깨서 내가 책을 펼쳐놓고 들여다보는 모습을 목격하게 될까봐 불안했다. 그런 위험은 감수할 수 없었다. 그때 그런 생각이 들었다. 내가 실제로 책을 읽고 있는지 헉이 어떻게 알 수 있겠어? 헉에게 들키면 책에 적힌 글자와 단어들이 대체 무슨 뜻인지 궁금해서 그냥 바보처럼 쳐다보고 있었다고 주장하면 될 것이다. 헉이 어떻게 알 수 있겠는가? 그 순간, 글을 읽을 수 있는 능력에 담긴 힘이 명료하게 현실로 느껴졌다. 내가 글을 볼 수만 있다면, 그 누구도 글 자체나 내가 글을 통해 배우는 내용을 통제

할 수 없을 것이다. 사람들은 내가 글자를 단순히 보고만 있는 건지, 읽고 있는 건지, 소리만 내고 있는 건지, 제대로 이해하고 있는 건지도 알 수 없을 것이다. 글을 읽는 건 완전히 은밀한 일이었고, 완전히 자유로운 일이었으며, 따라서 완전히 체제 전복적인 일이었다.

나는 책이 담긴 자루를 내 쪽으로 끌어당겨 손을 넣어서 한 권을 잡았다. 그러고는 그 책에 잠시 손을 그대로 올려두고 촉감을 즐겼다. 내 손가락으로 감싼 작고 두꺼운 책은 소설이었다. 소설은 읽어본 적이 없었지만 픽션이라는 개념은 이해하고 있었다. 그건 종교나 역사와 그다지 다르지 않았다. 나는 그 책을 자루에서 꺼냈다. 그리고 헉이 아직 잘 자고 있는지 확인하고서 책을 펼쳤다. 책장의 냄새가 감격스럽게 느껴졌다.

베스트팔렌이라는 지역에서……

나는 어딘가 다른 곳에 있었다. 이 망할 강가의 어딘가에 있지 않았다. 미시시피강에 있지 않았다. 미주리주에 있지도 않았다.

12장

 늦은 오후, 우리는 그날 일찍 상륙했던 강변의 바로 아래쪽 덤불에 우리 카누와 뗏목이 걸려 있는 것을 발견하고 깜짝 놀랐다.
 "이게 웬 행운이야!" 헉이 말했다.
 "다시 우리 배를 타는 게 낫게써여." 내가 말했다.
 "왜?"
 "우선 훔친 게 아니니까여. 그리구 우리 카누를 찾구 잇는 사람은 아무두 업져."
 "네 말이 맞는 것 같아." 헉이 내 자루를 쳐다보았다.
 "이제 출발하져." 내가 말했다.
 "내 생각엔 우리가 오하이오강 근처에 온 것 같아."
 "그럴지두 몰라여."
 우리는 땅거미가 질 때쯤에 배를 타고 출발했다. 나는 카누에, 헉은 뗏목에 탔다. 우리 몸은 물기 없이 잘 말라 있었고, 그건 좋은 일이었다. 그날 밤에는 안개가 끼지 않았고 구름도 거의 없었다. 머리 위에는 별들이 맴돌고 있었다.

"저 별들 좀 보세여." 내가 말했다.

"와!" 헉이 감탄하며 말했다. "저 별들을 다 셀 수 있는 사람이 있을까?"

"전 할 수 엄쓸 거 가타여."

"질문이 있어, 짐."

"머에여?"

"너는 성이 없잖아, 그렇지?"

"그게 질문이에여?"

"아니." 헉이 말했다. "내 질문은 이거야. 네가 직접 하나 선택할 수 있다면 어떤 성을 고르고 싶어?"

"대단하네여, 헉. 조은 질문이에여."

"처음부터 이름이 없다면 노예 이름은 어떻게 얻는 거야?" 헉이 물었다.

"그냥 하나 고르는 거져."

"좀더 의미가 있어야지. 그렇지 않으면 다들 자기 이름을 매일 바꾸지 않을까?"

"그런다구 누가 머라구 하게써여?" 내가 물었다. "제가 듣기루 인디언은 다른 사람들이 자기에 대해 먼가를 알게 댄 후에 이름을 얻는대여. '빠른 사슴'이나 '노란 손'이나 '빠른 화살'이나 '곰에게서 도망친 자'처럼여."

"그게 진짜 이름들이야?"

"제가 그냥 지어낸 거에여."

"마음에 든다. 나는 '매의 눈'이라고 할래. 너는, 짐?"

나는 하늘을 살피다가 별똥별이 떨어지는 모습을 보았다. "'골라이틀리*'여." 내가 말했다.

"뭐라고?"

"그게 내 이름이에여. '골라이틀리'."

"짐 골라이틀리." 헉이 말했다. "좋은 이름이네."

"제임스 골라이틀리."

나는 배를 강 하류로 몰았다. 헉은 뗏목에서 잠을 자면서 몸을 떨었다. 나는 몇 분간 깜빡 졸았다가 증기선에 탄 사람들의 왁자지껄한 소리에 잠에서 깼다. 불을 밝힌 증기선의 갑판 위로 사람들이 우글대는 모습이 보였다. 그들은 나를 보지 못했을 뿐만 아니라 볼 수도 없었다. 왠지 이런 생각 자체가 우습게 느껴져 쿡쿡 웃다가 정신을 다잡았다. 내 웃음소리에도 헉은 깨지 않았는데, 알고 보니 헉이 내 곁에 있지 않아서였다. 어찌된 일인지 뗏목과 카누의 연결이 끊어져 있었다. 그 사실을 알아차리자마자 뗏목이 강에서 홀로 버티지 못할지도 모른다는 걱정이 밀려왔다.

"헉!" 나는 헉의 이름을 불렀다. 처음에는 부드럽게 불렀지만 그다음에는 더 다급해졌다. "헉!" 이제 나는 소리치고 있었다. 강의 공허한 고요함만으로도 내가 내는 소리를 전부 삼키기에 충분했을 테지만, 거기

---

* '가볍게 걷는 자'라는 뜻.

에 증기선에서 들려오는 음악과 웃음소리, 커다란 외륜이 철벅거리는 소리까지 더해졌으니 헉은 내 소리를 듣지 못할 것이 분명했다.

나는 강물 위나 아래에서 움직이는 그림자가 있는지 보면서 어떤 소리가 들리지는 않는지 귀를 기울였고, 강물에서 물결이라도 일지 않는지 살폈지만 아무것도 발견할 수 없었다. 우리는 헤어졌다. 헉이 걱정됐지만 한편으로는 오히려 잘된 일인 것 같다는 생각도 들었다.

잠시 후, 검은빛의 깊은 강물에 달빛만 비추고 있을 때, 뗏목 위에서 무릎을 꿇고 있는 헉의 모습을 기적적으로 발견할 수 있었다. 계속 고개를 두리번거리는 걸 보니 매우 당황해서 나를 찾고 있는 것 같았다. 나는 헉 쪽으로 카누의 방향을 돌린 다음, 긴장을 풀고 자리에서 뒤쪽으로 기대어 자는 척을 했다. 그리고 헉이 두 배를 다시 묶는 소리를 가만히 듣고 있다가 잠에서 깨어나는 시늉을 했다.

"헉, 살아 이쎳군여!" 내가 신이 나서 말했다.

"당연히 살아 있지. 아니면 내가 어떻게 됐겠어?"

"예를 들어 물에 빠져 죽어쓸 수두 잇져."

"어떻게 그런 일이 일어날 수 있겠어?"

나는 헉의 장난기가 발동했음을 눈치챘다.

"너랑 바로 여기에 이렇게 있는데 어떻게 그런 일이 생길 수 있겠어?" 헉이 시치미를 떼며 말했다.

"하지만, 헉, 우리는 한동안 떨어져 이써써여."

"무슨 말을 하는 거야, 짐? 넌 내내 자고 있었잖아. 내가 널 보고 있었는데."

"아니에여, 우리는 떨어져 이써써여. 커다란 배가 다가와서 헉을 쳐다밧는데 뗏목과 함께 사라져씃다구여."
"배 같은 게 어디 있다는 거야?"
"이씃다니까여."
"아니야, 짐. 넌 내내 자고 있었어."
"아니에여." 내가 말했다. "물론 잠든 건 맞지만, 그건 그다음이어 써여."
"네가 꿈을 꾼 거라니까."
나를 속이면서 헉은 아주 즐거워하는 듯했다. "분명 진짜 가탓는데여. 그 배에 탄 사람들이 정말 진짜가 아니엇다구여?"
"아니야, 짐."
"아이구, 아이구, 맙소사!" 내가 말했다. "정말 무서운 꿈이엇네여."
헉이 웃기 시작했다. 헉은 나를 손가락으로 가리키며 크게 웃음을 터뜨렸다.
"그 반응을 보니 저를 속이구 이씃군여?" 내가 말했다. 헉은 재미있어했고, 그 모습을 보니 내 기분도 나쁘지 않았다. 가끔 백인들에게 불쌍한 노예를 놀릴 수 있게 해주면 언제나 삶은 더 편해졌다.
"내가 널 속였어." 헉이 말했다.
나는 헉 때문에 상처를 받은 양 연기했다. 백인들은 죄책감을 느끼는 걸 좋아한다.
"미안해, 짐. 재미있을 거라고 생각했는데."
"그래여, 재미잇져, 헉. 당연히 재미잇겟져." 나는 아랫입술을 약간 내밀었다. 백인들에게만 보여주는 표정이었다.
"네게 상처 줄 생각은 전혀 없었어."

이제는 내가 약간의 죄책감을 경험해야 했는지도 모른다. 자신의 행동에 어떤 문제가 있는지 실제로 이해하기에는 너무 어린데도 내가 헉의 감정을 가지고 장난친 것에 대해서 말이다. 하지만 그러지 않기로 했다. 노예에게 그나마 주어진 선택의 자유는 마음껏 누려야 하기 때문이다.

우리는 다른 배가 없는 방향을 골라가며 물살을 타고 이동했다.

"짐, 넌 왓슨 아줌마의 소유잖아, 그렇지? 그러니까 왓슨 아줌마의 재산인거고, 그렇지?"

"마자여." 내가 말했다.

"그럼, 사실은 내가 널 왓슨 아줌마에게서 훔친 거네."

"그런데, 헉. 헉이 나를 거기서 데리구 나온 건 아니자나여, 글쳐? 우리는 어쩌다보니 같은 방향으루 오게 댄 거니까여."

"하지만 나는 널 왓슨 아줌마에게 돌려주지 않았잖아, 그렇지 않아?"

"글쳐, 그러지 안앗져."

"그러니까 훔친 거지. 그렇지 않아? 만약 내가 길가에 있던 노새를 데려갔는데 그 노새가 누구 소유인지 알고 있었다면 그것도 도둑질 아닐까?"

"전 노새가 아니에여, 헉."

우리는 계속 나아갔다.

"내가 잘못하고 있는 건 아닐까?" 헉이 말했다. 혼란스러워하는 듯했다. "뭐가 옳은 일인지 어떻게 알 수 있는 거지?"

"저는 일케 생각해여. 무엇이 옳은 일인지 규칙으루 정해줘야 아는 사람이라면, 그걸 일일이 설명해줘야 아는 사람이라면, 그럼 그자는 절대루 옳은 일을 하는 조은 사람이 댈 수 엄쓸 거에여. 뭐가 옳구 그른지 신이 알려줘야 아는 사람이라면 아마 평생 뭐가 옳은지 모를 거구여."
"하지만 법에 따르면……"
"법은 옳은 일과 아무 상관두 엄써여. 법에서는 내가 노예라구 하자나여."
배는 계속 앞으로 나아갔고, 우리의 침묵은 점점 더 고요해졌다.

"들어바여." 내가 헉에게 말했다.
"뭘?"
"들어바여."
"나한테는 아무 소리도 안 들려."
"그거에여, 헉. 강이 혼잣말하는 소리에여."
"뭐라고 말하는데?" 헉이 물었다.
"그건 강만 알구 잇는 거니까 우리가 알아내야 해여." 나는 강물을 쳐다보았다. "다른 목소리두 이써여."
헉이 눈을 감고 귀를 기울였다. "나한테는 안 들려."
"오하이오강이에여, 헉. 오하이오가 미시시피에게 자유에 관해 얘기하구 이써여. 저는 일자리를 구해서 돈을 벌구 돌아와 세이디랑 리지를 살 거에여."
"그럼 두 사람이 네 소유가 되는 거야?" 헉이 물었다.
"아니여, 누구의 소유두 아니게 되는 거에여. 누구의 소유물두 되지 안는 거져. 자유로워지는 거에여."

13장

아침의 고요함 속에서 강이 낮게 웅웅거리는 소리를 듣고 있자니 긴장이 풀렸다. 그래서 우리가 아직 물위에 떠 있는 상황에서 잠이 들고 말았다. 감은 눈을 떴을 때는 대낮의 햇살이 내리쬐고 있었지만, 나를 잠에서 깨운 건 어떤 목소리였다. 남자들의 목소리와 혁의 목소리가 아주 가까이에서, 내 바로 근처에서 들려왔다. 나는 내 상황을 가늠해봤고, 내가 뗏목 위에 있으며 방수천에 덮여 있다는 것을 파악했다. 스스로 덮은 기억이 없는 걸 보니 혁이 덮어준 듯했다. 나는 가만히 누워 있었다.

"네 이름이 뭐니, 꼬마야?" 한 남자가 물었다.

"조니입니다."

"강에서 혼자 뭘 하는 거지?"

"낚시할 만한 좋은 곳을 찾고 있어요."

"이 근처에서 왔니?"

헉이 잠시 말을 멈췄다. "네."

"낚시로 뭘 잡으려고 하는데?" 다른 남자가 물었다.

"메기요."

"그렇다면 잘 찾아왔군."

"이 근처에서 깜둥이 하나를 본 적 없니?" 첫번째 남자가 물었다.

"아니요, 못 봤어요. 왜 그러세요?"

"그는 도망자다."

"도망 노예지." 두번째 남자가 말했다.

"다른 말로 또 뭐라고 표현할 수 있을까?" 첫번째 남자의 말이었다.

"뭐, 도망친 죄수라고도 할 수 있겠군, 그렇지? 그렇지 않니, 조니? 한번 말해봐라."

"죄수일 수도 있겠네요." 헉이 말했다.

"하지만 그렇지 않아." 첫번째 남자가 말했다. "그 도망자는 상류 쪽 해니벌에 사는 한 여자가 소유한 흑인 노예 깜둥이다."

헉의 작은 머릿속에서 두뇌가 회전하는 소리가 들리는 듯했다.

"누구라도 본 적 있니, 꼬마야?" 첫번째 남자가 다시 물었다.

헉은 조용했다. 나는 헉의 침묵에 귀기울이고 있었다. 물살이 카누의 옆면을 찰싹 때리면서 뗏목 바닥의 널빤지를 뚫고 내 몸을 적셨다. 차가운 물의 감촉 때문에 나도 모르게 분명 일 인치 정도 움직였을 것이다.

"꼬마야?"

"아뇨, 아무도 보지 못했어요."

"저 방수천 아래에 있는 건 누구지?" 남자의 목소리가 좀더 커졌다.

"아픈 삼촌이 있어요." 헉이 말했다.

"오, 그래?"

나는 뭔가가 뗏목을 붙드는 느낌을 받았다. 갈고리였거나 손이었을 수도 있다.

"네." 헉이 말했다. "삼촌이 바람을 쐴 수 있도록 매일 데리고 나와요. 천연두에 걸렸거든요."

뗏목을 잡은 힘이 풀렸다.

"넌 여기서 저 사람과 함께 있는 거고?" 두번째 남자가 물었다.

"저는 삼촌을 한 번도 건드린 적이 없어요. 건드리기 무서워요."

"천연두라." 두번째 남자가 다시 말했다. 그의 목소리는 약간 힘이 빠져 있었다.

"삼촌은 대부분의 시간을 자면서 보내요." 헉이 말했다. "우리는 계속 삼촌이 죽을 거라고 생각했지만 죽지 않았죠."

첫번째 남자가 헛기침을 했다.

"천연두 환자를 건드릴 생각은 없다." 두번째 남자가 말했다.

"가라." 첫번째 남자가 말했다.

"네." 헉이 말했다.

"메기를 잡으려고 무슨 미끼를 쓰고 있지, 꼬마야?" 두번째 남자가 물었다.

"제가 구할 수 있는 것들이요. 큰 지렁이랑 귀뚜라미요."

"치즈를 좀 가져오렴. 메기들은 치즈를 아주 좋아한단다."

"가거라, 꼬마야." 첫번째 남자가 말했다. "그 깜둥이가 나타나는지 잘 살펴보고. 사람들이 그러는데 아주 위험한 놈이라고 하더라."

"네, 꼭 그럴게요."

"여기 돈을 주마." 첫번째 남자가 말했다. "거의 죽어가는 삼촌과 함께 밖에 나와서 낚시를 하는 꼬마라면 돈이 조금 필요하겠지."

"와, 정말 감사합니다!" 헉이 말했다. "정말 친절하시네요."

"가거라."

꽤 멀리까지 이동해서 간 뒤 헉이 이제 괜찮다고 말했다. "큰일날 뻔 했어."

"제 생각보다 더 위험해써여." 내가 말했다.

"말도 안 되지 않아? 그 남자가 갑자기 나한테 십 달러를 줬다니까."

"엄청난 금액이네여. 그 돈으루 멀 할 거에여?"

"모르겠어. 뭔가를 사는 건 어떨까? 음식을 좀 사고 싶어."

"식량은 이써여. 식량이야 잡을 수 잇져."

"모르겠어, 그럼. 너라면 뭘 살래?"

"그 돈으루 제 아내랑 아이를 살 수 있을지 잘 몰겟네여." 나는 대낮의 환한 빛과 배에 탄 사람들을 보았다. "이 강에서 벗어나야 해여. 이제 사람들이 저를 찾구 잇단 걸 알게 대쓰니까여."

밤이 왔다. 우리는 진흙 풀숲을 힘겹게 가로질러 배를 숨겨둔 곳으로 향했다. 그리고 카누가 사라진 걸 알게 되었다.

"누가 훔쳐갔나봐!" 헉이 말했다.

"이제 어케 하져?" 내가 말했다. "그냥 저 뗏목만으루 움직여야 할 것 가튼데여. 다른 선택이 이쓸까여?"

"네 생각이 맞는 것 같아, 짐."

그날 밤에는 평소와 다르게 강을 지나는 배들이 상당히 많았다. 우리는 배들이 돌아다니는 항로에서 벗어나려 했지만 증기선과 연락선이 사방에 있는 것 같았다. 커다란 배가 지나가면서 생긴 물결에 우리 배가 흔들리고 있는데 반대 방향에서 또다른 물결이 다가왔다. 노를 젓거나 방향을 틀 시간도 힘도 없었다. 결국 그다음으로 지나가는 배의 선체가 우리를 덮쳤다. 엄청난 충격에 뗏목이 산산조각나고 말았다.

"헉!" 헉의 머리가 강물 위로 솟았다 사라졌다 하는 모습이 눈에 들어왔다. 그 순간, 나도 지나가던 증기선에 휩쓸려 물속으로 끌려들어갔다. 순간적으로 익사할 거라고 생각했음을 인정한다. 익사한 사람 이야기는 항상 흥미롭지만, 나는 가능한 한 지루한 사람으로 남아 있고 싶었다. 그 순간에도, 이후로도. 나는 어딘가에서 다시 수면 위로 떠올랐고, 내가 대체 어디 있는 건지 알지 못하는 상태로 머리를 계속 물위에 내놓고 강둑을 찾는 데만 집중했다. 나는 헉을 잃어버렸다.

14장

내가 강기슭까지 헤엄쳐 갔다기보다는 강물이 나를 뱉어냈다고 말하는 편이 더 정확할 것이다. 강물은 나를 끔찍한 가시덤불에 토해냈다. 그것도 설익은 블랙베리에. 따라서 이건 완벽한 모욕이었다. 헉이 걱정됐지만 상황은 절망적이었다. 나 자신도 수배되어 쫓기는 처지인데 백인 소년의 행방과 안위를 물어보며 지상을 돌아다닐 순 없었다. 내 유일한 위안은 책과 종이가 담긴 자루가 어깨에 잘 묶여 있다는 것뿐이었다. 아침이 찾아오자 나는 빈터로 기어갔다. 햇빛에 책장이 마를 수 있도록 책들을 가능한 한 쫙 펼쳐놓았다.

나는 햇볕이 내리쬐는 그 작은 풀밭에서 깜박 잠들었다. 완전히 노출된 채였지만 너무 지쳐서 관목 아래로 기어가 숨을 힘조차 없었다. 게다가 헉에 대한 걱정으로 속이 메슥거릴 지경이었고, 헉에게서 해방됐다는 안도감을 느낀 것에 부끄러운 마음도 들었다. 눈을 뜨자마자 시간이 늦은 오후임을 바로 알 수 있었다. 해가 강 너머로 한참 멀어져 있었다. 내가 혼자가 아니라는 사실도 깨달았다. 남자 네 명이 땅바닥에 둘러앉아 나를 살펴보고 있었던 것이다. 그들이 흑인인 걸 보고 안도의 한숨을 내쉬자 몸의 긴장이 풀렸다.

그중 가장 나이가 많은 게 분명한 사람이 내 책들을 만지고 있었다. 책이 잘 마르도록 책장을 넘기는 중인 듯했다.

나는 그들을 차례로 바라본 뒤 등을 바닥에 대고 누워서 구름 한 점 없는 하늘을 멍하니 쳐다보았다. "제가 어디에 있는 거죠?" 내가 물었다.

"일리노이주에 있다네." 나이 많은 남자가 말했다.

"그럼 자유주에 있는 거네요?"

남자들이 웃었다. "이봐 친구, 자네는 미국에 있지." 근육질 남자가 말했다.

나이 많은 남자가 내 책 중 한 권을 내려놓았다. "우리는 일리노이주에 있지, 그건 사실이야. 그리고 일리노이는 자유주여야 하는 곳이지, 그 또한 사실이야. 하지만 이곳 백인들은 우리가 테네시주에 있다고 말한다네."

"그들이 그렇게 생각하는 거겠죠." 내가 말했다.

"우리가 뭘 어떡하겠어?" 덩치가 큰 남자가 물었다. "법원에 지도를 가져가서 '이것 좀 보시오, 우리는 사실 자유라오'라고 말할까?"

호리호리한 체형에 실눈을 뜬 남자가 나를 빤히 쳐다보았다. "그런데 누구쇼?"

"제 이름은 짐이에요. 강 상류에서 도망쳤죠. 유감스럽게도 사방에서 사람들이 저를 찾고 있고요."

실눈을 뜬 남자가 내 책들을 쳐다보았다. "이것들로 뭘 하고 있는 거요?"

"어쩌다보니 훔치게 됐어요."

"글을 읽을 수 있나?" 가장 나이 많은 남자가 물었다.

"네."

"나도 조금 읽을 줄 알아." 덩치 큰 남자가 말했다. 그는 내게 손을 내밀어 악수를 청했다. "나는 조사이아요."

"조사이아."

"늙은 조지라네." 나이 많은 남자가 말했다.

"저는 젊은 조지예요." 더 젊은 남자가 말했다. 그의 얼굴은 늙은 조지와 똑 닮아 있었다.

잠시 침묵이 흐른 뒤 마지막 남자, 그 호리호리한 남자가 "피에르요"라고 말했다. 그는 수상쩍어하는 듯한 눈초리였지만 왜 나를 경계하는지 알 수 없었다. 아마 단순히 내가 그들을 곤란하게 하거나 불운을 가져올 거라고 생각하는 것 같았다. 아주 근거 없는 두려움은 아니었다.

젊은 조지는 허리춤에 악기를 하나 가지고 있었다. 줄이 달린 박에 조각된 나무 지판이 붙은 것이었다. "그거 밴조인가요?" 내가 물었다.

"내가 만들었어요." 젊은 조지가 말했다. "하지만 여기서 연주할 만큼 대담하진 않아요. 주변에 아무도 없어도 소리는 멀리 퍼지잖아요, 알죠? 특히 음악은 그렇죠. 사람들은 멀리서 음악소리가 들리면 어디서 나는 소리인지 알아내려고 하니까요."

"특히 음악은 말이지." 늙은 조지가 동의했다.

"특히 음악은 그렇지." 조사이아가 말을 반복했다.

"얼마나 멀리서 왔소?" 피에르가 물었다.

"꽤 멀리서요. 미주리주의 해니벌에서 왔어요."

"그거 먼길이었겠네." 피에르가 말했다. "사람들이 다들 찾는데도 어떻게 이렇게 멀리까지 올 수 있었던 거요?"

"카누를 타고 있었어요."

"흑인이 혼자 강에서 배를 타고 왔다고? 그럼 백인이 그저 재미로 당신을 쏘아 죽일 수도 있었겠는데."

"그렇지, 그걸 사냥이라고 하더라고." 조사이아가 말했다.

"조사이아는 세 번 도망쳤는데 매번 십 마일 이상을 가지 못했소." 피에르가 말했다. "아주 빠른 편인데도 말이오."

나는 피에르의 얼굴을 살펴보았다. "저는 땅으로 도망치지 않았어요. 강으로 향했죠. 그리고 밤에 움직였어요."

피에르가 쿡쿡거리며 웃었다.

헉에 대해 얘기할지 망설이다가 말하지 않기로 했다. 여전히 이유는 모르겠지만 그때는 그 얘기를 어떻게 꺼내야 할지 알 수 없었고, 어쨌든 별 상관도 없을 것 같았다.

"자네한테 현상금이 걸렸는지는 알고 있어?" 조사이아가 물었다.

"알아요."

"계속 움직여야 할 거예요." 젊은 조지가 말했다.

나는 주변을 살펴보았다. "이 근처에 사람이 많이 사나요?"

"그렇게 많지는 않다네." 늙은 조지가 말했다. "노예들이 좀 있고, 백인들 몇몇. 주인과 감시인들이 있지."

"그리고 그 미친 백인들도 있고." 조사이아가 말했다.

"그랜저퍼드 가문과 셰퍼드슨 가문을 말하는 거예요." 젊은 조지가 말했다. 그는 그 말을 하면서 즐거워 보였다. "그들은 서로를 싫어해요. 항상 서로를 죽이죠. 죽이는 방법도 다양해요. 총도 쓰고 칼도 쓰고."

"별 상관없는 일이지만." 피에르가 말했다. "백인이 백인을 죽이는 건 좋은 일이지. 수가 더 적어질수록 좋고."

"며칠 동안 이 숲속에 좀 숨어 있어야 할 것 같아요." 내가 말했다. "그럴 수 있을까요?"

"그들이 개를 데리고 찾으러 오지만 않는다면." 늙은 조지가 말했다.

"개들이 문제지." 조사이아가 말했다. "일단 개들이 자네 냄새를 맡으면 그냥 포기하는 편이 나을 거야."

"세 번 도망가셨던 거죠?" 내가 물었다.

"하지만 더는 못 가." 덩치 큰 남자가 말했다. "이젠 도망칠 수 없어."

"개들 때문에요?" 내가 물었다.

"아니. 처음 두 번은 그놈들이 나를 잡아서 다시 데려온 다음에 계속 괴롭히기만 했어." 조사이아는 셔츠를 조금 들어올리고 몸을 돌려서 불거진 흉터들이 남아 있는 등을 보여줬다. "세번째 때는 그놈들이 나뿐 아니라 다른 사람들까지 때렸지."

"여자도 때렸다네." 늙은 조지가 말했다.

나는 피에르를 쳐다보았지만 그는 시선을 돌렸다.

"여러분 중 누구도 곤경에 빠뜨리고 싶지 않아요. 그러니까 저를 피하시는 게 가장 좋을 것 같아요."

"식량이 필요할 거야." 늙은 조지가 말했다.

"아니, 이자의 말이 맞소." 피에르가 말했다. "우리가 도왔다는 걸 알면 그 개새끼들이 무슨 짓을 할지 알 수 없잖소."

"그놈들이 무슨 짓을 할지 알 수 있지." 조사이아가 말했다. "그놈들이 무슨 짓을 할지는 아주 쉽게 짐작할 수 있지."

나는 늙은 조지를 쳐다보았다. "이분들의 말이 맞아요. 제가 알아서 할게요. 이렇게 멀리까지 잘 왔는걸요. 지금까지 그랬듯이 혼자 할 수 있어요."

피에르가 내 책들을 쳐다보았다. "대체 이것들은 다 뭐요?"

"책들은 제게 위안을 줘요." 내가 말했다.

"이해할 수 있을 것 같네." 늙은 조지가 말했다.

그 순간, 피에르가 조금 누그러진 것처럼 보였다. "그놈들이 머릿수를 세기 전에 이제 돌아가는 편이 좋겠소."

"필요한 게 하나 있긴 해요." 내가 말했다. 방금 골칫거리가 되고 싶지 않다고 해놓고 이 부탁을 꺼내기는 정말 싫었다.

"그게 뭐요?" 피에르가 물었다.

"연필이요."

"뭐? 연필?" 피에르가 마치 내가 *말했잖아*, 하는 표정으로 다른 사람들을 쳐다보았다. "대관절 노예가 연필이 왜 필요하지? 편지라도 쓰시려고? 그래봤자 대체 노예가 누구에게 편지를 보낼 수 있다는 거요?"

"대통령?" 조사이아가 농담했다.

"제가 연필을 가져다줄게요." 젊은 조지가 말했다. "정말 글을 쓸 수 있어요?"

내가 고개를 끄덕였다.

"좋아." 피에르가 말했다. "젊은 조지가 연필을 가져다줄 거요." 피에르는 나를 쳐다보았다. "연필이라니."

15장

식량을 구하는 건 어렵지 않았다. 나는 노예였다. 힘겹게 노력해서 살아가는 법을 알고 있었다. 게다가 강가에서 사는 생활에 익숙해져 있었다. 크래피와 메기와 나무 열매를 먹으며 사는 삶. 내가 야영지로 택한 장소에는 아무도 찾아오지 않았다. 개 짖는 소리가 들리는지 귀를 기울이고 있었지만 그 끔찍한 소리는 한 번도 들을 수 없었다. 이틀이 지났고, 헉을 찾아보기 위해 쓸 수 있는 작전들을 고민해봤지만 그 어느 것도 말이 되지 않았다. 나는 책을 읽었다. 대낮에 책을 펼쳐놓고 있으면 그 어느 때보다도 내가 무방비하고 취약해진 느낌이 들었다. 주변 농장의 감시인에게 발각되면 어떡하지? 아니면 내 모습을 보고 겁을 먹은 노예에게 들킨다면? 아니면 단순히 주인에게 환심을 사고 싶은 노예에게 걸린다면? 세상에는 좋은 주인과 잔혹한 주인을 구분할 수 있다고 주장하는 노예들이 있었다. 그러나 우리 대부분은 그놈이나 저놈이나 다 똑같다고 생각했다.

나는 책을 읽고 또 읽었지만 정작 필요한 건 글쓰기임을 깨달았다. 연필이 필요했다. 생각들을 계속 기억하고 있을 수 없었다. 어느 정도 시간이 지나면 내가 혼자 펼치는 논리를 도무지 따라갈 수 없었다. 아마 머릿속에 공간을 확보할 수 없을 정도로 계속해서 책을 읽고 있기 때문일 것이다. 나는 마치 한 계절 내내 굶었다가 아플 때까지 폭식하는 사람 같았다. 그 책들은 일단 읽고 나면 내가 원하는 것도, 내게 필요한 것도 아니게 되었다. 이른바 '주인공이 직접 들려준 내용'이라는 벤처 스미스의 이야기는 자세히 읽을수록 점점 더 강한 분노가 치밀었다. 다섯 살짜리 아이가 그렇게 깔끔하게 맞아떨어지는 내용을 과연 그 정도로 상세하게 기억하고 있었을지 의문을 갖지 않을 수 없었다. 나는 이미 논리적으로 깔끔한 거짓말의 특성을 이해하고 있었다. 내 상황을 합리화하려고 노력하는 백인들이 들려준 여러 이야기에서 배운 교훈이었다. 나는 종교적 차이에 관한 관용을 다룬 볼테르의 생각을 높이 평가했고, 책에 몰입하면서는 내가 작품의 내용이 아니라 작품의 구조, 전개 방식, 논리적 오류를 지적하는 방식에 더 관심이 있다는 사실을 이해하게 되었다. 그래서 그 책들을 읽고 나자 성경은 가장 흥미롭지 않은 책이 되었다. 성경책은 읽기 시작할 수도 없었고, 시작하고 싶지도 않았다. 그리고 그 마음을 바탕으로 나는 내가 성경책을 적들의 도구로 인식하고 있음을 알았다. 나는 적이라는 단어를 선택했고 여전히 이 단어를 사용하고 있는데, **압제자**는 반드시 피해자를 전제로 하기 때문이다.

땅거미가 질 때쯤에는 가볍게 비가 내려 모기들이 조용해졌다. 아주 안도할 만한 일이었다. 숲에서 나는 소리도 잠잠해졌다. 나는 젊은 조지가 다가오는 소리도 듣지 못하고 있다가 그를 발견하고는 깜짝 놀랐다.

"미안해요, 짐." 그가 말했다.

"당신 잘못이 아니에요. 내가 너무 경계를 늦추고 있었어요. 더 귀를 기울였어야 했는데."

젊은 조지가 하늘을 올려다보았고 그의 얼굴에 비가 떨어졌다.

"여기서 뭘 하고 있어요?" 내가 물었다.

"뭘 좀 가져왔어요."

젊은 조지는 주머니에 손을 넣더니 몽당연필 한 자루를 꺼냈다. 연필은 그의 커다란 손 위에 마치 작은 새처럼 놓여 있었다.

"맙소사!"

"그렇게 큰 연필은 아니지만요."

"젊은 조지, 이건 충분하고도 남아요. 정말 놀라워요. 고맙습니다."

"천만에요."

"어떻게 얻었어요?"

"훔쳤죠."

그는 내 얼굴에 떠오른 공포를 알아챘다. "젊은 조지."

"아무도 보지 못했어요."

그의 미소는 정말 아이 같았고, 그가 기뻐하는 모습에 나까지 기분이 좋아지는 것 같았다. "끔찍한 위험을 감수했군요." 내가 말했다.

"간단했어요. 주인이 현관에 앉아 뭔가를 쓰고 있었는데 갑자기 바람이 불어서 종이가 사방으로 날아갔죠. 저는 거기서 철쭉을 심을 구멍을 파다가 그 모습을 보고 달려가 종이 줍는 걸 도왔어요. 그 정신없는 틈을 타서 연필 한 자루를 주머니에 챙긴 거죠. 주인이 연필을 찾지 못하고 있길래 내가 어떻게 했게요?"

"어떻게 했어요?"

"찾는 걸 도왔죠."

우리는 함께 웃었다.

"당신은 글을 쓸 수 있잖아요. 글을 쓸 수 있다면 연필이 필요하겠죠. 나도 글을 쓸 수 있으면 좋겠어요. 무슨 이야기를 할 거예요, 짐?"

"모르겠어요."

"당신의 이야기를 들려줘요." 그가 말했다.

"무슨 의미예요, 젊은 조지? 내 이야기를 들려달라니? 내 이야기를 어떻게 들려줬으면 좋겠어요?"

젊은 조지는 발치로 시선을 떨궜다. 나도 그 시선을 따라갔다. 그는 맨발이었고, 발끝으로 젖은 수풀을 움켜잡고 있었다. 그는 내 얼굴을 쳐다보았다. "귀를 사용해요."

"뭐라고요?"

"귀를 사용해서 이야기를 들려줘요. 귀를 기울여봐요."

"그렇게 해볼게요, 젊은 조지."

그러고 나서 그는 가버렸다. 지금은 밤이었다. 그는 내게 깊은 인상을 남겼고, 그가 내게 요청한 것이 무엇인지 정확히 알 수 없었는데도 그 조언을 깊이 새겨야 한다는 생각이 들었다. 나는 내가 무엇을 써야 하고 왜 써야 하는지 또한 알지 못했고 전혀 감도 잡지 못했지만, 그가 지시한 대로 귀를 사용해서 잘 들어보기로 했다.

연필을 집었다. 길이가 삼 인치쯤 되는 것 같았다. 연필은 내 손 안에서 밀도 높은 돌처럼 느껴졌다.

깊은 밤 깊은 숲속에서 사냥개 짖는 소리와 울부짖는 소리가 들렸다. 나는 침대로 삼은 나무뿌리 위에서 몸을 끌어당겨 더 단단하고 둥글게 말았다. 나무 안에는 엄마 라쿤이 살고 있었다. 언젠가부터 엄마 라쿤은 어둠 속에서 나를 무심하게 지나치기 시작했다. 오늘밤에 엄마 라쿤은 나보다 훨씬 위쪽의 나무 안에 머물며 개 짖는 소리를 듣고 있었다. 우리는 둘 다 동물이었고, 우리 중 누가 개들의 사냥감인지 알 수 없었다. 우리는 서로 같은 처지라는 사실을 받아들였다. 라쿤 친구를 두고 도망치는 것도 상상해봤지만, 번개를 피해서 도망치려면 대체 어느 방향으로 가야 하는 걸까?

16장

내 이름은 제임스다. 내가 역사의식을 가지고 성실하게 내 이야기를 들려줄 수 있으면 좋겠다. 나는 태어나자마자 팔려갔고, 거기서 다시 팔려갔다. 내 어머니의 어머니는 아프리카 대륙의 어딘가에서 왔지만, 이는 내가 들은 이야기거나 어쩌면 단순히 추정한 내용일 수도 있다. 나는 아프리카나 그곳 사람들에 대해 어떤 지식도 없으며, 내 민족이 왕족인지 거지인지도 알지 못한다. 나는 벤처 스미스처럼 다섯 살의 나이에도 조상 부족, 그들의 이름, 가족들이 노예무역의 주름과 구덩이와 깊은 틈 사이로 이동한 경로를 기억할 수 있는 이들이 대단하다고 생각한다. 나는 나를 둘러싼 세계를 인식하고 있는 사람이고, 가족이 있으며, 가족을 사랑하지만 가족에게서 강제로 찢겨나간 사람이며, 글을 읽고 쓸 수 있는 사람이고, 자신의 이야기를 남의 입을 통해 들려주는 사람이 아니라 스스로 써내려갈 사람임을 말하고 싶다.

연필을 들고, 나는 글로써 나 자신을 존재하게 했다. 나 자신에 관해 적은 글은 일단 여기까지였다. 내가 숨어 있는 곳이 안전하다보니 생각했던 것보다 오래 머무르게 되었다. 다시 어떻게 출발해야 할지 알 수 없었다. 계획이 없기 때문이었다. 도망자는 큰 도로나 오솔길을 이용할 수 없었고, 내게는 배도 없었다. 나를 처음 방문했던 남자들은 가끔씩 내 은신처에 들르곤 했다. 종종 남은 음식을 가져오기도 했지만, 알고 보면 나눠줄 음식을 내가 그들보다 더 가진 경우가 많았다. 나는 말린 생선을 저장해뒀고, 근처에는 늘 나무 열매도 있었다. 피에르는 점점 더 의심을 거두게 되었다. 늙은 조지는 더 늙어 보였다. 조사이아는 다시 탈출을 시도하려고 생각하고 있었다.

"하지만 그들이 내 친구들에게 채찍질하는 걸 생각하면 견딜 수 없어." 그가 말했다.

"그래도 자네가 성공하면," 늙은 조지가 말했다. "세상의 그 어느 채찍질도 자네가 우리에게 남길 희망을 앗아갈 순 없을 게야."

"그건 개소리요." 피에르가 말했다. "채찍질은 채찍질이지. 세상의 그 어떤 생각도 실제로 피가 나고 상처가 나는 걸 멈출 순 없소. 여기 짐도 그런 위험을 감수하고 싶진 않을 거요."

"어떻게 떠나야 할지 모르겠어요." 내가 말했다. "더 멀리 도망칠수록 제 가족과 더 멀어지는 거니까요. 다시 돌아가서 가족의 자유를 사고 싶어요."

"그럴 순 없네." 늙은 조지가 말했다. "자네는 도망자야. 자네가 나무에 목매달려 죽으면 그 누구의 무엇도 살 수 없지."

"백인을 보내서 가족을 사야 할 거요." 피에르가 말했다. "하지만 그건 가능성이 없는 듯한데, 그렇지 않소?"

나는 침묵으로 그의 의견에 동의했다.

"그냥 북쪽으로 가서 새로운 삶을 시작하쇼. 당신 가족은 하느님이 돌봐주시겠지."

우리는 피에르를 쳐다보았다. 그가 살짝 미소를 지었다.

"망할, 순간 자네한테 신앙이라도 생긴 줄 알았네." 늙은 조지가 말했다.

"믿음이란 멋진 거지." 조사이아가 말했다. "하지만 우리는 모두 그냥 노예일 뿐이야."

"자네 말이 확실히 맞는 것 같구면." 늙은 조지가 말했다.

"아, 아이구, 아이구, 맙소사!" 내가 말했다.

"어떻게 할 거예요?" 젊은 조지가 물었다.

"도망쳐야죠." 내가 말했다.

나무 아래에서 보낸 그 며칠 동안 나는 납작한 풀과 갈대를 엮어 가방을 만들었다. 그 안에 생선을 채우고 그곳을 떠났다. 물론 날이 어두워질 때까지 기다렸다. 강에서 배가 난파되기는 했지만 밤마다 이동하는 게 지금까지 효과가 있었기에 이 전략을 지금 포기하는 건 섣부른 판단인 것 같았다. 땅에서 맞이하는 밤은 강에서 맞이하는 밤보다 어둡지는 않아도 더 짙었고, 더 중압감이 느껴졌고, 더 무서웠다. 아마 매번 아주 신중하게 한 걸음씩 내디디느라, 움직인다는 단순한 행위에 더 큰 노력이 필요했기 때문이었을 것이다. 어쩌면 땅은 백인들이 사는 곳이기 때문일지도 몰랐다. 게다가 나는 어린 헉을 잃어버렸다는 생각까지 품고 있어야 했다. 헉의 안전이 걱정됐고, 헉에 대한 책임감을 느꼈다.

숲은 울창했지만 나무 사이로 새어들어오는 달빛에 의지할 수 있었다. 숲속으로 반 마일 정도 들어갔을 때 익숙한 소리가 들려왔다. 소리는 내 주변에서 울리고 있었다. 철썩 때리는 소리. 채찍이 공기를 가르며 내는 휙 소리. 멀지 않은 곳에 불빛이 보였다. 그 소리에 이끌려 가까이 다가갔다. 내가 다가갈수록 소리는 점점 더 커지더니 이윽고 끔찍한 리듬과 구두점으로 가득찬 쿵쿵 소리가 되었다. 나는 덤불로 다가가서 상황을 살펴보았다.

노예들이 커다랗고 슬픈 원 모양으로 빙 둘러 모여 있었다. 백인 감시인들의 얼굴 몇 개가 그 무리 속에 흩어져 있었다. 가운데에는 백인 남자 하나가 손에 긴 가죽 채찍을 휘감은 채 서 있었다. 그 남자가 다시 우레 같은 소리를 내며 채찍을 내리쳤다. 내 쪽을 향한 채 기둥에 묶여 있는 사람은 젊은 조지였다. 채찍이 다시 한번 등을 후려치자 그는 인상을 찌푸렸고 기둥에 몸을 더 깊이 파묻었다. 처벌을 가하고 있는 남자는 십 피트쯤 떨어진 곳에 서서 흙바닥에 떨어진 채찍 끝부분을 다시 자신의 몸 쪽으로 끌어당겼다.

"주인님의 연필을 훔쳤지!" 채찍을 든 남자가 소리쳤다. 그가 젊은 조지를 다시 때렸다. "내가 그만했으면 좋겠나, 깜둥이?" 그는 가죽 채찍을 천천히 거둬들였다. 채찍이 바닥에 끌리는 그 소리 역시 고문의 일부가 되었다.

나는 젊은 조지를 보며 움찔했다. 내가 등을 맞아서 피부가 찢어진 것처럼 채찍이 따갑게 느껴졌다. 모닥불 불빛으로 군중 속에 있는 조사이아가 보였다. 그는 어떤 감정도 드러내지 않은 채 경직되어 있었다. 마치 젊은 조지에게 힘을 주려고 애쓰는 것 같았고, 나와 마찬가지로 채찍질을 고통스럽게 느끼고 있는 것이 분명했다. 그러나 우리가 아무리 고통에 공감한다고 해도 젊은 조지가 실제로 느끼는 고통에 비하면 아무것도 아니었다. 그게 가장 마음이 아팠다.

젊은 조지는 덤불 뒤에 숨어 있는 내 얼굴을 발견했다. 나는 그 연필을 가지고 있었다. 연필은 내 주머니 안에 있었다. 다시 채찍이 그를 내리쳤고, 나는 역시 움찔했다. 우리는 서로를 물끄러미 쳐다보았다. 채찍이 또 덮치기 전까지 젊은 조지는 웃고 있는 듯했다. 그의 다리를 타고 피가 뚝뚝 떨어졌다. 그는 내 눈을 보고 입 모양으로 말했다. **도망쳐요.**

나는 그렇게 했다.

17장

나는 내가 할 수 있는 한 조용히, 그리고 재빠르게 어둠 속을 빠져나왔다. 심장박동은 좀처럼 원래 속도로 느려지지 않을 것 같았다. 해가 뜰 시간이 다가왔고 가장 두려운 걱정이 나를 짓누르기 시작했다. 숨을 곳을 찾지 못하면 어쩌나 하는 생각이었다. 낮에 사람들이 지나다니지 않는 곳. 그런 장소를 찾으려 해도 어둠 속에서는 사람들이 자주 사용하는 오솔길이나 동물이 지나다니는 길을 알아볼 수 없다는 것이 문제였다.

그때 고함소리가 들렸다. 화가 난 남자들의 목소리였다. 무슨 말을 하는지는 알아들을 수 없었다. 언쟁이 이어지는 중에 더 높고 익숙한 목소리가 들려왔다. 나는 땅바닥에 배를 대고 엎드렸다. 싸움이 벌어지는 곳으로 기어간 건 아니었지만 그 싸움이 내 쪽으로 다가왔.

"네 말은 전부 개소리일 뿐이야!" 남자가 소리쳤다. "빌어먹을 셰퍼드슨! 소피아, 하니에게서 당장 떨어져!"

"소피아는 내게서 떨어지지 않을 거야! 소피아는 나와 결혼할 거야!" 하니가 소리쳤다.

"어림없는 소리!" 첫번째 남자가 말했다.

"도망쳐야 해, 소피아!" 그건 헉의 목소리였다. 내가 아주 잘 아는 목소리. 헉의 모습은 보이지 않았다.

"네놈에게 총알을 잔뜩 박아주지, 그랜저퍼드."

"그래보시지, 이 겁쟁이 개새끼야!"

"도망쳐, 소피아!" 헉이 소리쳤다.

젊은 백인 여자가 들판을 가로질러 나무들 사이로 뛰어가는 모습이 보였다. 이윽고 나는 헉이 들판을 가로질러 게처럼 옆으로 달리며 내 쪽으로 다가오는 것을 발견했다. 헉이 내게서 고작 일 피트 정도 떨어진 곳에 도달했을 때 권총이 번쩍였다. 나는 덤불에서 손을 뻗어 헉을 내 쪽으로 끌어당겼다. 당연하게도 헉은 깜짝 놀라 내게서 벗어나려고 발버둥쳤다.

"헉, 나예요, 짐." 내가 속삭였다.

"짐?"

"네."

몇 번 더 번쩍하는 불빛과 함께 탕탕거리며 귀가 먹을 것 같은 총성이 울렸다. 총성은 시작할 때만큼 갑작스럽게 멈췄다. 이제 들판에서는 아무 소리도, 아무 목소리도 들리지 않았다. 우리는 자리에서 일어섰다.

"전부 죽었을까?" 헉이 물었다.

"죽은듯이 조용하긴 하네요." 내가 말했다.

해가 막 떠오르기 시작했다. 우리는 들판으로 걸어나왔다. 네 사람의 시체가 마치 비에 씻어내리고 누군가가 넓게 펼쳐둔 듯한 모양으로 땅바닥에 널브러져 있었다.

"죽었어, 짐. 전부 다."

"우리 여기서 빠져나가야 해요, 헉."

"날 어떻게 찾았어?" 헉이 물었다.

"행운이었죠. 그냥 우연히 발견했어요."

"이 사람들 전부 죽었어."

나는 헉을 나무들 쪽으로 끌어당겼다.

"아니야, 이쪽 길이야." 헉이 말했다.

나는 헉을 따라 반대편으로 향했다. 담처럼 일렬로 늘어선 양버들을 따라 걷다가 가파른 언덕을 내려가면 강으로 이어지는 길이었다.

"이게 맞는 길인가요?" 내가 물었다.

"내가 뭘 발견했는지 보면 너도 믿을 수 없을걸." 헉이 거의 웃으면서 말했다. "정말 믿을 수 없을 거야, 짐."

헉의 말이 옳았다. 나는 눈앞의 광경을 믿을 수 없었다. "이거 우리 뗏목이에요?"

"며칠 전에 떠내려왔어. 내가 통나무를 다시 단단히 묶어서 고쳤지."

이제 세상은 밝아져 있었다. "낮에 배를 띄운다고요?" 나는 생각을 소리 내어 말하고 말았다. 그리고 살인이 벌어진 방향을 다시 쳐다보았다. 죽은 백인들 주변을 알짱대는 건 흑인에게 결코 좋은 일이 아니었다.

"뗏목에 타요." 내가 말했다.

우리는 뗏목에 올라탔고 강물의 물살 속으로 배를 밀어 출발했다.

"짐." 헉이 말했다.

"네?"

"그런데 왜 그렇게 이상한 말투로 말해?"

"무슨 말이에여?" 나는 속으로 크게 당황했다.

"네 말투가 마치, 뭐랄까, 전혀 노예 같지 않았어."

"노예가 어케 말하는데여?"

헉이 나를 빤히 쳐다보았다.

"나는 말하는 법을 하나바께 몰라여, 헉. 이제 무서워지려구 하자나여. 내가 이상한 말투로 말한다는 게 무슨 뜻이에여?"

"지금은 이상하게 말하고 있지 않아. 하지만 아까는 네가 진짜 그랬다고 맹세할 수 있어."

"지금은 어떤데여, 헉? 지금은 어케 들려여?"

"지금은 괜찮은 것 같아."

"아이구, 그럼 대써여."

헉이 나를 다시 의심스러운 눈초리로 쳐다보았다.

18장

 그곳의 강은 폭이 넓었다. 거의 일 마일 반 정도인 지점들도 있었다. 가끔 밤에 이동할 때면 강은 전부 우리 차지였다. 강은 어디인지 모를 무서운 곳으로 향하는 거대한 대로 같았다. 증기선은 주로 우리로부터 멀리 떨어져 다녔기에 전혀 위험하게 느껴지지 않을 정도로 작아 보였다. 헉은 내게 아주 신이 난 목소리로, 서로 앙숙인 셰퍼드슨과 그랜저퍼드 가문의 이야기와 두 가문 간에 계속되는 싸움, 그리고 자신이 거기에 휘말리게 된 경위를 말해줬다. 매우 지쳐 있던 나는 별다른 흥미 없이 그 이야기를 듣고 있었다.
 "그랜저퍼드네 아빠는 괜찮은 사람이었어, 짐. 그를 보니까 대처 판사가 약간 떠오르더라. 차이가 있다면 이자는 책을 전혀 읽는 것 같지 않았는데 책을 많이 읽는 사람처럼 행동했다는 점일 것 같아. 내가 무슨 말 하는지 알지?"

"알 것 가타여." 내가 말했다.

"그리고 그 소피아는 말이야, 엄청 예뻤어. 하지만 하니 셰퍼드슨에게 홀딱 반했지. 소피아가 그 남자에게 어떤 매력을 느낀 건지 나는 전혀 모르겠더라고."

"그 사람들은 왜 글케 서로를 시러하나여?"

"몰라. 하지만 소피아와 하니가 만나는 게 좋지 않은 결과를 가져올 거라는 건 내 눈에도 분명해 보였어."

"확실히 안 조케 끝나긴 햇네여." 내가 말했다.

헉이 조용해졌다.

어느 날 아침, 모래톱 아래 고여 있는 물에서 뻗어나온 나뭇가지에 뗏목을 묶어놓은 뒤 헉과 나는 한 개울의 입구 부근에서 모래사장을 발견했다. 거기서 수영을 하거나 몸을 조금이라도 씻을 수 있을 것 같았다. 그곳에서 우리는 카누도 하나 발견했다. 오랫동안 숨겨져 있었는지 온통 나뭇잎과 흙먼지와 거미줄로 뒤덮인 채였다. 그래도 물에는 떠 있었다.

"어떻게 이런 일이 있을 수 있지?" 헉이 말했다. "우리 카누는 잃어버렸는데 또다른 카누를 새로 발견하다니. 결국 똑같아졌잖아, 그렇지 않아?"

"그러네여."

배를 깨끗이 닦고 나자 헉은 자기만의 작은 모험을 시작할 준비가 되었다고 말했다.

"머라구여?" 내가 물었다.

"내가 이 카누를 타고 개울 위쪽으로 가서 한번 시험해봐야 할 것 같아. 커다란 미시시피강에 상태가 안 좋은 배를 가지고 나가고 싶진 않잖아."

나는 헉의 내면에 존재하는 어린애 같은 마음이 밖에서 뛰놀고 싶어 한다는 걸 알 수 있었다. "헉 말이 맞는 거 가타여. 전 여기서 기다리면서 낚싯줄을 치구 이쓸게여."

"좋아, 갔다 올게."

나는 헉이 카누를 밀어서 출발하는 것을 도왔다. 서로 싸움을 벌이던 그 가문들 사이에 일어난 일 때문에 헉이 힘들었던 것 같다. 사람을 살해하는 모습을 가까이에서 보는 건 힘든 일이다. 특히 아이에게는 더 그렇다. 실은 나도 누군가가 남을 죽이는 모습을 그다지 많이 본 적이 없었다. 단지 나는 살해당할 수 있다는 위협과, 그런 살해의 조짐을 매일 감내하며 살아갈 뿐이었다. 누군가가 린치당하는 모습은 한 번만 봐도 열 번 본 것이나 다름없었다. 그리고 열 번 보면 백 번 본 것이나 다름없었다. 죽음을 의미하는 그 특징적인 자세, 머리의 각도, 꼬아진 다리.

여기까지 오는 도중에 내 책들은 다시 물에 흠뻑 젖어 많이 망가진 상태였다. 나는 책장들을 가능한 한 말리려고 애썼다. 적어도 책의 빈 곳들에 내 소중한 소지품인 연필로 끄적거릴 공간이 있었다. 나는 엄청난 대가를 치르고 얻은 그 작은 막대기를 자세히 살펴보았다. 젊은 조지를 때리던 채찍이 그가 죽기 전에 멈췄는지 알 방법이 없었다. 그에게 진 빚을 갚으려면 뭔가 중요한 걸 써야 했다. 연필심은 부드러워서 검은색의 진한 자국을 남겼다. 연필심을 가능한 한 오래 사용하기 위해 힘을 빼고 글자를 가볍게 쓰기로 마음먹었다. 연필에는 파버FABER라는 이름이 찍혀 있었다. 아마 이게 내 성이 될 것이다. 제임스 파버. 그렇게 나쁜 이름 같지는 않았다.

나는 눈을 감았다. 다시 눈을 뜨자 여위고 키가 아주 크지는 않은 어떤 인물이 강물에서 나와 내 쪽으로 걸어오는 모습이 보였다. 수척한 얼굴이 고매해 보였지만 그런 평가는 그의 말을 들어본 후에 생각해보기로 했다.

"이거 존 로크가 아니십니까?" 내가 말했다.

"안녕한가, 제임스."

내가 완전히 곯아떨어져 꿈을 꾸고 있다는 걸 알았지만, 존 로크도 그 사실을 아는지는 알 수 없었다.

"당신에 대해 생각하고 있었어요." 내가 말했다. "위선에 대해 곰곰이 생각해보고 있었죠."

"자, 자, 그 주제는 건드리지 말자고." 그가 말했다. "그건 일이었네. 바베이도스를 위한 헌법을 쓰고 나니 캐롤라이나 사람들이 자기들 헌법도 써달라고 하더군. 그래서 쓴 거라네."

"그 말은, 누군가 충분한 돈을 주기만 하면 그동안 도덕적이고 올바른 것으로 주장해왔던 사상들을 버려도 괜찮다는 의미로 들리네요."

"그런 식으로 표현한다면 말이지." 그가 말했다.

"내가 뭘 그런 식으로 표현한다는 거예요?"

"그들은 자기 행동을 정당화할 헌법을 원했어. 내가 쓰지 않았다면 다른 누군가가 썼을 거야. 그랬다면 대체 뭐가 달라졌겠는가?"

나는 그를 쳐다보았다. "저는 모르겠네요."

"어떤 사람들은 노예제에 대한 내 관점이 복합적이고 다면적이라고 말할 수도 있지."

"대단히 난해하고 잡다한 거죠."

"논리정연하고 정교한 거지."

"꼬여 있고 문제가 많은 거죠."

"수준 높고 섬세한 거지."

"미로 같고 혼란스러운 거죠."

"오, 말을 아주 잘하는군, 흑인 친구."

"짐! 짐!" 헉의 목소리가 허공을 갈랐다.

로크가 다시 강물 속으로 사라졌다.

헉이 백인 남자 두 명과 함께 노를 저어 왔다. 나는 완전히 두려움에 사로잡혔다가 그들의 얼굴에서 공포에 질린 듯한 표정을 감지했다. 그들은 너무 겁을 먹은 상태여서 내 피부색을 제대로 볼 여유도 없었다. 그때 개 짖는 소리가 들렸다.

"이리 와여, 헉. 저 뗏목을 이 카누에 묶으면 출발할 수 이써여."

개 짖는 소리 때문에 나는 겁에 질린 채 움직였다. 두 명의 방문객 중 누구도 다가와서 거들지 않았다. 그래도 헉과 나는 빠른 속도로 카누와 뗏목을 모래톱에서 꺼내 미시시피강의 빠른 물살 속으로 진입했다.

"다른 쪽으루 가는 게 조케써여." 내가 말했다. "저쪽에는 사람이 글케 만치 안아여."

"네 말이 맞아." 헉이 말했다.

남자 중 한 명은 나이가 많았다. 일흔 살쯤 되었거나 그보다 더 늙은 것 같았다. 아주 심하게 쌕쌕거리며 힘겹게 숨을 쉬고 있어서 나는 그가 죽을지도 모른다고 생각했다. 다른 남자는 훨씬 젊어 보였다. 두 사람은 밝은 햇빛 아래에서 눈을 가늘게 뜨고 보다가 마침내 내 존재를 의식했다.

"너한테 노예가 하나 있었구나?" 젊은 남자가 말했다.

"짐은 내 노예가 아니라 친구예요." 헉이 단호하게 말했다.

"알겠다. 네 이름은 뭐지?"

"허클베리요, 하지만 사람들은 저를 헉이라고 불러요. 그리고 이쪽은 짐이에요."

"그래, 이미 말했잖아." 그가 말했다. "네 친구라고."

나는 이 남자들이 무서웠지만 우리 쪽으로 다가오는 듯했던 개들의 소리가 훨씬 더 무서웠다. 나는 그 개들이 나를 쫓던 것이라고만 생각했기 때문에 우리 배에 지금 이 백인 남자 두 명이 타고 있는 이유를 알 수 없어서 혼란스러웠다. 그뿐만 아니라 두 사람이 거의 모든 면에서 반대여서 이 상황이 더 어처구니없게 느껴졌다. 늙은 남자는 키가 매우 크고 아주 여윈 모습이었지만, 젊은 남자는 거의 헉과 비슷할 정도로 키가 작고 뚱뚱했다. 젊은 쪽은 머리가 풍성한 검은색 모발로 덮여 있었으나, 늙은 쪽은 완전히 대머리였다. 늙은 쪽은 수염이 있었고, 젊은 쪽은 깔끔하게 면도한 상태였다. 늙은 쪽은 눈동자가 파란색, 젊은 쪽은 갈색이었다. 공통점은 둘 다 백인이고 눈매가 교활하다는 것뿐이었다. 늙은 남자는 찢어지고 더러워진 여행용 가방을 가지고 있었다.

늙은 남자가 젊은 남자를 쳐다보았다. "자네는 무슨 일로 곤란해진 건가, 친구?"

"내 생각엔 이게 모두 불량품 때문인 것 같아요. 이에 낀 치석을 없애

주는 치약을 팔고 있었는데, 이게 효과도 정말 좋았거든요."

"그것 때문에 왜 문제가 생겼는데요?" 헉이 물었다.

젊은 남자가 한숨을 쉬었다. "알고 보니 이의 법랑질도 다 벗겨버리더라고."

"그건 좋지 않네여." 내가 무의식적으로 말했다.

젊은 남자가 화난 표정으로 나를 쳐다보았다. "나도 알아."

나는 시선을 돌렸다. 헉과 단둘이서만 오랜 시간을 보내면서 내가 위험할 정도로 마음을 놓고 있었던 것 같았다.

젊은 남자가 얘기를 계속했다. "내가 그날 바로 그곳을 떠났다면 아무 문제도 없었을 텐데 말이죠." 그는 늙은 남자 쪽으로 고개를 돌렸다. "이게 내 사연이에요. 당신은요?"

"나는 악마의 음료가 가진 해악에 관한 작은 모임을 운영하고 있었다네. 부흥회 사업은 꽤 믿을 만하고, 불만이 많은 여자들을 잘 활용하면 꽤 많은 돈을 벌 수 있지."

"그래서 무슨 일이 있었던 건데요?"

늙은 남자가 헛기침을 했다. 그는 말이 많았다. "나는 하룻밤에 오륙 달러를 긁어모으고 있었다네. 머리 하나당 십 센트씩. 어린이와 깜둥이는 공짜였지. 그러다 어느 날 밤 내 물병에 담아놓은 술을 몰래 마시다가 들키고 말았다네. 아이러니하게도 페니*라는 이름의 예쁜 여자한테 딱 걸린 거지. 그 때문에 모든 게 엉망이 된 거야. 사람들이 내게 불가능한 일을 요구하더군."

---

* '일 센트' 또는 '돈'을 의미한다.

"그게 뭐였죠?" 늙은 남자의 한 마디 한 마디에 완전히 몰입한 채 혁이 물었다.

"자기들이 낸 돈을 전부 돌려달라고 했다네. 하지만 내가 할 수 없는 일이었지. 그래서 요청을 들어줄 수 없으니 도망친 걸세."

"그래도 당신 몫은 챙겼군요." 젊은 남자가 말했다.

"그래, 바로 여기에 챙겼지." 그 순간, 늙은 남자는 가방 바닥이 크게 찢긴 것을 발견했다. 그의 고개가 아래로 떨어졌다. "아무래도 주님께서 이 늙은 죄인을 벌하기로 하신 것 같네."

"이봐요, 늙은 양반." 젊은 쪽이 말했다. "누군가와 동업하는 걸 생각해본 적은 없어요? 잠시 나랑 협력하면서 상황을 두고 보는 거죠."

"그 제안에 동의하지 않는 건 아니지만 일단 말해보게. 자네는 어떤 사람이고 어떤 동업자가 될 수 있나?"

"난 원래 인쇄공인데 실력이 그리 뛰어나진 않아요. 내가 글자는 알지만 그걸 연결해서 읽을 줄을 몰라서 그런 것 같고요. 최근에는 약장사를 조금 했어요. 배우도 했는데, 또 읽기가 문제였죠. 그 외에는 최면술이랑 머리뼈 모양으로 미래를 알아보는 방법 같은 것도 조금 시도해봤고요."

"아, 골상학을 말하는 게로군." 늙은 남자가 말했다. "그거 좋지."

"당신은요, 늙은 양반?"

"나야 뭐 의사 행세를 많이 했었는데, 환자 상태가 더 나빠지면 사람들이 좀 화를 내더군. 특히 상태가 아주 나빠지면 말일세. 그러다 누군가가 죽어버리기라도 하면 더 그렇지. 그래서 가끔은 그냥 치료를 해준다고 하고 안수기도만 한다네. 그 있지 않은가, 뭐 암 환자나 마비 환자나 그런 사람들한테 말이야."

"당신도 젊은 시절에는 운세 봐주는 일을 몇 번 해봤을 것 같은데."

"그렇다네, 하지만 부흥회가 내 진짜 주력 사업이야. 손 하나 까딱 안 하고 여자들이 코르셋을 벗어버리도록 설교할 수 있지."

나는 그의 말을 믿을 수 있겠다고 생각하면서, 노예답게 그 자리에 존재하지 않는 척했다. 잔혹함에 이어 백인들의 가장 두드러진 특성은 남의 말에 잘 속아넘어간다는 점이었다. 이 점은 헉의 반응에서도 그대로 드러났다. 헉은 "여러분은 정말 대단한 분들이네요."라고 말했다.

"그렇지도 않아." 늙은 남자가 말했다. "내가 얼마나 인생 밑바닥까지 떨어져 있는지 보게나. 그리고 주님께서 내게 남겨주신 자네들을 좀 보게. 하지만 누구 탓을 할 수 있겠나, 전부 내 탓이지. 자네들을 불쾌하게 하려고 한 말은 아니네."

"난 불쾌한데요." 젊은 남자가 말했다. "그런데 나라도 같은 말을 할 것 같네요."

"그렇지만 내가 먼저 말했지 않은가." 늙은 남자가 젊은 남자를 쳐다보았고, 이어서 헉을 보고서 내게까지 시선을 돌렸다.

"여러분에게 비밀을 알려주죠." 젊은 남자가 말했다.

헉이 몸을 앞으로 숙였다.

"내가 지금 말하려는 내용을 그 누구에게도 발설하지 않을 거라고 약속할 수 있어요? 누가 돈을 준다고 해도?"

"약속할게요." 헉이 말했다.

그는 늙은 남자를 쳐다보았다. 늙은 남자가 고개를 끄덕였다.

"너는 어때, 깜둥이? 너도 비밀을 지킬 건가?"

"그럴게여."

"내 증조부는 브리지워터 공작의 첫째 아들이었는데 자유롭게 살고 싶어서 미국으로 탈출했어요. 여기서 아내를 얻었고 여기서 죽었죠. 아버지가 사망한 무렵에 그도 세상을 떠나는 바람에 그의 남동생이 영지와 작위를 손에 넣었어요. 결국 진짜 공작 작위를 물려받았어야 할 내 증조부는 잊혔고 역사에서도 사라진 거죠. 하지만 나는 그의 후손이에요. 그러니까," 그가 말을 잠깐 멈췄다. "내가 공작 작위의 정당한 상속자란 말이죠. 내가 바로 브리지워터 공작이에요."

"맙소사!" 헉이 말했다. "공작이라니. 진짜 공작이요? 우리의 이 작은 뗏목 위, 바로 여기에 공작이라니. 너도 들었지, 짐?"

"저두 들어쎠여, 헉. 아이구, 아이구, 맙소사."

"제가 뭐라고 불러야 하는 거죠?" 헉이 물었다. "'공작 나리'?"

"관례에 따르면 '각하'라고 해야겠지." 젊은 남자가 말했다.

"브리지워터 공작이라니." 헉이 허공에 대고 말했다.

"당신은 브리지워터라고 불러도 돼요." 그가 늙은 남자에게 말했다. "작위가 다 무슨 소용이겠어요?"

"확실히 그렇긴 하지." 늙은 남자가 말했다.

브리지워터가 곁눈질로 늙은 남자를 슬쩍 쳐다보았다.

"들어보게, 빌지워터*." 늙은 남자가 말했다.

"브리지워터요."

"자네는 아직 내 이야기를 듣지 못했지 않나? 출생의 비밀이 있는 사

---

* bilgewater. '배의 바닥에 고인 더러운 물' 또는 '말도 안 되는 허튼소리'라는 의미다.

람이 자네만은 아니라네. 내 출생의 비밀은 심지어 자네보다 훨씬 더 슬프지." 늙은 남자가 우리를 차례로 쳐다보았다.

"비밀이 뭔데요?" 헉이 물었다.

"빌지워터, 아이와 깜둥이는 믿을 수 있지만 자네도 내 비밀을 지켜 줄 거라고 믿어도 되겠는가?"

"브리지워터라니까요. 그리고 네, 당연하죠."

"죽을 때까지도?"

"네."

늙은 남자는 잠시 숨을 죽이고 다시 입을 열었다. "꼬마야, 귀족 친구, 깜둥이 친구, 사실 나는 프랑스의 황태자였다네."

"당신이 뭐라고요?" 브리지워터가 물었다.

"정말이네, 친구, 사실이야. 여기 장대한 미시시피강을 지나는 뗏목 위에 자네들과 함께 앉아 있는 이 몸이 바로 사라진 프랑스의 황태자라네. 나는 루이 17세로, 루이 16세와 마리 앙투아네트의 아들이야. 악취가 고약한 치즈가 든 커다란 통 안에 숨은 채로 프랑스에서 몰래 빠져나왔다네. 그 악취가 몇 달 동안이나 몸에 배어서 나 자신도 참기 힘들 정도였지."

"맙소사!" 헉이 말했다. "너도 들었지, 짐?"

"그래, 친구들. 내가 바로 프랑스의 적법한 왕이라네."

"짐?" 헉이 말했다.

"저두 들어써여." 내가 헉에게 말했다.

프랑스 황태자는 손바닥에 얼굴을 파묻더니 흐느끼기 시작했다. "그런데 나는 여기 있구나. 내 조국에서 지독하게 멀리 떨어진 이곳에. 여기서는 아무도 나를 '폐하'나 '전하'라고 부르지 않지."

"너무 슬퍼하지 마세요, 폐하." 헉이 말했다. "그래도 그 개들이랑 금주 모임 사람들한테 따라잡히진 않았잖아요."

늙은 남자가 손에 파묻고 있던, 눈물 자국 하나 없는 얼굴을 들어올렸다. "그래, 네 말이 맞다. 나는 잘 도망쳤지. 어느 정도는 여기 있는 빌지워터 덕분이야. 고맙네, 친구. 우리가 힘을 합쳐 함께 사업을 해보면 어떻겠나, 두 귀족끼리 말일세."

나는 헉과 눈짓을 교환했다. 공작과 왕이 거짓말쟁이라고 헉이 의심하지 않을까 생각했지만, 헉은 이 모든 모험에 매료되어 있는 듯했다. 우리가 어떻게 생각하든 그들은 우리와 함께 있었고, 우리는 그들을 쉽게 떼어낼 수 없었다.

19장

남자들은 우리를 꽤 공정하게 심문했다. 어디에서 왔는가? 헉의 성이 무엇인가? 우리에게 돈이 있는가? 헉은 이전에 받았던 십 달러의 존재를 밝히지 않을 정도로 분별력이 있었다. 헉에 관한 질문이 끝나자 이제 질문은 나를 향했다.

"이 깜둥이는 도망자야?" 공작이 물었다.

"말했듯이 짐은 내 친구예요." 헉이 말했다.

"도망자도 친구가 될 수 있다네." 왕이 말했다.

"깜둥이는 말을 못하는 거야?" 공작이 말했다.

"그의 이름은 짐이에요." 헉이 말했다.

"나도 기억해." 공작이 말했다. "너 도망친 거지?"

"아니에여, 나리."

헉이 나를 쳐다보았다. 나는 강 하류로 시선을 돌렸다가 다시 헉을 쳐다보았다. "대체 어떤 도망자가 북쪽이 아니라 남쪽으로 향하겠어요?" 헉이 물었다.

"네 말에 일리가 있구나." 왕이 말했다. "물론 다들 노예가 북쪽으로 도망칠 거라고 생각하겠지. 그럴 때 재빨리 남쪽으로 도망친다면 아주 똑똑한 판단일 텐데 말이야."

"그래서, 이 녀석이 네 노예라고?" 공작이 물었다.

헉이 나를 쳐다보고는 고개를 살짝 끄덕였다.

"그런 것 같아요. 그렇다고 생각해요." 헉이 말했다. 그렇게 말하는 것이 헉에게 어떤 고통과 불편함을 주는지 느껴졌다.

"그럼 강에서 너희 둘이 뭘 하고 있는 건지 설명이 안 되는데." 왕이 말했다. "아이와 노예가 단둘이서 말이야."

헉의 얼굴을 보아하니 이 모든 상황을 어떻게 모면할지 고민하는 눈치였다. 그러다 헉은 눈을 반짝이더니 얘기를 시작했다. 이 남자들의 거짓말에서 영감을 받은 것 같았다. "우리 가족은 미주리주의 파이크 카운티 출신이에요. 저는 거기서 태어났죠. 가족 모두 이상한 전염병에 걸려 죽었고, 저와 아빠와 제 어린 남동생인 아이크만 살아남았어요. 아빠는 가난했어요. 특히 그 많은 장례식을 치르고 난 후에는 더 가난해졌죠. 세상을 떠난 소중한 사람을 천국의 문지기에게 소개해달라고 부탁하려면 설교자에게 돈을 줘야 한다는 걸 알고 계셨어요? 아빠는 갚아야 할 빚이 많았어요. 그래서 일단 장례식을 모두 치르고 나니 아빠에게 남은 건 몇 달러와 여기 있는 짐뿐이었어요."

"끔찍한 사연이구나." 왕이 말했다.

"뭐, 어쨌든 뉴올리언스에 아빠의 형제가 살고 있었어요. 벤 삼촌이죠. 삼촌에게는 아주 작은 농장이 있었고, 아빠는 우리가 가서 삼촌을 도우면 될 거라고 생각했죠."

"말이 되는군." 공작이 말했다.

"그러게나 말일세." 왕이 말했다.

"아빠는 증기선 갑판에 탈 만한 돈도 없었어요. 하지만 어느 날 운좋게도 이 뗏목을 발견한 거예요."

"아버지가 뗏목을 훔쳤다는 말이냐?" 공작이 말했다.

"버려진 뗏목을 발견한 거죠." 헉이 말했다. "그렇지, 짐?"

"물론이져, 헉. 버려진 뗏목이어써여." 내가 말했다.

"우리는 뗏목을 타고 출발했죠. 제 생각에는 우리가 방심해서 그저 배를 강물에 흘러가는 대로 놓아뒀던 것 같아요. 그러다 정신을 차려보니 커다란 증기선 한 척이 우리를 덮치고 있는 거예요. 아주 무서웠어요. 배에 달린 그 커다란 바퀴가 마치 할머니가 달걀을 휘젓듯이 강물을 그냥 내리치고 있었죠."

"아이고!" 왕이 말했다.

"아빠는 늘 그랬듯이 술에 취해 있었는데 순식간에 제 시야에서 사라졌어요. 저는 물에 빠진 어린 남동생을 구하려다 물살에 휩쓸려버렸죠. 세상이 온통 캄캄해지기 전에 마지막으로 본 건 여기 있는 짐이 아이크를 구하기 위해 미친듯이 헤엄쳐 가는 모습이었어요."

공작이 나를 쳐다보고 고개를 끄덕였다. "착한 깜둥이군. 하지만 그 애를 구하진 못한 거잖아, 그렇지?"

"제가 노력햇다는 건 주님두 아실 거에여." 내가 말했다. "구하러 가다가 바퀴에 머리를 맞아써여."

헉이 목을 가다듬었다. "짐과 저는 물에서 떠올라 뗏목의 남은 부분을 붙잡고 매달렸어요. 저는 아빠와 어린 남동생을 순식간에 잃은 거예요." 헉이 얼굴을 일그러뜨리며 내가 보기에는 그다지 설득력 없는 눈물을 짜내려고 했다.

알고 보니 그 사기꾼들은 아주 사기를 당하기 쉬운 사람들이었다. 헉이 눈물을 흘리기 시작하자마자 두 남자도 울음에 동참했다. 내가 미리 생각을 했더라면 효과를 극대화하기 위해 그 통곡에 내 목소리를 더했을지도 모르지만, 나는 다른 것보다도 그저 놀란 상태였다.

"지금까지 부정직하고 교활한 날들을 살아오는 동안 이렇게 슬픈 얘기는 한 번도 들어본 적이 없다네." 왕이 말했다.

"불쌍한 꼬마 마이크." 공작이 말했다.

"아이크예요." 헉이 공작의 말을 정정했다. "어쨌든 우리는 밤에만 움직였어요. 낮에 나가기만 하면 꼭 누가 작은 배를 타고 다가와서 짐을 데려가려고 했거든요."

"인간들은 정말 최악이로구나, 그렇지 않으냐?" 왕이 말했다.

"낮에도 몇 마일씩 이동할 방법이 없는지 생각해봐야겠네요. 잠깐 고민 좀 해볼게요." 공작이 말했다. 그러면서 뒤로 기대서 눈을 감았다. 그의 얼굴에 햇빛이 내리쬐고 있었다. "머리를 좀 굴려봐야겠어요."

"자네는 시간을 잘 활용하는 것 같군. 나도 고민 좀 해봐야겠네." 왕도 그렇게 말하며 눈을 감았다.

밤이 찾아와 평소처럼 출발하려던 참에 강한 폭풍이 불어왔다. 폭풍 아래쪽에서는 소리 없는 번개가 번쩍였다. 우리는 강기슭에서 쉬면서 폭풍이 사라질 때까지 기다리기로 했다. 굳이 나가서 번개에 튀겨질 필요는 없었다. 번개가 사라지고 나서 뗏목을 묶은 줄을 풀었다. 뗏목에서 보통 우리가 잠을 청하던 공간은 공작과 왕이 차지했다. 사실 이 귀족 나리들은 배 위 대부분의 공간을 차지하고서 우리에게는 편히 쉴 공간을 거의 남겨주지 않았다. 헉과 나는 배의 지붕 끄트머리 아래에 간신히 붙어 앉았지만 그걸로는 몸이 죄다 젖는 걸 막을 수 없었다. 그나마 등은 젖지 않게 할 수 있었다.

비는 한밤중이 되어서야 그쳤다. 귀족 나리들은 기지개를 켜고서 하품을 하더니 음식을 찾아 주위를 두리번거렸다. 우리는 강물 위를 떠내려가는 동안 말린 생선을 그들에게 나눠줬다.

"인간이라면 이런 것만 먹고 살 순 없다네." 왕이 말했다. "우리는 진짜 음식이 필요해. 달걀이나 베이컨 같은 것 말이야."

"음식을 사려면 돈이 필요해요. 마을로 가야 해요." 공작이 말했다.

"마을엔 들어갈 수 없어요." 헉이 말했다. "사람들이 짐을 데려갈 거예요."

"내 노예라고 말하면 데려가지 않을 거야." 공작이 말했다.

"자네가 노예를 부릴 거라고는 아무도 믿지 않을 걸세." 왕이 말했다. "다른 인간을 소유할 정도로 부유한 사람처럼 행동하지 않으니까."

"당신도 그렇잖아?" 공작이 말했다.

"이보게, 나는 프랑스의 왕이네."

"그래요, 그렇다고 하고. 왕 씨, 다음에 우리가 마을에 갈 때 배에서 내리면 당신이 사람들 앞에서 재주 좀 부려봐요. 돈을 벌어봅시다. 뭘 할 수 있어요?"

"몇몇 연극에 나오는 쓸 만한 대사들을 안다네. 그것들을 연결해서 얘기를 지어낼 수 있지. 그럼 자네가 내 말을 받아칠 수 있을 거라네. 내 의도만 이해한다면 말일세."

헉이 대화에 끼어들었다. "짐이 여러분 소유라고 사람들한테 말하면 안 돼요."

"왜 안 되지?"

"사실이 아니니까요. 그리고 그렇게 말하고 다니다가 누군가에게 짐을 팔아버리지 않을 거라고 어떻게 장담할 수 있어요?"

왕과 공작이 서로를 쳐다보았다.

"그건 용납할 수 없어요." 헉이 말했다.

20장

동이 트기 직전에 작은 마을의 불빛이 나타났다. 공작은 우리에게 강 한복판으로 더 다가가라고 재촉했다.

"이 작은 마을의 남쪽으로 가서 배를 묶어놓을 거야. 그리고 마을로 걸어들어가 작업을 시작하는 거지. 괜찮지 않아요, 폐하?"

"아주 괜찮은 것 같네요, 전하." 왕이 말했다.

"우리는 뗏목에서 기다릴게요." 헉이 말했다.

두 남자가 웃음을 터뜨렸다.

"그럼 우리가 너와 이 깜둥이를 다시는 못 보게 될 것 같은데." 공작이 말했다. "아니지, 꼬마야. 너희 둘도 같이 가야 해."

"그의 말이 맞다." 왕이 말했다. "너희 둘끼리만 두면 국자에서 도망치는 물고기처럼 잽싸게 미시시피강을 타고 내려가겠지."

그 두 사람은 헉과 내가 뗏목을 버드나무에 꽉 묶어놓는 동안 우리를 지켜보고 있었다. 나는 수풀 사이에서 발견한 쥐잡이뱀을 그들에게 던져 시간을 번 뒤 헉을 뗏목 위로 밀어올리고 출발해버리는 방법을 생각해봤지만 멀리 도망가기에는 물이 너무 얕아서 바로 따라잡힐 것 같았다. 그러면 우리 네 사람 사이에 긴장감이 생길 것이고, 그건 헉에게 좋은 징조가 아닐 뿐만 아니라 내게는 확실히 나쁜 징조가 될 것이다.

"꽉 묶어라, 거기를 꽉 말이다, 깜둥이야." 왕이 말했다.
"예, 나리."
"탈출 계획을 세우고 있는 건 아니겠지, 짐?" 왕이 물었다.
"아니에여, 나리."
"누가 물어보면 네가 누구 소유인 거라고?"
"나리입니다, 나리."
"아주 잘했다."
"그럼 다 준비됐나?" 공작이 물었다.
"가보세." 왕이 말했다. "꼬마야, 네가 내 노예와 앞장서거라."

우리는 그의 말에 따랐다. 덤불을 헤치고 나아가다가 동물들이 지나다니는 길에 다다랐고, 마차가 다니는 도로를 발견했다. 나는 방금 지나온 길과 이 도로가 만나는 지점을 자세히 살펴보려고 했다. 돌아가려다 길을 잃는 상황을 원하지는 않았지만 길에 흔적을 남기고 싶지도 않았다. 거기에는 커다란 플라타너스가 있었고, 나무의 굵은 가지에는 밧줄을 묶었던 흔적이 보였다. 머릿속에 젊은 조지가 떠오르면서 내 심장이 쿵 하고 내려앉았다.

"왜 그래, 짐?" 헉이 물었다.

"아니에여." 내가 말했다.

"나는 시골길을 걷는 걸 매우 좋아한다네." 왕이 말했다. "시골길의 이 공기와 탁 트인 풍경에는 그냥 뭔가 좋은 느낌이 있지."

"길이야 다 똑같죠, 뭘." 공작이 말했다. "길은 그저 우리를 내보냈다가 들여보냈다가 다시 내보냈다가 할 뿐이에요."

우리는 마을 어귀에 있는 몇몇 집들의 뒷마당 쪽으로 향했다. 거기에는 아무도 보이지 않았다.

"여기는 아무도 없는 것 같은데." 공작이 말했다. "내가 사기꾼이 아니라 강도였다면 한두 집 정도는 털었을 거야."

"그럼 안 돼요." 헉이 말했다.

그때 왕이 길 한복판에서 걸어가는 한 남자를 발견했다. "이보시오, 잠깐 말 좀 물어도 되겠소?"

남자가 왕을 위아래로 훑어보았다.

"이 마을 사람들이 모두 어디로 가버린 건지 알려줄 수 있겠소? 여기는 지나치게 조용한 것 같은데."

요즘 들어 항상 그렇듯이 나는 우선 이 사람이 내 도주 소식에 대해 들었을까봐 두려웠다.

"저건 당신 깜둥이요?" 그가 물었다.

"오, 그렇소. 내 노예라오." 왕이 말했다. "매우 보잘것없는 노예지만, 어쨌든 내 소유라오. 식량과 공기를 낭비하는 존재지."

"그래서 다들 어디에 있습니까?" 공작이 물었다.

"모두 부흥회에 있소. 어떤 설교자가 치유니 뭐니 그런 말을 해서 다들 마음을 빼앗겼지. 내가 봤을 땐 그저 망할 놈의 광대일 뿐이지만. 잘 속아넘어가는 바보들이 광대가 내미는 바구니에 돈을 쏟아붓고 있다니까." 그는 말을 하면서도 내게서 눈을 떼지 않았다.

"내 노예에게 관심이 있는 것 같구려." 왕이 말했다. "가격을 제시하고 싶은 듯한데."

"이 노예가 매우 보잘것없다고 하지 않았소."

헉이 길길이 날뛰려고 했지만 내가 헉에게 눈짓을 보냈다.

"보잘것없지만 완전히 쓸모가 없는 수준은 아니라오." 왕이 말했다.

"난 노예가 필요하지 않소. 농장도 없고, 가게도 없는걸. 난 그냥 늙은이지." 그는 그 말을 하다가 자신의 가련하고 힘든 상황에 정신이 팔린 듯했고, 혼잣말로 뭐라고 투덜거리며 우리에게서 멀어지기 시작했다. "내 인생은 전혀 가치가 없지. 그런데 내가 왜 다른 사람 생계까지 책임져야 한담?"

"저 사람이 부흥회라고 했죠?" 공작의 눈이 반짝였다. "이봐요, 동업자 씨. 우리가 곧 만나게 될 군중을 내가 한번 요리해보면 어떨까요?"

"그게 내 전문이긴 하지만. 좋네, 한번 해보게." 왕이 말했다.

마을 어귀를 향해 다시 걸어가면서 헉이 왕에게 말했다. "아저씨는 짐을 팔겠다더니 같은 말을 할 권리가 없어요."

"넌 입을 좀 다물었으면 좋겠구나, 꼬마야."

"어떻게 외국인 억양이 전혀 없을 수 있어요?"

"뭐라고, 꼬마야?"

"아저씨 말투는 프랑스 사람 같지 않아요. 프랑스어를 할 줄은 알아요?"

"난 으스대는 사람이 아니란다. 안 좋은 어른의 모습을 보여주고 싶지 않구나. 게다가 프랑스어는 매우 복잡한 언어야. 그걸 듣는 것만으로도 네 귀는 큰 충격을 받을 수 있고, 그 충격에서 결코 벗어나지 못할 수도 있지. 그래서 내가 프랑스어를 아주 드물게 사용하는 거란다."

언덕 위 초원의 햇빛 아래에는 삼백 명 넘는 백인들이 서 있는 것 같았다. 몇몇 부인들은 접이식 의자를 가져와 그곳에 앉은 채 뜨개질을 하거나 자수를 놓고 있었다. 일부 젊은 사람들은 둘씩 짝을 지어 나무들 틈에 숨어서 입을 맞추거나 서로를 쓰다듬고 있었다. 군중 앞에는 작은 천막이 세워져 있었고, 그 아래에 체격이 크고 건장한 백인 남자가 서 있었다. 그는 온통 하얀색 옷을 입은데다, 키는 훨씬 작지만 마찬가지로 하얀색 옷을 입은 두 남자를 양옆에 끼고 있어 굉장히 인상적인 모습이었다. 덩치 큰 남자의 목소리는 우렁찼다. "우리 다음 죄인을 만나볼까요?"

쇠약해 보이는 여자 두 명이 그보다 더 쇠약해 보이는 여자 하나를 데리고 나와 덩치 큰 남자 앞에 섰다.

"어디가 병들었나요, 자매님?"

"이 친구는 거의 걸을 수 없어요." 여자 중 한 명이 말했다. "바람만 불어도 나뭇잎처럼 쓰러진답니다."

"한쪽 다리는 길게, 다른 쪽 다리는 짧게 움직여요." 여자를 부축하고 있는 다른 여자가 말했다.

"어느 쪽이 길게 움직이는 다리입니까?" 설교자가 물었다.

도움을 주고 있는 두 여자가 얘기를 나눴다. "여기, 이쪽이요." 그중 한 명이 여자의 오른쪽 다리를 가리키며 말했다.

덩치 큰 남자가 병든 여자의 머리에 커다란 손을 턱 내려놓았다. "주님!" 그가 말을 멈췄다. "이름이 뭡니까, 자매님?"

"지넷 부스예요." 여자가 말했다.

"주님! 지넷 부스도 보폭이 고르지 않습니다. 예수님, 주님, 전지전능하신 하느님, 지넷 부스는 주님의 영혼이 이 육체 속에서 울려퍼져 몸을 더 튼튼하게 해주고 보폭의 길이를 맞춰주길 청합니다. 치유되어라! 지넷 부스, 치유되어라! 전지전능하신 하느님 아버지 예수 그리스도를 네 커다란 마음속에 받아들여라!"

지넷 부스가 왼발을 앞쪽으로 약간 미끄러뜨리더니 공중으로 높이 쳐들었다가 바닥에 쿵 하고 내려놓았다.

"잘했어요, 지넷 부스. 한 걸음 더 걸어보세요. 보폭을 맞춰보세요, 자매님. 균형을 맞춰보세요."

지넷 부스가 짧은 걸음과 긴 걸음을 떼며 설교자에게 멀어졌다가 다시 돌아갔다. 여자의 오른발이 앞으로 나가면 왼발이 뒤따랐다.

사람들의 박수가 쏟아졌다. 몇몇 여자들은 찬송가를 불렀다. 한 남자는 이상할 정도로 긴 혀를 팔딱거리며 입으로 이해할 수 없는 소리를 냈다. 뚱뚱한 여자 하나는 실신했다.

설교자의 사병처럼 붙어서 있던 키 작고 하얀 옷을 입은 남자들이 바구니를 들고 군중 사이로 움직였고, 길에서 만난 노인이 묘사했듯이 사람들은 마치 돈을 좋아하지 않는 것처럼 바구니에 쏟아냈다.

"맙소사, 이거 완전 노다지네요." 공작이 말했다. "내가 하는 걸 지켜봐요, 늙은 양반."

"또 누가 있습니까?" 덩치가 큰 설교자가 물었다. "병들고 짓밟힌 죄인이 아직 남아 있습니까?"

헉이 내게 가까이 기대서 속삭였다. "전부 대단한 사기꾼들이야."

"그러게여." 내가 말했다.

공작이 양팔을 번쩍 들었다. "아니요, 목사님. 저는 비록 죄인이지만 지금 죄인으로서 이 자리에 있는 건 아닙니다. 다만 저는 이 모임에서 감명을 받았고, 황홀감을 느꼈으며, 크게 놀랐다고 말할 수 있을 것 같습니다. 금방이라도 눈물을 흘릴 수 있을 정도로 감동했답니다. 목사님의 수수한 천막 아래 여기에는 정말로 좋은 분들만 모여 있네요."

"처음 뵙는 분인 것 같은데 고맙습니다." 설교자가 말했다.

"이 모임을 보니, 제 목숨을 구해줬던 부흥회가 떠오릅니다. 그 부흥회는 저를 완전히 바꿔놓았지요, 정말로요." 공작은 설교자와 함께 군중 앞에 서 있었고, 이제는 그가 무대를 차지하게 되었다. "여러분, 저는 과거에 정말 최악의 인간이었습니다. 저는 해적이었어요."

군중이 헉 하는 탄성을 내뱉었다.

"먼바다에서 해적으로 활동하며 물건을 훔치고, 사람을 죽이고, 품위 있는 이들은 입에도 담을 수 없을 극악무도한 행동들을 했지요."

"안대랑 앵무새는 어디 있냐?" 누군가가 소리쳤고, 약간의 웃음소리가 들렸다.

"아, 한때는 가지고 있었습니다, 형제자매님들. 한때는 있었어요. 바로 여기 이 눈에 안대를 착용했었지만, 주님께서 오늘 몇몇 분들에게 은총을 베푸셨듯이 제 죽은 눈에도 시력을 돌려주셨습니다." 그 말에 모든 사람이 조용해졌다. "저는 정말, 정말 나쁜 사람이었습니다. 그러다 부흥회 모임에 도달하게 되었고, 바로 이곳과 같은 부흥회에서, 아니, 거기는 여기보다 훨씬 거대했고 구름처럼 하얀 천막이었지만, 어쨌든 그 부흥회에서 저는 전지전능하신 우리 주 예수 그리스도, 바로 우리의 구세주를 만난 것입니다."

"와, 잘한다." 헉이 속삭였다.

"실력은 인정해야 할 것 가타여." 내가 헉에게 속삭였다. 그리고 주위를 둘러보며 공작의 말이 군중에게 어떤 영향을 미치고 있는지 살폈다. 사람들은 그가 하는 모든 말에 집중하고 있었다. 그 순간, 내가 바로 알아챘어야 할 이상한 사실 한 가지를 깨달았다. 주위에 흑인이 한 명도 없었다. 노예가 전혀 없었다. 그때 도로에 서 있던 플라타너스 가지의 상처 자국이 떠올랐고, 공포심이 뱃속으로 스며들었다.

공작이 말을 계속했다. "저는 많은 곳에 가봤고 다양한 사람을 보았습니다. 불신자와 이교도, 매춘부와 창녀, 카드놀이 판의 사기꾼, 심지어 완전한 악마들도 보았죠. 그날 그 부흥회에서, 하얀 구름 같은 천막 아래에서, 우리 주님 예수 그리스도께서는 그분의 너무도 대단한 영혼을 제 폐에 불어넣으셨습니다. 그리하여 저는 탐욕적이고 사악한 방식을 버리고 그 불신자, 이교도, 도박꾼, 창녀, 악마를 개종시켜서, 하느님을 두려워하고 예수님을 사랑하는 우리의 좋은 기독교인으로 만드는 데 제 인생을 바치기로 다짐했습니다."

관중이 환호하며 박수를 보냈다.

"저기 제 깜둥이를 보십시오." 공작이 나를 가리키며 말했다. "보르네오섬 출신의 미개인입니다. 제가 그곳에서 저 깜둥이를 발견했을 때만 해도 그는 저보다 먼저 와 있던 불쌍한 선교사의 뼈를 물어뜯고 있었습니다. 하지만 지금 보십시오. 그를 온통 둘러싼 채 빛나는 기독교인의 빛을 이제 보실 수 있을 것입니다. 이 밝은 빛 아래에선 보기 어려울 수도 있겠지만요. 이리로 오거라."

나는 지금 서 있는 자리에 헉을 남겨두고 공작이 시키는 대로 했다.

공작이 내 머리 위에 손을 올렸다. "깜둥이의 머리에서 이런 빛이 나는 모습을 본 적이 있습니까?" 그가 물었다. "노예였다는 걸 거의 알 수 없을 정도일 것입니다. 왜냐하면 이제 주님의 노예이기 때문이죠."

백인들의 세상에서 내가 부수적인 존재여서 도움이 된 건 그 순간이었다. 공작이 내 이름을 잊어버리고 나를 시저라고 소개했기 때문이다. "여기 시저는 제가 선한 일, 우리 주님께서 시키신 일을 어떻게 행하고 있는지 보여주는 사례입니다. 이 세상의 다른 불신자, 이교도, 악마를 구원하는 데 도움을 주시지 않겠습니까?" 그가 왕을 보며 고개를 끄덕였다.

왕이 재빠르게 자루를 벌려 헉에게 건넸다. "지금이다, 어서 가거라, 꼬마야. 가서 돈을 모아 와라." 헉이 자루를 받았다. "그리고 시간을 끌어라." 그가 헉에게 말했다. "사람들 사이를 너무 서둘러 지나가지 마라. 사람들이 이웃의 시선을 신경쓰며 불안감을 느끼도록 시간을 끌어."

공작이 말을 계속했다. "여러분이 나눠주실 수 있는 것을 찾는 동안 조금 시간이 걸릴 테니 그사이 저와 함께 활동하는 선교사가 셰익스피어라는 영국인이 쓴 연극을 조금 보여드리며 여러분께 즐거움을 선사하겠습니다. 셰익스피어에 대해 이미 아시겠지만, 옛 본국의 작사가 겸 작곡가인 이 사람은 시도 쓰고, 연극도 쓰고, 뭐 그런 것들을 썼죠. 빌지워터 씨?"

왕이 공작을 매서운 표정으로 휙 노려보았다. 왕은 군중 앞에 서서 가슴에 공기를 채웠다. 밝은 빛이 그의 대머리에 반사되어 반짝였다. "나는 이걸 미끼로 쓸 생각이오." 그의 목소리는 전보다 깊었다. "설령 이것이 그 무엇도 만족시키지 못한다고 해도, 내 복수심만은 채워줄 것이오. 그는 나를 치욕스럽게 했고, 오십만 두카트의 이득을 취할 수 없게 했으며, 나를 비웃었고, 내 이익을 조롱했고, 내 조국을 경멸했고, 내 거래를 엉망으로 만들었으며, 내 친구들의 우정은 식게 하고, 내 적들의 투지는 불타오르게 했소. 그가 그렇게 한 이유가 뭔 줄 아시오? 내가 유대인이기 때문이라오. 유대인은 눈도 없소?"

공작이 얼굴을 찌푸리고 왕에게 가까이 몸을 기울였다. "유대인? 뭐 하는 거예요?" 그가 속삭였다.

"이게 내가 암기하고 있는 유일한 대사라네." 왕이 공작에게 속삭였다.

"아, 그건 별로예요."

"다른 걸 해보겠네." 왕은 헛기침을 하며 목소리를 가다듬고 머리를 흔들며 정신을 집중했다. 그러고는 이제 혼란스러운 표정을 짓고 있는 군중을 살펴보았다. "저기 있는 저 여인은 누구인가, 무엇이 여기 이 기사의 손을 귀하게 만드는가? 오, 횃불도 그녀를 보고 이 어두운 밤에 밝게 타오르는 법을 배우는구나. 그녀가 밤의 뺨 위에 저리 걸려 있는 모양은, 그, 그 누군가의 귀에 달린 호화로운 보석과 같네. 그 아름다움이 너무 빼어나 감히 착용할 수도 없을 정도이며, 이 세상의 것이라기엔 너무 귀중하도다! 그러니까, 보여다오, 눈처럼 하얀 비둘기가—"

누군가가 소리쳤다. "저 사람이 자기가 유대인이라고 말한 거야?"

"그렇게 들은 것 같아." 다른 사람이 말했다.

"이해해주십시오." 공작이 말했다. "이건 여러분의 마음을 묶고 있는 밧줄을 풀어드리고자 준비한 연극 대사입니다."

덩치가 크고 하얀 옷을 입은 설교자가 앞으로 다시 걸어나왔다. 분명 자기 사업을 빼앗겼다는 사실에 짜증이 난 것 같았다. 그는 통제권을 되찾을 기회를 포착했다. "하지만 그는 분명히 자신이 유대인이라고 말했습니다."

"아니오, 그건 셰익스피어가 말한 거요." 왕이 말했다.

"셰익스피어가 유대인이었습니까?"

"아니, 샤일록이 유대인이었소."

"대체 샤일록이 누굽니까?" 설교자가 물었다.

"이 연극에서 내가 말한 대사를 하는 인물이오." 왕이 말했다.

"당신은 정말로 해적이었습니까?" 설교자가 공작에게 물었다.

내가 보기에 설교자는 이 주제를 다시 언급한 것을 곧바로 후회했음이 분명했다. 공작이 이 기회를 놓치지 않고 군중의 마음을 다시 사로잡으려고 시도했기 때문이다.

"저는 **위스키 맥호**라는 좋은 배에 타고 있었는데, 그 배의 무시무시한 선장 이름은 나무다리 아합이었습니다. 우리는 스페인 범선인 갈레온선을 약탈해서 음식과 금을 뺏고 배에 있던 여자 몇 명을 강간했죠."

군중에 섞여 있던 여자들이 헉 하고 놀란 숨소리를 냈다.

"제가 개인적으로 그런 일을 한 건 아닙니다." 공작이 말했다. "저는 불신자일 때도 여자들에게 예의바른 신사였습니다." 그는 부인 몇 명과 눈을 맞췄다. "사실 저를 원래 모습으로 되돌려준 건 부흥회의 힘만큼이나 한 여자의 영향도 컸다고 말할 수 있습니다. 그 여자의 이름은 애니였죠."

두어 명의 여자가 앉은 자세를 똑바로 하고 귀를 기울였다.

"알겠습니다, 이제 됐어요." 설교자가 말했다. "여기는 내 부흥회입니다."

헉이 돈으로 가득찬 자루를 들고 우리가 서 있는 곳으로 돌아왔다. 왕은 시선을 주지도 않고 헉에게서 자루를 가져갔다.

"물론 설교자님, 목사님, 사과드립니다. 하지만 여기 이 목사님의 집회에 너무 멋진 분들이 모여 있어서 제가 여러분에게 매료되고 말았어요. 제 선교 활동에 도움을 주신 여러분 모두에게 감사인사를 드리고 싶습니다."

"아주 잘했네." 왕이 속삭였다.

"이봐." 어깨가 넓은 어떤 남자가 소리쳤다. "그 깜둥이는 보르네오섬 출신처럼 생기지 않았어."

"보르네오섬이 어디에 있는지 아십니까?" 공작이 물었다.

"뭐, 아니, 나야 모르지."

"저도 모릅니다." 공작이 말했다. "하지만 이 가련한 깜둥이는 알고 있겠죠. 왜냐하면 거기가 그의 고향이니까요. 그렇지 않니, 옥타비우스?"

"아까는 그의 이름이 시저라고 말했던 것 같은데요." 앞쪽에 있는 어떤 여자가 말했다.

"보르네오섬의 깜둥이는 이름을 두 개씩 갖는 게 관습이오. 가끔은 이름이 세 개일 때도 있고." 왕이 말했다.

"한 마디도 믿을 수가 없는데." 어깨가 넓은 남자가 말했다. "내 돈을 돌려받고 싶군."

헉이 옆걸음질을 치면서 내게 가까이 다가왔다. 이상한 반응이었다. 나는 헉을 보호할 능력이 전혀 없는 유일한 사람이었기 때문이다.

"거짓말쟁이!" 군중이 소리쳤다. "사기꾼!"

"그러고 보니 우리가 일주일 동안 아무도 목매달지 않았어." 어떤 남자가 소리쳤다.

"당신은 늘 목매달자는 얘기만 하는군." 어떤 여자가 그 남자에게 소리쳤다.

"그래서 뭐?" 남자가 다시 소리쳤다. "이 거짓말쟁이들은 목을 매달아야 마땅해."

21장

 매우 빠른 속도로, 아이구 맙소사 하고 읊조릴 새도 없이, 나는 헉을 데리고 마을의 건물들이 있는 쪽으로 달려갔다. 우리 뒤쪽으로 소란스러운 소음이 들려와 공작과 왕도 매우 서두르고 있음을 분명하게 알 수 있었다. 나는 고개를 돌렸다. 천막의 차양이 반으로 찢어져 일부 사람들에게 날아가면서 상당한 혼란이 일고 있었다. 마을 어귀에 도달했을 때쯤 헉이 지친 것이 느껴졌다. 그때 갑자기 헉이 몸을 뒤로 젖히더니 나를 끌어당겼다.
 "무슨 일이에여?" 내가 물었다.
 헉은 가게 앞에서 미끄러지듯 멈췄고, 우리는 그곳 벽에 못으로 박아놓은 포스터를 들여다보았다. 나는 그 포스터를 살피다가 거기 그려진 흑인 남자의 얼굴을 발견했다.
 "저게 너일지도 몰라, 짐." 헉이 말했다.

그림 아래에는 **도망자**라고 적혀 있었다.

"또다른 도망자가 있을 수도 있잖아, 그렇지?" 헉이 물었다. "노예들은 늘 도망가니까."

"유감스럽게두 저건 제가 맞는 것 가타여." 내가 말했다. "아니라구 해두 너무 저처럼 보여여."

"너한테 삼백 달러의 현상금이 걸려 있어, 짐."

"우리 얼른 가야 해여." 내가 그렇게 말하며 헉을 이끌었다. 내 시야에 왕과 공작이 같은 포스터 앞에서 잠깐 멈춰 서는 모습이 얼핏 들어왔다. 제대로 숨을 쉴 수 없었다. 내 생각은 나무에 묶여서 채찍질을 당하던 불쌍한 젊은 조지에게로 되돌아갔고, 나무에 매달려 죽은 노예를 목격했던 세 번의 순간으로 되돌아갔고, 가지에 상처가 난 길가의 플라타너스에게로 되돌아갔다. 나는 고개를 숙이고 더 열심히 달렸다. 더 빨리 달릴 순 없었다. 이제 헉을 안고서 달리고 있었기 때문이다.

나는 아무 말도 하지 않았고, 숨을 헉헉 거리며 건물 사이를 지나갔다. 그러면서 마을 사람들뿐만 아니라 저 귀족 친구들과도 거리를 더 벌리기 위해 노력했다. 나는 이제 그들에게 현상금을 안겨줄 또하나의 사냥감이나 다름없었다.

"짐?"

나는 헉을 내려놓고 숨을 돌렸다.

"공작과 왕이 현상금 때문에 너를 고발하려고 할까봐 무서워. 너도 그렇게 생각했지?"

나는 헉의 눈을 보고 놀란 척을 했다. "그 말이 마자여, 헉. 저두 그 사람들이 그런 짓을 할지두 모른다구 생각해써여."

"그들이 포스터를 보고 있는 모습을 봤어."

우리는 마을로 들어올 때와 같은 도로를 따라서 가고 있었다. 뒤쪽으로는 누구의 모습도 보이지 않았고 소리도 들리지 않았다.

"공작과 왕이 마을 사람들한테 붙잡혔을 것 같아?" 헉이 물었다. "만약 그랬다면 주님이 그들을 도와주시기를."

"몰게써여." 그렇게 말하면서 나는 그들이 실제로 붙잡혔기를 바랐다.

"마을 사람들이 그 둘을 어떻게 할까?"

"우린 계속 움직여야 해여, 헉."

길을 따라 걷다가 마침내 내가 봐둔 플라타너스를 발견했다. 그런 다음에는 헉을 숲속으로 안내했다.

"이 길이 맞는지 어떻게 아는 거야?" 헉이 물었다.

"그런 느낌이 들어여."

나는 다시 도로로 달려가 덤불들을 써서 우리가 지나간 흔적을 가렸다. 그 두 사기꾼 놈들 중 누구도 아까 지나가면서 이 교차로를 기억해두지 않았을 거라고 나는 꽤 확신하고 있었다. 비가 오기 시작했다. 처음에는 가볍게 내리다가 나중에는 동물들이 지나다니는 길이 미끌미끌해질 정도로 거세졌다. 우리는 미끄러지고 넘어지면서 강 쪽을 향해 언덕을 내려간 다음 뗏목을 찾기 시작했다. 시간이 한참 걸렸지만 결국 뗏목을 발견했다. 그런데 공작이 묶어놓은 한쪽 줄의 매듭이 풀리지 않았다. 헉이 매듭을 풀지 못해 내가 풀기 시작했다.

그 순간, 숲에서 분노에 찬 외침과 고함이 들려왔다. 나는 고개를 돌리면서 뗏목을 묶은 매듭 끝을 풀었다. 그리고 헉을 끌어당겨 배에 태운 다음, 물이 내 허리 깊이 정도에 이를 때까지 뗏목을 밀어서 출발했다. 공작과 왕이 강둑에서 우리에게 돌아오라고 소리치고 있을 때 우리는 이미 꽤 멀리까지 나아간 상태였다.

"우리가 저들을 구해줘야 할까, 짐?"

헉은 너무나 순진했다.

"헉, 우리가 구해주면 저들은 절 고발할 거에여. 어케 하구 시프세여?"

헉은 내 말을 듣고 잠시 생각에 잠겼다. "네 말이 맞는 것 같아. 하지만 마을 사람들이 저들에게 무슨 짓을 하지 않을까?"

"몰라여, 헉. 아마 그냥 벌금을 낼 수두 잇져. 몸에 타르를 뿌리구 깃털을 붙이는 처벌을 받을 수두 잇구여. 저두 몰겠네요."

"그건 정말 끔찍한 것 같아."

"그럴지두여. 그치만 저들은 마을 사람들의 돈을 훔쳐써여. 거짓말을 햇자나여. 그 사람은 해적이엇던 적이 엄는 걸여."

"맞아, 하지만 사람들은 거짓말을 좋아했어, 짐. 마을 사람들의 얼굴을 봤어? 거짓말인 걸 알았을 텐데도 믿고 싶어했어. 넌 어떻게 생각해?"

"사람들은 원래 이상해여. 믿구 시픈 거짓말은 믿으면서 무서운 진실은 무시하구 시퍼하져."

강의 물살이 뗏목을 강하게 끌어당겼고, 우리는 공작과 왕의 모습이 점점 작아지는 것을 지켜보았다.

"나도 그러는 것 같아." 헉이 말했다.

"머라구여?"

"네가 가족을 얼마나 그리워하는지 알지만 제대로 생각하지 않잖아. 네가 나와 똑같은 감정을 느낀다는 사실을 잊어버리곤 해. 나는 네가 가족을 사랑한다는 걸 알아."

"고마어여, 헉."

비가 오고 있어서 우리는 낮에도 강 위에서 긴장감을 조금 내려놓을 수 있었다. 곧 황혼이 드리웠고 비가 그쳤다. 우리는 옷을 벗어서 말리기 시작했다.

"헉의 어머니를 알아여."

"아는 사이였어?"

"네, 정말 멋진 분이엇어여. 돌아가셔쓸 땐 정말 슬펏져. 헉의 곁에 오래 잇진 못햇지만 헉을 사랑하셔써여. 헉두 그걸 알아야 해여."

헉은 아무 말도 하지 않았다.

"그냥 헉이 알아야 할 거 가탓써여."

"엄마는 예뻤어?" 헉이 물었다.

"몰라여. 그랫던 거 가타여. 노예가 그런 생각을 하는 건 무서운 일이에여."

"왜?"

"그냥 세상이 그래여."

"여기 이 강이 예쁘다고 생각하지?" 헉이 물었다.

"그쳐." 내가 말했다.

"그럼 왜 우리 엄마가 예뻤다고는 말할 수 없는 거야?"

"강은 백인 여자가 아니니까여."

"세이디는 어때? 네 아내 말이야. 세이디도 예쁘잖아. 예쁘다고 생각할 것 같은데."

"마자여. 하지만 헉, 저는 노예에여. 절대 그걸 잊어선 안 대여. 저는 깜둥이가 아니지만, 그래도 노예에여."

잠깐 침묵이 흐르고 나서 헉이 말했다. "좋은 분이었어? 좋은 분이었는지는 말할 수 있잖아."

"조은 분이었어여, 헉. 우리는 둘 다 어렷져."

"둘이 친구였어?"

"저기 좀 보세여." 내가 말했다.

"맙소사."

강 저편에 보이는 증기선에 불이 붙었다. 불길이 하늘 높이 솟아올랐고, 사람들이 갑판에서 강으로 뛰어들었다. 작은 배들이 주위를 돌아다니며 사람들을 끌어당겨 배에 태우고 있었다. 비명소리가 울려퍼졌겠지만 바람이 그 소리를 저 먼 강기슭으로 실어날라서 우리에게는 아무 소리도 들리지 않았다. 그래서 눈앞의 이 광경이 마치 이상한 꿈속의 한 장면 같았다. 몸에 불이 붙은 남자가 위쪽 갑판에서 몸을 던졌고, 그는 불꽃놀이처럼 강으로 떨어졌다.

22장

 미시시피강은 미주리주와 일리노이주 사이의 남쪽을 지나 오하이오강을 만나기 전에 두 번 정도 커다랗게 휘어지는데 거기서 거의 북서쪽으로 방향을 틀었다가 다시 굽어져 남쪽을 향한다. 내 유일한 목표는 오하이오강으로 진입하는 것이었다. 남쪽으로 이동하면서 추적자들을 따돌리는 데 실패했으므로 오하이오강으로 진입해 북쪽으로 이동해야 했다. 밤에만 이동했기에 속도는 느렸다. 밤낮으로 강을 따라 이동하는 사람은 우리보다 두 배 더 빠르게 움직일 수 있었을 것이다. 다르게 말하자면, 왕과 공작은 같은 거리를 절반의 시간만 들여서 움직일 수 있었다는 뜻이다. 내가 이 사실을 언급하는 이유는 정확히 그런 일이 벌어졌기 때문이다.
 우리는 해가 떠 있는 동안 숨어서 잠을 잤다. 그러다 낮에 숨어 있던 곳에서 나와보니 공작과 왕이 우리의 뗏목에 앉아서 기다리고 있었다.

"허클래리와 그의 깜둥이 아니신가?" 공작이 말했다.

"허클베리예요. 여기까지 어떻게 왔어요?" 헉이 물었다.

"우리는 도둑이라네." 왕이 말했다. "배를 훔쳤지." 그는 강둑의 버드나무에 묶여 있는 작은 배를 가리켰다.

그들의 모습을 다시 보니 악몽을 꾸는 기분이었다. 마치 허공에서 난데없이 나타난 듯했다. 자신감으로 가득차서는 아주 흡족해하는 눈치였다.

"마을 사람들에게서 어떻게 빠져나왔어요?" 헉이 물었다.

"한 가게에 숨어들어가 그들이 사라지기를 기다렸지." 공작이 말했다.

"기다림에는 늘 보상이 있다네." 왕이 덧붙였다.

"그 말대로야." 공작이 우리 뒤쪽의 언덕을 올려다보았다. "나라면 저쪽으로 도망칠 생각은 하지 않을 거야. 저 위에 도로가 있는데 내가 따라가서 '도망자다'라고 소리치기 시작할지도 몰라." 그는 주머니에서 종이를 한 장 꺼내 펼쳤다. 그리고 거기 그려진 내 얼굴을 헉과 내게 보여줬다. "도망자. 아주 추악한 말이지. 그렇지 않나요, 황태 씨?"

"황태자야. 마지막 글자까지 똑바로 말하라고, 빌지워터."

"브리지워터라니까요." 공작이 나를 쳐다보았다. "어쨌든 왕과 나는 새로운 사업을 하나 생각해냈지."

"그게 뭔데요?" 헉이 물었다.

"노예판매업을 시작해볼까 해." 공작이 말했다.

그들은 미소를 지었다. "아주 아름답지 않은가. 이런 방식이라네. 일단 우리가 여기 이 시저 녀석을 파는 거야. 그리고 이 녀석이 탈출하면 다시 파는 거지. 이미 도망자니까 다시 도망치는 거야 신경쓸 일도 아니잖아. 어차피 죽으면 가치가 없어질 텐데. 사람들은 이 녀석을 한 번밖에 죽일 수 없지만, 우리는 여러 번 팔아버릴 수 있는 거라네."
"이 기발한 방법을 바로 내가 생각해냈지." 공작이 말했다.
"사실 그건 내 생각이었다네." 왕이 말했다.
"당신은 기회가 주어져도 좋은 생각을 떠올릴 수 없을걸요. 인생에서 한 번도 좋은 생각을 떠올린 적이 없잖아요."
"나를 알게 된 지 고작 며칠밖에 안 되지 않았는가?"
"그동안 내내 그랬잖아요."
"이보게, 빌지워터……"
나는 헉을 팔꿈치로 살짝 찔렀고, 우리는 그들의 손이 닿지 않는 곳으로 슬며시 빠져나가려고 했다. 하지만 공작이 우리를 보고는 고개를 저었다. "탈출하는 건 꿈도 꾸지 마라."
"짐은 당신 소유가 아니에요." 헉이 말했다. "내 노예예요. 당신들 둘 중 누구의 소유도 아니에요."
"이봐, 꼬마야. 넌 미성년자고 주법에 따르면 미성년자는 노예를 소유할 수 없어." 공작이 말했다.
"그리고 우리가 만들어낸 얘기에서 놈은 내 노예였지." 왕이 말했다. "우리가 함께 만들어낸 얘기였는데 넌 맡은 역할을 하지 않았어. 자기 말을 지키지 않는 게 가장 나쁜 짓이란다. 그때 누군가 물어보면 내 노예라고 말하기로 했잖아. 그러니까 놈은 내 소유지. 그리고 원래 실질적인 점유자에겐 법적 소유권자만큼의 권리가 있는 거란다."
"그게 무슨 말이에요?" 헉이 물었다.

"우리가 만든 얘기에 따르면 내가 시저의 소유주니까 실제로도 시저가 내 소유라는 말이다."

"어쨌든 놈이 우리에게서 도망쳤으니 이 일을 그냥 넘길 수 없지." 공작이 말했다. 그리고 가죽 허리띠를 풀었다. 나는 당연히 그것이 나쁜 조짐임을 알고 있었기에 본능적으로 한 걸음 뒤로 물러섰다. "놈이 또 저렇게 움직이는 걸 봐라. 이제 보니 도망치는 게 이 녀석의 본능인 것 같군. 하지만 이번에는 도망칠 수 없을 거다. 바지를 내려라, 깜둥이."

"짐은 당신 명령을 듣지 않을 거예요." 헉이 울부짖으며 내 앞으로 뛰어들었다.

공작이 헉을 때렸고 헉은 어정쩡하게 넘어지며 비명을 질렀다. 나는 헉 쪽으로 다가갔지만 왕이 내 앞을 막아섰다.

"잘 알겠군." 공작이 미소를 지으며 말했다. "좋은 생각이 났어. 나는 널 때리거나 이 꼬마를 때릴 거다. 자, 어떻게 할래, 깜둥이?"

"내게 채찍질을 해여." 내가 말했다. "하지만 바지는 내리지 안을 거에여."

"뭐라고?"

"바지는 내리지 안을 거라구 해써여."

공작이 허리띠를 휘둘렀고 내 무릎에 맞았다. 상당히 아팠다. 그는 웃으면서 다시 허리띠를 휘둘렀다. 나는 얼굴을 찌푸리지 않았다.

"봤는가?" 왕이 말했다. "자네도 저 모습을 봤는가? 노예 녀석들은 인간의 감정을 전혀 느끼지도 못하는 것 같네."

"다 느끼고 있을걸요." 공작이 말했다. 그리고 나를 다시 때렸다. 다시. 열 번 정도 내 허벅지 주변을 때렸다. 살이 찢어지는 것이 느껴졌다. 불에 타는 듯한 고통에 바닥에 무릎을 꿇고 주저앉았다. 공작은 땀을 흘렸다. 헉이 울고 있었다.

"너무 많이 망가뜨리지는 말게." 왕이 말했다. "팔 수 있어야 한다네. 녀석이 완전히 망가져버리면 십 센트도 받을 수 없어."

"제기랄, 이봐요." 공작이 말했다. "이놈은 제대로 된 인간이 아니에요. 우리와 다르게 고통도 느끼지 않는 것 같아요. 이런 놈들은 머리에 교훈을 새겨놔야 해요. 다음에도 놈은 도망칠 생각을 할 거라고요. 이런 짐승들은 그런 식으로 만들어져 있어요."

"그만해요." 헉이 울부짖었다.

"너한테도 채찍질을 조금 남겨둘 수 있다, 꼬마야." 공작이 말했다.

헉은 뒤로 물러서라고 말하는 내 눈빛을 알아차린 것 같았다.

23장

우리는 그날 이동하지 않았다. 강에 거친 물결이 일었기 때문이다. 왕은 그런 사나운 강물 위로 나가면 멀미를 할 거라고 주장했다. 공작과 왕이 편안하게 팔다리를 벌리고 늘어져 있는 동안 헉과 나는 물고기를 잔뜩 잡았다. 두 남자는 누군가의 눈에 띄는 걸 두려워하지 않고 탁 트인 곳에 앉았다. 나와 헉에게는 새로운 경험이었다. 꼬마와 흑인이 함께 있으면 의심을 샀지만, 성인 백인 남자들과 흑인이 함께 있는 건 평범한 조합이었다.

헉과 내가 메기를 끌어올리는 동안 그 둘은 수다를 늘어놓고 있었다. "저렇게 말을 많이 하는데 의미 있는 대화를 거의 하지 않는 사람들은 처음 보는 것 같아." 헉이 말했다.

"거의 설교자만큼이나 말이 많네여." 내가 말했다.

"내가 지금 뭘 하고 싶어하는지 알겠나, 빌지워터?"

"뭔데요, 황태 씨?"

"한 모금만이라도 좋으니 술맛 좀 보는 거라네. 내가 일리노이주의 그 괜찮은 여자들에게 금주하라고 설교하긴 했지만, 커다랗고 둥근 병에 담긴 옥수수 위스키의 따뜻하고 끝내주는 느낌을 즐긴다고 해서 대체 뭐가 잘못이란 말인가?"

"당신 말에 동의하자니 정말 괴롭지만 순전히 그 논리만 놓고 보면 이번에는 동의하지 않을 수 없네요. 다음 마을을 발견하면 술집에 갑시다." 공작이 말했다.

"다음 마을이라, 그거 재미있군. 마침 우리 계획에 딱 맞을 것 같네. 여기 근처에 반은 미주리주에, 반은 일리노이주에 속하는 마을이 하나 있거든. 거기 사람들은 마을이 두 주에 걸쳐 있어서 자기들도 어느 주에 있는 건지 잘 모른다네. 그 마을의 한쪽 편에서 우리가 이 깜둥이를 팔 수 있을 것 같군. 그리고 마을의 다른 쪽으로 탈출하도록 돕고 말이야."

"내 마음에 쏙 드는 마을 같네요. 지금 시가가 하나 있으면 참 좋겠는데."

왕이 콧노래를 부르고 나서 말했다. "내 피가 위스키이고 내 코가 시가라면 평생 달려도 절대 멀리 가지 못하겠지."

"내가 여자들을 사랑하는 만큼 여자들이 나를 사랑해준다면, 나도, 나도…… 나머지는 기억이 나질 않네요." 공작이 말했다.

"안타깝군." 왕이 말했다. "시작 부분은 좋았다네."

"이 마을에서 어떻게 사기를 쳐야 성공할 수 있을까요?" 공작이 물었다.

왕이 상상 속의 시가로 그림을 그리는 척했다.

"모닥불에 다음 메기를 올리거라." 왕이 말했다. 그는 나를 빤히 쳐다보고 있었다.

나는 그의 시선을 피했다. "네게는 뭔가 느껴지는 게 있구나, 시저." 그가 말했다.

"그의 이름은 짐이에요." 헉이 말했다.

"이름이 뭐든 무슨 상관이냐?" 왕이 무시하는 듯한 손짓을 했다. "시저든 짐이든 에이프릴이든 보이보이든 만딩고*든 내 알 바 아니다. 하지만 이거 하나는 말해주마. 네가 도망치면 지난번보다 훨씬 상황이 나빠질 것이다. 너한테는 뭔가 있단 말이지." 왕이 다시 말했다.

우리는 마을 근교까지 먼길을 걸었다. 노예들, 그것도 대부분이 여자와 아이인 노예들이 흙에서 감자를 파내 자루에 옮겨담고 있었다. 나는 체구가 작고 늙은 여자가 자기 몸집만큼이나 큰 자루를 이랑 너머로 끌고 가려는 모습을 보고 있었다. 그 광경이 정상적인 현실인 듯 내 긴장이 풀어진다는 사실이 슬펐다. 나는 공작에게 맞은 다리를 절고 있다는 걸 깨달았다. 공작은 나보다 약간 뒤쪽에서 걸었고 왕은 앞서서 가고 있었다.

"절뚝거리지 마라." 공작이 말했다. "노예, 네게 말하는 거다."

나는 고개를 돌려 그를 보았다. "예?"

"똑바로 걸으라고. 절뚝이지 마. 절름발이 깜둥이를 어떻게 좋은 값

---

* 서아프리카의 흑인 부족. 체격이 좋고 순종적이라는 이유로 미국 노예시장에서 최상급으로 취급되던 흑인을 의미하기도 한다.

에 팔 수 있겠어?"

나는 똑바로 걸으려고 노력했다.

왕이 손짓했다. "이 도로 기준으로 마을 남쪽은 전부 미주리주에 속해 있다네. 겉으로는 똑같아 보이지만 실제로는 그렇지 않지. 내 생각엔 여기 이 마을에서 몇 가지 사업을 동시에 진행해볼 수 있을 듯해. 내가 점을 볼 수도 있을 것 같고."

"그건 늘 쏠쏠한 사업이죠." 공작이 말했다. "그 연극 대사는 다신 읊지 마요. 둘 중 어느 것도요."

우리는 어느 술집 밖에서 멈췄다. 술집 안에서 음정이 맞지 않는 피아노 연주가 들려왔다. 공작이 헉의 얼굴을 가볍게 때렸다. "들어봐라, 꼬마. 우린 여기서 술을 좀 마시고 올 테니 너와 깜둥이는 기다리는 거다. 저 아래쪽 말고." 그가 손가락으로 가리키며 말했다. "저쪽 너머도 아니고. 바로 여기." 그가 우리 둘을 쳐다봤다. "너희가 어디에 있어야 한다고?"

"바로 여기요." 헉이 말했다.

"만약 너희가 여기 없으면 내가 죽음보다 더 무서운 게 뭔지 보여줄 테다. 무슨 말인지 알았지?"

"알겠어요." 헉이 말했다.

"황태 씨, 가자고."

그들이 술집으로 들어갔고, 헉이 나를 쳐다봤다. "도망갈까?"

"도망가면 저들이 우릴 잡아서 헉을 때리구 날 목매달 거에여." 나는 쓸쓸해 보이는 먼지투성이 거리를 위아래로 살펴보았다. "제 다리가 이래서 그다지 빨리 달릴 수 엄써여. 게다가 강에서 여기까진 먼 거리엿자나여."

"마을의 다른 편으로 도망갈 수도 있지 않을까?" 헉이 말했다.

"그런 건 전혀 중요하지 안아여, 헉. 자유주든 노예주든. 서로 아무 차이두 엄써여."

"둘 다 마음에 들지 않네."

"저두 그래여."

우리는 공작이 있으라고 한 곳에 오랫동안 앉아 있었다. 술집의 옆쪽, 골목으로 향하는 계단 아래였다. 남자 몇 명이 술집으로 걸어들어갔지만 아무도 우리에게 눈길을 주지 않았고, 심지어 우리가 거기 있다는 사실조차 모르는 것 같았다.

"저들이 널 팔아서 네가 돌아오지 못하면 어떡해?" 헉이 물었다. "그럼 우린 어떡해야 하지?"

"그럼 전 다른 백인의 소유가 되겟져. 그 사람이 절 때릴 수두 있구, 아닐 수두 있구여. 제 인생이 글케 달라지진 안을 거에여."

"그런 건 싫어." 헉이 말했다.

나는 어깨를 으쓱했다. 우리가 처한 상황을 생각하고 있었다. "강으루 가는 지름길을 찾을 수 잇다면 빠져나갈 수 이쓸지두 몰라여."

"지름길을 어떻게 찾아내지?"

"헉이 아무한테나 물어바두 댈 거라구 생각해여."

"물어볼게. 물어볼 수 있겠지."

우리가 그런 생각을 하고 있던 바로 그 순간에 한 남자가 술집에서 나왔다. 그는 벽에 기대고 서서 우리를 멍하니 쳐다보았다. 술에 취해 있었다.

"이봐, 넌 깜둥이잖아. 왜 감자를 캐고 있지 않지?" 그가 딸꾹질을 했다. "하지만 말이 되지. 깜둥이들도 앉아서 쉴 권리가 있지." 그가 웃었다. "그런데 그건 아닌데."

나는 헉을 팔꿈치로 살짝 찔렀다.

헉은 나를 쳐다보고서 술에 취한 남자를 보더니 천천히 상황을 이해하는 듯했다. "저기요, 아저씨."

"그래, 어린 친구?"

"미시시피강으로 가는 가장 빠른 길을 아시나요?"

"미시시피강이라." 남자가 말했다. "빅 머디, 큰 강, 올드맨 강, 올드 블루. 이름도 많지. 강에서 뭘 하려고 그러니, 꼬마야? 강은 축축하고 크고 깊지. 그 강에서, **체스터호**라는 배에서 나는 아내도 잃고 돈도 잃었지. 미시시피강. 누가 강에 가고 싶어하나?"

"저요." 헉이 말했다.

"강물들이 만나는 곳. 미시시피강. 누가 알고 싶어하나?"

"저요, 아저씨."

"그건 네 노예냐?" 남자가 물었다.

"네." 헉이 말했다. "미시시피강이요. 어느 쪽으로 가야 해요?"

"강에서 뭘 하고 싶은 거니?"

"가서 메기를 잔뜩 잡고 싶어요."

남자가 눈을 감고 머리를 뒤쪽으로 기울였다. "흐음, 메기라. 그것참 좋구나. 난 메기를 제대로 요리하는 법을 알지. 조금 가져오면 내가 널 위해 잘 튀겨주마. 베이컨 기름에 메기를 튀기는 게 좋아. 참 괜찮을 것 같지 않니?"

"어느 쪽으로 가야 해요, 아저씨?"

"무슨 어느 쪽?"

"강이요, 미시시피강."

"칼은 있니? 메기를 손질하려면 칼이 필요할 거야."

"네, 칼 있어요." 헉이 말했다. "제발요, 아저씨, 어느 쪽으로 가야 해요?"

술에 취한 남자는 북쪽을 가리켰지만 아무 말도 하지 않았다.

"근데 강으루 통하는 지름길루 간다구 해두 말이에여, 거기 가서 뗏목이 엄쓰면 우리가 할 수 잇는 게 거의 엄써여." 내가 말했다.

"배를 훔칠 수도 있지." 헉이 말했다.

개인적으로는 배를 훔치는 건 상관없었다. 그렇게 해서 그 남자들에게서 도망쳐 오하이오강으로 갈 수만 있다면 말이다. 하지만 성공할 가능성이 낮다는 것을 알고 있었다. 내가 그들에게 잡히면 영락없이 밧줄 끝에 목이 매달리는 신세가 될 것이다. 뒤틀린 나무 계단 때문에 엉덩이의 감각이 없어지고 있었다.

"여기서 이렇게 가만히 기다리고만 있긴 싫어." 헉이 말했다.

술에 취한 남자가 정신을 차렸다. "그러니까, 네가 강에 가고 싶다고 했지?"

헉과 나는 그를 올려다보았다.

"그래, 강은 이쪽 길이다." 그가 다시 북쪽을 가리켰다. "그리고 저쪽일 수도 있지." 그가 동쪽을 가리켰다. "그리고 저쪽." 이번엔 서쪽이었다. "생각해보니 유일하게 빼먹은 방향이 이쪽이군." 그가 남쪽을 가리켰지만 그의 손가락은 술집의 벽에 닿아 있었다. "물론 여기 이 술집을 가리키는 건 아니고."

"알겠어요."

"강물들의 시초로 간다는 거지."

"그래요."

남자는 몸을 돌려서 벽에 기대더니 코를 골기 시작했다.

"잠든 거야?" 헉이 물었다.

"그런 거 가타여." 내가 말했다. "어쨋든 도망친다면 왓던 길루 다시 돌아가야 할 거에여. 거기 우리 뗏목이 이쓸 테니까여."

"네가 말했듯이 거기까진 먼길이야, 짐."

"마자여. 하지만 우린 저쪽이나, 저쪽이나, 저쪽으로 강이 얼마나 멀리 떨어져 잇는지 몰라여. 저 백인은 전혀 도움이 되지 안앗지만 그 점만은 확실해젓져. 아는 길루 가는 게 모르는 길루 가는 것보다 가깝다는 거 말이에여."

"그 말이 맞는 것 같아." 헉은 잠든 남자를 쳐다보았다. "짐, 아무래도 오늘은 도망칠 힘이 남아 있지 않은 것 같아."

"맞는 말이에여."

나는 아래쪽으로 손을 뻗어 다리의 상처를 만져봤다. 피에 바지가 달라붙어 상처가 쓰라렸다. 헉에게 말하지는 않았지만 내가 도망갈 수 있다는 걸 알고 있었다. 나는 항상 도망칠 수 있었다. 하지만 도망과 탈출은 같지 않았다. 나도 조사이아처럼 도망쳤다가 결국에는 시작 지점으로 되돌아오고 마는 상황을 반복할 수도 있었다. 지금은 아무것도 생각해두지 않았지만 앞으로는 분명 계획이 필요했다. 나는 나 자신에게

자유를 얼마나 원하는가?라고 묻고 솔직하게 답해야 했다. 가족을 자유롭게 해줄 거라는 목표 역시 망각할 수 없었다. 내 가족이 없다면 자유가 무슨 소용일까?

24장

 헉과 나는 그 계단의 판자 위에 앉은 채 깜빡 졸았다. 잠시 휴식을 취하고 나자 도망가고 싶다는 생각이 더 강해졌다. 내 어깨에 기댄 헉의 머리가 나를 꼼짝 못하게 붙잡고 있지 않았다면 헉을 놓아두고 가버렸을지도 몰랐다. 내가 도망칠지 말지 더 깊이 고민하기 전에 술집 문이 활짝 열리더니 공작과 왕이 나왔다.
 "이거 봐라?" 공작이 말했다. "낮잠 시간이군."
 "노곤한 노예, 깜둥이가 깜빡 잠들었도다." 왕이 셰익스피어 연극의 대사를 읊듯이 과장된 어조로 말했다. "꼬마도 코마에 빠졌네." 그는 술에 취해서 자신의 말장난에 뿌듯해했다.
 "닥쳐요." 공작이 말했다. "술집 주인 말로는 길을 따라 올라가면 묵을 곳이 있대요."
 "이 친구들은 어떻게 할 건가?" 왕이 우리를 가리키며 물었다.

"마구간이요. 녀석들은 마구간으로 데려갈 거에요."

공작이 길 한가운데를 따라 걸으며 앞장섰다. 이제 날은 어두워졌고, 몇몇 창문에서 불빛이 빛나고 있었다. 우리는 마을 반대편에서 마구간을 발견했다. 왕이 초인종을 울리자 늙은 흑인 남자가 밖으로 나왔다.

"대장간은 어디에 있나?" 공작이 물었다.

"제가 대장장이인데여." 남자가 말했다.

"네 이름은 뭐지?"

남자가 눈을 비비더니 말했다. "제 이름은 이스터*에여."

"크리스마스에 태어났나?"

"아닙니다여, 나리. 저는 부활절에 태어나써여."

왕과 공작이 웃음을 터뜨렸다.

"여기 족쇄와 쇠사슬이 있나?" 공작이 물었다.

"있지여."

"그럼 여기 내 노예한테 채워놔. 우리가 가서 좀 잘 수 있게."

늙은 남자가 나를 쳐다보았고 나는 그에게 눈짓으로 고개를 끄덕였다. 우리가 신호를 교환하는 모습을 헉이 지켜보고 있다는 걸 알 수 있었다. "쇠사슬로 묶어놓지 않아도 돼요. 짐은 어디로도 도망가지 않을 거니까요."

"쇠사슬로 묶여 있으면 더 확실히 못 도망가겠지." 왕이 말했다.

"이 녀석에게 자물쇠를 채우고 내게 열쇠를 넘겨." 공작이 말했다.

늙은 남자가 우리를 남겨두고 필요한 것들을 가지러 갔다.

---

* Easter. 부활절.

"무슨 할말이라도 있나, 깜둥이?" 공작이 내게 물었다.

"아니여, 나리." 내가 말했다.

"좋아."

이스터가 돌아왔다. "어디에 채울까여, 나리?"

"거기 다리에 채워놔. 피 묻은 쪽 다리."

"예, 나리." 이스터가 무릎을 꿇고 앉아서 내 발목에 금속 장치를 채웠다. 그 순간, 향수를 불러일으키는 공포가 느껴졌다. 내 몸에 마지막으로 족쇄가 채워졌던 게 언제였는지는 기억나지 않아도 내 몸은 그 느낌을 인식하고 있었다. 도망칠 준비가 된 순간이 있다면, 그건 바로 지금이었다.

헉이 몸을 떨었다. "이러지 마요."

"열쇠." 공작이 손을 내밀자 이스터가 열쇠를 넘겼다. 공작은 그 열쇠를 조끼에 달린 작은 주머니에 넣었다.

"그럼, 잘들 자게나." 왕이 말했다.

헉은 그들이 떠날 때 매우 분노했고, 나는 헉의 어깨를 붙잡으며 말렸다. 이스터는 우리 모습을 주시했다.

"정말 미안해여." 이스터가 말했다.

나는 고개를 끄덕였다.

"저 사람들이 정말 싫어." 헉이 말했다.

이스터가 나를 쳐다보며 의문을 담아 헉 쪽으로 고개를 갸웃했다.

"이애는 갠차나여." 내가 말했다.

이스터가 주머니에 손을 넣더니 열쇠를 꺼냈다. "이 쇠사슬이 엄쓰면 훨 편하게 잘 수 이쓸 거에여."

헉이 웃었다. "열쇠가 두 개예요?"

"이 자물쇠에 맞는 열쇠는 제가 갖구 잇져. 저쪽으루 가서 저기 저 건초 위에서 자면 될 거에여. 아침에 다시 쇠사슬을 채울게여."

"고마워요, 이스터." 헉이 말했다.

늙은 남자가 미소 지었다. "백인이 노예에게 고맙다는 말을 하다니 상상두 못해밧던 일이네여, 하하. 다음엔 무슨 일이 일어날지 몰겟네여."

"상상해바여." 내가 말했다.

헉과 나는 건초 더미 쪽으로 걸어갔다. 우리는 거의 죽을 정도로 지쳤지만 감사하게도 죽지는 않았다. 건초 더미에 이르자마자 헉은 빠르게 잠들었다. 나는 헉만큼이나 녹초가 된 상태였지만 한숨도 잘 수 없었다. 내가 생각할 수 있는 건 도망치는 것뿐이었다.

"그 다리로는 남들보다 빠르게 뛸 수 없어." 이스터가 말했다.

"맞는 말이에요." 내가 말했다. 그리고 고개를 숙여 헉의 얼굴을 들여다보았다. "곤히 잠들었네요."

"이름이 뭔가?"

"짐이에요."

"만나서 반갑네."

"저도요. 그리고 도와주셔서 감사합니다."

이스터가 어깨를 으쓱했다. "해야 하는 걸 하는 거져."

우리는 웃었다.

"그런데, 짐. 이 소년과는 무슨 관계인가?"

"제 친구예요." 내가 말했다. 그렇게 말하는 게 내게도 이상했으니 다른 사람이 그런 말을 듣는 건 더 이상하게 느껴질 게 분명했다. "이 아이는 제가 탈출하는 걸 돕고 있어요."

이스터가 헉을 살펴보았다. "흐음."

"왜요?"

"백인 소년?"

"네?"

"이 아이, 백인이야?" 이스터가 물었다.

"그애를 봐요."

"얼굴에 많은 것들이 보여. 내가 보기에는—"

"혹시 물이 있나요?"

"저쪽에 물통이 있네."

나는 일어나서 물이 담긴 커다란 통 쪽으로 걸어갔다. 거기서 얼굴에 물을 끼얹고 손을 컵처럼 모아 물을 약간 떠 마셨다. 헛간 문 너머로 마을에서 벗어날 수 있는 어두운 길이 보였다. 그 길을 쳐다본 뒤 건초 위의 내 잠자리로 다시 돌아왔다.

"내 말은 크게 신경쓰지 말게." 이스터가 말했다. "하지만 이 점은 알아둬. 백인들은 우리처럼 세상을 보지 않아. 그렇게 할 수 없거나, 그렇게 하고 싶지 않은 거지."

나는 고개를 끄덕였다.

"이제 불을 끌 거야." 늙은 남자가 말했다.

"좋아요, 이스터."

그는 불을 끄고 마구간 뒤편으로 다시 들어갔다. 헉이 내 옆에서 몸을 뒤척였다.

"이스터는 갔어?" 헉이 물었다.

"예, 가써여."

헉이 똑바로 앉았다.

"넌 날 믿지 않는 거지, 짐?"

"당연히 믿져, 헉. 왜 글케 말하세여?"

"너와 이스터가 말하는 소리를 듣고 있었어. 넌 나한테 할 때처럼 말하지 않았어."

나는 아무 말도 하지 않았다.

"왜 그런 거야, 짐? 나는 우리가 친구라고 생각했어. 네가 날 믿는다고 생각했는데."

"믿어여, 헉. 몰겠어여? 저는 제 목숨을 걸구 헉을 믿어여."

"난 다시 잘 거야." 소년이 말했다. "이거 하나만 알아줄래?"

"예, 헉?"

"난 네가 왜 그런 식으로 말하는지 이해해."

"무슨 말이에여?"

"그래야 말이 된다는 뜻이야."

나는 헉의 얼굴을 살펴보았다. 헉은 눈을 감은 채 얘기했고, 잠에 빠져들면서도 깨어나려 애쓰고 있었다. 그의 얼굴에는 많은 것이 있었다.

"헉은 똑똑한 소년이에여."

"잘자, 짐."

"잘자요, 헉."

25장

"대체 이게 어찌된 일이야!" 어떤 목소리가 악몽처럼 내 잠을 깨웠다. 공작이었다. 그는 내 옆에 서 있었고, 나는 아직 건초에 누워 있었다. 왕은 공작 뒤에 있었다. "그 늙은 깜둥이 이름이 뭐였죠?" 공작이 물었다.

"이스터." 왕이 말했다.

"이스터!" 공작이 소리쳤다. "이스터, 이 깜둥이야, 당장 이리 와라!"

"이스터!" 왕도 그를 불렀다.

이스터가 발을 질질 끌며 들어왔다. "예?"

"이 상황에 대해 아는 대로 말해라." 공작이 물었다.

"아이구!" 이스터가 말했다. "어케 쇠사슬에서 풀려난 거져?"

"내가 지금 너한테 묻고 있잖아." 공작이 말했다.

"제가 풀었어요." 헉이 말했다. "짐이 그렇게 쇠사슬에 묶인 채로 자게 할 순 없었어요."

"네가 어떻게 사슬을 푼 게냐?" 왕이 물었다.

"그냥 풀렸어요."

"그렇다면 제대로 채워져 있지 않았던 거군. 그렇지, 이스터?"

"제가 제대루 채우는 걸 보셨자나여, 나리."

공작은 기둥에 박힌 못에 걸려 있던 마차용 채찍을 집어들었다.

"그렇지만 짐이 도망간 건 아니잖아요." 헉이 말했다.

공작의 눈을 보니 지금 그의 목표는 내가 아니었다. 나는 이스터를 보았고, 그의 눈에는 두려움이 가득했다.

"안 대여." 내가 말했다.

공작이 나를 쳐다보았고, 왕이 내 쪽으로 시선을 돌렸다. 헉도 나를 쳐다보았다. 하지만 그중 누구보다도 이스터가 나를 제일 뚫어져라 보고 있었다. 나는 안 된다고 말했다. 공작은 이제 이스터는 잊어버린 듯 나를 노려보고 있었다. "이 깜둥이 놈, 이번에는 제대로 해주마. 왕, 이 노예를 거기 기둥에 묶어요."

왕이 긴 밧줄을 찾아서 주위를 두리번거렸다.

하지만 공작은 이스터를 잊은 것이 아니었다. 채찍이 날카롭게 공간을 가르는 소리가 들렸고 이스터가 바닥에 쓰러졌다. 가죽 채찍이 이스터의 가슴 주변과 팔 위쪽을 강타했다. 그의 얇은 피부가 곧바로 피를 쏟아냈다.

"이게 무슨 짓이오!" 또다른 목소리가 크게 울렸다. "이스터!" 한 남자가 마구간으로 들어와 쓰러진 노예 옆에 무릎을 꿇고 앉았다. "누가 이 녀석을 때렸소?"

"내가 그랬어요." 공작이 말했다.

남자는 덩치가 큰 백인이었다. 머리카락부터 수염까지 모든 게 하얀 사람이었다. "이스터는 내 노예요. 무슨 자격으로 이 녀석을 때리는 겁니까?" 남자는 공작에게서 채찍을 낚아채고 그를 노려보았다. 덩치가 큰 남자는 한참 위에서 위압적으로 공작을 내려다보았다.

나는 공작의 얼굴에서 두려워하는 기색을 알아채고 그 순간 즐거움을 느꼈다. 그의 눈은 조금 전 이스터의 눈빛과 같았다. 왕은 뒤쪽으로 몇 걸음 물러났다.

"녀석이 간밤에 내 노예를 풀어줬어요." 공작이 말했다.

"여기 있는 게 그 노예요?" 남자가 나를 가리키며 물었다.

"그래요."

"하지만 이놈은 바로 여기 있잖소. 어디로도 도망가지 않았잖소."

"짐은 저 사람의 노예가 아니에요." 헉이 말했다. "짐은 제 소유예요."

"넌 아직 아이잖니?" 덩치 큰 남자가 말했다.

"그 꼬마 말은 듣지 마세요." 공작이 말했다. "정신이 약간 이상해요. 자기가 그 깜둥이와 친구라고 생각하죠."

수염이 하얀 남자가 고개를 저었다. 화가 난 것 같기도 했고 혼란스러운 것 같기도 했다. "내가 아는 건 당신이 내 이스터를 때렸다는 것뿐이오. 당신에겐 그럴 권리가 없소."

"그건 미안합니다. 성함이—"

"와일리."

"와일리 씨."

"괜찮니, 이스터?" 와일리가 물었다. 그러고는 이스터의 셔츠를 벗기고 상처를 살폈다. "좋지 않군. 아주 좋지 않아. 이러면 이 녀석이 지금 어떻게 일을 할 수 있겠소? 말해보시오. 당신이 편자공이요?"

공작은 아니라고 말했다.

"여기 이 노예는 대장장이 일에 대해 뭐라도 압니까?" 와일리가 물었다.

"짐은 뭐든지 할 수 있어요." 헉이 말했다.

"정말이냐?" 와일리가 그렇게 물으며 나를 쳐다보았다.

"말굽에 편자를 박는 건 할 수 이쓸 것 가타여." 내가 말했다.

"편자는 만들 수 있고?"

"할 수 이쓸 것 가타여."

"그렇지만 보다시피 우리는 그냥 지나가는 중이라네." 왕이 멀리서 말했다.

"그럼 두 분과 꼬마는 계속 지나가시오. 어디든 원하는 곳으로 가도 좋소. 하지만 이 깜둥이는 내가 필요없다고 할 때까지 여기서 일해야 할 거요."

"그건 안 되겠는데요." 공작이 말했다.

"그렇다면 보안관을 불러서 해결합시다." 와일리가 말했다.

"내가 당신의 소유물을 때리지 말았어야 했어요." 공작이 이스터를 보며 말했다. "그 점에 대해선 매우 미안하게 생각합니다. 우리는 다음 마을에서 할일이 있어요. 그 일을 처리하고 나서 노예를 데리러 돌아오지요."

와일리가 고개를 끄덕였다.

공작은 이 모든 게 내 잘못이라는 듯이 나를 날카롭게 쳐다보았다.

"우린 돌아올 거다." 그가 말했다. 그러고 나서 입을 벙긋거리며 소리 없이 말했다. "도망가지 마."

헉이 다가와서 내 옆에 섰다.

"지금 뭘 하는 거냐?" 와일리가 헉에게 물었다.

"저는 짐과 함께 있을 거예요."

"안 돼." 와일리가 말했다. "너는 저들과 함께 가야 해."

"전 저 사람들이 누군지도 몰라요."

"아니, 네 삼촌을 모른다고 하면 어떡하니?" 공작이 그렇게 말하며 헉의 팔을 움켜잡았다. "그런 장난은 다시는 치지 말거라. 넌 우리와 함께 갈 거란다."

와일리는 늙은 이스터가 일어날 수 있도록 상냥하게 도왔고, 그 모습이 내 눈길을 끌었다. 공작이 내 쪽으로 몸을 기울이고 악마 같은 목소리로 속삭였다. "우리가 이 꼬마를 데리고 있을 테니 도망칠 생각은 꿈에도 하지 않는 편이 좋을 거다."

26장

두 남자와 소년은 길을 따라가다가 모퉁이를 돌아서 사라졌다. 아침 햇살이 너무 밝아서 방금 일어난 모든 일과 어울리지 않는 듯한 느낌이 들었다. 헉과 나는 폭력적으로 헤어졌다. 충분히 예상 가능한 일이었는데도 그건 충격적이고 비현실적이었다. 그리고 이제 나는 일시적으로든 아니든, 또다른 백인의 소유가 되었다. 새 주인이 어디에 사는지도 몰랐다. 단지 그가 나 외에 다른 노예 한 명을 더 소유하고 있으며, 내가 쇠로 편자를 만들어 말굽에 박아야 한다는 것밖에 알지 못했다.

와일리가 나를 노려보더니 마치 오랜 친구처럼 내 등짝을 손으로 찰싹 때렸다. "이봐, 일만 잘하면 내가 잘 대해줄 거야. 그렇지, 이스터?"

"맞는 말씀이세여, 와일리 주인님." 이스터가 말했다.

"아침을 좀 먹어야겠어." 와일리가 말했다. 그는 걸어나가며 허공에 대고 말했다. "내가 살면서 가장 손쉽게 얻은 노예로군."

나는 이스터를 쳐다보았다.

"그의 말이 맞아. 만약 노예를 소유하지 않았다면 나도 와일리가 괜찮은 사람이라고 생각했을 거야."

"만약이라, 그렇군요." 내가 말했다.

"자네와 그 소년의 사연은 뭔가? 그 꼬마에게 백인인 척하는 법을 가르쳐줬어?"

"뭐라고요?"

"백인 행세하는 법 말이네." 이스터가 말했다.

"백인 행세요? 이스터, 그 꼬마는 와일리보다 더 백인이에요."

이스터가 나를 보며 미소 지었다. "꼬마는 모르나보지?"

"뭘 몰라요?" 내가 물었다. "그애의 부모가 백인인 건 제가 봐서 알아요."

이스터가 고개를 저었다. 그는 채찍에 찢긴 새 상처가 고통스러운 듯 얼굴을 찡그렸다. 그러고는 손가락으로 상처를 매만졌다.

"괜찮아요?"

이스터가 웃었다. "안 괜찮으면 뭘 어떡하겠어? 뭐가 달라지겠나? 자네가 뭘 해줄 수 있어? 괜찮다는 게 대체 뭐지?"

그의 말이 맞았다.

"제가 여기서 뭘 해야 하죠?" 내가 물었다. 그리고 모루와 쇠막대기 같은 도구들을 둘러보았다.

"해가 지기 전까지 편자 세 세트를 만들 거야. 그럼 편자 개수로는 총 열두 개지. 엄청난 노동이야. 대장장이 일에 대해선 하나도 모를 테지,

그렇지 않나?"

"아예 아무것도 몰라요."

"그래, 차근차근 설명해주겠네. 우선 불을 잘 지핀 다음, 거기에 석탄을 잔뜩 넣어서 불을 아주 뜨겁게 만들어야 하네. 지옥불처럼 뜨겁게 말이지." 그가 풀무를 가리키며 내게 풀무질을 하게 했다. "석탄이 빨갛게 빛을 내면 쇠막대를 그 안에 밀어넣어. 그럼 쇠막대도 빨개지면서 뜨거워지지. 이 작업에는 시간이 조금 걸릴 거야."

기다리는 동안 땀이 났다. 불의 열기는 강렬했고 견디기 힘들었다. 하지만 덕분에 헉에 대한 걱정을 잠시나마 떨칠 수 있었다.

"강 상류에서 린치가 있었다네." 이스터가 말했다.

"정말 안타깝네요." 내가 말했다.

"뭐 때문에 죽였는지 추측해보겠나?"

나는 추측하지 않았고 이스터도 내 대답을 기대하지 않았다. 나는 팔뚝으로 이마의 땀을 훔치면서 그를 쳐다보았다.

"연필 때문이었다네."

얼음처럼 차가운 창에 등이 찔리는 듯한 느낌이 들었다. "뭐라고요?"

"연필 말이야. 믿을 수 있겠나? 노예가 망할 연필 한 자루를 훔쳤다고 목을 매달아 죽였다네. 심지어 그 노예에게서 연필을 찾지도 못했어. 대체 노예에게 연필이 왜 필요하겠는가? 이게 말이 되는 일인가?"

"믿기 어려운 얘기네요, 정말로요." 내 주머니 속에 든 그 연필의 감촉이 느껴졌다. 그 순간, 나는 연필을 내 연필이 아니라 그 연필이라고 생각했다는 사실에 깜짝 놀랐다.

"끔찍한 세상이야. 백인들은 우리가 천국에 가면 모든 게 괜찮아질 거라고 말하지. 하지만 내 의문은 이거야. 백인들도 천국에 있지 않을까? 만약 그렇다면 천국에 가는 건 다시 생각해봐야 할지도 모르겠어."
이스터가 웃었다.

나도 그와 함께 웃었다.

"마침 이름도 이스터라고 지어줬으니 아예 부활하는 것도 방법이겠네요."

나는 끝내야 할 일거리들을 바라보았다. "시간이 좀 걸리겠네요. 그건 좋군요."

"백인들은 우리가 일하는 모습을 지켜보면서도 우리가 홀로 생각에 잠길 시간이 얼마나 많은지 잊곤 하지. 일하고 기다리고 하는 동안 말이야."

나는 미소 지었다. "생각하는 노예가 얼마나 위험한지 몰라서 그래요."

"우리가 서로 대화한다는 것조차 모르는 것 같아." 이스터가 말했다.

"아마 받아들일 수 없을 거예요. 받아들이지 않을 거고요. 그러다 나중에야 알고는 매번 놀라죠. 덴마크 베시에 대해 들어보셨어요? 그가 사우스캐롤라이나를 거의 점령할 뻔했대요. 총도 구비해놓고 조직까지 갖추고 있었죠."

"그래서 어떻게 됐지?"

"어떻게 했겠어요? 당연히 그의 목을 매달았죠. 계획을 알아채고 목매달아 죽인 거예요."

"그들이 어떻게 알아냈던 거야?" 이스터는 와일리가 없는 걸 확인하려는 듯 문을 쳐다보았다.

나는 이스터의 얼굴을 바라보았다. "우리 사람들의 짓이에요."

"그 남자들이 자네를 찾으러 되돌아올 거라고 생각하나?"

"모르죠." 불 속에 밀어넣어놨던 쇠막대가 빛나기 시작했다. "이스터, 만약 내가 도망치면 와일리가 어떻게 할 것 같아요?"

"모르지." 이스터가 말했다. "그가 개들을 키우고 있긴 한데 다들 뚱뚱하고 게을러. 자기 집도 못 찾아올 녀석들이야."

"그가 저를 쫓지 않을지도 몰라요. 사람을 쫓는 건 힘든 일이니까요. 애초에 저는 그의 소유도 아니잖아요, 법적으로는."

"모르겠네. 과연 그도 그렇게 생각하는지 잘 모르겠어. 내가 아는 건, 자네가 도망치는 모습을 목격하면 아마 그가 총을 쏴서 자네를 완전히 죽여버릴 거라는 거야. 총부터 쏘고 나서 물어보는 사람으로 알려져 있거든."

"그런 말을 들으니 불길하네요."

"그가 신경쓰는 건 작업을 다 마쳤는지야. 내가 풀무질이나 망치질을 할 수 없으면 화가 나서 길길이 날뛸 걸세. 그러니까 그 편자들을 다 만들어놓으면 자네가 도망가더라도 크게 신경쓰지 않을지도 모르지."

"아니면 제 작업물이 마음에 들어서 계속 데리고 있어야겠다고 판단할 수도 있죠."

"음, 그럴 수도 있겠군."

"쇠막대 끝이 빨개졌어요."

"좋아. 그럼 이제 그걸 모루의 둥글고 두툼한 부분 위에 올려놓고 망치로 두드려서 말발굽 모양으로 만들게."

"이런 식으로요?" 나는 뜨거운 쇠를 무거운 망치로 두드렸다. 망치가 모루를 때리며 나는 소리가 울려퍼졌고, 그 소리는 듣기에 썩 나쁘지 않은 음악 같았다.

"망치가 반동으로 튀어오르게 해." 이스터가 말했다. "그럼 느낌이 괜찮을 거야."

나는 그의 지시에 따랐다. 반동을 이용하니 어쩐지 망치가 더 가볍게 느껴졌고, 실제로는 그렇지 않다고 해도 탕탕거리는 소리가 내 망치질을 이끄는 리듬이 되었다. 곧 쇠막대는 익숙한 반원 모양으로 변했다.

"그걸 다시 불 속에 넣어." 이스터가 말했다.

나는 그렇게 했다.

"쇠막대가 아주 뜨겁게 달궈지면 편자를 부러뜨려서 잘라낼 수 있다네."

"말로 하니까 간단한 것 같네요."

"그걸 또 아는 사람은 누가 있나?" 이스터가 물었다.

"뭘 알아요?"

이스터가 미소를 지은 뒤 고개를 젓고는 머리를 긁적였다. "풀무를 사용해서 불을 더 뜨겁게 만들어. 익숙해지기까지 그리 오래 걸리진 않을 거야."

"이스터, 나는 편자만 만들면 돼요. 도와줄 거죠?"

"물론이지, 형제."

이스터가 방법을 알려줬고 나는 그의 말을 귀기울여 들었다.

"이스터, 처음 여기 왔을 때가 기억나요?"

"와일리에게 왔을 때를 말하는 건가, 아니면 이 지옥에 왔을 때를 말하는 건가?"

"지옥이요."

"고향은 잘 기억나지 않지만 타고 온 배는 기억나네. 학대당하던 것도 기억나고. 첨벙거리며 튀어오르던 물소리도 기억나지. 자네는?"

"지옥에서 태어났죠. 어머니가 저를 안아주기도 전에 팔려갔어요."

"자네 지금 망치를 똑바로 잡고 있지 않군." 이스터가 말했다.

"죄송해요."

"실수를 해야 뭔가를 배울 수 있는 법이라네."

편자의 형태가 잡히자 긴 집게로 편자를 잡았다. 이스터의 손힘이 얼마나 셌던 건지 실감하며 내심 감탄했다. 그러고서 편자를 담금질용 통 안에 떨어뜨렸다. 나는 통 안에 편자를 떨어뜨릴 때 나는 그 소리와 증기를 좋아하게 되었다. 이어서 편자를 좀더 두드리면 망치질 소리가 내 팔과 몸을 타고 울렸다. 그리고 다시 편자를 불 속에 집어넣었다.

"그런 식으로 가열하고 식히는 작업을 반복하면 쇠가 단단해질 거야." 이스터가 말했다.

"은유 같네요." 내가 말했다.

"은유야말로 우리가 가진 유일한 무기지." 이스터가 말했다.

나는 주머니에 손을 넣어서 그 연필을 꺼내 이스터에게 보여줬다.

"아니, 이럴 수가!"

"젊은 조지가 저를 위해 훔친 거예요."

"자네는 글을 쓸 수 있군." 그건 질문이나 비난이 아니라 오히려 발견의 외침, 어쩌면 사명의 부름에 가까웠다.
"글을 쓸 수 있어요."
"그렇다면 자네는 글을 써야만 하겠군."
"그럴 거예요."

오전이 반쯤 지났을 무렵에도 나는 여전히 첫번째 편자를 만들고 있었다. 와일리가 마구간에 들어와 나를 쳐다보았다. "이 녀석은 어떻게 하고 있나?" 그가 이스터에게 물었다.
"대장간 일을 조금 알구 이떠라구여." 이스터가 말했다.
나는 땀을 줄줄 흘렸다. 하지만 이상하게도 그 땀이 몸을 씻어 정화시켜주는 듯한 느낌이 들었다. 나는 쇠를 두드렸고, 이스터가 가르쳐줬던 리듬을 찾아냈다.
"날 위해 노래해봐라." 와일리가 말했다.
나는 이스터를 쳐다보았다. 이스터가 내게 고개를 끄덕이고는 노래하기 시작했다.

울려라, 날근 망치야!
망치야 울려라!
울려라, 날근 망치야!
망치야 울려라!

와일리가 나를 쳐다보자, 나도 이스터의 노래에 동참했다.

망치 손잡이가 부러지네!

망치야 울려라!

망치 손잡이가 부러지네!

망치야 울려라!

와일리를 위해 노래한다는 게 싫긴 했지만 그래도 덕분에 작업은 더 쉬워졌고, 나는 마구간에 메아리치는 우리의 소리가 마음에 들었다. 어느새 나는 더 열심히 노래하고 있었다. 이스터를 슬쩍 보며 우리의 아이러니한 상황을 생각하니 노래가 더 재미있게 다가왔다.

성경 말씀을 망치로 새겨여!

망치야 울려라!

성경 말씀을 망치로 새겨여!

망치야 울려라!

"이 노예는 노래를 꽤 잘하는군." 와일리가 나를 보며 말했다.

"확실히 그러네요." 와일리의 뒤쪽에서 목소리가 들려왔다.

거기에는 키가 작은 백인 남자가 서 있었고, 그 옆으로 크기도 생김새도 제각각인 십여 명의 백인 남성이 크기도 생김새도 제각각인 검은 상자들을 들고 있었다. 모두 비슷해 보이는 검은 정장을 입고 있어서 그들을 보는 것만으로도 더운 느낌이 들었다.

"그런데 당신은 누구요?" 와일리가 물었다.

"제 이름은 대니얼 디케이터 에밋입니다. 저희는 버지니아 민스트럴* 이죠."

---

* 미국 남북전쟁 전후로 유행했던 쇼. 주로 얼굴을 검게 칠한 백인이 노래, 춤, 촌극 등을 공연했다.

27장

"노래는 그만하고 망치질을 계속해라." 와일리가 말했다. 그는 대니얼 디케이터 에밋을 향해 돌아섰다. "당신네들은 대체 무슨 소리를 하는 거요?"

"저희는 버지니아 민스트럴입니다. 음악가죠. 마을회관에서 공연할 예정이랍니다." 에밋이 와일리에게 카드 같은 것을 몇 장 내밀었다. "여기, 받으세요. 저희 공연의 입장권입니다."

와일리는 입장권을 쳐다보았다.

"저는 저 노예의 아름다운 목소리에 이끌려 이곳에 들어왔어요. 사실 저희는 테너를 잃었는데, 저 녀석의 목소리가 마침 딱 완벽한 것 같네요."

"테너를 잃었다는 게 무슨 말이오?" 와일리가 물었다.

"그게, 그 친구를 도저히 찾을 수 없게 되었답니다. 기차를 타고 오는 동안 술에 취했거든요. 그 친구가 자주 그러긴 했지만요. 기차에서 떨어졌거나 했을 가능성이 가장 큰 것 같아요. 하지만 사람이 움직이는 기차에서 떨어졌다면 뭐."

"그렇군."

"제가 말씀드렸듯이 저 노예는 아름다운 목소리를 가졌어요. 저희가 잃은 테너보다 더 좋은 목소리예요. 그러고 보니 그 테너 이름은 롤리 너기츠였는데 이제는 그다지 중요하지 않겠네요. 저희에게도, 선생님께도, 아마 그 테너 친구에게도."

"그리고 당신들 이름은 버지니아 민스트럴이라고?"

남자들이 다 같이 한 곳을 향해 몸을 기울였다. 그러더니 허밍으로 화음을 하나 만들었는데 그 소리가 꽤 매력적이었다.

"얼마인가요?" 에밋이 물었다.

"뭐가 얼마냐는 거요?" 와일리가 물었다.

"여기 이 노예 말입니다. 노래를 잘하는 쪽이요."

와일리는 그 질문에 당혹스러워했다. 엄밀하게 따지자면 내가 그의 재산이 아니므로 멋대로 팔아넘길 수 없다는 사실을 그는 분명히 생각했을 것이다. 그에게는 매도증서가 없었다. 하지만 내가 최근에 듣고 알게 되었듯이, 실질적인 점유자에게는 법적 소유권자만큼의 권리가 있으니 내가 사실상 자신의 소유라는 점도 그는 또한 확실히 생각하고 있었을 것이다. "짐을 사고 싶나보군?"

"그게 그의 이름이라면, 그렇습니다."

와일리는 나를 쳐다보았다. 그는 사람을 소유하고 있긴 했지만 근본적으로는 정직한 사람이었다. 그러나 그가 하려던 말을 꺼내기도 전에 에밋이 손을 들어 그의 말을 저지했다.

"제 얘기를 좀 들어보세요, 선생님. 훌륭한 테너는 특히 구하기가 어려워요. 믿기 힘드시겠지만, 어느 마을에서든 베이스는 찾을 수 있는데 말이죠. 그의 값으로 제가 이백 달러를 드리겠습니다."

와일리의 눈이 커졌다.

"이백 달러요. 이게 최고 금액이에요. 오 센트도 더 드릴 수 없어요."

와일리가 조언을 구하려는 듯이 이스터를 쳐다보았지만 그는 아무 말도 하지 않았다. 와일리가 나를 쳐다보았다. 마치 사과라도 구하는 듯했다.

"어떠십니까?" 에밋이 물었다.

"그런데 어떻게 깜둥이와 함께 공연할 수 있다고 생각하는 거요?" 와일리가 물었다.

"저희는 민스트럴 악단이거든요." 에밋이 말했다. "검은 얼굴로 노래해요."

"검은 얼굴?"

"네, 얼굴에 구두약을 바르고 흑인인 척하죠."

"흑인이라니." 와일리가 그 단어를 듣고 웃음을 터뜨렸다. "얼굴에 구두약을 바른다고?"

에밋이 고개를 끄덕였다.

"다음에는 또 뭘 생각해낼지 궁금하군."

"좋은 공연이에요." 에밋이 말했다.

"분명 그럴 것 같군." 와일리가 말했다.

"이백 달러요." 에밋이 다시 말했다. "이백 달러. 그리고 말씀드렸듯이 그것보다 조금도 더는 못 드려요."

"정말 이 녀석이 당신들과 함께 무대에서 노래를 한다는 거지."

"아무도 알지 못할 거예요. 그의 얼굴에도 구두약을 바를 거니까요. 어차피 이대로 나갈 수 있을 만큼 얼굴이 까맣지도 않아서요. 그래서 어떻게 하실 건가요?"

"이 깜둥이, 아니, 흑인은 이제 당신 소유요." 와일리가 말했다.

"매도증서를 받고 싶어요." 에밋이 말했다.

"물론이오." 실은 와일리가 이 거래에 대해 자신과 연관된 어떤 서류도 남기고 싶지 않아 한다는 건 분명했지만 어쩔 수 없었다. 그는 이스터에게 고개를 돌렸다. "사무실에 가서 종이 한 장만 가져와라."

이스터가 잽싸게 달려갔다.

"잠시만 기다리시오." 와일리가 에밋에게 말했다.

"천천히 하셔도 돼요."

"좋은 놈을 산 거요." 와일리가 말했다. 이스터가 종이뿐만 아니라 펜과 잉크병까지 들고 돌아왔다. "고맙다, 이스터. 아주 철두철미하구나." 칭찬이라기보다는 불평에 가까웠다. "여기 있소, 여기요."

나는 이스터를 쳐다보았다. 그는 내가 무슨 생각을 하는지 알고 있었다. 나는 자리에 서서 이 거래 얘기를 계속 듣고 있었지만, 내 의견이나 원하는 바에 관한 질문은 전혀 받지 못했다. 내가 여기 마구간에 있는 말과 다를 바 없는 가축이나 재산이나 물건에 불과한 줄 알았는데, 보아하니 그들에게 나는 노래할 줄 아는 말, 노래하는 물건인 모양이었다.

와일리가 종이를 건넸다.

"고맙습니다." 에밋이 말했다.

에밋이 돈을 세기 시작하자 와일리의 수염이 갈라지면서 함박웃음이 드러났다. 그는 곰 발바닥처럼 커다란 손을 내밀어 돈을 받았다. "짐," 그가 말했다. "네 새 주인에게 인사해라."

"대니얼 디케이터 에밋입니다." 남자가 말했다. 그러고 나서 그는 내가 지금까지 목격했던 그 무엇보다도 이상한 행동을 했다. 그 모습을 본 와일리와 이스터도 그 자리에 얼어붙고 말았다. 대니얼 디케이터 에밋이 마치 악수를 하자는 듯이 내게 손을 내밀었던 것이다.

나는 그의 손을 보고, 와일리를 쳐다보고, 이스터를 쳐다보았다. 두 사람 모두 서로의 거래 상대가 아니라 내 앞쪽 허공에 튀어나와 있는 손을 보고 있었다. 나는 에밋의 얼굴을 보았다. 마음이 열린 사람 같았고, 이상하게도 위협적이지 않았다. 나는 손을 내밀어 그와 악수했다.

"정말 믿기지가 않는군." 와일리가 말했다.

"당신이 노래하는 방식이 좋아요." 에밋이 말했다.

"고마어요, 나리." 내가 말했다.

"어떻게 이 녀석과 함께 무대에 오르겠다는 건지 나는 아직도 모르겠군." 와일리가 말했다. "딱 보기만 해도 그렇잖소."

"그건 이제 제가 알아서 할 문제죠." 에밋이 말했다. "갑시다, 짐."

에밋이 내 등을 탁 쳤고 버지니아 민스트럴의 나머지 단원들도 다가와 나를 둘러싸더니 등을 탁탁 치며 밖을 향해 돌려세웠다. 우리는 마치 한몸이라도 된 듯 마구간에서 걸어나갔다.

28장

버지니아 민스트럴의 야영지는 마을 바로 바깥에 있었다. 텐트들이 세워져 있었고, 우리가 돌아왔을 때도 모닥불이 여전히 살아 있었다. 키가 작은 남자가 내게 갈색 액체가 담긴 금속제 컵을 내밀었다. 여태까지 냄새는 맡아봤어도 한 번도 마셔보지 못했던 커피였다. 나는 고개를 끄덕이고 컵을 받았다. 이 백인들이 무서웠다. 이들은 내가 두려워하든 말든 전혀 신경쓰지 않았기 때문이다.

"그 커피가 맘에 드나여?" 불을 지피던 남자가 물었다. "당연히 맘에 들겠죠, 글치 안나요?"

나는 고개를 끄덕였다.

"여러분, 여기 짐이 우리 커피가 마음에 든답니다!" 남자가 다른 사람들에게 큰 소리로 외쳤다. 그러더니 내게만 부드러운 목소리로 "우리 친구 짐이 마셔보더니 맘에 든다네여"라고 말했다.

나는 노예 말투를 따라하는 듯한 그의 말을 들으면서 강아지처럼 고개를 갸웃거렸다. 나를 조롱하고 있다고 이해하면 쉬웠겠지만, 그의 말은 어쩐지 말투를 연습하거나 나를 편안하게 해주려는 노력처럼 들렸다. 하지만 그건 일종의 친절함을 보여주는 증거이면서 동시에 끔찍하게 불쾌했다. 게다가 그는 말이 많았지만 노예 말투에 그다지 유창하지도 않았다.

"당연히 맘에 들져." 내가 말했다.

남자가 함박웃음을 지었다. "내 이름은 캐시디예요. 트롬본을 연주해요."

"트롬본이 머져?"

"관악기에여. 나중에 보여줄게여."

"커피 고마어여, 캐시디 씨."

"그냥 캐시디라고 불러요."

에밋이 내 쪽으로 다가왔다. 그는 불에서 조금 뒤로 물러났다. "밖에 있으니 불 옆에 있지 않아도 덥네요."

"제가 멀 하면 델까여, 나리?" 내가 물었다. 다소 과장된 노예 말투였지만 이 상황이 혼란스러워 어쩔 수 없었다. 그리고 상황은 이제부터 더 혼란스러워지려는 참이었다.

"노래를 해줬으면 해요." 에밋이 말했다. "때가 되면요."

"그냥 노래여?"

"네. 그래서 당신을 고용한 거예요."

"절 고용햇다구여?"

에밋이 나를 쳐다보았고 미소를 지은 것 같기도 했다. "나는 거기서 당신을 구매한 게 아니라 고용한 거예요. 테너로 고용한 거죠."

"말두 안 대여." 내가 말했다.

"이 근방의 사람들에겐 말하지 마요. 하지만 나는 노예제에 반대해요."

"말두 안 대여."

"정말이에요." 그는 야영지에 있는 나머지 단원들을 둘러보았다. "우리는 모두 노예제에 반대해요."

"노예제 폐지론자라는 거에여?"

"그 정도까지는 아니에요. 우리가 노예를 해방시키기 위해 일하고 있진 않아요. 그냥 일하고 있죠. 우리는 테너가 필요했어요."

한 남자가 에밋에게 밴조를 가져왔다. 다른 남자들도 자기 악기를 챙겼다. 캐시디는 긴 관악기를 들고 있었고, 나는 그게 트롬본이겠거니 짐작했다. "좋아요, 짐. 노래 몇 곡을 배워볼 준비가 됐나요?"

나는 아무 말도 하지 않고 그를 빤히 쳐다보았다. 그도 나를 쳐다보더니 바로 노래하기 시작했다. 그의 얼굴에 크고 괴짜 같은 미소가 떠올랐다.

늘근 댄 터커는 갠차는 노인이엇네
프라이팬으루 얼굴을 닦앗구
마차 바퀴루 머리를 빗질하구
발꿈치에 치통이 생겨 죽엇지

저리 비켜여, 늘근 댄 터커
저녁 먹으러 오기엔 너무 늦엇네

저리 비켜여, 늘근 댄 터커
저녁 먹으러 오기엔 너무 늦엇네

"일단은 후렴에 들어오는 것만 신경쓰면 돼요. '저리 비켜여 늘근 댄 터커, 저녁 먹으러 오기엔 너무 늦엇네' 부분이요. 알아들었죠?"

나는 고개를 끄덕였다. 그들은 다시 노래를 시작했고 나도 함께 불렀다. 관악기와 밴조, 기타, 드럼 하나가 한데 어우러지는 악단의 소리가 마음에 들었다.

에밋이 다른 노래를 부르기 시작했다.

어릴 때 나는 쥔님의 시중을 들며
그에게 접시를 주구
목이 마르다 하면 물병을 주구
파란 꼬리 파리를 쫓아주엇네

"여기가 후렴이에요."

지미는 앉아서 떠들구 나는 신경쓰지 안아
지미는 앉아서 떠들구 나는 신경쓰지 안아
지미는 앉아서 떠들구 나는 신경쓰지 안아
내 쥔님은 사라져버렷네

그가 오후에 말을 타구 이쓸 때면

나는 히코리 빗자루 들구 그 뒤를 쫓곤 햇네
조랑말은 꽤 부끄러워햇네
파란 꼬리 파리에 물릴 때면

지미는 앉아서 떠들구 나는 신경쓰지 안아
지미는 앉아서 떠들구 나는 신경쓰지 안아
지미는 앉아서 떠들구 나는 신경쓰지 안아
내 쥔님은 사라져버렷네

"좋은 노래예요, 그렇게 생각하지 않아요?"
"그렇네여." 나는 여전히 상황을 파악하고 있었다. 솔직히 말해서 내가 그의 노예가 아니라는 말을 믿을 수 없었다. 그가 나를 구매하면서 돈을 지불하는 모습을 지켜보았기 때문이다. 사실 그는 노예 매도증서를 가지고 있었고, 거기에는 내가 밝은 갈색 피부에 키는 육 피트 정도이고 발이 크며 앞이마에 상처가 있는 노예이고, 와일리라는 남자에게서 구매했다는 내용이 적혀 있었다. 그건 고용증서가 아니라 매도증서였다.

"이걸 입어요." 키가 크고 마른 남자가 말했다. 그는 내 품에 옷더미를 밀어넣었다. "입어봐요."

에밋을 보자 그가 고개를 끄덕였다.

절제하지 않고 표현하자면, 나는 그들의 친절과 공손한 대우에 완전히 압도된 상태였다. 나는 텐트 안으로 들어가 내가 할 수 있는 한 최선을 다해서 옷을 갖춰 입었다. 모직 바지를 입으니 더웠고 원단 때문에 몸이 간지러웠다. 제일 힘들었던 건 그 거친 소재가 내 다리의 벌어진 상처를 긁고 할퀴었다는 것이다. 하얀 셔츠와 조끼도 입었다. 천으로 된 끈도 있었는데, 이걸 넥타이라고 부른다는 건 알았지만 뭘 어떻게 해야 하는지는 알지 못했다. 텐트 밖으로 나가자 다들 나를 보고 웃음을 터뜨렸다.

"그건 내가 도와줄게요." 캐시디가 말했다. 그는 내 셔츠를 바지 안으로 밀어넣기 시작했고, 나는 그에게서 몸을 빼냈다. 그는 괜찮다고 다정하게 알려주며 빠져나온 옷들을 전부 말끔히 집어넣었다. 그러고 나서 셔츠 단추도 다시 채워줬다. 옷을 만져주는 내내 그는 내게 미소를 짓고 있었다. "이제 조끼 차례예요. 이 옷들을 다 입으면 아마 덥다고 느끼겠지만 익숙해져야 해요. 어느 정도는요."

"저는 더워여, 마자여." 내가 말했다.

"우리는 조끼의 가장 아래쪽 단추는 절대 채우지 않아요." 캐시디가 말했다.

"왜져?"

"나도 몰라요." 그가 넥타이를 집어서 자기 목에 두르고 매듭을 만든 다음 내 머리 위로 씌워 목에 걸어줬다.

에밋이 우리에게 다가왔을 때 캐시디는 넥타이 위로 셔츠의 칼라를 접어주고 있었다. "좋아요. 훌륭하진 않지만 그래도 괜찮아요. 이 정도면 충분해요."

"고마어여." 내가 말했다.

에밋이 시선을 내려 내 발을 쳐다보았다. "유일하게 남은 문제는 신발인데. 여분의 신발이 없어요. 예전 테너가 우리를 버리고 떠날 때 신발을 신고 있었거든요."

"맨발이면 연극적인 효과가 있을 것 같은데요." 모닥불 반대편에서 건장한 남자가 말했다. "그냥 나머지 부분처럼 발도 검은색으로 칠하죠."

에밋이 고개를 끄덕였다.

29장

"가만히 앉아 있어요. 이게 눈에 들어가면 안 되니까요." 건장한 남자가 말했다. 그의 이름은 노먼이었다. 손이 큰 남자였는데, 그 커다란 한 손으로 내 얼굴을 이리저리 기울여보고 있었다. 다른 쪽 커다란 손으로는 납작한 양철통을 하나 들고 있었다.

"그건 머에여?" 내가 물었다.

"눈과 입 주변에 먼저 흰색을 조금 발라야 해." 캐시디가 말했다.

"나중에 흰색을 바르려고 생각하고 있었어요." 노먼이 말했다.

"자네가 전문가겠지." 캐시디가 말했다.

"그게 머에여?" 내가 다시 물었다.

"이건 구두약이에요. 하지만 선택지가 있어요. 램프 그을음이나 검댕이나 태운 코르크도 사용할 수 있어요. 냄새가 다 다르죠. 전부 씻어내기는 매우 힘들어요."

"잘 몰게써여."

"그럼 그냥 구두약을 쓸게요."

"그거 아픈가여?" 내가 물었다.

"움직여서 눈에 들어가면 아플 거예요." 노먼은 고개를 돌려 캐시디가 다른 데로 갔는지 확인했다. "그리고 그 노예 말투는 안 써도 돼요."

"머라구여, 나리?"

"그 나리나 아이구 맙소사 같은 말들 안 써도 된다고요."

"어떻게 아셨어요?" 내가 의심스레 물었다.

"노예는 노예를 알아보는 법이죠." 노먼이 말했다.

"뭐라고요?" 나는 그의 얼굴을 살펴보았다. 전혀 흑인으로 보이지 않았다. 하지만 자신이 노예라는 거짓말을 하는 사람이 대체 어디 있으며, 백인이 어떻게 내 말투를 꿰뚫어볼 수 있는 걸까? 나는 헉에게 그랬듯 이번에도 내가 말실수를 했을 거라고 생각했다. 끔찍한 생각이었다.

"당신이 실수한 게 아녜요." 그가 말했다. "제가 그냥 알앗던 거에여." 그의 노예 억양은 완벽했다. 그는 그 어떤 백인도 숙달할 수 없는 언어에 능숙한 이중언어자였다.

"저 사람들은 아나요?" 내가 물었다.

"아니요."

"이게 전부 다 뭐예요?" 내가 물었다. "노래라니요?"

그가 주위를 둘러보았다. "요즘 유행하는 건데, 백인들이 스스로 분장하고 우리를 비웃으면서 자기들끼리 즐거워하는 거예요."

"저들이 우리 노래를 부르나요?" 내가 물었다.

"몇 곡 정도는요. 아니면 자기들이 생각하기에 우리가 부르고 싶어 할 것 같은 노래를 쓰기도 해요. 이상하긴 하지만 최악은 아니죠."

"그럼 뭐가 최악인가요?"

"일단 이걸 바르기 시작하는 편이 좋겠어요." 그가 구두약 통을 보여주면서 말했다.

나는 가만히 앉아서 앞을 똑바로 쳐다보았다.

"준비됐어요?"

내가 고개를 끄덕였다.

노먼이 내 셔츠 칼라 주변으로 수건을 둘렀다. "이게 셔츠에 묻지 않게 하려고요." 그는 검은색 구두약을 내 이마에 문질렀다. "저들은 심지어 케이크워크*를 추기도 해요."

"그건 우리가 그들을 비웃는 방법인데요." 내가 말했다.

"네, 하지만 그걸 이해하지 못해요. 통하지 않는 거죠. 우리가 그들을 조롱할 수 있을 거라는 생각 자체를 못하는 거예요."

"이중 아이러니군요." 내가 말했다. "재미있네요. 한 아이러니가 다른 아이러니를 무효화할 수 있는 거잖아요. 아이러니가 다른 아이러니를 상쇄시키다니?"

노먼이 어깨를 으쓱했다. "이걸 바르면 처음엔 차갑겠지만 그리 오래가진 않을 거예요. 특히 무대 위에서 노래할 때는요."

"당신도 노래하나요?" 내가 물었다.

그가 내 턱에 구두약을 발랐다.

---

* 19세기 중반 미국 흑인 노예 농장에서 열렸던 댄스 대회에서 발전된 춤의 일종.

"저는 드럼을 쳐요."

"왜요? 왜 이 사람들과 함께 있어요?"

"돈을 벌고 싶어서요. 돈이 필요해요. 버지니아로 돌아가서 내 아내를 사 오고 싶거든요." 노먼이 말했다.

"저들은 전혀 몰라요?"

"저들이 무슨 생각을 할 수 있겠어요? 누가 어느 날 아침에 일어나서 '이봐, 자네 흑인 같은데'라고 말할 것 같아요?"

"아니요."

노먼은 한 걸음 뒤로 물러나 자신이 칠한 내 얼굴을 살펴보았다.

"저들이 내게 돈을 줄까요?" 내가 물었다.

"모르겠네요. 에밋이 노예를 데려온 적은 없거든요. 여기 사람들 중 누구도 노예를 소유하고 있진 않지만 그렇다고 노예가 자기들과 같다고 생각하지도 않아요."

"알겠어요. 이전에도 악단에 일부러 흑인을 포함시킨 적이 있었나요?" 내가 야영지를 둘러보면서 물었다.

"아니요, 당신이 처음이에요. 사실 정말 놀랐어요. 하지만 그 테너가 워낙 갑작스럽게 사라지기도 했죠. 정말 이상한 사람이었어요. 지난번 마을에서 어떤 남자의 딸과 얽히게 됐는데 그 일로 겁을 먹었던 것 같아요. 아침에 소리도 없이 사라졌죠. 테너치고는 이상한 사람이었어요."

"에밋이 와요." 내가 말했다.

"입 주변에 흰색을 더 칠해야 할지도 모르겠네요. 어떻게 생각해요, 댄?" 노먼이 고개를 돌려 에밋을 마주보았다.

"꽤 진짜 같네요." 에밋이 말했다. "정장이 아주 잘 어울려요. 일어나 봐요."

내가 일어섰다.

"바지가 약간 짧네요." 에밋이 말했다.

"그래야 진짜 같죠." 노먼이 말했다.

모직 바지를 입으니 더웠지만 무릎 아랫부분이 해지지 않았다는 사실이 재미있었다. 바지가 너무 짧다는 불평은 이해할 수 없었다. 바지는 그냥 바지였다. 엉덩이를 가리기만 하면 되었다.

"발 위쪽을 까맣게 칠해요." 에밋이 말했다. "그리고 눈 주변에 하얀색을 약간만 칠하면 좋을 것 같아요."

"그럴게요." 노먼이 말했다.

에밋이 나와 눈을 마주치더니 말했다. "계속 노래해요. '지미는 앉아서 떠들구 나는 신경쓰지 않아, 지미는 앉아서 떠들구······' 익숙해질 때까지 노래해요. 노먼, 계속 노래를 시켜요."

"그럴게요."

"여러분, 모두 까만색 분장을 해요. 마을로 들어갈 시간이 거의 다 되었어요." 에밋이 지휘관처럼 야영지를 빠른 걸음으로 가로질렀다.

"제가 이해할 수 있게 설명해주세요." 내가 노먼에게 말했다. "내가 진짜 흑인처럼 보이려고 분장을 해야 하는 이유를요."

"진짜 흑인처럼 보여야 한다는 건 아니에요. 당신은 흑인이지만 백인들이 그 사실을 알면 공연장에 들여보내지 않을 거예요. 그러니까 관중에게는 흑인처럼 보이게 분장을 한 백인이 되어야 하는 거죠."

"이해했어요." 나는 손을 들어 내 얼굴을 만졌다. "말투는 어떻게 할까요?"

"아무 말도 하지 마세요. 그게 가장 좋은 방법이에요. 그리고 분장을 문지르지 마요."

"노래는요? 저는 그 노래들을 몰라요."

"노래는 간단해요. 저들이 노래하는 걸 들으면서 배울 수 있을 거예요. 날 믿어요. 에밋이 만든 노래는 멍청이들을 위한 음악이에요."

내 심장이 빠르게 요동쳤다. 물론 공연을 하게 된 이 상황은 초현실적이고 이질적이었지만, 내가 노래만 하면 대니얼 에밋이 급여를 줄지도 모른다는 생각을 떨칠 수 없었다. 어쩌면 나도 아내와 딸을 사 올 돈을 벌 수 있을지도 몰랐다.

"짐, 준비됐나요?" 에밋이 내게 소리쳤다.

나는 잠시 머뭇거렸다. 어떤 말투를 써야 할지 확신이 서지 않았다. 내 원래 말투를 사용해야 할지, 아니면 노예처럼 말해야 할지. 나는 안전한 선택지를 고르기로 했다. "예, 대써여, 나리."

30장

 평생 노예로 살아온 나도 이렇게 터무니없고 초현실적이며 말도 안 되는 상황은 처음이었다. 우리는 자유로운 일리노이주와 노예들이 있는 미주리주로 마을을 나누는 대로를 따라 행진했다. 총 열두 명 중 흑인 분장을 한 백인이 열 명, 백인으로 통하는데 흑인 분장을 한 흑인이 한 명, 그리고 흑인으로 보이려는 백인처럼 보이도록 흑인 분장을 한 밝은 갈색 피부의 흑인인 내가 있었다. 은행과 가게 같은 점포들은 전부 납작하고 깊이가 없어 보여서 발로 차면 쓰러질 것 같았다. 나는 문득 어느 쪽이 자유주이고 어느 쪽이 노예주인지 아무도 모를 거라는 생각이 들었다. 그리고 사실 그런 건 중요하지 않다는 것을 이해했다. 우리는 보조를 맞춰 행진하다가 케이크워크를 추듯이 비틀대며 걷기 시작했다. 에밋이 큰 소리로 노래의 한 소절을 부르면 나머지 단원들이 그 소절을 반복했다.

아이구, 맙소사, 누가 저 노새 좀 찰싹 때려바여, 찰싹 때려바여
아이구, 맙소사, 누가 저 노새 좀 찰싹 때려바여
쥔님은 날근 갈색 통에다가 옥수수를 쟁여둬여
쥔님은 날근 갈색 통에다가 옥수수를 쟁여둬여
쥔님의 아이들이 학교루 뛰어가여, 바보처럼 굴면서
쥔님의 아이들이 학교루 뛰어가여, 바보처럼 굴면서
늘근 아줌마가 나무다리를 끌구서 그들을 쫓네요
늘근 아줌마가 나무다리를 끌구서 그들을 쫓네요

백인들이 밖으로 나와서 길에 늘어섰다. 그들은 미소를 짓고 웃기도 하고 손뼉도 쳤다. 나는 군중 속의 몇몇 사람과 눈을 마주쳤는데, 그들이 나를 바라보는 눈길은 지금까지 나와 눈을 마주쳤던 그 어떤 백인의 눈빛과도 달랐다. 그들은 내게 마음을 열고 있었다. 하지만 내 눈에 보이는 그들의 모습은 그다지 인상적이지 않았다. 그들은 아주 즐거운 듯 격렬하게 손뼉을 치고 발을 구르며 이 순간을 나누고자 했다. 나를 조롱하고, **깜둥이**를 조롱하고, 불쌍한 노예를 비웃는 이 순간을. 나는 광대 행세를 하는 내게 강한 흥미를 느꼈거나 푹 빠진 듯한 어떤 여자를 보았다. 겉껍질에 불과한 그 여자의 외면만 보고도 나는 여자의 본질까지도 모두 외면으로만 이뤄져 있음을 깨달았다.

공연장은 마을회관의 한 부분이었다. 사실 그곳은 거의 법정처럼 보였다. 나는 대처 판사에게 점심을 가져다주러 가면서 법정에 한 번 가본 적이 있었다. 우리는 행진했고 무대 위로 향하면서 큰 소리로 노래

를 불렀다. 에밋, 캐시디, 거기다 노먼까지 말했듯이 나는 노래를 꽤 빠르게 배워서 적어도 후렴은 함께 부를 수 있었다. 사실 나를 비웃고 우리를 비웃는 이 백인 얼굴들을 지켜보는 건 고통스러웠지만, 나는 또다시 이들을 속이고 있었다.

이리 와서 들어바, 모든 소년 소녀들, 나는 터커호에서 왓지,
내가 짧은 노래를 불러줄게. 내 이름은 짐 크로야.

휙휙 돌구 빙빙 돌구 일케 해바,
내가 빙빙 돌 때마다 뛰어 짐 크로!

나는 강에 갓지만 오래 머물 생각은 엄썻지,
하지만 거기서 많은 여자들을 봣구 도망칠 수 엄썻지.

휙휙 돌구 빙빙 돌구 일케 해바,
내가 빙빙 돌 때마다 뛰어 짐 크로!

거기서 잠시 머물구서 배를 밀어서 나가려 햇지,
하지만 강에서 넘어지면서 내가 물에 떠버렷지.

휙휙 돌구 빙빙 돌구 일케 해바,
내가 빙빙 돌 때마다 뛰어 짐 크로!

그런 다음 누올린스에 가서 신나게 뛰어다녓지,
그들은 나를 감방에 넣구 밤새 가둬두엇지.

휙휙 돌구 빙빙 돌구 일케 해바,
내가 빙빙 돌 때마다 뛰어 짐 크로!

난 내 몸무게만큼의 살쾡이를 처치하고 악어를 먹엇지,
미시시피강을 몽땅 마시구 커다란 구덩이만 남겻지.

휙휙 돌구 빙빙 돌구 일케 해바,
내가 빙빙 돌 때마다 뛰어 짐 크로!

난 독수리에게 무릎을 꿇구 까마귀에게 인사햇지,
그리고 내가 휙휙 돌 때마다 이러케 뛰어!

 곡이 끝에 다다를 무렵에는 노래 가사가 시키는 대로 모두가 제자리에서 뛰고 있었다. 그러고 나서 공연은 끝났다. 그곳의 백인은 모두 행복했다. 우리가 맡은 역할을 훌륭히 해낸 것이다. 하지만 단원들은 공연장을 떠나지 않고 군중 속으로 흩어졌다. 사실 당연하지 않은가? 그들은 백인이었다. 노먼마저 드럼을 정리하러 가버리자 나는 혼자 무력하게 남겨졌다. 나는 의자에 앉은 채 노먼이나 단원 중 다른 누군가가 내가 처한 상황을 알아채고 여기서 데리고 나가주기를 기다리고 있었다. 그러다 문득 고개를 들자 거리에서 나를 마음에 들어하는 눈치였던 여자의 얼굴이 눈에 들어왔다. 누런 뻐드렁니와 파랗고 큰 눈을 가진 여자였다. 여태껏 인간이든 아니든 다른 어떤 생명체가 그렇게 두려웠던 적은 한 번도 없었다. 그리고 나는 노예였다.

여자는 주위를 이리저리 살피더니 소음 속에서 목소리가 들리도록 몸을 숙였다. "이름이 뭐예요?"

나는 도움을 구할 곳을 찾기 시작했다. 남자 하나가 노먼을 붙잡고 대화를 나누며 그의 드럼에 관해 묻고 있었다. 캐시디는 공연장 저편에 멀리 떨어져 있었고, 누군가에게 트롬본이 얼마나 길게 늘어나는지 보여주고 있었다.

"짐이요." 내가 말했다. 한 단어로만 답해야 해. 나는 스스로에게 그렇게 일렀다.

"저는 폴리예요." 여자가 말했다.

"폴리 월리 두들." 내가 말했다. 우리가 이날 공연에서 부른 노래 중 하나였다.

여자가 웃었다. "당신은 참 재미있네요."

"고마워요."

"어디서 왔어요?"

"다른 곳에서요." 내가 말했다.

"어머나, 제가 다른 곳에 얼마나 가고 싶은데요. 다른 곳들을 보고 다른 곳들의 냄새를 맡아보고 싶어요. 이곳은 보기 싫고 악취가 나요. 어디에 가봤는지 전부 얘기해주세요."

내 몸이 떨리고 있었다. 심호흡을 하고 눈을 꾹 감은 다음 다시 떴다. 하지만 여자는 여전히 그곳에 있었다.

"굉장히 조용하시네요. 전 당신의 노래가 마음에 들어요."
"고마워요."

나는 군중 속에서 에밋을 찾으려고 했다.

"포-포-포-포-폴리, 하나 아셔야 할 게 있어요."

"말해봐요, 짐."

"저는 결혼했어요. 아내가 있어요." 내가 속삭였다.

"아내가 여기 있나요?" 폴리가 물었다.

"아니요."

"워싱턴DC에는 가본 적 있나요?" 여자가 물었다. "저는 거기에 정말 가보고 싶어요. 물론 세인트루이스에도 가본 적이 없지만요. 세인트루이스에는 분명 가보셨을 것 같아요."

하얀 수염을 기르고 하얀 정장과 하얗고 가느다란 넥타이 차림에 못마땅한 표정을 짓고 있는 덩치 큰 백인 남자가 우리에게 다가오는 모습이 보였다. "노래를 정말 잘하더군, 젊은이." 남자가 말했다. "하지만 폴리는 딴따라 놈과 어울릴 수 없어."

"아빠!" 폴리가 말했다. "우린 그냥 얘기를 나누고 있었어요. 이 사람이 제게 세인트루이스에 관해 얘기해주려는 참이었죠."

"그래?" 폴리의 아빠가 내 얼굴을 쳐다보았다. "그것참 대단한 분장이로군." 남자가 두툼한 손을 뻗어 내 머리를 만졌다. "아니, 이 머리는 정말 깜둥이 머리카락처럼 느껴지는걸."

"대단한 가발이에요, 그렇지 않나요?" 에밋이었다. 에밋이 덩치 큰 남자 뒤쪽에서 불쑥 나타나자 남자가 화들짝 놀랐다.

"그 가발은 굉장히 비싼 거라서 만지지 않으시면 좋겠어요." 에밋이 말했다. 그는 나를 힐끔 쳐다보며 눈빛을 교환했다.

"당신 가발은 이것과 다른데요." 폴리의 아빠가 말했다.

"저희는 부유한 악단이 아니라서요. 돈이 부족해서 저 가발 하나만 살 수 있었는데, 그게 여기 짐에게 우연히도 완벽하게 맞았던 거죠. 그럼 선생님, 아가씨, 공연은 재미있었나요?"

"물론이죠!" 폴리가 말했다. "너무나 훌륭했어요. 이따금은 정말 모두 진짜 깜둥이인 줄 알았다니까요."

여자의 아빠가 웃었다. "멋진 속임수였소. 하지만 아무도 날 속일 순 없었다오. 아무리 새까맣게 칠한다고 해도 날 속일 순 없소. 난 오십 야드 밖에서도 깜둥이 냄새를 맡을 수 있거든. 날 속일 순 없지."

"그럼요, 선생님. 저도 저희가 그럴 수 없으리라고 생각합니다."

"제기랄, 나는 반 마일 밖에서도 노예 냄새를 맡을 수 있소. 그놈들은 약간 달콤한 냄새가 난다니까. 특히 그 까만 놈들 말이지."

노먼이 마침내 내 쪽으로 다가왔다. "이리와요, 짐. 우리 야영지에서 할일이 있잖아요."

내가 고개를 끄덕였다. 나는 고개를 푹 수그린 채 그 자리를 떠나려고 했다.

"짐." 폴리가 말했다.

나는 고개를 돌려 여자를 쳐다보았다.

여자는 치마를 옆으로 넓게 펼치고 한쪽 다리를 뒤로 빼면서 무릎을 살짝 굽혀 인사를 했다. 나는 고개를 끄덕였지만 아무 말도 하지 않았다.

노먼과 나는 밖으로 나온 뒤 숨을 헐떡이며 벽에 몸을 기댔다. 가슴이 두근대고 땀이 났다. 너무 겁에 질려서 서로를 쳐다볼 수도 없었다.

"내 인생에서 이렇게 무서웠던 순간은 처음이에요." 내가 말했다.

"마찬가지예요."

"에밋은 정신이 나간 걸까요?"

"아마도요."

"여기서 빠져나가야겠어요." 내가 말했다. "노먼, 당신은 괜찮을 거예요. 하지만 나를 봐요. 나한테 계속 이런 분장을 시킬 순 없어요. 그냥 말이 안 돼요. 내가 여기 있는 것 말이에요. 도망쳐야겠어요."

오래 지나지 않아 에밋이 나머지 단원들을 이끌고 밖으로 나왔다. 에밋은 내 어깨에 손을 올리더니 자기 다리를 때리면서 웃음을 터뜨렸다. "맙소사, 난 당신이 끝장날 줄 알았어요. 이 분장한 모습이 실은 진짜 모습이라는 걸 저들이 알았다면 당신에게 무슨 짓을 했을까요?"

노먼이 내 얼굴을 쳐다보았다. "우리 모두에게 무슨 짓을 하지 않았을까요?" 그가 에밋에게 말했다.

에밋이 웃음을 멈췄다. "그거 좋은 지적이네요."

단원들은 야영지로 이어지는 진흙탕 대로를 다시 걸어서 돌아가기 시작했다. 터덜터덜 걸어가는 동안 나는 새로운 감정을 하나 발견했다. 사실 하나 이상이었다. 여자의 아버지는 내 머리를 만졌다. 불안은 노예에게 사치스러운 감정이지만, 그 순간에 나는 불안을 느꼈다. 백인에게 느끼는 분노는 노예에게 사치스러운 감정이지만, 나는 분노를 느꼈다. 분노는 좋은 나쁜 감정이었다. 게다가 대니얼 에밋에 대한 내 감정은 복잡하고 혼란스러웠다. 그는 나를 구매했다. 하지만 그의 말에 따르면 나를 소유한 것은 아니다. 그렇지만 그는 내게 뭔가를 기대하고 있다. 그는 그것이 내 목소리라고 말했다. 만약 내가 떠나려고 하면 그가 어떻게 나올지 궁금했다. 내 머릿속에서는 "난 당신을 이백 달러나 주고 샀다고!"라며 소리치는 그의 모습이 그려졌다. 노예 소유를 거부하지만 타인의 노예 소유를 반대하지 않는 사람은 노예 주인과 다를 바 없다고 나는 생각했다.

31장

　노먼과 나는 빅마이크라고 하는 클라리넷 주자와 함께 텐트 안에 자려고 누워 있었다. 이름과 달리 덩치가 작은 빅마이크는 당연히 노먼이 흑인이라는 사실을 몰랐다. 그러나 그는 내 존재에 대해 어떠한 이의도 제기하지 않았고, 함께 있는 걸 나보다도 편안해하는 듯했다. 그는 밤마다 반복하는 게 아닐까 싶은 의식을 수행했다. 먼저 담요의 발치에 클라리넷 케이스를 각을 맞춰 깔끔하게 놓고, 그 위에 천을 덮은 다음, 누워서 잠을 청했다. 노먼이 내게 고개를 끄덕였고, 우리도 잠자리를 마련했다.
　얼마나 오래 잠들었는지는 잘 모르겠지만, 어느 순간 뭔가가 내 귀를 만지는 듯한 느낌이 들었다. 나는 그걸 쫓으려고 손을 뻗어 휘저었다. 파리나 딱정벌레일까? 내 눈은 여전히 감겨 있었다. 다시 손을 휘저었다. 나는 벌레 따위가 잠을 방해하도록 두지 않겠다는 일념으로 눈을 꽉 감고 있었다. 그러다 세번째로 손을 휘저으며 찰싹 내리쳤을 때 어떤 손의 감촉을 느꼈다. 나는 놀라서 담요에서 펄쩍 뛰며 빠져나와 소리쳤다. "맙소사, 이게 대체 뭐야!" 단원들을 모두 깨울 만큼 큰 소리였다. 고개를 돌리자 백인 여자 폴리의 뚱뚱한 아버지가 보였다. 나는 무슨 말을 어떻게 소리쳐야 할지 알 수 없었다. 그에게는 내 말투가 백인처럼 들려야 했다. 하지만 나머지 단원들에게는 흑인 노예처럼 들려야 했다. 결국 나는 두 인종 모두가 쓰는 중립적인 억양으로 다시 소리쳤다. "맙소사! 오, 주님!"

에밋이 램프를 들고 텐트로 달려왔다. 그는 하얀 정장을 입은 남자를 보고 거의 넘어질 뻔했다.

"그냥 저 가발을 다시 만져봐야 했소." 남자가 말했다.

"뭐라고요?" 에밋이 마치 남자에게 불이라도 붙은 듯 경악하며 쳐다보았다. "대체 여기서 뭘 하는 겁니까?"

"그냥 저 가발을 다시 만져봐야 했소." 남자가 같은 말을 반복했다.

에밋이 내 쪽을 쳐다보았다. 그는 나만큼 혼란스러워 보였고 나보다도 더 두려워하고 있는 것 같았다.

"이건 영락없이 진짜 같단 말이오." 폴리의 아버지가 말했다. "이자는 왜 가발을 쓰고 분장을 한 채로 잠을 잡니까?"

"분장은 지우기가 정말 어려워요." 에밋이 말했다.

"당신은 지웠잖소."

"대체 왜 여기 있는 거예요?" 에밋이 물었다.

"당신은 지웠잖소." 남자가 다시 말했다.

"제가 사람을 보내서 보안관을 불러와야 할까요?" 에밋이 말했다.

1부 235

"당연히 그렇게 해도 좋소." 남자가 말했다. "내 조카가 훌륭한 보안관이니까."

에밋은 꼼짝없이 궁지에 몰린 듯 보였다. 그는 남자를 잠시 살펴보았다. "사람을 보내서 따님을 데려와도 될까요?"

"뭐라고요?"

"밤에 몰래 기어나와 잠든 남자들을 만지고 다니는 걸 따님이 아십니까?"

폴리의 아버지는 말을 더듬거렸지만 아무 대답도 떠올리지 못했다.

"이 사람이 어디를 만졌죠, 짐?" 에밋이 그렇게 묻고는 나만 들을 수 있게 지시했다. "아무 말도 하지 마요."

"그의 머리요." 남자가 말했다. "난 머리카락만 만졌을 뿐이오."

"제가 따님에게 선생님이 이 남자의 머리카락만 만졌다고 말하면 되나요? 텐트에 숨어들어와 낯선 남자의 머리카락만 만졌다고요?"

"이보시오. 난 지금 그쪽 말투가 별로 마음에 들지 않고, 그 불쾌한 암시는 당연히 용납할 수 없소."

"제가 뭘 암시한다는 거예요? 성함이 뭡니까?"

남자는 천천히 뒷걸음질치며 텐트의 입구 쪽으로 향했다. "난 가겠소." 남자가 커다란 머리를 흔들었다. "난 여기 뭔가 잘못된 게 있다는 걸 알고 있소. 느낌으로 알 수 있지."

"성함이 어떻게 되십니까, 선생님?"

남자는 도망갔다.

에밋이 주위를 둘러보았다. 그는 나와 노먼, 빅마이크를 차례로 쳐다보았다. 그러고는 두 팔을 번쩍 들더니 소리쳤다. "짐을 싸요! 전부 짐을 싸! 저 멍청이가 지금은 겁을 먹었지만 그리 오래 가진 않을 겁니다. 다시 여기로 돌아와 저게 가발이 아니라는 걸 알아낼 거예요. 짐을 싸요!"

"상황이 좋지 않네요." 노먼이 말했다.

나는 얼어붙어 있었다. 그 정신 나간 백인 남자의 손가락이 여전히 내 머리카락에 닿아 있는 느낌이었다.

빅마이크가 작은 손을 내 어깨에 탁 얹었다. "여기 텐트를 접는 걸 도와줘요."

모두가 각자의 크고 작은 짐을 정리하기 시작했다. 에밋은 잠시 멈춰 서서 나를 쳐다보았다. 그러다 다음 순간에 그가 한 말을 듣고 나는 혼란스러워졌다. 그 말이 무슨 뜻인지 확신할 수 없었기 때문이다. 여태까지 그런 말을 들어본 적이 단 한 번도 없었기에 혼란스럽기도 했다. 그는 이렇게 말했다. "미안해요."

나는 텐트 정리를 도우려던 참이었지만 이 백인의 사과를 듣자 마치 몸이 땅에 고정된 양 움직일 수 없었다.

"갑시다." 노먼이 말했다.

나는 움직였다. 다들 충격받은 마음을 다 가다듬지도 못한 채 마차 바퀴 자국이 깊이 패인 진흙길을 따라 마을에서 조금씩 멀어지며 힘겹게 터덜터덜 걸어갔다. 나는 맨 앞쪽에 있었고, 옆에는 대니얼 에밋이 있었다.

"이건 제 잘못이에여." 내가 말했다.

"당신이 이유였을 순 있지만, 당신 잘못은 아니에요."

"그래두, 나리, 재송해여."

1부 237

"내가 새로 쓴 노래를 들어볼래요?" 그가 물었다.
"예, 나리."
에밋이 목을 가다듬고 노래를 시작했다.

내가 그 목화의 땅에 있다면 얼마나 좋을까
그곳에서의 추억을 잊을 수 없네
저멀리, 저멀리, 저멀리 딕시 땅을 보라
내가 태어난 딕시 땅에서
서리가 내린 어느 이른 아침에
저멀리, 저멀리, 저멀리 딕시 땅을 보라

아, 내가 딕시에 있다면 얼마나 좋을까
만세! 만세!
딕시 땅에서 나 다짐하네
딕시에서 살고 죽으리
저멀리, 저멀리, 저 먼 남쪽의 딕시
저멀리, 저멀리, 저 먼 남쪽의 딕시

에밋은 마지막 음을 인상적일 정도로 오랫동안 끌었다. "나는 이 곡을 '딕시의 땅'이라고 불러요. 어떻게 생각해요?" 그가 물었다.
"예?"
"마음에 들어요?"
"꽤 아름다운 노래인 거 가타여." 내가 말했다.

"당신이 뭘 아는데요?" 그가 무시하는 듯한 투로 말했다.

"그 노래가 마음에 든다는 걸 알아여." 내가 그의 빈정거림을 이해하지 못했다고 생각하게끔 대답했다.

"고마워요, 짐." 그는 내 입을 다물게 할 심산으로 대꾸했다.

에밋은 우리 뒤쪽을 쳐다보았고, 쫓아오는 자가 없다는 사실에 만족하는 듯했다. "사실 나는 우리가 왜 도망치는지도 잘 모르겠어요."

내가 쫓기는 이유만은 잘 알고 있다고, 그에게는 말하지 않았다.

"에밋 씨? 제가 질문을 하나 해도 댈까여?"

"물론이죠."

"전 지금 나리의 소유인가여? 그게, 그 마구간에 잇던 사람한테서 절 사셧으니까여."

"아니요, 내 소유가 아니에요."

"그럼 제가 원하면 그냥 저 나무들 너머루 달려가서 사라져두 갠찬타는 말인가여?"

"음, 나는 당신을 테너로 고용했어요. 내가 이백 달러를 지불했으니 당신이 내게 그 돈을 갚아야 해요."

"그럼 무슨 말인지 알겟네여. 전 도망칠 수 엄꾸 나리가 제게 돈을 주시는 거지만, 이백 달러를 다 갚을 때까진 제가 받을 돈을 나리가 가지구 계시는 거네여."

"내가 이백 달러를 다 받을 때까지요."

"제가 얼마를 받는 건데여?" 내가 물었다.

"우리가 그걸 논의하지 않았네요, 그렇죠? 내 생각에는 하루에 일 달러가 적당할 것 같은데, 어때요? 하루에 일 달러면 꽤 괜찮은 급여예요.

특히 당신은 돈을 벌어본 적이 없으니까 더 그렇죠."

"보통 테너는 얼마를 받는데여?"

"게다가 당신은 깜둥이 테너잖아요. 내 생각엔 괜찮은 급여예요." 에밋이 그렇게 말하면서 커다란 머리를 끄덕이고는 자신이 만든 '딕시의 땅' 곡조를 흥얼거렸다.

"하루에 일 달러여." 내가 말했다. "그럼 이백 일이네여."

"공연 이백 번이죠." 남자가 내 말을 정정했다.

"백구십구 번이겨."

에밋의 침묵이 선명하게 느껴졌다.

"나리, 저는 이해하려구 이러는 거에여. 지금 나리 말씀은 노예를 소유물루 다루는 노예제와 부채 속박을 통한 노예제 사이에 차이가 잇다는 말씀이겨?" 실제로 소리 내어 질문할 의도는 없었다고 생각했지만 사실 그럴 의도가 있었던 것이 분명했다. 내가 더없이 올바르고 적절한 노예 말투로 이 질문을 던졌기 때문이다.

에밋이 나를 미심쩍어하는 눈빛으로 쳐다보았다. "다시 한번 말해줄래요?"

"그래볼게여."

32장

우리는 먼길을 계속 걸었다. 단원들이 마침내 내게 찾아준 부츠는 너무 꽉 끼어서 발에 끔찍한 물집이 여러 개 생겼다. 발이 아파서 결국 신발을 벗었고 줄곧 맨발로 걸었다. 젖은 길은 시원해서 상처를 진정시키는 의외의 역할을 했다. 몇 걸음에 한 번씩 헉이 어디에 있을지, 괜찮을지, 왕과 공작에게서 탈출은 했을지 생각했다. 나는 헉이 탈출하지 못했을 거라고 확신했다. 탈출했다면 이미 내게 돌아왔을 것이기 때문이다.

우리는 어느 마을에 도착했다. 사실 마을이라기보다 야영지 같은 모습이었는데, 이곳의 주요 관심사는 벌목인 것 같았다. 얼기설기 대충 지어올린 판잣집이 여러 채 보였고, 제재소가 몇 개 있었으며, 마을 어디를 가나 썩은 달걀 냄새가 났다. 흑인들이 큰톱과 짧은 톱으로 톱질을 하는 동안 백인들은 주변에 서서 웃고 떠들었다. 몇몇 백인은 옆에 가죽 채찍을 들고 있었다. 윗옷을 입지 않은 노예들의 등에는 채찍을 든 백인들이 얼마나 부지런했는지를 여실히 보여주는 흔적이 남아 있었다. 나는 손가락으로 주머니 속 내 연필을 감싸쥐었다. 과연 내가 종이를 다시 만져볼 날이 올지는 알 수 없었다.

마을의 반대편까지 계속 걸었다. 우리가 텐트를 설치하기 시작하자 에밋은 공연 일정을 조정하러 마을로 들어갔다.

"이 마을에 이름이 있을까?" 빅마이크가 물었다.

트롬본 주자가 웃었다. "응. 지옥. 아마 작은 지옥 아닐까?"

다른 단원들이 웃었다.

"세인트루이스에 가고 싶어." 누군가가 말했다.

"난 뉴올리언스." 다른 사람이 말했다.

"그래, 뉴올리언스. 거기 사람들은 제대로 즐길 줄 알지."

"뉴올리언스에 가봤어요?" 빅마이크가 내게 물었다.

나는 고개를 저었다.

그는 잠시 생각에 잠겼다. "언젠가 한번 가봐요. 그쪽 줄을 꽉 당겨요."

나는 그의 말대로 했고, 그가 망치로 말뚝을 때리는 모습을 보고 있었다. "전 아무데두 갈 수 엄써여."

그는 말뚝에 두어 번 더 망치질을 하고는 똑바로 일어섰다. 그러더니 할말이 바닥났다고 말하는 것처럼 나를 쳐다보았다.

"에밋 씨는 조은 사람인가여?" 내가 물었다.

빅마이크가 주위를 둘러보았다. "괜찮은 사람이에요, 내 생각에는요."

"그의 말로는 여러분이 노예제를 믿지 안는대여. 정말인가여?"
빅마이크가 어깨를 으쓱했다.
"당신은여?"
"어떤 사람들은 노예를 소유하고 있어요. 노예가 아니면 다른 누가 그런 일을 하겠어요? 나는 노예가 없어요. 노예는커녕 개도 없죠."
 텐트가 세워지고 커피와 음식이 준비되자 대니얼 에밋이 돌아와서 상황을 보고했다.
"여긴 정말 난폭한 곳이에요. 아주 무서운 사람들이 모여 있죠. 저급한 취향에 지성이라고 할 만한 건 조금도 갖추지 못한 사람들인 만큼, 저는 우리의 새 테너가 저녁 공연 동안 야영지에 남아 있는 것이 신중하고 현명한 판단이라고 생각합니다." 그가 우리의 얼굴을 살폈다.
"에밋이 방금 뭐라고 한 거야?" 트롬본 주자가 물었다.
"이 마을 사람들이 짐이 깜둥이라는 걸 눈치채면 짐을 죽일 수도 있다고 하네요."
 나라면 그렇게 말하지 않을 테지만 어쨌든 정확한 말이었다.
 에밋이 한숨을 내쉬었다. "또 테너를 잃을 순 없잖아요." 내가 무려 백구십구 번의 공연을 빚진 남자가 그렇게 말했다. 나는 노먼과 눈이 마주쳤다. 노먼은 고개를 젓지 않았지만 그 눈빛만으로도 충분히 알 수 있었다.
 다들 공연을 위해 흑인 분장을 하는 동안 나는 그릇을 치우고 설거지를 했다. 나머지 단원들은 허밍을 하거나 노래를 부르면서 셔츠 칼라와 조끼를 가지고 법석을 떨었고, 그동안 나는 노예가 하는 일을 하고 있었다.

그들이 이 야영지 같은 마을로 행진하기 위해 대열을 갖췄을 때 노먼이 나를 보았다. 노먼은 알고 있었다. 악단이 돌아왔을 때 내가 여기에 없을 것임을, 지금 그들이 나보다 더 까맣다는 사실만큼이나 확실하게 알고 있었다. 그들이 시야에서 사라지고 케이크워크 음악이 주는 불쾌감도 사라졌을 때 나는 빵과 너무 꽉 끼는 신발을 챙겼다. 그리고 나 스스로도 상당히 놀랍고 약간 부끄럽기도 한 행동을 했다. 대니얼 에밋이 노래를 적어두는 가죽 노트를 집어든 것이다. 그런 다음, 나무가 울창한 숲속으로 빠르게 달려갔다. 도로나 오솔길이나 좁은 길로 도망칠 순 없었다. 내가 대니얼 에밋에게서 도망치고 있는 건지, 계속 노예로 남아 있을지도 모른다는 사실에서 도망치고 있는 건지, 아니면 헉에게 돌아가고 있는 건지 알 수 없었다. 내가 아는 것은 그들과 나 사이의 거리를 벌릴 여유가 약 두 시간뿐이라는 점이었다. 또한 내가 이중으로 도주하고 있는 도망 노예이며, 아마 납치 혐의로, 그리고 살인 혐의로도 수배되어 있으며, 분명 빚을 상환하지 않은 혐의에 이제는 절도 혐의까지 추가되어 수배될 것임을 알았다. 그래도 내가 어느 방향으로 도망쳤는지 그들이 전혀 알지 못할 거라고 자신했다.

그리고 나는 열심히 달렸다. 노예가 아니고서야 이렇게 달릴 순 없을 것이다. 상처가 욱신거렸고 발이 불평을 해댔지만 나는 가장 빠른 속도로 나무들 사이를 지나고 말라붙은 개울 바닥을 지나서, 강의 지류들을 철벅거리며 지나쳐 작은 언덕을 오른 뒤, 내리막길에서는 거의 구르듯이 미끄러지며 이동했다. 그러다 시야가 흐려져 더는 달릴 수 없게 되었을 때에야 비로소 멈췄다. 나는 빵을 약간 먹고 잠이 들었다.

2부

1장

마른 잎사귀들이 바스락거리는 소리에 깨어 하늘을 보니 새벽녘쯤 되어 보였다. 사슴일까? 곰일까? 내가 잡아서 먹을 수 있는 더 작은 동물일까? 나는 몸을 일으켜 똑바로 앉았고, 소리를 들으며 그 움직임을 쫓았다. 마른 나뭇잎 위에서는 먹이를 찾는 새 한 마리도 무거운 동물 같은 소리를 낼 수 있었다. 하지만 새도 곰도 사슴도 이런 소리를 낼 순 없었다. "짐, 짐."

그들이 어떻게 나를 쫓아왔지? 개 짖는 소리도 듣지 못했는데.

"짐, 나예요."

"나가 누군데요?"

"노먼이요."

"이쪽이에요."

노먼이 나타났다. 새벽빛을 등진 그의 모습은 실루엣만 보여서 마치 세상에서 가장 슬픈 유령 같았다.
"대체 어떻게……?" 내가 말했다.
"거기 그냥 남아 있을 수가 없었어요. 너무 지나쳤어요. 백인으로 행세한다는 게 어떤 건지 알아요?"
나는 고개를 갸웃했다. "뭐, 저 역시 최근에 흑인 행세를 하는 백인으로 행세해봤으니까요."
"너무 지치지 않아요?" 노먼이 자리를 이동해 태양을 등진 실루엣 상태에서 벗어나자 여전히 흑인 분장을 한 그의 얼굴이 보였다.
"여기서 뭘 하는 거예요?" 내가 물었다.
"공연을 마치고 돌아와서 당신이 사라진 걸 알았어요. 그런데 갑자기 에밋이 내가 지금까지 봤던 모든 노예 주인과 똑같은 말을 하더군요. 깜둥이를 저주하면서 폭력배를 시켜 당신을 때리다가 참나무에 목매달아 죽이겠다고 소리치기 시작했어요."
"그에게 그런 면이 있다는 걸 짐작하고 있었어요. 날 어떻게 찾았어요?"
"달렸어요. 도망자가 아니고서야 그렇게 달릴 순 없었을 거예요. 그들이 제자리에서 허둥지둥할 때 나는 똑바로 달렸어요. 추적하지 못하게 일부러 모든 통나무와 바위를 뛰어넘으면서요."
"밤새도록 달린 거예요?"
"그랬죠."
"앉아요. 숨 좀 돌려요. 당신이 어느 쪽으로 가는지 그들이 본 것 같아요?"
"못 봤을 거라고 확신해요."

"아무튼 둘 다 무사히 여기까지 왔네요." 내가 말했다. "이제 어쩌죠?"
"우리가 어디에 있는지 짐작가는 부분이 있나요?" 노면은 눈을 감았다. 바로 잠들 기세였다.
"전혀요." 내가 말했다. "일단 좀 자요. 내가 망을 볼게요."
그는 대답이 없었다. 이미 잠든 상태였다.

노면이 움찔하며 잠에서 깨더니 눈을 동그랗게 뜨고 나를 쳐다보았다. "아직 여기 있었네요?" 그는 몸을 일으켜 똑바로 앉고 눈을 비볐다.
"그럼 내가 어디 있겠어요?"
"날 두고 도망칠지도 모른다고 생각했어요."
"뭐, 그러지 않았어요." 내가 마지막 빵을 내밀자 그가 받아들었다. "대신 생각을 좀 해봤는데요. 당신은 당신 아내를 사고 싶잖아요, 맞죠?"
"네."
"나도 내 아내와 딸을 사고 싶어요. 그런데 상황이 복잡해요. 내가 납치와 살인 혐의로 수배되어 있을지도 모르고, 또 노예이기도 하거든요. 노예는 노예를 살 수 없어요. 만약 내가 나타나서 그들을 사겠다고 하면, 뭐, 그림이 그려지죠."
"엉망이겠네요." 노면이 말했다.
"하지만 내게 생각이 있어요. 정신 나간 생각이지만요."
"말해봐요."
"백인으로 행세하는 데 문제가 있었던 적 있어요? 너무 지친다고 말하긴 했지만, 그래도 쉬웠죠?"
노면이 고개를 끄덕였다.

"누군가에게 들킬 뻔한 적은요?"

"아니요."

"당신이 나를 팔면 좋겠어요."

"뭐라고요?"

"내 백인 주인이 되어줬으면 해요. 당신이 나를 파는 거예요. 그런 다음 내가 탈출해서 다시 나를 파는 과정을 반복하는 거죠. 그렇게 돈을 모은 뒤 당신이 마을에 나타나 내 가족을 사는 거예요. 그러고 나서 남은 당신 몫의 돈으로 당신 아내를 사는 거죠."

"미쳤어요?"

"아니요. 하지만 어떤 미친 사람이 처음 고안했던 계획이기는 해요. 이 계획에 잘못된 점이 있으면 말해줄래요?"

노먼이 귀를 만지작거리며 생각에 잠겼다. "이게 당신에게 위험한 일이란 건 분명하고, 남의 재산인 당신을 훔치려다 나까지 위험해질 거예요. 그 점을 제쳐둔다면 잘못된 부분은 전혀 없네요. 다만 발각된다면 가혹한 결과가 뒤따를 거예요."

"명확하게 말해줘서 고마워요. 하지만 우리가 노예라는 점을 지적하고 싶어요. 이보다 나쁜 상황이 이 세상에 뭐가 있겠어요?"

"맞아요."

"일단 분장을 씻어내는 편이 좋겠네요." 내가 말했다.

뒤쪽에 작은 개울이 있었다. 노먼은 옷을 벗고 태운 코르크 분장을 씻어내기 시작했다. 피부를 아주 강하게 문질러야 해서 밝은색 피부가 붉게 부어올랐다. 그는 솔 대신 잎사귀와 모래를 몇 줌 사용했다.

"당신 계획이 마음에 들기 시작했어요. 아내가 그리워요."

"아내가 얼마인지는 알아요?" 내가 물었다. 그 질문을 뱉고 나니 너무도 느낌이 이상했다. "왜 물어봤냐면, 내 가족을 자유롭게 하는 데 얼마가 필요한지 모르겠어서요."

"천 달러쯤 되지 않을까 싶어요." 그가 말했다. "매우 예쁘거든요. 아내는 엉덩이가 큰데 그들이 내 아내를 두고 좋은 씨암컷이라고 말하는 걸 들었어요." 노먼은 그 생각에 불안해진 게 분명했다. 분장이 다 지워져서 깨끗한 곳도 계속해서 닦아내고 있었기 때문이다.

"우리 움직여야 해요, 노먼."

노먼이 고개를 끄덕이고서 내가 들고 있는 노트를 보았다. "그건 왜 가져왔어요?" 그가 옷을 입기 시작하며 물었다.

"종이를 갖고 싶었어요."

"에밋이 그 노트를 찾지 못해서 아주 화가 났어요."

"이걸 들어봐요.

깜둥이는 수박을 좋아해, 하! 하! 하!
깜둥이는 수박을 좋아해, 하! 하! 하!
수박이 있으면 그들은 너무 빨리 돌아오네,
배고픈 깜둥이에게는 수박만한 것이 없네."

"빌어먹을!" 노먼이 말했다. "에밋이 쓴 거예요?"

"그런 것 같아요. 이게 대체 무슨 의미일까요?"

"종이는 왜 가지고 싶어하는 거예요?" 노먼이 물었다.

나는 어깨를 으쓱했다.

"글을 쓸 수 있어요?"

"네."

"난 읽을 순 있어요. 조금은요." 그가 말하고는 주변의 숲을 쳐다보았다. "우리가 어디에 있는 건지 알 수 있다면 좋을 텐데."

"남쪽으로 가야 할 것 같아요." 내가 말했다.

"네? 흑인은 남쪽으로 가면 안 돼요."

"일행 중 한 명이 노예를 팔려는 무지렁이 백인이라면 남쪽으로 가야죠."

우리는 하루종일 걸었다. 개울을 막아 물고기를 잡아서 허기도 잘 달랬다. 다른 사람의 흔적이 보이거나 소리가 들리지 않아서 안심할 수 있었다. 멀리서 개 짖는 소리가 들리지 않는 것도 위안이었다. 구름이 모이면서 달이 사라졌고 밤이 깊어졌다.

"소의 뱃속보다도 더 어두워졌네요." 노먼이 말했다.

표현이 웃겨서 나는 웃음을 터뜨렸다. 노먼도 웃기 시작했다. 곧 우리는 두 아이처럼 웃고 있었다. 기분이 좋았다. 사실 뭐가 그렇게 웃긴 건 아니었지만 우리에게는 웃음이 필요했다.

우리는 거의 사흘 동안 내내 걸었다. 남쪽을 향해 가려고 했지만 지형이 조금씩 달라지는 바람에 동쪽으로 이동하다 결국 큰 강, 미시시피강으로 돌아오고 말았다. 강 건너에 마을이 하나 있었는데, 내가 들었던 모든 정보를 종합하면 카이로일 것 같았다. 자유주의 도시라는 카이로가 내게도 그랬다면 좋았겠지만 도망 노예는 자유주에서도 똑같이 노예였다. 카이로의 남쪽에는 노예를 팔기에 좋은 곳인 켄터키 주가 있었고 우리는 돈이 필요했다. 그러나 강을 건너갈 방법이 없어서 남쪽으로 계속 걷다가 작은 마을을 발견했다. 마을 표지판에는 **블루버드 홀**이라고 적혀 있었다. 나는 일하는 노예처럼 보이기 위해 셔츠를 벗었다.

"정말 이렇게 해야 할까요?" 노먼이 물었다.

"예, 쥔님." 내가 말했다.

"그러지 마요."

"해야 해여." 내가 말했다. "그런데 당신에게 성이 필요해요. 지금까지 어떤 성을 썼어요?"

"브라운이요."

"정말요?"

노먼이 고개를 끄덕였다.

"가여, 브라운 쥔님, 나리."

마을은 과연 블루버드라는 이름답게 행복의 파랑새를 연상시키는 모습이었다. 만족스러운 표정에 옷을 잘 차려입은, 백인 중에서도 가장 무서운 부류가 많이 사는 곳이었다. 그들은 낯선 사람인 노먼에게 미소를 보내며 인사했지만 내 쪽에는 눈길도 주지 않았다. 몇몇 흑인이 청소와 수리 작업을 하는 모습이 보였다. 한 늙은 흑인 여자는 잡화점 현관에서 버터를 만들기 위해 우유를 휘젓고 있었다. 나는 노먼의 긴장감을 느낄 수 있었다.

"자, 긴장을 풀어야 해요." 내가 말했다. "이 마을의 모든 사람에게 당신은 백인이에요. 아니, 당신은 내가 보기에도 백인이에요."

"백인이라니, 모욕적이네요."
늙은 백인 여자가 우리를 지나쳐 걸어갔다.
"그런 의미가 아니어써여, 쥔님."
노먼이 살짝 웃었고 그 여자가 노먼에게 순간적으로 날카로운 눈빛을 던졌다.
"실례합니다." 여자가 말했다.
나는 땅바닥을 쳐다보았다.
"부인?" 노먼이 말했다.
"당신 깜둥이가 뭐라고 말을 했나요?"
노먼은 깜짝 놀란 사슴 같았다.
"그 깜둥이가 나에 대해서 뭐라고 했나요?"
"그냥 소리를 냈던 거라고 말해요." 내가 웅얼거리듯 그에게 속삭였다.
"봐요, 방금도 뭐라고 했잖아요." 여자가 말했다.
"아, 죄송합니다, 부인. 여기 제가 소유한 이 노예는 그냥 소리를 냈던 것뿐이랍니다. 이 녀석이 우리 백인들처럼 말하는 척하는 걸 좋아하거든요. 하지만 낼 수 있는 소리는 새끼 사슴처럼 끙끙거리거나 낑낑대는 것뿐이에요. 새끼 사슴이 우는 소리를 들어보셨나요?"
"저런, 주님의 축복이 있기를." 여자는 그렇게 말했지만, 내가 주님이든 다른 사람이든 누군가의 축복을 받기를 원치 않는 건 분명했다. 여자는 나를 냉정한 표정으로 힐끔 쳐다보았다. "저들은 하는 짓이 꼭 원숭이 같다니까요, 안 그래요?"
"정말 원숭이 같죠." 노먼이 말했다.
"저놈이 방금 나를 쳐다본 것 같은데요." 여자가 말했다.

"그랬을 리 없습니다."

"그러지 않았기를 바랍니다. 그것밖에 할말이 없군요."

"아닐 겁니다. 착한 녀석입니다."

"흐ㅇㅇ음."

"좋은 일꾼이기도 하지요. 깜둥이들 중에서도 약간 모자라기는 하지만요. 이 녀석 때문에 저까지 자꾸 걸음이 느려지곤 한답니다. 혹시 이 녀석을 사고 싶어할 만한 사람을 누구라도 아시나요? 미주리주의 노새처럼 강하답니다."

늙은 여자는 고개를 젓더니 몸을 돌려 계속 걸어갔다.

"이렇게 바로 실전에 들어가게 될 줄이야." 내가 말했다.

"무서워요."

나도 무서웠다. 하지만 나는 세이디와 리지를 다시 만나 자유롭게 해줄 수 있다는 생각에 상당히 취해 있었다. 그 순간, 우유를 휘젓고 있는 늙은 여자가 우리를 빤히 쳐다보았다. 마치 뭔가를 알고 있는 듯한 눈빛이라고 잠시 생각했지만, 나는 이윽고 노예 주인들이 놓아둔 이런 함정에 빠진 것을, 잠깐이라도 그 나이든 흑인 여자가 마법의 힘을 지니고 있다고 생각한 것을 자책했다. 이렇게 순간적으로 속아넘어갈 뻔한 경험을 하고 나자 갑자기 다른 것들에 대한 내 판단에도 의문이 들었다. 순간 나는 노면이 흑인이고 노예라는 게 사실인지도 의문스러워졌다. 어쩌면 흑인이 되고 싶어하는 정신 나간 백인일지도 몰랐다. 물론 그럴 가능성은 낮았고, 만약 그게 사실이라면 내가 상상할 수 있는 그 어떤 것보다도 이상한 일이겠지만, 불가능한 건 아니었다. 정신 나간 백인이라면 노예의 말을 배우는 것도 가능할 듯했다. 그런데 이내 그가 백인이든 흑인이든 아무 차이가 없다는 생각이 들었다. 대체 그게 무슨 의미가 있겠는가? 노먼 브라운은 일단 나를 팔아넘기고 나면 잽싸게 도망가서 다시는 나타나지 않을 수도 있었다. 하지만 그가 흑인이라고 해도 똑같이 행동했을지 모른다. 백인들이 나쁘기는 해도 이중성, 부정직함, 배신이 그들만의 특성은 아니었다. 내 머릿속을 스쳐간 이 모든 생각은 분명 얼굴에도 드러났을 것이다.

"뭐예요?" 노먼이 물었다.

"아무것도 아니에요. 쇼를 계속합시다."

그가 고개를 끄덕였다.

"노먼, 이건 당신이 가지고 있어야 해요." 나는 바지 허리춤에서 가죽 노트를 꺼냈다. "내가 가지고 있다가 들키면 안 돼요." 나는 노트와 떨어지기 싫었다. 에밋의 노래는 찢어버리지 않았다. 왠지 그 노래들이 내 이야기에 꼭 필요할 것 같았기 때문이다. 어쨌든 나는 내가 시작했고, 계속 시작하고 있는 이 이야기를 노트에 써나갈 것이다. 내 이야기가 완성될 때까지.

"확실히 노트는 내가 가지고 있는 게 낫겠네요." 노먼이 말했다.

그래도 연필은 여전히 내가 가지고 있었다. 나는 가끔 주머니의 천 위로 연필을 만지작거리는 버릇이 생겼다. 마음에 위안을 주는 방법이었다.

2장

나는 노예의 모습을 어느 정도 과장했다. 흙길에 맨발을 끌고 걸으면서 내 꽉 끼는 신발은 끈으로 묶어 어깨에 걸쳐놓았다. 마치 그 신발을 어떻게 쓰는지 모른다는 듯이 말이다. 노면은 후줄근해 보였지만, 그건 노면이 실제로 그랬기 때문이었다. 내 등에 남아 있는 채찍 흉터 두 개는 내가 노예로서 아주 가혹한 취급을 받지는 않았지만 동시에 제대로 된 감독하에 있었다는 것을 보여줬다. 그 가죽 채찍이 나를 내리치던 순간을 똑똑히 기억하고 있었다. 대처 판사의 짓이었다. 당시 열세 살이었던 나는 한 젊은 백인 여자가 건넨 인사에 실수로 대답을 하고 말았다. 그때 내가 한 말은 정확히 '안녕하세여'였다. 대처 판사는 **좋은** 주인이라는 평판이 있었는데, 나는 가죽 채찍의 쓰라린 통증을 느끼며 그게 무슨 말인지 정확히 알게 되었다. 첫번째 채찍질에서 내가 느낀 감정은 놀람이었다. 예상치 못하게 채찍을 맞아서가 아니라 그 채찍질에서 판사의 희미한 쾌감이 느껴졌기 때문이었다. 그의 쾌감은 두 번째 채찍질을 거치면서 더는 놀랍게 여겨지지 않았고, 그저 슬프게 예측되는 느낌으로만 남았다.

"거, 안녕하쇼!" 어떤 남자가 우리에게 다가오며 소리쳤다. 키가 작고 둥글둥글하며 수염이 풍성한 남자였다.

"인사해요." 내가 속삭였다.

"좋은 날이네요." 노먼이 말했다.

"나는 이 블루버드 홀 마을의 경찰관이오. 프랭크 맥하트라고 하지." 그가 노먼에게 손을 내밀어 악수를 청했다.

노먼의 백인 행세는 아주 숙련되어 있었고 내가 보기에도 상황에 잘 적응하는 듯했지만, 법과 조우하는 건 분명 사람을 불안하게 하는 일이었다. "노먼 브라운입니다. 만나서 반갑습니다, 보안관님."

"이 동네에서는 순경이라고 하오. 덜 딱딱해 보이는 말이지. 우리는 이곳을 작은 공동체로 여기는 걸 선호한다오."

노먼이 거리와 몇몇 가게들, 그리고 집집이 딸린 깔끔한 마당과 노예를 훑어보았다. "이 길은 어디로 이어집니까?" 노먼이 물었다.

"많은 곳으로 이어진다오. 와이엇, 울프아일랜드, 원한다면 멤피스까지도 갈 수 있지. 어딜 가든 아주 오랫동안 걸어야 하지만 말이오."

"확실히 그렇겠네요." 노먼이 말했다. "내 깜둥이가 줄곧 이렇게 시간을 지체하다가는 더 오랜 여정이 되겠군요."

맥하트가 나를 쳐다보았고, 나는 계속 시선을 내 발치에 떨구고 있었다.

"건강해 보이는데요." 경찰관이 말했다.

노먼이 나를 힐끔 쳐다보았고, 나는 어깨에 걸어놓은 신발을 일부러 만지작거렸다. "그렇죠." 노먼이 말했다. "하지만 신발 신기를 거부하더군요."

"바보 같으니라고." 맥하트가 말했다. "이놈들은 전부 바보요. 단순하지. 이게 더 좋은 표현이군. 단순하다. 여기 이 작은 마을도 단순하지만, 이놈들에게 단순하다고 하는 것과는 의미가 조금 다르다오."

노만이 고개를 끄덕였다.

"나는 여러 표현을 두고 이런 식으로 생각하는 걸 즐겨 한다오. 학교 선생이기도 하거든."

"그렇군요."

"그리고 우체국장이기도 하지."

"바쁘신 분이군요."

"정말로 바쁘다오. 정신없이 바쁘지는 않지만 그래도 바쁘지. 충분히 바빠. 게다가 양계장도 운영한다오. 암탉 서른일곱 마리를 키우거든."

"그 많은 달걀을 수거하고 닭들에게 먹이를 주려면 도움이 필요하겠네요. 다른 업무도 많으시니까요."

"그 닭들은 정말 손이 많이 간다오."

"닭들은 늘 그렇죠. 여우나 매 같은 것들이 오지 못하도록 감시도 해야 하고요." 노먼은 타고난 듯 매끄럽게 대화를 끌고 갔다.

"무슨 생각으로 이런 얘길 하는 거요?" 맥하트가 물었다.

그때 나는 머릿속으로 '나를 보안관에게 팔면 안 되지, 이 멍청아!'라고 외치고 있었다.

"선생님은 그 많은 업무를 다 하시면서 닭들도 돌봐야 하는데, 마침 제게는 선생님도 말씀하셨듯이 건강한 노예가 하나 있잖아요. 저는 필요하지도 않은데 제 속도만 늦추는 노예요. 그러니 선생님께서 이 노예를 좋은 가격에 사들여 닭들을 돌보게 하면 어떨지 생각하고 있었습니다."

맥하트가 나를 위아래로 쳐다보았다. "나는 한 번도 노예를 소유해본 적 없소. 이놈들을 부리고 돌보는 게 어렵소? 한 놈을 먹이는 데 돈이 얼마나 듭니까?"

"음식과 물만 주면 됩니다. 개와 다를 바 없지요. 다만 노예는 말을 좀 할 수 있어요."

"노예 이름이 뭡니까?"

"짐입니다."

내 심장이 아래로 쿵 가라앉았다. 이 보안관이 도망자 짐의 수배 전단을 본 적이 있다면 어떡하지? 그의 집무실 벽에 이미 내 얼굴 그림이 붙어 있다 해도 전혀 이상할 게 없었다.

"개보다도 훨씬 돌보기가 쉽습니다." 노먼이 덧붙였다. "여기저기에 똥 무더기를 남겨두지 않으니 밟을 걱정도 없고, 구석에 소변을 보지도 않지요. 스컹크나 호저 같은 동물을 건드렸다가 골치를 썩이는 일도 없답니다. 게다가 이 녀석은 노래도 잘해요."

"모르겠군. 너무 바빠서 노예를 부릴 시간이 없소." 맥하트가 말했다.

"그래서 더더욱 노예가 필요하신 거죠." 노먼은 자신의 역할에 완전히 빠져들었다. 순간적으로 그가 실은 백인이고 내게만 흑인 행세를 하는 것 아닐까 하는 생각이 다시 한번 들었다. "이 녀석은 코도 골지 않아요. 식성도 까다롭지 않고요. 신발을 신으라는 말만 빼면 시키는 일도 잘한답니다. 사실 인정하건대 저 신발은 이 녀석 발에 조금 작아요. 깜둥이들은 발이 크잖아요."

맥하트가 웃음을 터뜨렸다. "노예 주인이라." 그가 혼잣말을 했다.

"얼마요?"

"천 달러입니다."

맥하트가 휘파람을 불었다. "그 정도 돈을 벌려면 달걀을 아주 많이 팔아야 하는데."

"오백 달러는 어떠세요?" 노먼이 말했다.

맥하트가 고개를 저었다. "이 주변 농부들에게 말해보는 게 나을 거요. 아니면 헨더슨에게 가보든지. 늘 노예를 몇 명씩 데리고 있다오. 마을의 다른 쪽에서 작은 제재소를 운영하지."

"헨더슨이요." 노먼이 이름을 다시 말했다. "그렇군요. 감사합니다, 보안관님."

"순경이오."

"아, 네, 순경님."

맥하트는 걸어가버렸고 우리도 그에게서 멀어졌다. "정말 이런 일에 재능이 있네요." 내가 말했다.

"이런 일이라니, 어떤 거요?"

"백인처럼 행동하는 거요."

"오랫동안 연습했으니까요. 보이는 것보다 쉽기도 하고 어렵기도 하죠." 그는 내 침묵을 알아채고 나를 힐끔 쳐다보았다. "뭐가 잘못됐나요? 뭐가 불편해요? 내가 긴장감을 극복하면 기뻐할 거라고 생각했는데."
"약간은 긴장해도 괜찮아요."

3장

우리 둘 중 누군가의 위장이 배고프다며 불평하기 시작했다. 어쩌면 둘 다였을지도 모른다. 나는 노면의 뒤를 따라 길을 걸어 잡화점으로 향했다. 잡화점 문가에 놓인 테이블 위에 천이 깔려 있었고, 그 위로 감자 몇 개와 비스킷 몇 개가 흩어져 있었다. 늙은 여자는 우리에게 아주 약간 떨어진 곳에서 아직도 우유를 휘저으며 버터를 만들고 있었다. 나는 고개를 숙여 여자에게 인사했다. 여자는 알은체를 하지 않았고, 다시 자기 일로 시선을 돌렸다. 노면보다 머리 하나는 더 큰 백인 여자가 가게 밖으로 나왔다.

"감자 하나에 일 센트. 비스킷 하나에 일 센트." 커다란 여자가 말했다. "보는 건 공짜지만, 보기만 하는 건 내가 좋아하지 않아요."

노면이 주머니에 손을 넣어 일 센트를 꺼냈다.

"감자나 비스킷 하나를 가져가요." 여자가 말했다. "감자나 비스킷.

어느 쪽이든 상관없어요. 그 동전은 이리 주고."
 노먼이 내 쪽을 힐끔 쳐다보았다. 그는 내게 어느 걸 사야 할지 묻고 있었지만, 덩치 큰 백인 여자가 나를 빤히 쳐다보고 있었다. 노먼은 비스킷 쪽으로 손을 뻗었다. 그러나 비스킷에 손을 대기도 전에 우유를 휘젓던 늙은 여자가 재채기를 했다. 거대한 여자는 노예를 째려보았지만 그 시선은 아무 영향도 주지 못하고 튕겨나갔다.
 "감자를 가져갈게요." 노먼이 말했다.
 거대한 여자는 몸을 돌려서 쿵쿵거리며 가게로 들어갔다. 우유를 젓는 여자는 노먼을 쳐다보지 않았지만 내 쪽으로는 아주 잠깐 시선을 던졌다. 여자의 눈가에 패인 깊은 주름이 눈에 들어왔다. 이윽고 여자는 다시 시선을 돌려 자기 일에 몰두했다. 우리에게 전혀 관심이 없는 게 분명했다.
 우리는 블루버드 홀 마을의 반대편 외곽 쪽으로 걸어가 길에서 멀리 떨어진 숲속에 앉았다. 노먼이 감자를 입으로 가져가 먹으려고 했다. 나는 그의 손을 잡고 고개를 저었다.
 "그럼 심하게 앓을 거예요." 내가 말했다. "익혀 먹어야 해요. 감자는 사실 가짓과 식물이거든요."
 "하지만 배고파 죽겠어요."
 "아픈 것보단 약간 더 굶주리는 편이 나아요. 운 나쁘면 아픈 걸로 끝나지 않을 수도 있어요."
 우리는 불을 피운 뒤 감자에 막대기를 꽂아서 불 위에 올린 다음 오랫동안 구웠다.
 특히 새카맣게 탄 절반은 절대 맛이 좋을 수 없었다.

"그 여자 무섭더라고요." 노먼이 말했다.
"내가 지금까지 본 여자 중에 가장 몸집이 컸어요." 내가 말했다.
"남녀를 통틀어 제일 클지도 몰라요." 노먼이 고개를 돌리며 목에서 우두둑 소리를 냈다. "이제 어떡하죠?"
"제재소를 운영한다는 헨더슨한테 가볼까요?"
"누가 당신을 사고 싶어하겠어요?" 노먼이 말했다.
우리는 가볍게 웃었다. "생각보다 인기가 좋을지도요." 내가 말했다.

우리는 낮잠을 잤다. 노먼이 잠에서 깼을 때 나는 노트에 글을 쓰고 있었다. 잠시 그가 나를 바라보는 시선이 느껴졌다. 그러다 마침내 노먼이 입을 열었다. "뭘 쓰고 있어요?"
"잘 모르겠어요."
"노래를 써보는 건 어떨까요. 시 같은 것 말이에요."
"에밋의 노래처럼요?"
"네, 그런 식으로요. 깜둥이가 퀸님이 그리워서 농장으로 되돌아가려는 내용으로."
"에밋의 노래들을 찢어서 태워버리려고 생각했어요. 하지만 그래도 그 노래들은 존재하겠죠. 그 무지렁이 백인들이 계속 그 노래를 부를 테니까요. 그런 노래들이 존재한다는 걸 알고 있는 편이 나은 것 같아요. 그렇게 생각하지 않아요?"
"만약 당신이 탈출할 수 없으면 어떻게 해요? 그러니까 내가 당신을 팔고 나서 되찾아오지 못하면요?"
나는 아무 말도 하지 않았다. 그리고 노트를 덮었다. "아까 먹은 감자로는 배가 안 차네요."

노먼이 몸을 일으켜세웠다. "슬슬 헨더슨네로 갈까요?"

내가 고개를 끄덕였다.

"그가 쇠사슬을 채우면요?"

"쇠사슬을 찬 채로는 일을 할 수 없어요."

노먼은 전혀 납득한 것 같지 않았다.

"우리는 돈이 필요해요." 내가 말했다. "사람들에게 내 이름이 짐이라고 말하면 안 돼요. 그들은 짐이라는 이름의 도망자를 찾고 있어요."

"뭐라고 불러주면 좋겠어요?"

"페브러리라고 소개해요. 그런데 사실 6월에 태어났다고요. 그러면 우리가 그렇게 멍청하다면서 좋아할 거예요."

노먼이 고개를 끄덕였다.

"이곳까지 돌아오는 길을 찾을 수 있을 것 같아요?" 내가 물었다.

"네."

"그럼 여기서 만나요. 내가 이틀 뒤에도 돌아오지 않으면……"

노먼이 손을 들어 내 말을 가로막았다.

"여기, 이걸 다시 가져가요." 나는 노먼에게 내 노트를 넘겼다.

"잘 가지고 있을게요."

"가죠."

우리는 숲에서 나와 길을 따라서 마을의 남쪽으로 향했다. 헨더슨의 제재소는 여느 곳과 마찬가지로 더러웠다. 톱밥보다 동물과 인간의 배설물 같은 냄새가 더 많이 나는 작고 슬픈 곳이었다. 도끼와 자귀를 들고 일하는 노예가 일곱 명 있었고, 다른 두 명은 커다란 이인용 톱을 들고 일하고 있었다. 남자 두어 명은 손이 하나라고 해도 될 만큼 한쪽 손에 손가락이 몇 개 없었다. 건물은 하나뿐이었는데, 말이 새끼를 낳는 헛간처럼 한쪽이 트여 있었다. 남자들이 커다란 목재를 사각형과 원형으로 다듬어서 쌓는 중이었다. 한 백인 남자가 우리 쪽으로 걸어왔다. 키가 중간 정도에 약간 왜소한 체격이었다. 그가 가까이 다가올수록 나는 불안감을 느낄 수밖에 없었다. 그의 얼굴이 낯익어 보였기 때문이다. 하지만 어디서 본 얼굴인지는 떠오르지 않았다.

"무슨 일이쇼?" 남자가 물었다.

"제 이름은 브라운입니다." 노먼이 말했다. "헨더슨 씨겠군요."

"그렇소만." 헨더슨이 말했다. 그는 나를 유심히 살펴보았지만 내가 누군지 아는 것 같지는 않았다.

"훌륭한 작업장이네요." 노먼이 말했다. "어떤 목재를 자르십니까?"

헨더슨이 노먼을 힐끔 쳐다보았다. "사이프러스요. 사이프러스뿐이오. 그게 돈이 되지."

"왜 그렇죠?"

"사이프러스로 이 강을 따라서 부두 같은 걸 만든다오. 썩지 않거든. 아무것도 모르시나?"

"목재에 대해서는 거의 모릅니다. 다만 좋은 일꾼과 노예에 대해서는 잘 알죠." 노먼이 나를 쳐다보며 말했다. "힘든 시절에 대해서도 잘 알고요. 그래서 제가 여기, 선생님을 찾아온 겁니다."

"무슨 말인지 모르겠군."

"제가 데려온 이 건장한 녀석이 보이십니까? 제 노예 페브러리라고

합니다. 이름은 페브러리인데 2월에 태어난 건 아닙니다. 6월에 태어났어요."

"그럼 대체 왜 페브러리라고 부르쇼?"

"모르겠네요. 선생님도 깜둥이들에 대해 잘 아시잖아요. 어찌나 멍청한지 머리 대신 머리카락 난 양동이를 달고 다니는 게 아닌가 싶다니까요."

헨더슨이 크게 웃었다. "아니, 그것참 재미있군. 머리카락 난 양동이라니. 하하하."

"여기 페브러리는 황소만큼 강하답니다."

헨더슨이 웃음을 멈추고 나를 쳐다보았다. "손을 보여다오."

나는 그에게 손을 보여줬고, 그가 열 손가락을 확인하는 모습을 지켜보았다. 나는 손을 뒤집어 손바닥에 박인 굳은살을 보여줬다.

"나무를 잘라본 적 있느냐?"

"예, 나리."

"네 주인이 널 팔려는 건 어떻게 생각하지?"

정말 이상한 질문이었다. 나는 당황했고 혼란스러웠다. 그가 혹시 웃음을 터뜨릴 건지 보려고 얼굴을 살폈지만 그런 기색이 없었다. 노먼을 보니 노먼도 나만큼 혼란스러운 듯했다. "음, 나리. 저는 쥔님의 정당한 재산이니까 쥔님이 원하시는 대루 할 수 잇져."

헨더슨이 고개를 끄덕였다. 그리고 내 이두박근을 잡고 꽉 움켜쥐었다. "이것보다 탄탄한 놈들도 보긴 했지만." 그가 말했다. "얼마나 받고 싶소?"

"오백이요." 노먼이 말했다.

"정신이 나간 게 분명하군." 헨더슨이 말했다. "그 돈이면 멤피스에 가서 깜둥이 셋은 사 올 수 있소."

나는 노먼의 대꾸를 듣고 놀랐다. "하지만 멤피스에 가실 필요가 없잖아요, 그렇지 않나요? 여기 이놈이 선생님의 문가에 나타났으니 말입니다."

헨더슨이 생각에 잠겼다. 그는 밖의 작업 상황을 살피고 커다란 이인용 톱과 씨름하는 두 남자를 쳐다보았다.

"여기 페브러리는 새벽부터 해질 때까지 일할 수 있습니다. 두 명 몫을 하지요." 노먼이 말했다.

"삼백." 헨더슨이 말했다.

"사백이요."

"삼백오십."

그러자 노먼이 손을 내밀어 악수를 청했다. "좋습니다."

"휴, 당신은 완전히 사업가로군, 좋소." 헨더슨이 말했다. "루크!" 헨더슨이 어깨 너머로 누군가를 불렀다.

키가 작은 남자가 우리에게 뛰어왔다. "나리?"

"루크, 페브러리를 헛간으로 데려가 물을 좀 줘라." 헨더슨이 말했다. 그는 다시 나를 오래 쳐다보았다.

"음식두 줄까여, 나리?" 루크가 물었다.

"아니. 이 녀석도 나중에 너희랑 같이 식사할 거다. 일단 구덩이로 데려가서 새미와 함께 이인용 톱으로 작업하게 해. 레인보가 널 도와줄 거다."

"예, 나리." 루크가 말하고는 내 쪽으로 고개를 돌렸다. "이리 와."

노먼을 마지막으로 쳐다보니 나보다 더 두려워하는 것 같았다. 나는 루크를 따라갔다.

4장

나는 다리를 심하게 절뚝거리는 루크를 따라 제재소를 가로질렀다. 그는 물통을 가리켰고 내가 얼굴에 물을 뿌리고 마시는 모습을 지켜보았다.

"팔리는 거 정말 싫지 않아?" 루크가 물었다.

"누군가 저를 사는 것만큼 싫죠." 내가 말했다.

루크가 웃었다.

"저 남자는 널 때렸어?"

나는 고개를 저었다.

"음, 이 사람은 그럴 거야. 괴롭히는 걸 좋아하거든."

"유감이네요." 나는 루크의 다친 손을 빤히 쳐다보았다.

그는 오른손을 들어올려 원래 나머지 손가락들이 있어야 할 엄지와 새끼손가락 사이를 보여줬다. "알겠지만 무딘 도구가 날카로운 것보다 훨씬 더 위험해."

나는 잠시 아무 말도 하지 않고 그의 말에 담긴 은유에 감탄했지만 그는 계속 말을 이었다.

"저 밖에 있는 멍청이는 도구가 제 기능을 하도록 날카롭게 다듬을 시간을 주지 않을 거야."

"그렇군요."

"여러모로 좋은 주인이야."

"채찍질을 좋아한다는 말이군요."

"그는 주인이야. 우리가 제 역할에 충실하도록 통제해야 하지, 그렇잖아?"

나는 이 남자의 얼굴을 찬찬히 살펴보았다. 나보다 나이가 아주 많은 것 같지는 않았지만 뭔가 상당히 다른 점이 있었다. 그가 몸을 돌려 물을 마시려는 순간, 등에 난 수많은 상처가 눈에 들어왔다. 이렇게 뼛속 깊이 굴복의 태도가 새겨질 정도로 맞았던 걸까? 나는 그에게 연민이라는 감정이 아직 남아 있는지 확인하고 싶었다.

"다른 사람들도 그렇게 느끼고 있나요?" 내가 물었다. "헨더슨에 대해서? 다른 노예들도 헨더슨이 좋은 주인이라고 생각해요?"

"다른 노예들은 그들 방식대로 생각해. 나는 내 방식대로 생각하고."

그 말은 아니라는 뜻이었다.

"그는 공평해." 루크가 말했다. "그 외에 인생에서 기대할 게 뭐 있겠어? 그는 우리 모두를 똑같이 때려. 많지도 적지도 않게."

나는 고개를 끄덕였다.

"이제 톱질하는 곳으로 나가는 게 좋겠군."

작업장으로 돌아왔을 때 노먼이나 헨더슨의 모습은 보이지 않았다. 나는 노먼이 우리가 만나기로 한 장소로 빠르게 돌아가기만을 바랐다. 안내에 따라 나는 큰 이인용 톱이 있는 곳에 다다랐다. 땅에 난 커다란 구멍 위로 굵은 통나무가 놓여 있었다. 위아래로 켜는 긴 내릴톱을 한 명은 통나무 위에서, 다른 한 명은 아래에서 잡고 있었다. 나는 작업장의 구조와 제재소 밖으로 나가는 길을 유심히 살펴보았다. 때가 되면 여기서 빠져나갈 길을 빠르게 찾아 어둠 속으로 사라질 생각이었다.

나는 새미와 함께 일해야 했다. 두 손이 모두 멀쩡한 남자였다. 루크보다 키가 작았고 나보다는 상당히 작았다. "당신이 아래를 잡아요." 새미가 소리쳤다.

나는 구덩이 아래로 내려가 새미를 올려다보았다. 그가 아주 멀리 있는 것처럼 보였다. 회색빛 하늘이 그의 뒤로 펼쳐져 있었다. 그는 우리가 잘라야 하는 커다란 통나무 위에 섰고, 나는 왜 그가 저 위치를 확실히 더 선호하는지 의아했다. 그러나 내 발이 진창 속으로 빠지는 느낌이 들기 시작하자 그 이유를 알았다. 단단히 고정된 자세를 하려면 손과 팔을 써서 발을 꺼내 움직여야 했다.

나는 긴 톱의 커다란 나무 손잡이를 잡았다. 이 도구가 방치되어 고통받고 있다는 건 전문가가 아닌 나조차 알 수 있을 정도였다. 무뎌 보일 뿐만 아니라 여러 군데 녹슬고 휘어졌다. 우리는 작업을 시작했다. 내가 지금까지 해봤던 그 어떤 일 중에서도 가장 힘들고 가장 비참한 일이었다. 나는 아마 동물과 사람의 배설물인 것 같은 진창 속에 발목 높이까지 빠져 있었다. 구덩이에서는 뭔가 지독한 악취가 났다. 새미는 두 손이 멀쩡했는데도 힘이 너무 약해서 톱을 위쪽으로 강하게 당기지 못했고, 키가 아주 작아서 아래쪽으로 톱을 내릴 때도 중력의 도움을 받지 못했다. 무딘 칼날은 자주 목재에 걸렸고, 커다란 통나무를 효과적으로 켤 수 있는 건 한 번에 고작 몇 초에 불과했다. 톱이 목재에 끼거나 걸릴 때마다 이 얇은 금속이 부러져 손가락이나 손, 또는 더 심각한 곳을 잘라버릴까봐 무서워 움찔했다.

날이 어두워지고 있었지만 우리는 여전히 통나무 더미의 절반도 자르지 못했다. 고개를 들자 구덩이 가장자리에 헨더슨이 서 있는 모습이 보였다. 그는 나를 빤히 내려다보며 고개를 저었다. "칼날을 무서워하면 이 거지 같은 일을 할 수 없지." 그가 말했다. "채찍질을 해야겠으니 이리 나와라."

나는 루크를 보았고, 그는 헨더슨의 바로 뒤에 서 있었다.

"이리 나와!" 헨더슨이 말했다.

그 배설물 진창에서 빠져나오려면 손으로 다리를 빼내야 했다. 나는 손을 뻗어 매듭으로 마디를 만든 밧줄을 잡고 구덩이에서 간신히 기어 나왔다.

"채찍질이여?" 내가 물었다.

헨더슨이 고개를 저었다. "말대꾸하는 놈을 데리고 있게 됐군."

원래도 상황 파악이 빠른 편인데다 내가 속한 이 세계에 이미 익숙했기에 나는 더는 아무 말도 하지 않았다. 헨더슨을 따라 커다란 헛간으로 가는 길에도 아무 말 하지 않았다. 루크가 이제는 추해 보이는 얼굴에 함박웃음의 기색을 띠고서 내 손을 밧줄로 기둥에 묶을 때도 아무 말 하지 않았다. 누군지 모를 사람이 내 몸에서 셔츠를 찢어낼 때도 아무 말 하지 않았다. 가죽 채찍이 나를 쏘듯이 치고, 찢고, 쓰라린 고통을 줄 때도 아무 말 하지 않았다. 나는 의식을 잃기 전에 내 몸에서 흘러나오는 피가 상처의 타는 듯한 고통을 전혀 식혀주지 못한다는 사실을 깨닫고 크게 놀랐다.

의식을 회복했을 때 작은 새미의 얼굴이 보였다. 여기서 도망치는 건 고사하고 어떻게 몸을 일으켜 앉아야 할지도 알 수 없었다.
"제가 살아 있나요?" 내가 물었다.
"이렇게 말하기 미안하지만, 그래요." 그가 말했다.
나는 간신히 일어나 앉았다. 날이 어두웠지만 달빛이 약간 빛나고 있었다. "괴롭히는 걸 좋아한다니." 나는 루크가 했던 말을 반복했다.
새미가 고개를 끄덕였다. "처음 이틀 동안 이런 짓을 계속할 거예요. 셋째 날에는 채찍질의 강도를 약간 낮출 텐데, 그럼 당신은 감사하게 되겠죠."
나는 몸을 일으켜 자리에서 일어섰다. 심한 고통이 밀려왔지만 두려움이 더 컸다. "내가 얼마나 오랫동안 정신을 잃고 있었죠?" 해가 뜰 때가 얼마나 가까워졌는지 알고 싶었다.
"잠깐이요." 그가 말했다.
"우린 어디에 있는 거예요? 구덩이는 어디죠?" 내가 상황을 파악하려 물었다.
"헛간 너머에요." 그가 말했다. "어디 가려고요?"
나는 이 흑인 남자를 믿을 수 없다는 점이 마음 아팠다. 어쩌면 새미를 믿지 못하는 게 아니라 그가 루크에게 말하지 않을 거라는 확신이 없는 것뿐일지도 모른다. 그리고 루크는 분명히 믿을 수 없는 사람이었다.

"상처가 낫도록 그 구덩이에 있는 진흙을 등에 발라야겠어요." 나는 거짓말을 했다. 이 거짓말에도 그는 납득한 것 같았다. "구덩이에 가서 조금만 가지고 올게요. 루크에게는 말하지 말아줘요, 알겠죠?"

"난 루크를 좋아하지 않아요." 새미가 말했다.

나는 새미를 쳐다보았다. "나이가 어떻게 돼요?"

"몰라요. 열다섯 살이라고 하는 것 같기도 하고요. 난 몰라요."

"헨더슨이 당신도 나처럼 때렸어요?"

새미는 고개를 끄덕였다. 그가 셔츠를 들어올려 상처를 보여줬다. 셔츠를 들어올렸을 때 가슴이 보였다.

"당신, 여자군요." 내가 말했다.

"남자라고 한 적 없어요."

"여자아이군요." 나는 새미의 얼굴을 쳐다보았고, 거기서 내 딸의 얼굴을 보았으며, 내 딸의 등에 이런 상처가 새겨져 있는 모습을 상상했다. "셔츠를 내려요."

새미는 그렇게 했다.

"열다섯 살이라고요." 내가 말했다. "용감한 편이에요?"

"아니요."

실망스러운 반응이었다. 나는 새미를 함께 데려갈 생각을 하고 있었다. 그런 생각을 하면서도 얼마나 허술한 계획인지 깨달았지만, 이 아이를 놓아두고 떠나는 건 상상하기 힘들었다.

"헨더슨은 당신이 여자애인 걸 알아요?"

새미는 대답하지 않았지만 나는 상황을 이해할 수 있었다. 그가 아는 게 당연했다.

"봐요, 오늘밤 난 여기서 도망칠 거예요. 같이 도망치고 싶어요? 북쪽으로 같이 도망칠래요?"

새미는 용기가 없다고 인정했으면서도 내 제안을 조용히 생각해보기 시작했다.

"내게는 딸이 있어요. 새미보다 더 어려요. 내 가족이죠. 내 딸이 이런 일을 겪게 하고 싶지 않아요. 그애가 이런 고통을 느끼는 걸 알면 나는 살 수 없을 거예요."

"어떻게 살고 싶지 않을 수 있어요?" 새미가 물었다.

"그건 조금 긴 논의가 되겠네요." 내가 말했다. "난 오늘밤 여기서 떠날 거예요. 다시는 맞지 않을 거예요. 함께 가고 싶어요?"

새미가 고개를 끄덕였다.

"갑시다. 갑시다, 지금."

나는 새미가 함께 가기로 해서 기뻤다. 나 스스로와 새미를 앞으로 있을 채찍질에서 구했을 뿐만 아니라, 내 생각에 헨더슨이 가하고 있었을 짓에서도 새미를 구했기 때문이었다.

헛간을 지나 걸었고 거기에는 루크가 잠든 보초병처럼 복도에 누워 있었다. 우리는 그 자리에 얼어붙었다.

"저 사람은 항상 저기서 자요." 새미가 속삭였다.

우리는 발끝으로 걸으며 루크를 지나쳐 작업장에 도달했다. 가벼운 보슬비가 내리기 시작했다. 내 위치를 파악하려고 했지만 해가 떠 있을 때와는 모든 게 달라 보였다. 나는 완전히 길을 잃었다. 여기로 올 때 따라왔던 길을 찾을 수 없었다.

"도로가 어느 쪽이에요, 새미?"

새미가 나를 바깥으로 안내했다. 새미가 없었다면 나는 길을 잃은 채 같은 곳을 헤매거나, 어딘지는 모르겠지만 헨더슨의 집으로 곧장 향했을지도 몰랐다.

"우리가 뭘 하는 거예요?" 새미가 물었다. "어디로 가는 거예요?"

"우선 마을로 이어지는 도로를 찾아야 해요."

"어느 마을이요?"

알 수 없었다. 그 이름이 머리에 떠오르지 않았다. 마을 표지판을 떠올리려고 애썼지만 순경의 목소리만 머리에서 맴돌았다. "블루, 뭐였는데요."

"블루버드 홀이요." 새미가 말했다.

"맞아요." 제재소에서 한 걸음씩 멀어질 때마다 나는 더 강해지는 것 같았다. "내 친구를 만난 후에 계속 이동하죠."

"친구요?"

"곧 알게 될 거예요."

보슬비는 가볍게 내리다 동이 틀 무렵에 그쳤다. 마을 외곽이 보이자 거기서 나무들 사이로 꺾어 들어갔다. 나는 기억해뒀던 커다란 바위들을 발견했고, 숲으로 더 깊이 들어갔다. 노먼과 내가 전날 수풀을 헤치며 지나갔던 곳이 보였다. 그곳을 지나자 감자를 요리했던 장작의 흔적을 발견했다. 노먼은 그곳에 없었다.

"친구가 여기 있을 거라고 기대했던 거예요?" 새미가 물었다.

나는 대답하지 않았다. "헨더슨이 우리가 사라진 걸 눈치챌 때까지 얼마나 걸릴까요?"

"루크가 알아채자마자 그도 알게 될 거예요. 그러니까 이미 알았을 거예요."

"그가 개를 키우나요?"

"한 마리요."

"사냥개요?"

"그럴 거예요." 새미가 말했다.

"여기서 기다릴래요? 바로 여기에서요. 아무데도 가지 않을 수 있어요?"

"난 어디로 가야 할지 몰라요." 새미는 겁에 질려 보였다. 보면 알 수 있었다.

"여기서 벗어날 거라고 약속해요." 나는 일어서서 노먼을 찾아 나무 사이를 들여다보았다. 안타깝게도 우리가 만나기로 한 장소는 헨더슨의 제재소 북쪽에 있었다. 탈출한 노예들이 도망치는 바로 그 방향이었다. "새미, 여기 가만히 있어요. 바로 돌아올게요. 약속해요."

나는 숲에서 나가지 않고 언덕 위로 올라가 마을을 내려다보았다. 주요 도로들이 텅 비어 있었다. 무슨 소리라도 들으려고 귀를 기울였다. 특히 개 짖는 소리가 나는지 듣기 위해 주의를 집중했다.

나는 기다리며 상황을 지켜보았다. 새미를 오랫동안 혼자 남겨두고 싶지 않았다. 노먼이 마을에서 나와 내 쪽으로 걸어오는 모습을 봐야만 했다. 그를 불신했던 순간의 마음이 실은 옳았을지도 모른다는 생각이 들었다. 그리고 그가 정말 흑인이 맞기는 한 건지 다시 의심했다. 어쩌면 그냥 정신 나간 백인 남자이고, 나를 단순히 팔아넘긴 걸지도 모른다. 하지만 나를 팔자는 계획은 내가 제안한 것이었다. 물론 그게 너무 뻔한 사기 수법이어서 내가 그 계획을 떠올릴 때까지 그가 기다리고 있었던 거라면 얘기가 달라질 것이다. 나는 바보처럼 굴었던 것을 자책하며 천천히 숲을 가로질러 새미에게 향했다.

나는 우리가 만나기로 했던 장소 옆을 흐르는 개울을 발견하고서 길을 잃은 것이 아님을 확신했다. 그런데 그때 비명소리가 들렸다.

5장

 수풀을 헤치고 달려가는 동안 나는 나 자신에게 놀랐다. 만약 새미가 헨더슨이나 다른 백인에게 발견됐다면, 그건 새미와 내 삶이 끝났다는 의미일 것이다. 그렇지만 새미를 버릴 순 없었다. 앞으로 곧장 달려 나가자 새미가 내 시야에 들어왔다. 새미는 어떤 남자 앞에서 바닥에 무릎을 꿇은 채 앉아 비명을 지르며 울고 있었다. 생각할 겨를도 없이 움직이는 것이 어느새 내게 익숙한 행동 방식이 되었는데, 이번에도 나는 생각하기도 전에 남자의 무릎께를 붙잡고 덮쳐서 넘어뜨렸다. 남자 위에 올라타 주먹을 날리려던 순간, 나는 아래에 깔린 상대가 노먼이라는 걸 알아챘다. 그는 두 손을 올려 머리를 보호하고 있었다.
 "노먼!"
 노먼이 나를 밀쳤다. "무슨 일이에요? 이 사람은 대체 누구고요?" 그는 입을 다물지 못하고 나를 쳐다보았다.

"새미예요." 내가 말했다.

"그건 답이 아니잖아요." 노먼이 말하고는 새미를 쳐다보았다. "그건 답이 아니에요. 이 남자가 왜 여기 있는 거예요?"

"이 여자아이는 우리와 함께 갈 거예요." 내가 말했다.

"여자아이요?"

내가 고개를 끄덕였다.

"그냥 탈출한 게 아니라 노예를 훔쳐온 거예요?" 노먼이 말했다. "질문 하나 해도 돼요? 대체 왜요?"

"이 아이가 열다섯 살이고 아마 더 어릴지도 모르는데, 그자가 채찍으로 때리고 다른 몹쓸 짓도 해서요." 내가 단조로운 투로 말했다.

노먼은 내 말을 듣고 있었다. 그는 새미를 쳐다보고 나를 보았다. 그러고 나서 다시 새미를 보았다. "알겠어요. 하지만 이제 어떻게 해요?"

"어디 있었어요?" 내가 물었다.

"우리 돈을 약간 써서 음식을 좀 샀어요. 건빵이랑 말린 고기요."

나는 더는 뭐라고 할 수 없었다. 그의 말은 합리적이었다. "우리 여기서 빠져나가야 해요." 내가 말했다. "그 헨더슨이란 작자가 가까이 오고 있을 거예요. 새미, 여기는 노먼이에요." 나는 노먼이 일어설 수 있도록 비켜났다.

새미는 너무 겁을 먹어서 숨도 제대로 쉬지 못했다. 절망적일 정도로 혼란스러운 것 같았다.

"노먼도 노예예요. 지금은 아니지만." 내가 말했다.

"무섭게 할 생각은 없었어요, 새미." 노먼이 말했다.

새미에게 우리가 하는 말은 전혀 전달되지 않았다.

"새미." 내가 말했다. "나를 봐요. 노먼이 바로 내가 찾던 친구예요. 노먼은 새미와 나처럼 흑인이에요." 나는 말을 잠시 멈췄다. "뭐, 우리만큼은 아니지만 그래도 흑인이에요."

"백인인데요." 새미가 말했다.

"아니에요, 그냥 백인처럼 보이는 거예요." 내가 말했다. "그런 사람들이 있죠."

노먼이 우리에게서 시선을 떼고는 숲속 너머 도로 쪽을 쳐다보았다.

"우리는 함께 갈 거예요." 내가 말했다.

"움직여야 해요." 노먼이 말했다.

"이 개울을 따라가면 강이 나올 거예요.".

"아니면 그냥 다른 개울로 연결될 수도 있죠."

"그럼 그 개울을 따라가면 강이 나오겠죠."

"이제 북쪽으로 가요, 남쪽으로 가요?" 노먼이 물었다.

"일단 잡히지 말아야죠. 그게 첫번째 할일이에요."

"개울을 따라가는 건 관둬요. 육로를 통해 남쪽으로 갑시다. 그들이 이건 예상하지 못할 거예요."

노먼의 의견은 물론 옳았다. 어떤 이유에선가 강은 내게 안전한 곳처럼 느껴졌지만 실은 그렇지 않다는 걸 나도 알고 있었다. "좋아요. 남쪽으로 가요."

바로 그 순간, 개 짖는 소리가 들려왔다. 한 마리가 아니었다.

한동안 어느 마을에도 들를 수 없을 것이다. 우리가 탈출했다는 소식이 이 지역에 퍼지고 있는 상황에서 노먼이 단순히 우리 둘을 소유한 척할 순 없었다. 그래서 우리는 울창한 숲속에 계속 머물러야 했다.

하지만 우선 헨더슨에게서 빨리 멀어져야 했다.

우리는 빠르게 이동할 수 없었다. 걸림돌이 된 건 나였다. 헨더슨이 가한 채찍질로 매우 지쳐 있었기 때문이다. 쉬고 나서 출발하는 편이 더 현명한 선택이었을 수도 있지만 두려운 나머지 그럴 수 없었다. 우리는 달렸다. 그 모습만 보면 새미는 다른 추격자들뿐만 아니라 노먼에게서도 도망치는 것처럼 보였다. 새미는 계속해서 노먼을 돌아보았다. 그가 흑인이라는 사실을 여전히 믿지 못하고, 위험하지 않다는 것도 전혀 납득하지 못하고 있는 듯했다.

정오가 되자 나는 더이상 달릴 수 없었다. 우리는 물이 약간 흐르는 도랑까지 달려서 거의 동굴처럼 보이는 돌출된 바위를 발견해 거기서 휴식을 취했다. 개 짖는 소리는 더이상 들리지 않았다. 나는 바위에 등을 기댔다가 통증 때문에 움찔했다.

"어디 봐요." 노먼이 말하더니 내 등을 살펴보았다. 그의 얼굴이 멍해졌다. "맙소사, 짐. 그놈이 당신 몸을 갈기갈기 찢어놨군요. 내가 뭘 해야 할까요?"

"여기서 멈추기 바로 전에 모나르다를 지나쳤거든요." 내가 말했다. "커다란 빨간 꽃이 핀 식물이에요."

"내가 봤어요." 새미가 말했다.

"그 식물의 뿌리와 저쪽에 있는 진흙이 조금 필요해요." 내가 방향을 가리켰다.

새미가 식물을 찾으러 뛰어나갔다.

"저애가 돌아올 거라고 생각해요?" 노먼이 물었다.

나는 고개를 끄덕였다.

"상처를 깨끗하게 닦아내주세요." 내가 말했다.

나는 이제 넝마가 된 셔츠를 벗었고, 노먼이 그걸로 내 등을 닦았다. 미친듯이 쓰라린 통증이 느껴졌다. 나는 몸의 힘을 빼고 혀를 깨물지 않으려고 애썼다.

"뭘 한 거예요?" 노먼이 물었다.

"내가 **뭔가를 했다**고 생각해요? 난 노예예요, 노먼. 숨을 내뱉어야 했는데 들이쉬기라도 했나보죠. 내가 **뭘** 했냐고요?"

새미가 뛰어 돌아와 식물 뿌리를 우리 앞에 내려놓았다. 넓은 잎사귀들도 같이 가져왔다. "이 질경이가 보여서요."

"잘했어요, 새미. 고마워요. 이제 그 모나르다 뿌리와 잎사귀를 바위에 올려서 잘 으깨요. 노먼, 저쪽에서 진흙을 좀더 가져와 쌓아주세요."

노먼이 자리를 떠났다.

"잘했어요, 새미. 질경이를 가져온 건 좋은 생각 같아요." 나는 새미가 돌로 식물을 짓이기는 모습을 지켜보았다.

노먼이 돌아왔다.

"그걸 진흙과 섞어서 내 등에 발라주세요." 새미와 노먼이 내 등에 진흙을 발랐다. "여기는 안전한 것 같아요." 나는 그렇게 추측과 희망을 섞어서 말했다. 우리가 다시 달린다면 나 때문에 속도가 느려질 것임을 알기 때문이었다. "우리 여기서 기다렸다가 밤에 움직이죠. 괜찮나요?"

"그럴 것 같아요." 노먼이 말했다.

새미가 고개를 끄덕였다.

"우리 이제 자야 해요. 난 자야 해요." 그 말을 하고 나는 기절했던 것 같다.

6장

정신이 들자 새미와 노먼이 건빵을 갉아먹으며 나를 보고 있었다.
"하나 드릴까요?" 새미가 물었다.
"고마워요." 나는 그렇게 대답하고 새미에게서 건빵을 받았다.
"여기 고기도 있어요." 노먼이 말린 고기를 감싼 종이를 내 쪽으로 내밀었다.
"아니요, 괜찮아요. 그냥 건빵만 먹을게요."
"이거 맛이 톱밥 같아요." 노먼이 말했다.
주위를 둘러보았다. 날이 어둑어둑해지고 있었다. "바깥에서 아무 소리도 들리지 않았나요?"
"네." 새미가 말했다. "개 짖는 소리도, 사람 목소리도 들리지 않았어요."
"새 소리는요?" 내가 물었다.

"새 소리요?" 노먼이 고개를 갸웃했다.

"새들은 숲속에서 사람이 움직이면 조용해지거든요."

"새 소리를 들었던 것 같아요." 새미가 말했다. "아마 들었을 거예요."

"그럼 이동하는 편이 좋겠어요, 여기서 더 먼 곳으로요." 나는 힘겹게 자리에서 일어서면서 잠시 휘청했다.

"이제 괜찮아요?" 노먼이 물었다.

"괜찮아졌어요." 내가 말했다. "가요. 강으로 가서 어떻게든 건너편으로 가보죠."

"우리가 어디에 있는지도 모르는걸요. 강 건너편이 노예주일지도 몰라요."

"아마도요. 우리는 노예예요, 노먼. 우리가 있는 곳이 어디든 거기가 그냥 우리가 있는 곳이에요."

"그게 무슨 말이에요?"

"모르겠어요. 내 머릿속에서는 좀더 괜찮은 말처럼 느껴졌는데."

"무슨 말인지 알겠어요." 새미가 말했다. "우리는 노예죠. 그 어디에도 갈 수 없어요. 자유인은 가고 싶은 곳이라면 어디든 갈 수 있겠죠. 우리가 갈 수 있는 유일한 곳은 노예제가 있는 곳뿐이에요." 새미는 노먼을 쳐다보았다. "정말 노예 맞아요?"

"그럼요."

"그리고 흑인이고요?"

노먼이 고개를 끄덕였다.

"누가 아는데요?"

"아무도 몰라요."

"그럼 왜 흑인으로 지내요?"

"어머니 때문에요. 내 아내 때문에요. 백인이 되고 싶지 않아서요. 그들 중에 한 사람이 되고 싶지 않아요."

새미가 나를 쳐다보았다. "꽤 괜찮은 대답이네요."

"나도 그렇게 생각해요." 내가 말했다.

"이제 갈까요?" 노먼이 물었다.

"갑시다."

하늘에 달빛이 빛나는 구름 한 점 없는 밤이었다. 달빛은 나무 아래마다 둥근 그림자를 드리웠다. 우리는 쉽게 이동할 수 있었고, 가능할 때는 빠르게 움직였다. 물길을 따라가자는 게 우리의 계획이었다. 작은 물줄기는 더 큰 물줄기로 이어지기 마련이니까. 도망칠 때면 지형도 자연도 눈에 들어오지 않는다. 나는 생각했다. 과연 얼마나 많은 뱀이 우리의 급한 발걸음에 놀랐으며, 너무 놀란 나머지 공격도 못했을까? 우리는 얼마나 여러 번 발을 헛디뎌 추락할 뻔했으며, 다음 걸음이 매우 재빨라 간신히 위기를 모면했던 걸까? 하지만 그렇게 오래도록 뛰었는데도 그 어디도 새로운 곳처럼 보이지 않았다. 어쩌면 그것이 도망의 본질인지도 모른다.

강이 포효하는 소리로 그 존재를 알았지만 막상 가까이 다가가니 미시시피강은 평화롭고 고요하게 느껴졌다. 조용하고 리드미컬한 소용돌이 소리와 강 한복판에 보이는 증기선의 외륜이 돌아가는 소리만 제외하면.

"물이 이렇게 많다니!" 새미가 말했다.

"강을 본 적 없어요?" 내가 물었다.

"나는 제재소에 있던 그 거대한 톱에서 이십 야드 이상 벗어난 적이 없어요."

우리는 그 말을 곱씹으며 잠시 조용해졌다.

"뭐, 이제라도 봤으니 다행이네요. 저 거대한 건 미시시피강이에요. 남쪽으로 가면 뉴올리언스가 있고 북쪽으로 가면……" 나는 말을 멈췄다.

"자유죠." 노먼이 말했다.

"아마도요." 내가 말했다.

"저걸 건널 거예요?" 새미가 물었다.

"네." 내가 말했다.

"어떻게요?" 새미가 물었다.

"어떻게요?" 노먼의 말이었다.

"수영할 수 있어요?" 내가 두 사람에게 물었다.

"아니요." 노먼이 말했다.

"모르겠어요." 새미가 말했다.

"이쪽에 있으면 그들이 우리를 발견할 거예요." 나는 주위를 둘러보았다. 우리는 여전히 강에서 약간 떨어져 있었고, 우리와 강 사이에는 진창이 넓게 펼쳐져 있었다. "배를 띄우기엔 너무 질고 밭을 일구기엔 너무 묽다. 미시시피 강가에 대해 누군가 그렇게 말하는 걸 한 번 들은 적이 있어요."

"그 말이 진짜인 것 같네요." 새미가 말했다.

나는 물살에 쓸려와 진창에 박힌 나무들을 쳐다보았다. "뗏목을 만들어야 해요. 여기에 목재는 많지만 나무를 서로 묶어줄 밧줄 같은 게 필요해요."

"가서 찾아볼게요." 노먼이 말했다. "못 찾으면 내가 사 올 수도 있으니까요."

새미와 나는 노먼이 수풀 속으로 사라지는 모습을 지켜보았다.

"저 사람이 정말 노예예요?" 새미가 말했다.

"본인이 그렇다고 하니까요. 난 그의 말에 믿음이 가는 것 같아요."

나무를 모으는 일은 생각보다 매우 어려운 작업이었다. 진창이 나뭇가지를 꽉 붙들고 있었을 뿐만 아니라 우리도 빨아들였다. 나무를 더 세게 잡아당길수록 우리까지 더 가라앉았다. 빠져나오기 위해 몇 번이나 서로의 힘을 빌려야 했다.

"헨더슨네서 하던 작업보다 더 어려운 일이네요."

내가 고개를 끄덕였다. "보상은 훨씬 낫겠죠."

"왜 나를 데려왔어요?" 새미가 물었다.

"그냥 두고 올 수 없었어요."

"다른 사람들은 두고 왔잖아요."

"그러지 말았어야 했나봐요. 하지만 그랬죠. 이제 와서 행동을 되돌릴 순 없어요. 그 루크란 사람은 어쨌든 우리와 함께 오지 않았을 거고요."

우리는 모은 나무를 끌고 강기슭을 따라 내려가 강가의 자갈밭으로 향했다. 노끈이나 밧줄 없이 나무들을 서로 끼워 최대한 고정해보려 했다.

"새미는 그럼 제재소에서 태어난 거네요?" 내가 물었다.

"그랬다고 들었어요."
"어머니에게요?"
"어머니는 기억나지 않아요. 아버지도요."
"미안해요."
"어머니가 기억나세요?" 새미가 물었다.
"확실하지 않아요." 내가 말했다.
"나는 도망쳐서 기뻐요."
"왜요?"
"옳은 일을 한 것 같거든요."
나는 고개를 끄덕였다.
"그자는 나를 어릴 때부터 강간했어요."
나는 고개를 끄덕였다. "당신은 아직도 어려요."
"처음에는 거의 매일 밤 그랬죠."
나는 무슨 말이든 해주고 싶었지만 뭐라고 해야 할지 알 수 없었다. 내 딸이 다시 생각나면서 분노가 치밀었다. "그자가 이제 다신 당신을 강간할 수 없을 거예요."

우리는 낮시간이 한참 지나도록 노먼이 돌아오기를 기다렸다. 남쪽에서 구름이 형성되더니 강을 따라 우리 쪽으로 다가왔다.
"폭풍일까요?" 새미가 말했다.
"폭풍은 저렇게 어둡지 않아요." 내가 말했다. "아마 그냥 소나기일 거예요." 나는 숲속을 바라보았다. "노먼이 너무 어두워지기 전에 돌아오면 좋겠는데. 뭐라도 좀 보이는 동안에 나무를 묶고 싶거든요."

새미와 둘이 앉아 기다리는 동안 나는 잠깐 졸았던 듯했다. 누군가 고함치는 소리에 놀라 잠에서 깼기 때문이다. 노먼이었다. 진창 가장자리의 수풀에서 노먼이 뛰어나오는 모습이 보였고 나는 그를 불렀다. 그가 우리를 보고는 이쪽으로 열심히 달려왔다.

"헨더슨이요!" 그가 소리쳤다. "헨더슨이에요!"

고백하자면 그때 나는 너무 무서워서 곧바로 움직일 수 없었다. 노먼은 거의 내 얼굴 앞까지 가까이 다가와 다시 소리쳤다. "그 노예 주인이 오고 있어요."

나는 노먼이 손에 쥔 노끈 뭉치를 보고 낚아챘다. 그리고 상황을 판단하기 시작했다. 해가 지고 있었다. 노먼에게 추격자가 얼마나 멀리 떨어져 있는지 물으려던 찰나, 헨더슨이 수풀 사이에서 나타났다.

"밀어요." 내가 말했다. "강으로 이걸 밀어요."

우리는 대충 연결된 통나무들을 강으로 밀려고 했지만 나무는 낱낱이 분리되어버렸다.

"저기 녀석들이 있다!" 헨더슨이 소리쳤다. 백인 남자가 두 명 더 나타났다. 권총을 가지고 있었다.

새미, 노먼, 나는 세 개의 큼지막한 통나무를 강으로 밀었다. "나무를 꽉 잡고서 발로 물을 차요." 내가 두 사람에게 말했다. "물속에서 이것들을 묶어볼게요." 총성이 울리며 공기가 흐트러졌다. "통나무를 껴안아요." 내가 소리쳤다.

또 한번의 총성이 울렸다.

"나 미끄러지고 있어요." 새미가 말했다.

우리 셋은 약간 서로 떨어진 곳에 있었고 표류하면서 점점 더 멀어졌다. 미시시피강은 강둑에서 보면 항상 느리고 게을러 보였지만 실제로는 그렇지 않았다. 다행히도 그때 강을 지나는 배가 한 척도 없었다. 하지만 우리가 아무것도 통제할 수 없다는 사실은 마찬가지였다.

또 한번 총성이 울렸다.

"노먼!" 내가 소리쳤다. 그의 정수리가 보이는 것 같았다. 노먼은 대답하지 않았다. 강둑을 돌아보니 화가 난 헨더슨이 우리를 겨냥하는 모습이 보였다. 그의 입이 움직이는 것 같았지만 뭐라고 하는지는 들리지 않았다. 그제야 나는 남자들이 계속 총을 쏘고 있다는 사실을 깨달았지만 그 소리 역시 들리지 않았다. 나는 어떻게든 발차기를 하며 새미의 통나무 쪽으로 다가가는 데 성공했다. 새미를 잡아서 나무 위로 밀어올렸다. 그러고 나서 노끈으로 우리 둘의 통나무를 단단히 묶었다. 쉽지 않은 일이었고, 노끈을 떨어뜨릴까봐 무서웠다. 모든 것이 무서웠다.

새미는 숨을 헐떡이며 공기를 들이마셨지만 아무 말도 하지 않았다. 순간적으로 새미의 눈을 본 것 같았지만 곧 다시 눈이 감겼다.

"발을 차요." 내가 말했다. "노먼 쪽으로 가려고요."

노먼은 물살에 휩쓸리고 있었다. 발차기를 하고 있지 않았다. 나는 각도를 잘 잡아서 그가 표류하고 있는 경로를 가로지르려 했다. 이제는 주변이 거의 보이지 않았다. 비가 오기 시작했지만 강한 비는 아니었다. 바람이 물살을 일으켰다.

우리 통나무가 노먼의 등과 충돌했고, 나는 노먼을 붙잡아 우리 통나무 쪽으로 잡아당겼다. 노먼은 아무 말도 하지 않았다. 그러다 갑자기 정신을 차리더니 통나무를 거의 놓칠 뻔했다.

"내가 잡고 있어요."

"저놈들이 총을 쏘고 있었어요?" 노먼이 믿기지 않는다는 듯이 말했다. "여자애는 어디 있어요?" 그가 덧붙였다.

"잘 버티고 있어요." 나는 새미의 정수리를 쳐다보았다. 팔이 통나무 위로 늘어져 있었다. "새미." 내가 불렀지만 새미는 대답이 없었다.

"저놈들이 우리에게 총을 쏘고 있었어요." 노먼이 말을 반복했다. "우리가 죽으면 일을 시킬 수도 없을 텐데 대체 왜 총을 쐈을까요?"

"저들은 우리를 싫어해요, 노먼."

강이 우리를 이리저리 휘저었다.

"이렇게 해선 절대 강을 건널 수 없을 거예요." 내가 말했다.

"뭐라고요?"

"이대로 강을 따라 떠내려가다 결국 아까와 같은 쪽에서 멈출 거라고요." 내가 노먼에게 말했다. "하지만 지금은 어두우니까 저들이 우리가 어디에 상륙했는지 정확히 알 수 없을 거예요. 아마 수영해서 반대편으로 갔다고 생각하겠죠. 어쨌든 저들에게서 몇 마일은 멀어질 거예요."

"알았어요." 노먼이 말했다. 그는 진정하려고 했다.

"새미." 내가 불렀다. "새미?"

"괜찮은 거예요?" 노먼이 물었다.

나는 새미의 뒤쪽으로 이동해 아이의 머리를 들어올렸다. 새미는 축 늘어져 있었다.

"물에 빠졌어요?" 노먼이 물었다. "죽은 거예요?"

나는 새미의 등에 손을 올렸다.

나는 뭍에 이르기까지 모두를 붙들고 있는 데 성공했다. 강은 제 역할에 충실하게 우리를 블랙베리 가시덤불로 뒤덮인 강둑으로 밀어넣었다. 작은 강변으로 기어오르는 동안 나뭇가지들이 우리의 옷과 피부를 찔러댔다. 가시에 등의 상처를 찔리는 바람에 비명을 지르고 싶었지만 지금은 새미가 더 걱정됐다. 나는 내 몸으로 새미를 보호하고 있었다. 노먼이 먼저 뭍으로 올라가 우리를 물에서 끌어올렸다. 나는 새미의 몸을 뒤집어서 얼굴을 살펴보았다. 눈은 감겨 있었고 숨도 전혀 쉬지 않았다.

"죽었어요?" 노먼이 물었다.

나는 새미를 엎드리게 해서 물을 뱉어내도록 하려고 했다. 새미의 가슴을 누르자 셔츠가 밀려올라가면서 구멍이 드러났다.

"그건……" 노먼이 말을 멈췄다.

나는 까맣게 그을린 그 자국을 손으로 만졌다. "총에 맞았어요." 내가 말했다.

"맙소사."

"새미는 죽었어요."

"이 아이를 원래 있던 곳에 두고 왔어야 했어요." 노먼이 말했다. "그럼 적어도 살아 있는 노예였을 테니까요. 또 한 명의 죽은 도망자가 아니라요."

나는 땅바닥에 생기 없이 누워 있는 시신을 살펴보았다. "내가 그곳에서 처음 발견했을 때 새미는 이미 죽어 있었어요. 이제 그냥 다시 죽은 거예요. 하지만 이번에는 자유로운 몸으로 죽은 거죠."

"개소리예요." 노먼이 말했다.

"그런가요, 노먼?"

노먼은 새미를 내려다보았다. "모르겠어요. 이 아이는 죽었어요."

나는 가만히 서서 그와 함께 새미를 보고 있었다.

"이 아이는 너무 작아요." 노먼이 말했다. "묻어줄까요?"

"하느님을 믿어요?"

"그렇다고 생각해요."

"난 믿지 않아요. 하지만 새미는 믿었을지도 모르죠. 그러니까, 그래요, 묻어줍시다. 그게 하느님을 믿는 사람들이 원하는 것 아니겠어요?"

"모르겠네요."

"땅에 묻히고 싶어요?" 내가 물었다.

"나에겐 중요하지 않을 것 같아요." 노먼이 말했다.

"그게 새미에게는 중요할 수도 있으니까요."

나는 끝이 갈라진 굵은 나뭇가지를 몇 개 찾아서 강변의 땅을 파기 시작했다. 밤이 너무 어두워서 우리가 만드는 구덩이가 간신히 보일 정도였다. 노먼은 내게 더는 남아 있지 않은 체력으로 땅을 팠다. 마치 이 일을 해치워버리고 싶다는 듯이 땅을 팠다. 우리는 등을 맞대고 서서 땅을 증오하듯이 찢어발겼다.

우리는 긁고 할퀴어서 이 세상에 구멍을 만들어 그 안에 조그만 새미를 안치했다. 새미를 흙으로 덮기 시작하던 참에 노먼이 말했다. "기도를 해야 할 것 같아요."

"좋아요. 기도해요."

"주님, 새미를 잘 부탁드립니다." 노먼이 눈을 떴고, 이 정도면 충분하냐고 묻는 듯이 나를 쳐다보았다.

"무슨 할말이 더 있겠어요?"

"무덤을 돌로 덮는 게 좋겠어요."

"무리하지 마요. 어차피 강이 새미를 이곳에 놓아두지 않을 거예요." 내가 말했다. "강은 다시 새미를 땅에서 꺼내 데려갈 거예요. 강은 때가 되면 우리 모두를 데려갈 거예요."

노먼이 고개를 돌려 미시시피강을 쳐다보았다. "정말 많은 물이네요."

"아주 작은 일부에 불과하죠."

"두어 시간 후면 날이 밝을 거예요."

"이 말은 꼭 해야겠어요. 나는 다신 노예로 살지 않겠다고."

7장

 새미는 밤에, 어둠 속에서, 빗속에서 땅에 묻혔다. 우리가 새미의 삶을 상징하는 흙무더기를 토닥토닥 두드리던 바로 그 순간, 비가 그치고 구름이 갈라지면서 손톱 같은 달이 모습을 드러냈다. 나는 그제야 내가 춥다는 걸 깨달았다.
 "이 젖은 옷을 벗어야 해요." 불을 붙일 때 사용하던 유리 조각은 아직 가지고 있었지만 해가 없으면 당연히 쓸모가 없었다. 우리는 바람을 피해 수풀의 뒤쪽으로 좀더 이동했다. 옹송그리며 가까이 붙어 앉았더니 좀 버틸 만했다.
 잠에서 깨어보니 대니얼 에밋의 가죽 노트가 내 가슴팍에 올려져 있었다. 물에 완전히 젖었지만 여전히 형태를 유지하고 있었다.
 "내 가방 안에 있었어요." 노먼이 말했다.
 "고마워요." 나는 노트가 찢어질까봐 두려워서 열어볼 수 없었다. "아무래도 노트를 말려야겠어요."

"이제 어쩌죠?" 노먼이 물었다.

나는 아침 햇살을 받아 잔잔하고 고요해 보이는 강을 쳐다보았다. 지난밤에 있었던 일이 끔찍한 악몽처럼 반복해서 떠올랐다. 우리가 있는 자리에서 약간 떨어진 곳에 위치한 그 아이의 무덤은 누가 봐도 무덤 같은 모습이었다.

노먼은 내 옆에 앉았다.

"남쪽으로 계속 가다가 주인 없는 카누나 배를 발견하면 훔치죠." 내가 말했다.

"훔치자고요? 그러다가 잡히면요?"

"난 훔칠 거예요. 배를 발견하면요. 아니면 북쪽으로 향하는 증기선에 몰래 탈 수도 있죠. 아니면 당신이 나를 다시 팔 수도 있을 거고요."

"그래요, 지난번에는 그 작전이 정말 잘 통했죠." 노먼이 비꼬듯이 말했다.

나는 고개를 끄덕였다. "이제 사람은 물론이고 개까지도 남쪽으로 향하는 우리를 찾고 있으니 북쪽으로 가야 할 것 같아요."

"어째서 배를 발견할 수 있을 거라고 생각해요?"

"사람들은 배를 그냥 놓아두거든요." 내가 말했다. "강에서 나와 내릴 때마다 배를 집으로 가져갈 순 없으니까요. 우리는 그저 배 주인이 근처에 있지 않은지 잘 확인만 하면 돼요. 배를 타고 시야에서 사라지려면 한참 걸리니까요."

"흐으음."

우리는 새미의 무덤을 다시 쳐다보지 않고 그곳을 떠났다. 숲을 가로질러 남쪽으로 걸었고, 그러면서도 가능한 한 강이 시야에서 멀어지지 않도록 했다. 나는 헨더슨과 그의 부하들을 따돌렸다고 확신했지만, 우리의 탈출 소식이 멀리 남쪽까지 도달하지 않았다고는 크게 자신할 수 없었다.

정오쯤 되어 조심스럽게 강 근처로 다가가보니 나뭇가지에 걸쳐서 낚싯줄이 쳐져 있었다. 근처에는 작은 배도 하나 묶여 있었다. 노면이 서서 주변을 살피는 동안 나는 물을 헤치며 낚싯줄이 있는 쪽으로 다가가 커다란 메기 네 마리를 가져왔다. 우리는 그걸 먹기 위해 숲 안쪽으로 깊숙이 들어갔다. 두 마리는 바로 해치웠고, 남은 것들은 내가 세로로 잘라 모닥불에서 연기를 내고 있는 잉걸불 위에 걸어놓았다.

"배를 훔칠 거예요?" 노면이 물었다.

"아뇨. 배 주인이 너무 어두워지기 전에 낚싯줄을 확인하러 올 거예요. 그러고서 집으로 가겠죠. 배는 어두워지고 난 뒤에 훔칠 거예요."

우리는 누워서 하늘을 쳐다보았다.

"이 모든 상황에 대해 굉장히 편안해 보이네요." 노면이 말했다.

"난 이 강을 알아요. 강에 가까이 붙어사는 백인들에 대해서도 알죠."

나는 노트를 펼쳐 내지가 잘 마르도록 붙은 종이들을 서로 떼어냈다.

해가 지기 직전에 노면이 나를 깨웠다. 강에서 첨벙거리는 물소리가 들렸다. 좀더 가까이 다가가보니 한 남자와 소년이 노를 저어 다가가 낚싯줄을 확인하는 모습이 보였다. 낚싯줄에 걸린 물고기가 정말 많아서 우리가 몇 마리 훔쳐갔다는 걸 눈치채지도 못한 듯했다. 그들은 물고기를 챙겨 다시 배에서 내렸고, 방심한 채로 배를 묶어두고 가버렸다. 노는 가져갔다.

"아침까지는 돌아오지 않을 거예요." 내가 말했다. "노를 만들어야겠네요."

우리는 한 시간을 들여 남은 노끈으로 작은 나뭇가지들을 끝이 갈라진 더 크고 단단한 나뭇가지에 꽉 묶었다. 남은 노끈으로는 노를 하나밖에 만들 수 없었다. 사방이 어둡고 고요해지자 우리는 작은 배를 묶어놓은 줄을 풀어서 출발했다. 그 한 시간 동안 어느새 낚싯줄에 걸린 물고기 두어 마리도 챙겼다. 반대편 강둑은 어두웠고 거리가 멀어서 눈에 보이지 않았다. 낮이라고 해도 과연 반대편 강둑이 보였을지는 확신할 수 없었다. 배가 흔들렸다.

"이거 안전한 건가요?" 노먼이 물었다.

"이제부터 알게 되겠죠." 그 순간, 노먼이 수영을 못한다는 사실이 떠올랐다. 그가 매우 무서워할 거라는 생각이 들었다. "안전해요. 그냥 가만히 앉아 있으면 강이 우리를 보살펴줄 거예요."

"그게 제가 걱정하는 부분이에요."

"우린 괜찮을 거예요."

강 한복판쯤 도달했을 때 나는 노를 젓느라 매우 지쳐 있었다. 강을 가로지르는 동안에도 배는 계속 물살에 떠밀렸다. 동쪽 강기슭에 도착하기 전까지 남쪽으로 얼마나 이동해갈지 알 수 없었지만, 그래도 계속해서 강 건너편을 향해 움직이려고 했다.

"저거 봐요." 노먼이 말했다. "불빛이에요."

고개를 돌려보니 어느 배의 불빛이 눈에 들어왔다. 배는 멀리 떨어져 있었는데, 우리 쪽을 향해 강을 거슬러오고 있었다. 아직 소리는 들리지 않았다. 순간, 좋은 생각이 떠올랐다. "노먼, 여기로 와요."

그가 내 쪽으로 기어왔다.

"최대한 강하게 노를 저어주면 좋겠어요."

"알았어요. 뭘 할 건데요?"

"저 배의 바로 앞으로 가고 싶어요."

"미쳤어요?"

"저 배가 선미외륜선이면 우리 배를 범퍼나 밧줄에 묶어볼게요. 그럼 우리가 배 위로 올라갈 수 있을 거예요."

"이제 '하지만'이 나올 차례인가요?" 노먼이 물었다. "하지만은 언제나 따라붙죠."

"저 배가 선측외륜선이면 상황이 더 어려워질 거예요." 내가 말했다. 우리가 산산조각날 수 있다는 사실은 말하지 않았다.

배가 우리 쪽으로 다가오면서 외륜이 내는 쿵쿵 소리가 들렸다. 우리는 곧장 배 앞쪽으로 향할 수 있었다. 어느 쪽이 바람이 적고 어디가 배의 우현인지는 그다지 중요하지 않았지만, 난류와 저류에는 대비하고 있어야 했다.

증기선이 점점 거대해지고 시끄러워지자 노먼은 비명을 질렀고, 배에서 뛰어내리지만 않았을 뿐이지 온갖 행동을 다 하기 시작했다. 우리 배는 증기선의 우현이 일으킨 물살에 휘말려 거의 뒤집힐 뻔했고, 그 바람에 배가 회전하면서 뱃머리가 강 상류 쪽을 향했다. 노먼은 의자를 꽉 움켜잡고 있었다. 우리는 증기선 선체에 바싹 붙어 있다가 옆으로 밀려났다. 나는 금방이라도 배에서 튕겨나갈 것 같다고 느끼며 배를 묶을 곳을 애타게 찾았다.

"맙소사!" 노먼이 소리쳤다.

고개를 돌려보니 이 증기선은 선측외륜선이었다. 우리 뒤쪽에서 물을 휘젓는 외륜이 보였다. 그 거대한 바퀴가 우리를 끌어당기는 느낌이 들었다. 물을 갈기갈기 찢는 외륜의 모습은 공포스러웠다. 손바닥이 까지는 것도 무시하고 나는 증기선 측면에 늘어진 거대한 밧줄을 잡으려 안간힘을 썼다. 그리고 증기선의 거대한 밧줄과 우리 배를 묶는 밧줄을 겹쳐 잡아 배가 움직이지 못하게 했다. 하지만 오랫동안 붙잡고 있을 순 없었다. 내 목에 걸어놓았던 가방도 거의 잃어버릴 뻔했다.

"나를 꽉 잡아요!" 나는 노먼에게 소리쳤다. 우리 작은 배의 뱃머리에 선 채였다. 이제 거대한 외륜은 우리를 더 세게 끌어당기며 그쪽으로 빨아들이고 있었다. "잡아요!" 노먼의 무게가 내게 실리는 것이 느껴졌다. 더는 우리 배의 밧줄을 잡고 있을 수 없게 되자 나는 증기선의 굵은 밧줄 위로 있는 힘껏 몸을 끌어올렸다. 노먼이 비명을 질렀다. "밧줄을 잡고 올라가요!" 내가 소리쳤다. 내 몸에 느껴지던 노먼의 무게가 조금 가벼워져서 그가 적어도 부분적으로는 밧줄을 잡았다는 걸 알 수 있었다. 올라가라고 말할 필요도 없었다. 두려움에 사로잡힌 노먼은 강물에서 멀어지기 위해 필사적이었고, 내 어깨와 머리를 밟고서 갑판을 향해 올라갔다. 가파른 수직면을 기어올라야 했지만 다행히도 거리가 짧았고, 줄지어 놓인 밧줄들이 발판이 되어줬다. 나는 노먼의 뒤를 따라 올라가며 최대한 힘을 짜내 그를 위로 밀었다. 뒤쪽을 쳐다보니 외륜이 산산조각낸 우리의 작은 배가 보였다. 노먼도 그 광경을 본 것이 틀림없었다. 그가 내게서 후다닥 떨어지더니 갑판의 판자 위로 올라가 버렸기 때문이다. 나는 힘겹게 위로 올라가 그의 옆에 누웠다.

"오, 주님. 오, 주님." 노먼이 계속 중얼거렸다.

"주님은 이 일과 아무 관련도 없어요. 좋든 나쁘든."

"우리 살아 있는 거죠?"

나는 대답하지 않았다. 그 대신 몸을 일으켜 똑바로 앉아 주위를 둘러보았다. 한 층 위에서 많은 발소리가 들렸다. 이곳은 천장이 낮아 완전히 일어설 수 없었다. 위쪽에서 나는 사람들의 발소리를 듣고 있으니 그들이 마치 우리를 밟고 서 있는 것처럼 느껴졌다. 사람들이 부서진 우리 배를 보고서 고함을 치는 소리가 들렸고, 몇몇이 이상하게 환호하는 소리도 들렸다.

"세상에!" 한 여자가 비명을 질렀다.

"저 사람들은 분명 죽었을 거야!" 한 남자가 소리쳤다.

이곳 갑판의 가장자리에는 난간도, 심지어 턱도 없었다. 강이 출렁거리며 내는 소리와 외륜이 강물을 휘젓는 소리가 무서운 음악을 만들고 있었다.

"숨는 편이 좋겠어요." 내가 말했다.

누군가 다가오는 소리가 들렸다. 우리는 나무로 된 문을 열고 시끄러운 방 안으로 들어갔다. 그곳을 밝히고 있는 램프 불빛이 너무 희미해서 아무것도 알아볼 수 없었다. 우리는 더 깊은 그림자 속으로 미끄러지듯 들어가서 기다렸다. 귀가 먹먹해질 정도로 엔진소리가 시끄러웠다. 누군가 우리에게 다가와도 절대 알 수 없을 것 같았다. 나는 손톱 아래를 비집고 파고든 타르 때문에 끔찍하게 고통스러웠다.

8장

"누구에여?" 엔진의 굉음 사이로 고함치는 목소리가 들렸다. 기계가 깡깡 부딪치는 소리와 증기의 쉭쉭거리는 소리가 너무 심했다. "누가 잇나여?" 말랐지만 단단해 보이는 흑인 남자 하나가 파이프들 사이로 걸어와 내 쪽을 내려다보았다. "여기서 멀 하는 거야?" 그는 촛불이 켜진 촛대를 들고 있었다.

나는 근처에 백인이 있는지 알 수 없어서 "숨어 이써여"라고 대답했다. 노먼은 내 뒤쪽, 기둥 뒤에 있었다.

"넌 여기 이쓰면 안 대."

"알아여."

그는 불빛을 조금 움직이다가 갑자기 노먼을 발견했다. "나리, 재송해여. 여기 계신 걸 못 바써여."

노먼이 그 남자를 안심시키려는 순간, 나는 고개를 아주 살짝 저으며 그를 말렸다.

"제 쥔님이 절 묶어노려구 여기루 데려오신 거에여."

그는 노먼이 아닌 내가 대답하는 걸 이상하게 여기며 이를 언급했다. "왜 니가 말하는 거지?"

노먼이 상황을 이해하고 앞으로 나섰다. "내 노예에게 그런 식으로 말하지 마라."

"나리, 재송해여." 그가 바닥으로 시선을 떨궜다. "그냥 왜 여기 누군가가 잇는 건지 몰겠어서여. 여긴 아무두 내려오면 안 대는 곳이거든여. 흑인이든 백인이든."

"뭐라고 말했지?"

"암것두 아니에여, 나리."

"이제 가봐. 내 노예에게 얘기 좀 해야겠으니."

남자가 못마땅한 표정으로 사라졌다. 우리는 그가 크랭크축 뒤편으로 사라지는 모습을 지켜보았다.

"저쪽에선 들을 수 없을 거예요." 내가 말했다.

"왜죠? 왜 내가 저 사람 앞에서 백인 행세를 해야 하는 거예요?"

"저 사람을 믿어도 되는지 알 수 없으니까요."

"저 사람은 노예잖아요."

"그래서요?" 내가 말했다. "세상에는 노예인 걸 싫어하지 않는 노예들도 있어요. 그런 자를 최근에 만났죠. 만약 저 사람도 그런 노예면요?"

노먼이 남자가 사라진 방향을 쳐다보았다. "그가 보이지 않아요."

"다른 사람들한테 말하러 간 거면 어쩌게요? 내가, 아니, 우리가 도망자라는 걸 그자가 굳이 알 필요는 없잖아요. 그게 우리에게 무슨 도움이 되겠어요?"

"그 말이 맞네요. 우리 그냥 여기서 기다리면 될까요?"

"위로 올라가서 음식을 조금 가져올 수 있어요?"

"지금 내 꼴을 봐요." 희미한 불빛 속에서도 나는 노먼의 모습이 얼마나 엉망인지 알 수 있었다. 물에 완전히 젖은 건 둘째 치고, 옷도 선체의 타르가 묻어 아주 더러웠다. 그 모습을 보면서 나는 그의 피부색이 가진 힘에 다시금 감탄했다. 피부색만으로 기관실에 있는 노예를 당황시키고 통제하기에 충분했으니 말이다. 노먼이 가장 가난하고 형편도 최악인 백인처럼 보인다고 해도 그는 여전히 두려움과 존경심을 불러일으킬 수 있었다. 하지만 우리 위 갑판에 있는 백인 무리에서는 그런 힘이 통하지 않을 것이다. 노먼이 흑인이라는 건 눈치채지 못해도 그보다 나쁜 것, 즉 매우 가난한 백인으로 볼 것이기 때문이었다.

우리에게 다가왔던 노예가 다시 시야에 나타났다. "정말 재송해여, 나리. 하지만 이 아래에 계시면 안 대여. 제가 갱장히 곤란해질 거에여."

나는 노먼에게 속삭였다. "저 사람에게 대형 여행가방들을 어디에 보관하는지 물어봐요."

"짐을 어디에 보관하지?"

"머라구여?"

"나한테 '뭐라고'라느니 반문하지 마라, 깜둥이. 내가 하는 말을 들었잖아."

남자가 노먼을 쳐다보고, 그의 옷을 보았다. 그는 혼란스러워 보였다.

"여행가방 말이다."

"그것들은 앞쪽 화물칸에 이써여." 그가 잠시 말을 멈췄다. "나리, 제일은 두 가지인데여. 저 불을 때서 보일러가 계속 돌아가게 하는 거하구 여기서 사람들을 쪼차내는 거에여."

"그럼 가서 석탄이나 더 넣어라." 노먼이 권위 있는 말투로 명령하는 모습은 놀랍고 인상적이었다.

"코리 줜님이 여기루 내려와서 나리를 보면 저를 저 불 속에 넣어버릴 거에여. 그리구 아마 나리두여." 그는 빠르게 나를 위아래로 훑어보았다. "특히 너야말로 저 불 속에 던져질 거야."

"그렇다면 주인에게 말하지 않으면 될 것 아니냐. 이제 가라!"

남자는 허둥지둥 도망갔다.

"방금 좋았어요." 내가 노먼에게 말했다. "그럴듯해요."

"난 정말 싫어요."

"알아요." 나는 그를 앞쪽으로 밀었다. "가서 옷을 좀 찾죠. 어떤 옷이라도 지금 입은 것보단 나을 테니까."

앞쪽의 화물칸이라는 건 배의 앞부분에 있는 탁 트인 공간이었다. 짐 가방들은 깔끔하게 쌓여 있다기보단 마구 포개져 무더기를 이룬데다 석탄불의 그을음으로 덮여 있었다. 우리는 가까이에 있는 짐 무더기의 가장자리만 간신히 보고 손을 뻗을 수 있었다. 빛이라곤 한참 뒤쪽에 있는 램프의 불빛뿐이었기 때문이다.

"그래서 이것들을 그냥 열자고요?"

"당신이 열어요. 내가 가방을 여는 걸 아까 그자가 보면 분명 달려가서 일러바칠 테니까."

노먼이 가방을 하나씩 열었다. 어떤 것들은 내 칼을 써서 억지로 벌려야 열렸다. "전부 여자 옷이에요." 노먼이 말했다.

나는 기관실 노예나 다른 사람이 오는지 확인하면서 망을 보았다. "계속 찾아봐요. 뭐라도 찾을 수 있을 거예요."

몇 분 뒤 노먼이 안도의 한숨을 내쉬었다. "찾은 것 같아요."

"입어요."

나는 몇 걸음 뒤로 물러나 그 흑인 남자가 석탄을 퍼서 보일러에 넣는 모습을 지켜보고 있었다. 주황색과 붉은색으로 빛나는 불빛 때문에 그 남자의 모습이 이상하게 보였다. 악마까지는 아니어도 악마의 하수인 정도는 되어 보였다. 그는 일을 하면서 미소 짓고 있었다.

다시 노먼 쪽으로 돌아와보니 그는 기관실 노예보다 더 이상해 보였다. 노먼이 발견한 옷은 더 키가 작고 뚱뚱한 남자의 옷이었다. 뚱뚱한데 팔은 이상할 정도로 길었다. 바지는 종아리 중간까지밖에 오지 않았고 재킷 소매는 손을 덮었다. 노먼은 소매를 접어올리며 뭐라고 중얼거렸다.

"뭐라고요?" 내가 물었다.

"위에 있는 분이 이 옷들을 알아보면 어쩌죠?"

"하느님이요?"

"그 '위에 있는 분' 말고 이 옷 주인이요." 노먼은 고개를 저으며 거의 웃음을 터뜨릴 뻔했다.

"그러지 않을 거예요." 내가 말했다. "백인들은 허영심이 많아요. 그런데 그 옷은 정말 끔찍할 정도로 당신에게 안 어울리거든요. 그 옷 주인은 자기 옷이 더 예쁘다고 생각할 거예요."

"위에 있는 분한테 당신 생각이 맞기를 기도드려야겠네요. 이 배에서 뛰어내려야 하는 상황이 되면 난 죽은목숨일 테니까요." 불안감과 이 공간에서 느껴지는 엄청난 열기 때문에 노먼은 땀을 비 오듯 흘리고 있었다.

나는 고개를 끄덕였다.

우리가 보일러 쪽으로 걸어가자 그 남자가 노먼을 빤히 쳐다보았다.

"위층 갑판으로 어떻게 올라가면 되지?" 노먼이 물었다.

"몰루세여?"

노먼이 무서운 표정으로 남자를 쳐다보았다.

남자는 손가락으로 방향을 가리켰다.

노먼이 내 쪽으로 고개를 돌렸다. "너는 여기서 기다려라. 알았느냐? 여기 이 깜둥이가 하는 말은 듣지 말고."

"예, 나리." 내가 말했다.

노먼이 작은 계단을 올라서 작은 문으로 사라졌다. 발걸음이 상당히 가벼워 보였고, 마치 커다란 고양이처럼 움직였다. 나는 기관실 남자가 노먼의 모습을 어떻게 보고 있는지도 살펴보았다. 노먼을 지켜보는 그 남자의 눈빛에서는 아마 혐오 비슷한 감정과 명백한 두려움이 느껴졌지만 마지막에는 경외심을 볼 수 있었다.

"저게 네 쥔님이군." 남자가 말했다.

"네."

"뭔가 이상한 사람이군."

"이름이 뭐예요?" 내가 물었다.

"브록. 너는?"

"짐이요."

"그래, 짐. 이쪽으로 와서 석탄을 퍼라."

"뭐라고요?"

"여기 있으려면 넌 일을 해야 해. 그게 내 규칙이야. 따르지 않으면 난 위로 올라가서 코리 쥔님께 네가 여기 있다고 말할 거야. 그럼 쥔님이 가죽을 꼬아서 만든 채찍을 들고 내려와 네 궁둥짝을 불나게 때리시겠지."

그의 말을 듣고 거의 죽을 정도로 무서웠다는 건 인정해야겠다. 하지만 다른 무엇보다도 혼란스러운 감정이 더 컸다. 나는 삽을 들고 불에 석탄을 넣었고, 그 소음은 열기만큼이나 강렬했다. 삽의 나무 손잡이는 뜨거워서 잡고 있기가 힘들었다. 손잡이를 잡은 손을 바꿔가며 들어야 제대로 다룰 수 있었다.

"계속해라." 브록이 말했다. "계속해. 계속하면 익숙해질 거야. 그럼 이 일을 좋아하게 될 거다."

"이 일을 좋아하세요?" 내가 물었다.

"나는 좋아하지. 내 쥔님을 위한 일이니까."

"왜 제게 말할 때도 주인님을 그렇게 발음하세요?"

"너도 나처럼 발음해야 하는 거다." 그가 나를 빤히 쳐다보았다. "수상쩍은 짓을 벌이고 있다는 걸 내가 모른다고 생각하지 마라."

"무슨 짓을 벌이고 있다고 생각하는데요?"

"뭔가." 그는 머리 위의 파이프에 걸려 있던 더러운 수건을 잡아서 얼굴과 목을 닦았다. "확실히 뭔가가 있어. 코리 쥔님이 여기로 내려오시면 그분께 말할 거야."

"그러지 않으시면 좋겠는데요."

"애초에 네 쥔님은 왜 여기 있었던 거지? 넌 어째서 쥔님에게 그런 식으로 말하는 거지? 확실히 뭔가가 있어."

나는 삽으로 석탄을 몇 번 더 퍼서 보일러에 넣었다. "얼마나 더 넣어야 할까요?"

"너무 많이 넣으면 안 돼. 엔진은 계속 석탄을 먹어치우거든. 불이 더 뜨거울수록 배가 빠르게 움직이지."

"당신은 쉬지 않나요?" 내가 물었다.

"삽질하는 사이에 쉬지."

"잠은요?"

"잠깐씩 졸지." 그가 잠시 말을 멈췄다. "삽질하는 사이에."

보일러가 전보다 더 뜨겁게 느껴졌다. "여기서 어떤 도움도 받지 못하고 있군요."

"네가 여기 있잖아."

"다른 사람은요?"

"이건 내 엔진이야. 내가 계속 움직이게 하고 있지."

"쥔님을 위해서요."

그는 내 말을 듣고 화를 냈다. "이건 내 엔진이야."

"이 기관실을 떠난 적은 있어요? 소변이나 대변을 볼 때는 밖으로 나가나요?"

"바닥에 구멍이 있어. 배 뒤쪽에."

"여기는 창문도 없군요." 내가 말했다. "지금이 낮인지 밤인지는 어떻게 아니요?"

"그런 건 중요하지 않아. 불이 뜨겁고 외륜이 돌아가기만 하면 돼. 종이 한 번 울리면 밸브를 하나 열지. 종이 두 번 울리면 밸브를 두 개 열고. 종이 네 번 울리면 이것들을 닫고 이걸 열어서 모든 증기를 외륜으로 가게 하는 거야. 그렇게 해서 우리가 움직이는 거지."

"배가 입항하면요?"

그가 나를 빤히 쳐다보았다.

"배가 도착하면요?" 내가 바꿔 말했다.

"그럼 인부들이 큰 연결관으로 여기다 석탄을 쏟아붓고, 나는 계기판과 부품들을 닦지. 그때 인부들이 탱크에 물도 더 채우고."

"그때 코리가 내려오는 거고요."

"코리 쥔님." 그가 말했다.

"코리 쥔님이요. 그가 그때 내려오고요?"

남자는 질문에 답하지 않았다. "석탄이 관을 타고 내려오고 내가 불을 다시 뜨겁게 만들어서 외륜이 돌아가면 배가 출발하는 거야."

"코리 쥔님이 마지막으로 여기 내려온 게 언제였죠?"

"가끔 보일러에서 쾅 하는 소음이 나곤 해. 이유를 모르겠어. 새로운 소음이지. 보일러가 약간 흔들리고."

나는 거대한 보일러를 쳐다보았다. 어두운 회색과 검은색으로 그을리고 빨갛게 녹도 슬었다. 내 얼굴에서 땀을 문질러 닦아내고 보니 손에 그을음이 묻어 있었다.

"여기서 늘 이걸 들이마시고 있는 거군요?"

"여기에는 아무 문제도 없어. 나는 잘 숨쉬고 있다고. 하지만 네가 쥔님이라고 하는 남자와 네게는 뭔가 이상한 구석이 있어."

종이 네 번 울렸다.

"보일러를 열어서 최대로 가동해야겠군." 그렇게 말하는 브록은 신이 난 것 같았다. 그는 바퀴 모양의 장치 몇 개를 돌리고 몇몇 레버를 당겼다.

"석탄을 더 넣어."

나는 삽질을 했다.

파이프에서 쉭쉭거리는 소리가 났고, 보일러가 흔들리면서 거의 사람 같은 소리를 냈다. 원래 그런 소리가 나는 건지 나로서는 잘 알 수 없었다.

"들려?" 그가 말했다. "들어봐. 마치 여자가 우는 것 같지."

"코리에게 이 소리에 대해 말한 적 있어요?"

"코리 쥔님."

"그에게 말한 적 있어요?"

"말할 필요 없어." 브록이 말했다.

"저기요, 저는 피곤해요. 쉬어야겠어요."

브록이 내게서 삽을 가져가 석탄을 퍼넣기 시작했다.

"여긴 너무 더워요." 나는 바닥에 앉아 벽에 등을 기댔다. "먹을 게 좀 있나요?"

"먹을 건 없어."

"밥은 언제 먹어요?"

"식사 때가 되면. 위로 올라가 문밖에 놓인 쟁반을 가져와서 먹지. 매일."

"이 방을 전혀 떠나지 않는 거예요?"

"이렇게 해야 배가 움직일 수 있어. 그리 되도록 코리 쥔님이 전부 관리하고 계시지." 그가 손목으로 앞이마를 쓸었다. "가끔은 옥수수빵을 먹고."

나는 눈을 감고 열기를 무시하려 했다. 잠을 잘 순 없었지만 석탄을 던져넣는 리드미컬한 소리에 마음을 빼앗겼다. 그때 브록이 노래하기 시작했다. 그의 낮은 목소리는 그렇게 듣기 좋지 않았고 거친데다 고르지도 않았다.

나는 이 배의 노예라네,
후 야 후 야!
나는 이 배의 노예라네,
내가 이 배를 움직이지.

비가 저 강물을 채우네,
후 야 후 야!
비가 저 강물을 채우네,
내가 이 배를 움직이지.

배가 강을 밀구 나가네,
후 야 후 야!
배가 강을 밀구 나가네,
내가 이 배를 움직이지.

코리 쥔님이 옥수수빵을 주시네,
후 야 후 야!
코리 쥔님이 옥수수빵을 주시네,
그가 이 배를 움직이지.

나는 눈을 뜨고 그의 모습을 잠시 지켜보다가 그 광경이 마음에 들지 않아 다시 눈을 감았다. 불행히 내 의지로도 엔진의 굉음으로도 그의 끔찍한 노랫소리를 차단할 수 없었다.

몇 시간이 흘렀다. 아마 잠들었던 것 같다. 깨어났을 때는 내가 잠들었을 리 없다고 자부했지만 말이다. 시간이 멈춰 있었다. 그것도 아주 오랜 시간 동안. 나는 노먼이 위층에서 불안해하는 모습을 상상했다. 하지만 위층은 덥지도 않고 그을음에 뒤덮일 필요도 없으니 아마 몸은 편안할 것이다. 그래도 분명 나보다 더 두려워하며 어쩔 줄 모르고 있을 것 같았다. 노먼은 지금 화가 났을까? 그러고 보니 나는 한 번이라도 화가 나지 않았던 적이 있던가?

문득 나는 어느샌가 노랫소리도, 삽질하는 소리도 그쳤다는 사실을 깨달았다. 눈을 떠보니 브록이 더러운 손가락으로 양철 그릇에 담긴 음식을 먹는 모습이 보였다.

"그게 뭐예요?"

"옥수수빵."

나는 계단 위의 문을 올려다보았다. "혹시 남은 게 있나요?"

"아니." 브록이 그렇게 말하며 마지막 조각처럼 보이는 빵을 입안에 쏙 집어넣었다.

"나눠줄 생각도 하지 않았군요?"

"넌 애초에 여기 있으면 안 되는 거니까."

"코리에게 나에 대해 말했어요?"

"코리 쥔님."

"그에게 말했어요?"

"넌 여기 있어선 안 돼."

"그를 보지 못했군요. 당신이 개라도 되는 듯이 문가에 음식만 놔두나보네요. 코리 쥔님은 어떤 사람이죠?"

"그는 쥔님이야. 그게 다지."

내 배가 불평을 해댔다. 그의 접시에 남은 부스러기를 핥아먹고 싶은 마음이 들었지만 그러지 않았다. 그 대신 다시 눈을 감았다.

우리 위쪽에 있는 문이 열렸다. 나는 그림자 속으로 숨었다. 저게 코리면 어떡하지? 채찍질이라면 더는 견딜 수 없을 것 같았다. **견딜 수 없다는 말은**, 내가 그 상황을 참고 넘어갈 수 없을지도 모른다는 의미였다. 나는 지난 약 이십칠 년의 시간 동안 쌓아왔던 분노를 더욱 뼈저리게 느끼고 있었다.

하지만 코리가 아니었다. 노먼이었다. "뭘 찾았어요?" 내가 아무 생각 없이 노먼에게 물었다. 그 순간, 브록이 고개를 휙 돌려서 나를 쳐다보았다. 내가 노예 말투를 쓰지 않고 백인에게 말을 걸었던 것이다.

"이런." 브록이 말했다. "먼가가 이딴 걸 알구 잇엇지. 여전히 먼지는 몰겠지만 분명 먼가가 이써."

흥분한 듯한 남자의 모습에 노먼은 깜짝 놀랐다. "이쪽으로 와라." 그가 내게 말했다. "얘기를 좀 해야겠구나."

"아이구, 맙소사. 아주 끔찍하구만!" 브록이 말했다.

나는 노먼을 따라갔고, 브록은 혼자 남아 삽질을 했다. 그는 강하고 빠르게 삽질을 했다.

"뭐예요?" 목소리가 들리지 않을 정도로 멀리 떨어진 후에 내가 물었다.

"에밋이 위에 있어요."

나는 보일러 쪽을 쳐다보았다.

"그는 나를 보지 못했지만 트롬본 주자는 봤을지도 몰라요. 나는 그 트롬본 주자가 항상 마음에 들지 않았어요." 노먼이 주머니에 손을 넣었다. "여기 빵을 조금 가져왔어요."

"고마워요."

"알아둬야 할 게 하나 더 있어요." 노먼이 말했다. "이 배는 사람들로 가득해요. 꽉 차 있죠. 다들 북쪽에 있는 집으로 돌아가려 하고 있어요. 전쟁이 났거든요."

"전쟁이요?"

"노예주들이 연방을 떠나려고 하고 있어요. 그게 제가 들은 전부예요. 이게 다 무슨 말인지는 잘 모르겠어요. 어쨌든 사람들은 겁에 질려 있어요."

"전쟁이라니."

"여기서는 무슨 일이 있었나요?" 노먼이 물었다.

"우선, 여기 있는 노예는 자기가 노예인 걸 아주 좋아해요. 저 사람의 표현을 빌리자면 '쥔님'을 아주 사랑하는 것 같아요."

"그럴 수도 있죠."

"문제는 말이죠, 제 생각에 그 **쥔님**은 존재하지 않는 것 같아요."

"뭐라고요?"

"주인이 실제로 있는 것 같지 않아요. 코리 쥔님이라는 사람이요. 저 사람은 그냥 이 아래에서 배가 가라앉지 않고 강을 따라 움직이게 할 뿐이에요. 코리 쥔님은 아마 죽었을 거예요. 어쩌면 저 보일러 안에 있을지도요."

노먼이 내 너머에 있는 브록을 쳐다보았다. "저 사람 좀 봐요."

나는 고개를 돌려 브록을 보았다. 브록은 미친듯이 움직이면서 정신 나간 사람처럼 삽질하고 있었다. 보일러 밖으로 뻗어나온 불길이 그를 움켜잡을 것 같았다. 커다란 보일러가 다시 비명을 질렀다. 이번에는 더 큰 소리로, 더 높은 음을 내질렀다. 높은 음이 길게 이어졌고 엔진 전체가 한 번 강하게 흔들리더니 덜거덕거리기 시작했다. 엔진의 리듬이 바깥에서 물을 때리는 외륜의 쾅쾅 소리와 어긋나면서 엇박자로 쿵쿵거렸다.

"뭔가가 잘못됐어요." 노먼이 말했다.

9장

기관실 전체가 흔들리며 덜거덕거렸다. 보일러의 소음 외에도 뭔가 웅웅거리는 소리가 났는데, 귀에 들린다기보다는 몸으로 느껴지고 있었다. 종은 네 번이 아니라 여섯 번인가 일곱 번 울렸다. 나는 브록 쪽으로 돌아갔고 노먼이 내 뒤를 따랐다. 브록은 여전히 미친듯이 삽질을 하고 있었다.

"종이 일곱 번 울리면 무슨 뜻이에요?" 내가 물었다.

"나두 몰라." 그가 말했다. "지금까지는 네 번바께 울린 적 엄써. 일곱 번 울리는 게 무슨 의민지 나두 몰라."

"이 사람은 왜 이렇게 빨리 움직이는 거죠?" 노먼이 물었다.

"정신이 나간 모양이에요." 내가 말했다.

브록이 작업을 멈췄다. "넌 왜 저 백인한테 글케 말하는 거지? 먼가가 이상하다는 걸 알구 잇어써. 넌 저 사람의 노예가 아냐."

"나는 백인이 아니에요." 노먼이 말했다.

브록의 얼굴이 멍해졌다. "머라구여?"

나는 노먼이 그 말을 괜히 했다고 느꼈다. "진정해요, 브록. 괜찮아요, 아무 문제도 없어요."

"아직두 말을 글케 하고 이써."

"난 백인이 아니라니까요." 노먼이 다시 말했다.

그 순간, 기관실의 덜거덕거리는 소리가 급격하게 심해졌다. 보일러는 전보다 더 높은 음으로 비명을 질렀고, 파이프는 쉭쉭거렸으며, 축은 휘어지고 있는 것 같았다. 어딘가에서 리벳이 펑 하고 튀어나와 노먼의 바로 뒤에 있는 벽을 강타했다. 잘못했으면 노먼이 죽을 수도 있었다.

"맙소사!" 노먼은 그렇게 말하며 몸을 숙이고는 다음 리벳이 날아오지 않는지 주위를 살폈다.

브록이 고개를 돌려 엔진을 쳐다보았다. 구동축이 과열로 멈추더니 아예 움직이지 않았다. 다시 우리 쪽을 돌아본 브록의 얼굴에는 백인이든 흑인이든 자유인이든 노예든, 그 어떤 사람에게서도 본 적 없는 공포가 가득했다. "빌어먹을." 그가 말했다.

다음 순간, 정신을 차려보니 나는 얼어붙을 정도로 차가운 물속에서 의식을 되찾는 중이었다. 물에 빠지는 건 끔찍한 일이었으나 정신을 차리는 데는 효과적인 방법이었다. 하늘을 보니 새벽녘인 것 같았지만 그다지 중요하지 않았다. 나는 나무판자와 여행가방과 의자, 그리고 비명을 지르며 우는 사람들에게 둘러싸여 있었다. 사방에 머리들이 둥둥 떠 있었다. 한 남자가 내 쪽으로 떠내려왔고 나는 그를 밀쳤다. 어떤 여자의 죽은 듯한 얼굴이 내 어깨에 부딪혔다. 여자는 웃고 있는 것처럼 보였다. "노먼!" 나는 소리쳤다. 수많은 눈과 입들, 죽은 사람과 산 사람의 얼굴을 살피며 내 친구를 찾으려 했다. 물속으로 사라진 사람들은 다시 떠오르지 않았다. 강변은 백 야드 정도, 또는 그 이상 멀리 떨어져 있는 것 같았다. "노먼!" 누군가의 손 같은 것이 내 발을 잡는 듯한 느낌이 들었지만 그 감촉은 곧 사라졌다.

"짐!" 어떤 목소리가 나를 크게 불렀다.

나는 물에 뜬 판자와 가구들을 헤치며 살펴보다가 어깨에 심한 화상을 입었음을 깨달았다. 등의 상처도 다시 크게 벌어진 듯했다. 그때 그의 모습이 보였다. 내게서 삼십 야드쯤 떨어진 곳에서 노먼의 머리가 수면 위아래로 나타났다가 사라졌다가 했다. 그는 작은 판자 조각에 매달려 물위로 머리를 내놓기 위해 안간힘을 썼고, 나를 큰 소리로 다시 부르며 손을 흔들려고 했다. 그는 매달릴 수 있을 만큼 커다란 뭔가를 찾다가 내가 자신을 보고 있다는 걸 알아챘다. 두려움에 찬 그의 얼굴에 순간적으로 안도감이 스치는 게 보였다.

"짐!" 그때 또다른 누군가가 더 높은 목소리로 외쳤다.

익숙한 목소리였다. 그리고 나는 헉의 얼굴을 발견했다. 헉은 선헤엄을 치며 물에 뜬 채였고, 이마는 피로 빨갛게 물들어 있었다. 헉 역시 내게서 삼십 야드쯤 떨어져 있었다.

두 사람이 동시에 내게 소리치더니 그다음에는 한 명, 그리고 다른 한 명이 차례로 나를 불렀다. 두 사람은 내게서 같은 거리만큼 떨어져 있었지만 서로 가까이 있지는 않았다. 어느 형편없는 철학자가 예로 들법한 상황에 갇힌 기분이었다. 헉이 물속으로 가라앉았다가 수면을 철 퍽하고 때리며 다시 올라왔다. 노면은 판자에 힘겹게 매달려 씨름하고 있었다. 나는 어느 쪽으로도 움직이지 못하고 그 자리에 얼어붙었다. 하지만 한쪽을 선택해야 했다.

대기는 비명과 고함과 울부짖는 소리로 가득차 있었지만, 내 귀에는 오직 두 목소리만 또렷하게 들렸다. 내 이름을 부르는 두 목소리만.

1장

나는 그의 바지 엉덩이 부분을 잡고 강변 위로 끌어올렸다. 나는 완전히 지쳐서 기진맥진한 상태였고, 그는 거의 의식이 없었다. 그래도 살아 있었다. 그는 기침을 해서 물을 조금 뱉어냈지만 계속 모래에 얼굴을 파묻고 있었다.

"갠차나여?" 내가 물었다.

"나 안 죽었어?"

나는 그의 다리를 토닥토닥 두드리고서 바닥에 등을 대고 누웠다. 그리고 밝은 파란색 하늘을 바라보았다.

"짐?"

"예, 헉?"

"어디서 온 거야?" 헉이 물었다. "어떻게 마침 그때 물에 빠져 있었던 거야?"

"해니벌이여, 헉처럼여. 전 거기서 왓져." 나는 강변을 위아래로 훑어보았고, 거기에는 사람들과 부서진 배의 잔해들이 마구 흩어져 있었다. 노먼은 보이지 않았다. "저 숲속으루 들어가야 해여." 나는 헉을 밀고 당겨서 일으켜세웠고, 우리는 휘청거리며 걸어서 빽빽한 나무들 틈으로 들어갔다.

"뭐가 어떻게 된 건지 모르겠어."

"갠차나여."

우리는 뻣뻣한 풀 위에 앉아 나뭇가지 사이로 상황을 유심히 살펴보며 사람들이 강변에서 신음하고 울고 욕하는 소리에 귀를 기울였다. 몇몇은 죽어가고 있는 것 같았다.

"가서 저 사람들을 도와줘야 할까?"

나는 고개를 저었다.

"하지만 사람들이 다쳤는데."

"우리는 의사가 아니에여."

"전쟁이 일어날 거라는 걸 너도 알잖아."

"무슨 전쟁이여?"

"북부 대 남부." 헉이 말했다. "배에 타고 있던 사람들 말로는 북부에서 노예들을 해방시키고 싶어한대."

"사람들이 글케 말해써여? 근데, 헉, 어쩌다가 그 배에 타구 이섯던 거에여?"

"그 왕이랑 브리지워터가 날 데리고 탔어. 두어 번쯤 도망치려고 했지만 붙잡혔지. 그 두 사람이 전쟁이 일어난다는 소식을 들었는데, 내 생각엔 그들이 북부 출신이었던 것 같아. 어쨌든 겁을 먹었고 오하이오로 돌아가고 싶어했어. 지금쯤 죽었을 것 같아. 아마 저 아래 강변에 있을 거야."

"저기루 내려가면 안 대는 이유가 더 생겻네여."

"우리가 강에 빠졌을 때 널 부르는 남자가 있었잖아." 헉이 말했다. "널 부르던 그 사람은 누구였어?"

"친구여."

"친구? 무슨 친구?"

"그냥 친구여."

"이름은 뭐였어?"

"그의 이름은 노먼이에여."

"그 사람도 도움이 필요했어." 헉이 말했다. "물속으로 가라앉았지. 분명 죽었을 거야. 왕과 브리지워터는 잘 모르겠지만."

나는 고개를 끄덕였다.

"그 사람은 네 이름을 부르고 있었어."

"알아여, 헉."

"하지만 넌 나를 구했지."

"그랫져, 헉."

"그 사람의 이름이 뭐라고 했지?" 헉이 물었다.

"노먼이여."

"넌 백인 남자와 친구였던 거야?"

"그는 백인이 아니엇어여, 허클베리."

"왜 그 사람이 아니라 나를 구했어?"

"그냥 그래써여. 둘 다 구할 순 엄써쓰니까여."

"왜 나였어, 짐?"

어쩌면 내가 노예 말투에 신물이 났었는지도 모르겠다. 어쩌면 친구를 잃은 나 자신이 싫었는지도 모르겠다. 어쩌면 거짓말 때문에 고통스러웠는지도 모르겠다. 어쨌든 이 모든 이유로 나는 입을 열었다. "내가 미쳤거나 농담한다고 생각하지 말고 지금 하는 말을 잘 들어, 헉. 내가 널 구한 건 네가 내 아들이기 때문이야."

헉이 짧게 웃음을 터뜨렸다. "뭐라고?"

"네가 내 아들이라고. 나는 네 아버지고."

"왜 그런 식으로 말하는 거야?"

"내 말투, 아니면 내 말의 요지, 어느 쪽을 말하는 거야?"

"뭐? 요지가 뭐야?"

"그건 신경쓰지 마. 네 어머니와 나는 어린 시절을 함께했어. 우린 친구였지. 그러다가 성장했고. 그리고. 그리고 넌 내 아들이야."

헉은 그 어느 때보다도 더 혼란스러워 보였지만 내가 어떻게 해줄 수 없었다. 그래서 나는 눈을 감고 피곤이 몰려와 잠에 빠져들도록 나 자신을 내버려뒀다.

잠에서 깨어보니 헉이 나를 빤히 쳐다보고 있었다. 여전히 낮이었지만 몇 시간 후면 우리 뒤로 해가 질 것 같았다. 내가 있는 곳은 또다시 미주리주 쪽 강변이었다. 강의 이쪽 편에서는 도망 노예 짐이 잘 알려져 있고, 누구든 그의 얼굴을 알아볼 수 있으며, 음흉한 꿍꿍이를 가진 여러 집단에서 혈안이 되어 그를 찾고 있었다.

"우리 아빠는 이 사실을 알고 있었어?" 헉이 물었다.

"잘 모르겠어."
"아빠는 널 정말 싫어했어. 그래서 그렇게 싫어했던 거라고 생각해? 아빠가 알고 있어서?"
"그는 그냥 내가 흑인이어서 싫어했을 거야."
"그 말이 맞는 것 같아." 헉이 말했다. "하지만 난 항상 아빠가 널 특별히 싫어한다는 느낌이 들었어."
"나도 그랬어."
"짐?"
"응, 헉?"
"그럼, 나는 깜둥이인 거야?"
"넌 네가 원하는 사람이 될 수 있어." 내가 헉에게 말했다.
"나는 노예야?"
"법이 너에 대해 뭐라고 하든 알 게 뭐야? 네 아버지가 누군지 다른 사람들은 아무도 몰라. 그러니까 넌 노예가 아니야. 네 아빠가 그 사실을 알고 있었다고 해도 그는 이미 죽었고. 홍수로 떠내려가던 그 집 기억나?"
헉이 고개를 끄덕였다.
"그 시체 기억나? 내가 보지 못하게 했던?"
"그게 아빠라고?"
"응."
"정말 많은 비밀을 감추고 있었구나."
"미안해."
헉이 자신의 맨발을 쳐다보았다. "나는 늘 아빠를 싫어했어. 날 때렸으니까."

"알아." 내가 말했다.

"톰은 항상 내 머리카락이 오리의 등 같다고 했어. 잘 젖지도 않고 젖어도 금방 마른다고." 헉이 말했다. "그래서 그런 걸까?"

나는 어깨를 으쓱했다.

"그럼 넌 항상 내 아빠였구나?"

"그런 거지."

"그럼 리지, 리지는 내 동생이야?"

"말하자면 그렇지."

"세이디는 나한테 뭐야?" 헉이 물었다.

"아무것도 아니지."

"그리고 넌 항상 이런 말투로 말을 하고?"

"그렇지."

"지금까지 내내 나한테 거짓말을 했던 거야? 내 인생 내내 나한테 거짓말을 했던 거구나?"

"그랬던 것 같네."

헉이 조용해졌다. 그리고 눈을 감고는 몸을 둥글게 공 모양으로 웅크리더니 잠과 비슷한 상태에 빠졌다.

다시 잠에서 깼을 때 날은 어두웠다. 강변은 조용했지만 횃불 몇 개가 타오르고 있었다. 노면의 눈이, 수면 위로 오르락내리락하던 그의 얼굴이, 물에 빠지면서 그가 흔들던 손이 계속 떠올랐다. 노면은 나를 신뢰했다. 하지만 이제 그는 죽었다. 저기 죽어 있는 백인들의 얼굴 중에 그 어느 것 하나 내게는 조금도 중요하지 않았지만, 노먼의 얼굴은, 백인들과 아주 똑같은 피부색을 가진 그의 얼굴은 세상과도 바꿀 수 있을 만큼 중요했다.

"여기서 빠져나가는 게 젤루 조을 거 가타." 헉이 말했다.
나는 달빛 아래에서 헉을 쳐다보았다.
"얼루 향하면 조을까?" 헉이 같은 투로 말을 이었다.
"왜 그런 식으로 말하는 거야?"
"난 네 아들이구, 법에 따루면 노예니까."
"말했듯이 난 법이 너에 대해 뭐라고 하는지 몰라. 하지만 그런 식으로 말하는 건 그만둬. 우스워 보이니까. 게다가 넌 노예 말투도 잘 모르잖아."
"그럼 네가 가르쳐주면 되겠네."
"넌 알 필요 없어."
"난 너처럼, 내 아빠처럼 깜둥이잖아."
"난 깜둥이가 아니야." 내가 헉에게 말했다. "누구나 자기가 원하는 사람이 될 수 있어. 특히 넌 더 그래. 백인도 흑인도 될 수 있으니까. 아무도 이상하게 생각하지 않을 거야."
"난 어느 쪽이 되어야 할까?"
"그냥 전처럼 계속 살면 돼." 내가 말했다. "다만, 이건 기억해. 사람들이 한 번이라도 널 제대로 보거나 너한테서 내 모습을 보게 되면, 그럼 이미 들킨 거야. 네가 이 말을 아직 이해할 수 없다는 걸 알아. 하지만 언젠가는 이해할 거야."

헉은 아무 말도 없이 나를, 또는 내 마음속을, 또는 내 너머의 뭔가를 빤히 쳐다보았다.

"그냥 전처럼 계속 살면 돼." 내가 다시 말했다. "자유를 선택한다면 자유롭게 살아도 돼. 백인이기를 선택한다면 백인으로 살아도 돼. 나는 북쪽으로 갈 거야. 거기서 돈을 구한 다음 누군가를 보내서 세이디와 리지를 사 올 거야."

"북부가 전쟁에서 이기면 두 사람은 자유로워질 거야." 헉이 말했다.

"네가 말하는 그 전쟁이 뭔지 나는 몰라. 그냥 내 가족을 되찾아야 한다는 것만 알아. 가족을 노예 신분에서 벗어나게 해야 해."

"나도 네 가족이야."

"넌 노예가 아니잖아. 넌 백인 소년이 될 수 있으니 백인 소년으로 살아, 헉. 해니벌로 돌아가 비밀을 지키며 살아가렴. 나는 북부로 갈게."

"하지만 전쟁이……"

"전쟁은 내게 아무 영향도 미치지 못할 거야, 허클베리."

"난 너와 함께 가고 싶어."

"그럼 안 돼."

"지금 네가 어디 있는지도 모르잖아."

"이쪽이 북쪽이라는 건 알아." 나는 코끝으로 방향을 가리켰다.

"너와 함께 가고 싶어."

"안 돼."

"함께 갈 수 없다고 할 거면 날 왜 구했어? 내 도움이 필요할 거야. 난 먹을 것도 구해올 수 있어."

"네가 내 아들이라서 구했을 뿐이야."

헉이 자신의 손을 빤히 쳐다보았다.

"그렇게 쳐다본다고 해서 네 손이 더 까매지진 않을 거야."

"넌 거짓말쟁이야, 짐. 그냥 거짓말쟁이야. 난 네가 한 말은 한 마디도 믿지 않아. 지금까지 내게 계속 거짓말을 했다면, 아마 지금도 거짓말을 하고 있을 거야. 넌 평생 내게 거짓말을 했어. 모든 것에 대해서 말이야. 그런데 네가 하는 말을 내가 왜 믿어야 하지?"

"믿음은 진실과 아무 관련도 없어. 좋을 대로 믿으렴. 내가 거짓말을 하고 있다고 믿으면, 백인 소년으로서 세상을 살아갈 수 있을 거야. 내가 진실을 말하고 있다고 믿어도, 어쨌든 백인 소년으로서 세상을 살아갈 수 있어. 어느 쪽이든 달라지는 건 없어." 나는 헉의 얼굴을 보았다. 헉이 나를 좋아하기 때문에 분노하고 있다는 걸 알 수 있었다. 사랑까지는 아니더라도 헉은 내게 늘 애정을 느끼고 좋아했었다. 늘 내가 자신을 보호해주기를 기대했고, 심지어 자신이 나를 보호한다고 생각하던 순간에도 그랬다.

"거짓말!" 헉이 울면서 소리쳤다.

나는 그 말을 받아들였다.

"난 네 아들이 아니야. 난 깜둥이가 아니야."

2장

 나는 지하철도*에 대해 들은 적이 있었다. 내가 그 조직과 인연이 닿을 순 없겠지만, 그래도 그들이 실재하기를 바랐다. 누군가는 북쪽으로 가는 길을 찾고 있다. 이는 나를 포함한 우리 모두가 믿어야 했던 말이었다. 나와 함께 있어줄 백인이 없으면, 백인처럼 보이는 얼굴이 없으면, 세상의 빛 속에서 안전하게 이동하지 못하고 울창한 숲속으로 내쫓겨야 한다는 것이 고통스러웠다. 나를 자신의 소유라고 주장해줄 백인이 없으면 내 존재를, 나의 실존을 정당화할 수 없었다.
 헉과 숨어 있는 장소에서 강변을 내려다보았다. 살아남은 사람들이 강 하류의 한 지점으로 비틀거리며 모여들었다. 죽은 사람들은 누운 곳에 그대로 남아 있었다. 나는 맞지도 않는 작은 옷을 입은 키가 큰 시

---

* 19세기 초 미국에서 흑인 노예들의 탈출을 돕기 위해 결성된 비밀 조직.

신을 찾고 있었다. 이유는 알 수 없었다. 죽은 노먼을 보고 싶지도 않았고, 볼 필요도 없었다. 그런데 죽은 뚱뚱한 여자 옆에 정사각형 모양의 작은 갈색 물체가 눈에 들어왔다. 스스로 뭘 하는 건지 깨닫기도 전에 나는 언덕 위의 은신처에서 걸어나와 드문드문한 수풀을 헤치고 강변으로 다가갔다. 가까이 다가갈수록 내가 점점 근접해가는 대상이 내 노트임이 확실해졌다. 그저 그 생각뿐이었다. 주위를 살펴보고 살며시 움직이려는 시도라도 해야 했지만 그러지 않았다. 넋이 나가서 저지른 바보 같은 실수였다.

누군가가 크게 소리쳤다. "이봐! 저기 좀 봐! 저 깜둥이가 백인 여자 시신에서 물건을 훔쳐간다!"

"저놈이 여자를 건드렸어요? 저놈이 여자를 만진 거예요?" 다른 사람이 소리쳤다. "아이고 맙소사, 저놈이 여자를 만진 것 같아요."

"저기요, 내가 저놈을 알아요!" 나는 바보처럼 고개를 돌려 나를 지목하고 있는 모든 사람을 마주보았다.

그들 중 한 명은 대니얼 에밋이었다. 나는 에밋이 자기 눈앞에 펼쳐진 상황을 파악하는 모습을 바라보았다. "저 노예가 제 노트를 가지고 있어요! 저놈이 훔치는 물건은 여자 것이 아니라 제 것이라고요!"

다행히 강변에 있는 사람들은 육체적으로 탈진한 상태여서 나를 손가락으로 가리키며 시끄럽게 화를 내는 것 외에는 아무것도 할 수 없었다. 나는 두려운 마음에 전력 질주하기 시작했고, 강변을 따라 북쪽으로 달리다가 다시 급하게 숲으로 들어갔다.

완전히 녹초가 되어 플라타너스에 기대서 숨을 고르려고 했다. 그렇게 숨쉬는 데 정신이 팔려 있다 갑자기 헉이 나와 함께 있다는 사실을 깨닫고 깜짝 놀랐다. 헉은 계속 뒤에서 나를 따라오고 있었다.

"우릴 따라오진 않는 것 같아." 헉이 말했다.

"아직은." 나는 헉을 쳐다보았다. "그런데 지금 뭘 하는 거야?"

"네가 내 목숨을 구했잖아. 네 친구가 물에 빠졌는데도 날 선택했지. 나를 구했어."

"응, 그랬지."

"우리는 함께 힘을 합쳐야 해."

"우리가 해야 할 일은 그게 아니야." 내가 말했다. "난 북쪽으로 가서 자유를 찾아야 해. 돈을 벌기 위해 일을 해야 하고, 누군가를 보내서 내 가족을 사야 해."

"내가 도와줄게."

"내가 거짓말쟁이어도?" 나는 헉의 얼굴을 살폈다. "잘 들어. 넌 저기로 내려가서 보안관이 나타나면 해니벌에서 왔다고 말해. 그럼 그들이 집으로 데려다줄 거야." 나는 자리에서 일어서서 걸어가버렸다. 헉이 내 뒤를 따랐다.

"그건 뭐야?" 헉이 내 노트를 가리켰다.

"책이야."

"글도 읽을 수 있는 거지? 알고 있었어. 우린 항상 친구였던 거 아냐? 하지만 넌 그 사실을 말해줄 정도로 날 믿은 적이 없었구나. 무슨 책인데?"

"아직 아무 내용도 없어. 내가 쓸 거야."

"완전히 물에 젖었는데?"

"마를 거야."

"글을 쓸 수 있어? 난 거의 못 써. 또 뭘 할 수 있어? 날아다닐 수도 있어? 내게 말해주지 않은 게 또 뭐가 있어, 짐?"

"이제 다 말했어."

헉이 나를 가만히 쳐다보았다.

"우린 이제 각자 갈 길을 가면 될 것 같아." 내가 말했다.

"싫어, 난 너와 함께 갈 거야."

"왜? 난 줄곧 거짓말을 했어. 널 신뢰하지도 않았고."

헉은 내 말을 무시하고 계속 말을 이었다. "그냥 전처럼, 어떤 백인이 널 알아보면 내 소유라고 말할게. 네가 내 노예고 우리는 집으로 돌아가는 길이라고. 잃어버렸거나 도둑맞은 소를 찾고 있다고 하면 되잖아."

"그리고 전처럼 넌 아직도 어린애에 불과하지. 네가 나를 소유하고 있다고 말해도 아무도 믿지 않을 거야. 그때나 지금이나 바보 같은 계획이야." 나는 다시 돌아서서 걷기 시작했다.

헉은 내 발걸음을 따라왔다. "넌 내가 필요할 거야."

나는 헉의 말이 사실이라는 점이 싫었다. 헉이 지어낸 거짓말은 내가 충실한 노예 역할만 잘 수행한다면 그 어떤 백인을 만나든 통할 만한 얘기였다. 게다가 마음 한편으로는 헉을 여기에 혼자 남겨두고 싶지 않기도 했다. 그래서 나는 걸어갔고, 헉은 내 뒤를 따랐다. 우리는 몇 시간 동안 걸었다. 강은 계속 옆에서 우리와 반대 방향으로 흐르고 있었다.

3장

가는 길에는 물고기를 슬쩍할 만한 낚싯줄이 전혀 보이지 않았다. 우리에게 낚싯줄이 있을 리도 만무했다. 그래서 헉과 나는 메기를 잡아보기로 했다. 메기를 직접 잡는다는 건 무서운 일이었다. 메기에게 이빨이 있어서 그렇기도 했지만, 몇몇 메기들은 우리 상상보다 더 크기 때문이었다. 성인 남자도 너무 강한 메기를 만나면 분투하다 익사하곤 했다. 그래서 내가 메기 잡는 역할을 맡고 헉은 근처에 있다가 문제가 생길 경우에 나를 돕기로 했다. 우리는 물을 헤치며 침식 작용으로 깎여나간 강둑까지 걸어갔고, 나는 몸을 낮춰서 주변을 더듬었다. 메기가 숨어 있을 만한 구멍을 찾아 손가락을 지렁이처럼 꿈틀꿈틀 움직이며 진흙 벽을 더듬었다. 내가 이해하고는 있었지만 실제로 해본 적은 없는 사냥법이었다. 내가 알기로는 메기가 손을 먹으려고 할 때 그 손을 목구멍까지 쑥 밀어넣어 물 밖으로 꺼내기만 하면 되었다. 하지만 그걸 생각하는 것만으로도 약간 소름이 끼쳤다. 손을 먹는다니.
"붙잡으려고 하면 안 돼." 헉이 말했다. "가시에 찔리면 큰일나."
"가시?"
"메기 몸통 옆면의 뾰족뾰족한 것들에 독이 있대. 그러니까 그냥 놈들이 다가와 널 물고 싶어하도록 잘 유인해야 해."
지금 물 밖에 나와 있는 건 내 머리뿐이었다. 손가락은 꿈틀꿈틀 움직이고 있었다. 몇 분이 지났고, 또 한참 시간이 흘렀다. "이렇게 해선 안 될 것 같아." 내가 말했다.
"될 거야."
"메기가 아니라 거북이한테 물릴 가능성도 있잖아?"
"네가 말하는 방식에 익숙해지지를 않네." 헉이 말했다.
"그건 네가 해결해야 할 문제고. 유감스럽게도 거북이에 대한 우려는 아주 근거가 없진 않거든. 여기에는 비버도 있을 수 있어, 내가 알기로는. 독사도 있을 수 있고. 이런 곳에서 내가 지금 뭘 하는 거지?" 나는 헉을 쳐다보았다. "나 이거 안 할래."
"조금만 더 기다려봐."
그 순간, 뭔가가 오른손 중지를 무는 느낌이 들었다. "뭔가가 느껴져. 아니, 느껴졌어. 날 발견한 것 같아." 나는 손가락을 더 빠르게 꿈틀거렸고 또다른 손가락이 뭔가에 부딪혔다. 갑자기 뭔가가 내 손목을 붙잡았다. 끔찍한 느낌이었다. 게다가 내가 팔을 뒤로 당겨도 앞쪽으로 빨려들어간다는 사실 때문에 더 끔찍했다. 이제 그 입은 내 팔뚝을 감싸고 있었다. 거북이와 뱀에 대한 공포는 싹 잊게 할 정도로 큰 놈인 것 같았다.

"잡았어?" 헉이 물었다.

"내가 잡혔어."

"당겨."

"당기고 있어."

"도와줄게!" 헉이 그렇게 말하며 내 쪽으로 물을 헤치고 걸어왔지만 이곳 수심은 헉의 머리까지 다 잠길 정도였다. 헉은 다소 당황한 채 수면 위로 올라왔다.

"거기에 있어." 내가 말했다. 이 메기는 거대한 놈 같았다. 디디고 설 만한 곳이 전혀 없어서 발이 계속 진흙 바닥 속으로 미끄러졌다. 그래서 팔 힘으로만 버텨야 했는데, 채찍질에다 거의 익사할 뻔했던 일까지 겪고 나니 힘이 평소만 못했다. 물고기가 몸을 비틀었다. 하지만 내 착각일 뿐, 사실 비틀린 건 물고기가 아니라 나였다. 온 세상이 물에 잠기며 까맣게 변했다. 나는 미시시피강의 진흙탕 물속에 잠겨 있었다. 정말 아무것도 보이지 않았다. 몸을 똑바로 세울 수도 없었다. 헉이 비명을 지르고 있다는 걸 알았는데도 아무 소리도 들을 수 없었다. 뭔가가 가슴을 누르는 것 같았지만 어디가 눌리고 있는 건지도 정확히 알 수 없었다. 나는 격렬하게 투쟁했다. 노먼의 얼굴을 생각했다. 내가 마지막으로 보았던 그의 얼굴, 물속으로 가라앉을 때 그의 표정을 떠올렸다. 그의 얼굴에는 불평과 공포와 혼란과 분노가 섞여 있었다. 다르게 말하자면, 그 순간의 그는 노예처럼 보였다. 어린 새미의 죽은 얼굴이 떠올랐고, 그 얼굴에서 내 예쁜 딸, 리지의 모습이 보였다. 리지와 세이디를 다시 보려면 이놈에게서 벗어나 숨을 쉬어야 했다. 그때 존 로크가 다시 나타났다. 다른 이유보다는 내 목숨이 위태롭다는 걸 보여주기 위해 나타난 것 같았다.

"또 당신이군요." 내가 말했다. "노예제 옹호론을 계속 펼치려고 온 건가요?"

"모든 것을 전쟁 상태에 빗대어 생각해보게." 로크가 말했다. "자네는 정복당했고, 따라서 전쟁이 지속되는 이상 노예여야 하는 거지."

"그 전쟁은 언제 끝나는데요?" 내가 물었다.

"끝이 있을까? 그게 문제라네. 전쟁이 끝났다고 누가 말할 수 있을까? 전쟁은 승자가 끝났다고 말하는 순간까지 계속되지."

"전쟁을 겪는 거라면 내게도 맞서 싸울 권리가 있잖아요. 그건 당연한 거죠, 그렇지 않나요? 나는 내 적을 죽일 권리가 있어요, 어쩌면 의무일 수도 있고요."

"음, 글쎄."

"나를 죽이려는 사람들은 내 적이에요. 내 말이 맞나요, 존?"

"음, 글쎄."

밀고 당기며 씨름하다가 내 머리가 수면 위로 올라왔다. 세상 속으로 빨려나오면서 구름 가득한 하늘이 보였다. 나는 사력을 다해 있는 힘껏 몸을 뒤쪽으로 당겼다. 메기가 진흙 속 집에서 뽑히며 앞쪽으로 발사되듯이 튀어나왔다. 머리와 지느러미와 꼬리까지, 완전히 물 밖으로 나왔다.

"맙소사, 짐!" 헉이 소리쳤다.

나는 수심이 얕은 쪽으로 쓰러졌다. 내 팔은 여전히 물고기 안에 박혀 있었다.

"오십 파운드*는 되어 보여!" 헉이 말했다.

처음에는 수염만 눈에 들어왔고 순간적으로 그 메기가 전혀 물고기처럼 보이지 않았다. 그러고 나서 또렷하게 보였는데, 나는 그 모습에 진심으로 두려움을 느꼈다. 나를 빤히 쳐다보는 그 검고 깊은 눈과 살아 있고자 하는 그 고집이 두려웠다. 물고기를 수면 위로 들어올려 강변으로 가져갔다. 그제야 내 팔이 그 커다란 입에서 미끄러져나왔고 메기는 강둑에서 파닥거렸다. 헉이 강에서 기어올라와 물고기의 지느러미를 붙잡더니 수풀 쪽으로 끌어당겼다.

"맙소사, 짐!" 헉이 다시 말했다.

나는 미시시피강의 진흙탕 물로 팔을 뒤덮은 끈적끈적한 점액을 씻어냈다. 헉의 말이 옳았다. 이 물고기는 무게가 오십 파운드도 넘게 나갈 것 같았다. 나는 이놈과 싸워서 굴 밖으로 끌어내 육지까지 끌고 왔지만 그 어떤 성취감도, 기쁨도, 안도감도 느낄 수 없었다. 헉은 물고기가 더는 펄떡이지 않을 때까지 커다란 나뭇가지로 머리를 내리쳤다.

"성대한 저녁이네." 헉이 똑바로 일어서서 말했다.

강둑에 눕자 관목 뿌리들이 내 등을 찔러댔다. 나는 눈꺼풀을 닫아 잠그듯 눈을 꼭 감았다.

헉은 우리가 잡은 물고기를 보면서 소년다운 흥분을 감추지 못하며 좋아했다. 그 모습은 헉이 그저 어린 남자아이에 불과하다는 사실을 상기시켰다. 헉은 내가 말해준 사실을 모른 채 그냥 살아갈 수도 있었을 것이고, 그렇다고 해서 더 나쁜 상황에 처하지도 않았을 것이다. 그 순간, 나는 헉에게 진실을 말한 것이 나 자신을 위한 일이었음을 이해했다. 나는 그가 선택할 수 있도록 해야만 했다.

---

* 약 23킬로그램.

4장

오십 파운드짜리 메기는 아무리 먹성 좋은 사람이라도 둘이서 먹기에는 너무 많은 양이다. 나는 과식을 했다. 이 물고기에게 그 정도 성의는 보여야 할 것 같다는 느낌 때문이었다. 메기의 많은 부분이 낭비될 것 같았다. 나중을 위해 남은 부분을 건조할 시간이 없었다. 헉은 살덩어리 몇 개를 나뭇잎으로 싸면서 이동중에 미끼로 사용할 거라고 말했다. 해가 지려면 아직 몇 시간쯤 남았기에 일단 쉬다가 밤에 강을 따라 걷기로 했다. 강변에 모여 있던 사람들이 우리를 도망치게 내버려뒀다는 건 확실했다. 그들은 자신이 생존자가 되었다는 사실에 정신이 팔려 있었다. 백인들은 이런저런 사고에서 살아남을 때마다 거기에 감탄하느라 시간을 허비하곤 했다. 보통 살아남을 필요 없이 그저 살기만 하면 되는 경우가 많기 때문인 것 같았다. 그래, 지금은 나를 뒤쫓지 않지만 분명 추적은 시작될 것이다. 계속해서 늘어나는 내 범죄 목록에 이제 노트 절도까지 추가됐기 때문이다.

우리는 어둠 속을 걸었다. 강은 우리 바로 옆은 아니더라도 물소리가 들리는 거리에 있었다. 아직도 내게 화가 나 있는지는 알 수 없었지만 헉은 아무 말도 하지 않았다. 그래도 나는 신경쓰지 않았다. 대화를 나누기에는 너무 지쳐 있었고, 남의 생각에 맞장구를 치기에는 너무 화가 나 있었다. 이 분노는 여전히 내게 흥미로웠다. 분명 새로운 감정은 아닐지라도 그 감정의 크기, 범위, 방향이 완전히 새롭고 낯설었다.

나는 강에 가까이 붙어서 가는 것이 가장 현명한 경로는 아니라고 판단했다. 발자국이 남기 쉬운 푹신한 땅 위로 걸으면 쉽게 추적당할 것이며 쉽게 눈에 띌 것이다. "내륙으로 이동해야겠어." 내가 말했다.

"지금은 너무 어두워."

그 부분에 대해서는 헉의 말이 옳았고 나도 그 말에 반박하지 않았지만, 내 말도 옳았다. "그럼 일단 쉬다가 동이 트자마자 내륙 쪽으로 들어가는 게 좋을 것 같아."

헉은 내가 뭘 염려하는지 이해하는 것 같았다. 그래서 우리는 내 말대로 쉬었다. 나는 빠른 속도로 깊은 잠에 빠져들었고, 헉도 그랬을 거라고 생각한다. 잠든 지 얼마 지나지도 않아 해가 떴을 때 헉을 깨우려고 하자 좀처럼 일어나려 하지 않았기 때문이다.

"배고파." 헉이 말했다.

"나도. 하지만 계속 움직여야 해." 내가 그에게 말했다.

우리는 일 마일 정도 서쪽으로 걷다가 남북을 연결하는 오솔길을 발견했다. 거기에는 최근에 사람들이 지나다닌 듯한 흔적이 너무 많이 보여서 길을 따라가기가 조심스러웠다. 우연히 지하철도가 지나간 길을 발견한 건 아닐까? 이런 생각을 떠올리기가 무섭게 한 무리의 사람들이 다가오는 소리가 들렸고, 나는 헉을 덤불 속으로 끌어당겼다.

똑같은 파란색 옷을 맞춰 입은 남자 일곱 명이 쿵쿵거리며 남쪽을 향해 걷는 모습을 지켜보면서 헉은 눈이 동그래졌다. 그들은 삽과 돌돌 말린 담요와 함께 등에 소총과 배낭을 메고 있었다. 모두 젊은 백인이었다.

"저들은 군인이야." 헉이 말했다. "배에서 사람들이 말했던 대로야. 노예 주인들이 사우스캐롤라이나를 공격했대. 한 달 전에 그 사건이 벌어진 뒤로 이 모든 일이 시작됐다고 했지."

"저 총들이 별로 마음에 들지 않네." 내가 말했다.

"배에 있던 몇몇은 '노예 주인'이라는 말에 미친듯이 화를 냈어. 남자 두 명은 싸우기도 했지. 한쪽이 다른 쪽의 머리를 쳐서 이를 부러뜨렸어. 그때 배가 흔들리더니 폭발한 거야."

이제 군인들이 시야에서 사라졌다.

"저들은 어느 편인 것 같아?" 헉이 물었다.

우리 둘은 누군가가 다가오는 소리에 얼어붙었다. 미처 숨기도 전에 앳된 얼굴의 백인 군인이 다가오고 말았다. 혼자 행렬에서 뒤처진 것 같았다. 길에서 우리와 마주친 그는 날카로운 눈빛으로 나를 빤히 보다가 헉에게 좀더 오랫동안 시선을 고정했다. 그는 아무 말도 하지 않고 다시 진정하더니 동료들을 따라잡기 위해 빠른 속도로 걸어가버렸다. 나는 그에게서 두려운 낌새를 감지할 수 있었다.

"전쟁이라니. 너는 믿어져?" 헉이 말했다. "방금 저 사람은 나보다 나이가 아주 많아 보이지도 않았어."

전쟁에 관한 생각은 내게 그다지 큰 의미가 없었다. 나는 전쟁이 무엇을 의미하는지 몰랐다. 누가 누구와 싸우는지, 또는 그게 나와 무슨 상관인지 알 수 없었다. 전쟁에 대해 생각하고 있으면, 아니, 전쟁에 대해 생각하려고 노력하다보면, 내가 너무 순진한 아이 같다는 느낌이 들었다. 소년답고 낭만적인 생각으로 전쟁이라는 개념에 매료된 헉의 모습만 보아도 헉이 나보다 전쟁에 대해 더 잘 이해하고 있다는 것쯤은 알 수 있었다. 나는 계속 북쪽으로 가야 한다는 것 외에는 아무것도 생각할 수 없었다.

"저들을 따라가고 싶어." 헉이 말했다. "분명 전투나 그런 걸 치르러 가는 걸 거야."

"북쪽으로 가자."

"네가 내 주인도 아니잖아."

나는 헉의 얼굴을, 그 결의에 찬 표정을 살펴보았다. "그렇지, 헉. 난 네 주인이 아니야. 그리고 앞으로 그 누구도 네 주인이 되지 않기를 바라. 너도 주인이 생기면 분명 싫을 테고. 제발, 나와 함께 그냥 북쪽으로 가주지 않을래?"

"왜?"

"왜냐면 난 네가 안전한지 알고 싶거든. 왓슨 아주머니와 대처 판사랑 있으면 안전할 거야."

"넌? 자수할 거야?"

"아니, 아들아. 난 계속 도망칠 거야. 내가 직접 세이디와 리지를 살 순 없으니까 그들을 찾아서 함께 자유주로 도망갈 거야."

"그게 어떤 주인데?" 헉이 물었다.

"몰라. 아마 일리노이주일까? 어쩌면 계속 움직여서 캐나다까지 가야 할지도 몰라."

"하지만 날 데려가려는 생각은 하지 않았구나. 난 네 아들인데 왜 함께 데려가지 않는 거야?"

"넌 이미 자유로우니까." 내가 헉에게 말했다.

"전쟁에 동참해서 싸울지도 몰라. 그럴 자유도 있으니까, 맞지? 난 내가 원하는 건 뭐든 할 수 있어."

"네 말이 맞다고 생각해. 그런데 어느 편에서 싸울 거야?"

"그건 잘 생각해보지 않았는데. 아까 그 파란색 제복은 멋있어 보이더라. 그들이 어느 편인지 궁금해."

"나한테는 어느 쪽이나 똑같아 보여. 네 말로는 한쪽이 노예 주인들에게 반대한다고 했지. 난 그게 정확히 무슨 의미인지 모르겠어. 노예 상인에게 반대한다는 걸까, 노예 소유주에게 반대한다는 걸까?"

"그 두 가지에 무슨 차이가 있어?" 헉이 물었다.

"나도 잘 모르겠어."

"전쟁에서 싸운다니! 상상이 가?"

"매일 죽음을 직면하고, 남의 지시대로 따르는 걸 말하는 거지?" 내가 물었다.

"그런 거 같아."

"그래, 헉. 그런 거라면 나도 상상할 수 있어."

헉이 방금 지나간 군인들의 발자국을 천천히 살펴보았다. 마치 그 발자국에 어떤 의미가 있는 것처럼.

"강으로 돌아가 우리 위치가 어디쯤인지 확인해야 할 것 같아." 내가 말했다. "개울들 때문에 길이 너무 헷갈려. 그리고 이 오솔길이 어디로 이어지는지는 하늘만 알 테니까. 어쩌면 원형으로 도는 길일 수도 있고."

"해니벌로 돌아가면 뭘 할 거야?" 헉이 물었다.

"내가 거기 있다는 걸 네가 아무에게도 말하지 않으면, 난 세이디와 리지와 함께 떠나겠지. 숨어서 적당한 때가 올 때까지 기다릴 거야. 난 돈을 벌 수 없고, 돈이 있다고 해도 노예는 노예를 살 수 없으니까. 스스로 가격을 지불하고 해방된 노예에 대한 소문을 들은 적이 있긴 해. 하지만 나는 도망자니까."

"그리고 날 떠날 거야?"

"넌 괜찮을 거야."

"그게 무슨 뜻이야?"

"말 그대로, 넌 안전할 거야. 왓슨 아주머니는 널 사랑해. 그 마을 사람들 모두 널 좋아하지. 심지어 대처 판사도 널 돌보고 싶어하고."

헉이 입을 다물고 다른 쪽으로 시선을 돌렸다.

"넌 뭘 원하는 거야? 우리와 함께 도망가고 싶은 거야? 노예 행세를 하며 살고 싶은 거야? 그건 네가 원하는 삶이 아닐 거라고 내가 장담할 수 있어. 아무도 원하지 않아. 그런 삶에는 그 어떤 모험도 없어, 헉."

"하지만 네 말이 사실이라면, 네가 내 아버지라면, 그럼 나도 너와 함께 있어야 하는 거 아냐?"

"핀이 네 아버지라고 믿을 때도 그와 함께 있어야 한다고 생각했어? 한번 생각해봐."

"아마 마음속 깊은 곳에선 그가 내 아버지가 아니라는 걸 알았을 거야." 헉이 말했다. "왜 더 일찍 그 사실을 내게 말해주지 않았던 건지 모르겠어."

"아버지가 해야 할 일은 자녀를 안전하게 지키는 거야, 그렇지?" 나는 그런 진부한 얘기를 꺼낸 걸 후회했다. 사실 내게든 다른 누구에게든 사회적으로 무슨 역할이 주어져 있는 건지 나는 전혀 알지 못했다.

헉은 대답하지 않았다.

"함께 강을 찾아보자. 이 문제는 나중에 다시 얘기하고." 나는 빽빽한 수풀을 가로질러 동쪽을 향해 앞장서서 걸어갔다.

강에서 길을 잃었을 때 문제는, 남쪽을 향하고 있을 때와 북쪽을 향하고 있을 때 모든 게 달리 보인다는 점이었다. 마치 서로 다른 두 개의 물줄기가 있는 것 같았다. 사실 미시시피강은 늘 다른 강처럼 보였다. 수위도 항상 오르내렸고 퇴적물은 주변으로 이리저리 밀려나면서 모래톱과 강변의 위치를 바꿨다. 섬들은 모양이 달라졌고 때로는 완전히 물속에 가라앉기도 했다. 또한 오래된 암석의 돌출부가 사라지고 새로운 암석들이 하룻밤 만에 나타나기도 했다. 그러니 우리가 어디쯤에 있는 건지 도무지 알 수 없었다. 훔칠 만한 배를 찾을 이유도 없었다. 배를 타고 노를 저어서 강 상류로 올라가면 걷는 것보다 힘은 훨씬 많이 들고 속도는 훨씬 느릴 것이기 때문이었다. 그래서 우리는 다시 걸었다. 강은 늘 우리의 오른편에서, 때로는 시야 바깥에서 우리를 따라왔다.

5장

 만약 지옥을 고향으로 알고 있는 사람이 있다면, 그 사람에게는 지옥으로 돌아가는 게 귀향이 아닐까? 지옥이라는 곳이 실재한다면, 그 사람은 지옥불이 조금이나마 덜 뜨거운 곳이 어디인지, 암석들이 조금이나마 덜 뾰족한 곳이 어디인지도 알 것이다. 그리고 그건 내 지옥에서도 마찬가지였다. 거기에는 내 가족이 있었고, 나쁜 일과 오물통과 이리저리 돌아다니는 감시인들이 있었다. 헉과 나는 밤에 도착해 잭슨 섬을 마주보는 강변에서 잠을 잤다. 우리가 그 섬의 동굴에서 지낸 나날이 너무나 오래전처럼 느껴졌다. 헉의 아빠가 죽었으니 이제 이 숲속에서 우리가 두려워할 게 줄었다고 생각했지만 물론 사실이 아니었다. 나는 도망자로서, 그리고 어쩌면 납치, 절도, 살인 혐의로도 수배되어 있었다. 우리는 해가 지고도 한참 지나서 노예 거주 구역의 외곽으로 갔다. 언제나 그렇듯 같은 곳에 모닥불이 피워져 있었지만 그 주변에서 불을 쬐는 사람은 거의 없었다.

"어서 왓슨 아주머니 집으로 가." 내가 헉에게 말했다.

"난 너와 함께 있을 거야."

헉은 내 뒤를 따라 우리집으로 향하는 마당을 가로질렀다. 그곳을 둘러싼 세상이 변한 것처럼 느껴졌고, 내가 마지막으로 있었을 때와 어딘가 달라진 것 같았다. 공간에 정적이 감돌아서 조바심이 느껴지기 시작했다. 내 발걸음이 빨라졌다.

"짐?" 도리스였다. 그가 나를 쳐다보며 다가왔다. "짐? 이런 맙소사. 그동안 대체 어디 있었던 거야?" 도리스가 내 뒤에 있는 헉을 보고는 말투를 바꿔 같은 질문을 반복했다. "아이구 이런. 그동안 대체 어디 이셨던 거야?"

"이럴 수가, 너, 도리스 너도?" 헉이 말했다.

"무슨 일이 벌어지고 있는 거야?" 내가 물었다. 마치 미시시피강의 그 모든 강물처럼 온 세상이 나를 짓누르는 듯했다.

도리스의 시선이 빠르게 내 판잣집 문으로 향했다가 다시 내게로 돌아왔다.

나는 문을 열고 집으로 들어갔다. 불가에 여자 한 명이 나를 등지고 서 있었다. 멀리 구석의 짚자리 위에는 남자가 한 명 누워 있었다. 분노가 치밀어올랐다. 세이디를 새 남편과 결혼시키기라도 했나? 그럴 수가 있나?

여자가 내 쪽으로 몸을 돌렸다. 세이디가 아니었다. 나는 안도감을 느끼는 동시에 불안해지기 시작했다. 남자는 이제 일어서 있었다. 키가 크고 덩치가 좋았다.

"누구세요?" 내가 여자에게 물었다.

여자는 헉을 보더니 한참 동안 시선을 떼지 않았다. "케이티에여. 여기 이쪽은 코튼이구여." 케이티가 남자를 가리켰다.

"너한테 말하려구 햇어써, 짐." 도리스가 말했다.

"긴장 풀어도 돼." 내가 말했다. "이애도 알아."

"애가 멀 안다는 거야?"

"우리 말투에 대해서."

도리스가 한숨을 쉬었다. "정말 엉망진창이군."

"뭐였는데, 도리스? 내게 무슨 말을 하려고 했어?"

"세이디와 리지 말이야."

"둘은 어디 있어?" 나는 그 조그만 판잣집을 다시 살펴보았다.

여자가 도리스를 쳐다보더니 흙바닥으로 시선을 떨궜다.

"도리스?"

"짐, 둘은 팔려갔어."

나는 그의 말을 또렷하게 들었지만 다시 말했다. "뭐라고?"

"둘은 팔려갔어."

바로 그다음에 일어난 일에 대해서는 기억이 흐릿하지만, 내가 무릎을 꿇고 주저앉아 있던 것이 기억난다. 나는 울부짖었다. 진심으로 울부짖었다. 그러다가 헉이 나를 안아주고 있음을 깨달았다. 헉의 손길에서 나를 걱정하는 마음을 느낄 수 있었다. 고개를 들어보니 도리스, 케이티, 코튼의 혼란스러운 얼굴이 보였다. 나는 그런 큰 슬픔을 한 번도 느껴본 적이 없었다.

"누가 사 갔는데?" 내가 물었다.

물론 그들이 알고 있을 리 없었다. 그들은 아무 말도 하지 못했다.

"어느 쪽이었어, 도리스? 그들이 내 가족을 어느 방향으로 데려갔어?"

도리스가 고개를 저었다. "그래도 둘은 함께 갔어. 그건 좋은 일이야, 짐. 둘을 떼어놓진 않았으니까. 좋은 일이지, 그렇지 않아? 감시인 홉킨스가 와서 둘을 데려갔고, 그렇게 사라졌어."

나는 헉의 얼굴을 보았다. 헉은 살면서 처음으로 나를 제대로 보고 있는 듯했다.

"헉, 네가 날 도와줘야 해. 누군가 날 도와줘야 해." 나는 한 번도 그렇게 느낀 적이 없었다. "헉?"

"내가 뭘 할 수 있을까?" 헉이 물었다. 내 눈도 마찬가지였겠지만 헉의 눈도 붉어진 채 촉촉하게 젖어 있었다. "난 그냥 어린애인데."

"그 모든 일을 다 겪었는데도?" 내가 말했다. "넌 성장했어, 헉. 너라면 누가 내 가족을 사 갔는지, 어디로 갔는지 알아낼 수 있을 거야."

"내가 어떻게 그런 일을 할 수 있어?"

"넌 똑똑하잖아. 생각해봐. 그냥 물어봐. 아무에게나, 모두에게 물어봐. 대처 판사의 책상 위에 있는 서류들을 훑어보고 매도증서를 찾아봐. 왓슨 아주머니 일은 전부 대처 판사가 처리하니까. 아니면 뭐든지 방법을 생각해봐. 이걸 모험이라고 생각해봐."

이 말이 헉의 흥미를 끈 것 같았다. 그 말을 듣자 갑자기 다시 소년의 눈빛으로 되돌아갔기 때문이다. "어쩌면 톰이 날 도와줄지도 몰라."

내가 고개를 끄덕였다.

"여기 있으면 안 돼, 짐." 도리스가 말했다. "넌 수배중이잖아. 사람들이 널 발견하면 분명 목매달아 죽일 거라고."

"맞아요." 코튼이 말했다. "다들 당신을 정말 열심히 찾고 있어요. 별의별 범죄 행위를 이유로요. 사람들이 하는 말을 들었어요." 덩치 큰 남자는 나를 약간 무서워하는 듯했다. 보아하니 나에 대한 무시무시한 소문이 돌고 있는 듯했다.

"헉." 내가 말했다. "빨리 왓슨 아주머니 집으로 가서 죽을 뻔했다가 겨우 살아 돌아왔다고 해. 그리고 그 배가 폭발했을 때 내가 물에 빠진 걸 봤다고 해. 왓슨 아주머니에게 그럴듯한 얘기를 지어내서 들려줘."

"내가 거짓말을 했으면 좋겠어?" 헉이 물었다.

"응, 거짓말을 해주면 좋겠어. 왓슨 아주머니에게 진실을 말할 수 있도록 내가 진짜 죽어줄 순 없는 노릇이니까. 그러니까 거짓말을 해주면 좋겠어. 열심히 거짓말을 해줘. 이제 어서 가."

코튼은 고개를 갸웃하며 헉이 판잣집에서 허둥지둥 멀어지는 모습을 지켜보았다. "당신은 정말 나쁜 사람인 것 같네요. 저런 무지렁이 백인에게 명령을 내리다니. 심지어 저애는 아직 어린데."

"여러분 집에 불쑥 쳐들어와서 미안해요." 내가 케이티와 코튼에게 말했다. "제가 요즘 힘든 일들을 겪고 있어서요."

그들이 고개를 끄덕였다.

"그 불 근처에서 잠시만 눈 좀 붙여도 될까요?" 내 부탁에 코튼이 겁을 내고 있음이 느껴졌다. 자신보다는 케이티를 걱정해서일 것이다. "괜찮아요. 숲에서 잘 곳을 찾아볼게요."

"혹시 배가 고픈가요?" 케이티가 물었다. 케이티는 코튼의 손을 잡았다.

"아니요, 그냥 피곤해요."

"우린 네 비밀을 지키기 위해 노력할게." 도리스가 말했다. "눈에 띄지 않는 곳에 있어야 해. 감시인이 보면 넌 죽은목숨이야."

"우리도 마찬가지고요." 코튼이 말했다.

"알아요." 내가 말했다.

도리스가 한숨을 쉬고서 문밖을 슬쩍 훔쳐보았다.

"알았어, 도리스, 고마워." 나는 케이티와 코튼을 쳐다보았다. "그들은 절 찾지 못할 거예요. 장담해요."

코튼이 고개를 끄덕였다.

나는 불 옆의 흙바닥에 누웠다. 불의 온기로 감각이 사라져갔고, 그게 바로 내게 필요한 것이었다. 생나무 타는 냄새도 내게 필요했던 익숙함이었다. 눈이 감기는 게 느껴졌다. 누군가가 내 몸에 이불을 덮어줬다.

6장

"Nous devons cultiver notre jardin."* 누군지 알 수 없는 호리호리한 소년이 내게 이렇게 말했다. 그는 실눈을 뜨고 있었고 백인처럼 보였다.

"미안한데, 난 프랑스어를 할 줄 몰라요." 내가 말했다.

"그렇지만 난 당신 꿈속에서 프랑스어로 말한 건데요."

"그래요, 그렇네요." 내가 무시하듯이 말했다. "내가 만나본 적 없는 사람의 얼굴도 꿈속에서는 알아볼 수 있나봐요." 다시 보니 상대는 소년도 아니었고, 백인처럼 보이지도 않았다. 나는 몸을 일으켜서 이 꿈이 나를 어디로 데려왔는지 보려고 했다. 살아있는 듯한 커다란 참나무에 등을 기대어 앉았다. 나무는 푸릇푸릇한 계곡을 내려다보고 있었다.

---

* 볼테르의 소설 『캉디드』의 마지막 문장. '우리는 우리의 밭을 가꿔야 한다'는 뜻.

초원에는 가축들이 점점 흩어져 있었고, 새들은 내가 앉아 있는 높이보다 더 낮게 날아다녔다. "아름답네요." 내가 말했다.

"가족들이 저 아래 어딘가에 있다고 생각하나요?"

나는 시선을 떼지 않으며 말했다. "맞아요."

"그들을 찾을 수 있을 거라고 생각하고요?"

"맞아요."

여자가 웃었다.

"뭐가 그렇게 웃기죠?"

"모르겠어요. 아마 희망? 희망은 웃긴 거니까요. 희망은 계획이 아니죠. 실은 그냥 속임수예요. 농간 같은 거죠." 여자는 마지막 음절을 길게 늘여서 말했다. 마치 그 소리를 즐기는 것 같았다. "당신이 희망의 한쪽 손에 정신이 팔려 있는 동안, 희망은 다른 쪽 손으로 막대기를 들고 당신을 찌를 거라는 거예요. 그것도 아주 뾰족한 막대기로요. 당신이 짐을 나르고 망치로 못을 박을 수 있기 때문에 그들이 당신을 원하는 거라고 생각하겠죠. 하지만 그들이 당신을 원하는 건, 당신이 돈이기 때문이에요."

"뭐라고요?"

"당신은 저당잡힌 담보예요, 짐. 마치 농장이나 집처럼요. 실제로는 은행이 당신을 소유하고 있죠. 왓슨은 그 대신에 당신의 가치가 적힌 종잇조각인 채무증서를 받는 거고. 그럼 당신은 계속 이 상태로 사는 거예요. 살아 있어야 하는 거죠. 당신은 은행 자산의 일부이고, 그렇게 전 세계 사람이 당신의 상처투성이 검은색 피부를 착취해서 돈을 버는 거예요. 말이 되죠? 아무도 당신이 자유로워지기를 원하지 않아요."

"누군가는 원해요. 그래서 전쟁이 난 거고요."

여자가 고개를 끄덕였다. "어쩌면 더는 노예가 아니게 될 수도 있지만, 그렇다고 자유로워지진 않을 거예요."

"당신은 누구죠?"

"내 이름은 퀴네공드*예요."

아래쪽에 있는 계곡을 쳐다보니 진부한 모양으로 뻗어나가며 계곡을 가로지르는 물줄기가 보였다. "하지만 당신은 이야기가 끝날 때 다시 돌아오잖아요."

"무슨 말을 하고 싶은 거예요?"

"숨어요!"

케이티가 내게 속삭이듯 외치는 소리에 잠에서 깼다. "숨어요! 감시인이 오고 있어요. 저기 물통 뒤쪽 구석으로 들어가요. 빨리요." 케이티가 문을 쳐다보며 말했다. 나는 단단히 다져진 흙바닥을 최대한 빠른 속도로 가로질러 그림자 속으로 기어갔다. 케이티가 짚빗자루를 잡고서 바닥에 남은 내 흔적을 지웠다.

케이티는 문이 열리기도 전부터 겁을 먹고 움츠러들었다.

감시인 홉킨스가 문을 열고 안으로 들어왔다. 그는 손으로 자신의 지저분한 머리카락을 쓸어넘겼다.

"코튼은 여기 엄써여, 홉킨스 씨." 케이티가 떨면서 말했다.

"아니, 알다시피 나는 여기 코튼을 보러 온 게 아니야. 코튼이 지금

---

* 『캉디드』에서 주인공 캉디드가 사랑하는 여자. 여러 불운을 겪은 뒤 왕자의 노예로 전락하지만 작품 후반부에서 캉디드가 몸값을 내줘 다시 자유인이 된다.

어디 있는지는 내가 알지." 그는 케이티에게 시선을 고정한 채 땀에 젖은 셔츠 단추를 풀었다. "치마를 올려라."

나는 순간 케이티가 내 쪽을 보고 있다고 생각했지만, 다시 보니 홉킨스의 눈을 피해 아무 곳에나 시선을 던지는 상태였다.

"몸을 숙여라."

"제발여, 홉킨스 씨."

그들의 살이 부딪치는 소리는 끔찍했고 역겨웠으며, 누가 언제 들어도 불쾌한 음악처럼 들렸다. 케이티는 그에게 그만하라고 빌었다. "또 이러심 안 대여. 안 대여." 케이티는 테이블의 거칠거칠한 나무 위로 얼굴이 눌린 채 울부짖었다.

마음 같아서는 당장 뛰쳐나가 케이티를 도와준 다음, 저 괴물의 머리통을 잡아 뚜둑 하고 부러지는 소리가 들릴 때까지 비틀어버리고 싶었다. 마음 같아서는 그랬다. 그러나 현실에서 나는 그림자 속에 가만히 있었다. 내가 저 남자를 죽이면, 저 남자를 공격하면, 저 남자에게 발각되면, 그러면 모든 노예가 벌을 받을 것이고 그중에서 몇몇은 죽을 수도 있었다. 그리고 백인 남자들은 어쨌든 다시 돌아와 케이티에게 또 저런 짓을 할 것이다. 케이티의 앳된 얼굴에서 세이디의 모습이 보였다. 내 아이의 모습이 보였다. 나는 시선을 돌리지 않았다. 분노를 느끼고 싶었다. 나는 내 분노와 친해지고 있었고, 분노를 느끼는 방법뿐만 아니라 어쩌면 사용하는 방법까지 배우고 있었다.

"이제 됐다." 홉킨스가 말했다. 그 하얀 피부의 동물은 옷을 걸치고 판잣집에서 걸어나갔다.

나는 숨어 있던 곳에서 나와 불가에 앉았고, 그동안 케이티는 옷매

무새를 가다듬었다. 나는 나무를 쌓아놓은 곳에서 나뭇가지를 하나 꺼내 불 속으로 집어넣었다.

케이티에게 미안하다고 말하고 싶었지만, 그건 정말 전혀 말이 되지 않았다. 우리는 둘 다 우리가 어디에 있는지 알고 있었고, 그 외에는 아무것도 모른다는 것도 알고 있었다. 그리고 케이티와 나를 비롯한 우리 모두가 이 세상에서 영원히 벌거벗은 무방비 상태임을 알고 있었다.

코튼이 판잣집으로 걸어들어오고 나는 자리에서 일어섰다. 그가 공기에서 무슨 냄새를 맡았거나 케이티가 보내는 어떤 분명한 신호를 감지했다고는 말할 수 없지만 그의 어깨가 축 처졌다. 나는 그와 시선을 교환하고서 그를 지나 문으로 걸어갔다. 고개를 돌려 그들이 만나는 모습을 보려고 하지도 않았고, 그들의 말이나 소리를 들으려 하지도 않았다. 바깥을 살짝 살펴보니 해질녘이 다가오고 있었고, 아무도 보이지 않기에 그 집을 떠났다.

판잣집들 사이를 살금살금 지나 울창한 숲 가장자리로 향하는 길을 찾았다. 결국 내가 지내기에 가장 좋은 곳은 잭슨섬이라는 걸 깨달았다. 그곳 동굴의 위치도 알고 있었고, 물고기도 잡을 수 있었으며, 헉이 내 가족에 대한 정보를 가지고 돌아올 때까지 거기서 기다릴 수도 있었다. 도리스나 다른 사람들에게는 내가 어디로 가는지 말하지 않았다. 그들에게 내 행선지를 알리는 건 나와 그들 모두에게 재앙을 자초하는 행위였다. 게다가 내가 알기로는 그곳에도 신뢰할 수 없는 이들이 두어 명 있었다. 자신의 상황에 만족하는 노예들이었다. 나는 하룻밤이라고 해도 케이티와 코튼의 집에 숨어 있었다는 것에 부끄러움을 느꼈다. 나로 인해 그 둘에게는 목숨을 잃을까봐 두려워할 새로운 이유가 생겼기 때문이다.

헉은 노예 거주 구역에서 나를 찾지 못하면 잭슨섬의 우리 동굴을 확인해봐야 한다는 걸 알고 있을 것이다. 헉이 죽을 뻔했다가 놀랍게도 살아 돌아온 상황에서 왓슨 아주머니와 대처 판사, 그리고 나머지 사람들이 헉에게 잠깐이라도 혼자 있을 시간을 줄 것인지가 문제였다.

나는 강물을 헤치고 걸어들어가 땅거미가 내려앉았을 때 물길을 가로질러 헤엄쳤다. 섬에 도착해서는 강가 모래톱에서 잠을 청했다. 날씨나 기억 왜곡으로 내가 아는 것과 다를지도 모르는 지형에서 한밤중에 빽빽한 수풀을 헤치고 기어가는 위험을 감수할 순 없었다. 동이 트자마자 누군가가 설치해놓은 낚싯줄을 발견해서 메기 한 마리를 훔쳤다.

여러 번 발을 헛디디기도 하고 독사를 피해 길을 빙 둘러가기도 하면서 약간의 어려움을 겪은 후에야 동굴을 찾았다. 돌멩이 두 개와 마른 이끼로 불을 피울 때까지 거의 두 시간 가까이 걸렸다. 내 유리 조각은 여정중에 어딘가에서 잃어버린 것 같았다. 나는 물고기를 굽고 헉을 기다릴 만반의 준비를 했다. 내 연필의 무게가 느껴졌다. 연필은 살아남았다.

7장

 그후 이어진 나흘이 몹시 느리게 지나갔다고 말한다면 그건 지나치게 절제된 표현일 것이다. 강제 노동을 하는 며칠은 언제나 몇 주씩 지속되는 것처럼 느껴졌다. 이십 분 동안 채찍질을 당할 때면 그 시간이 몇 달처럼 느껴졌다. 우리를 속박하고 있는 보이지 않는 커튼이 찢어지기를 기다리는 건 몇 백 년처럼 느껴졌다. 사실 몇 백 년이 맞았다. 그러나 내 가족의 행방에 대한 소식을 기다리는 일은 무의미한 공간들에 의해 분리된 무의미한 공간들이 끝없이 이어지는 것 같았다. 아무도 섬의 고요를 깨뜨리지 않았다. 섬에는 아무것도 없었다. 가끔 사슴만 나타날 뿐이었다. 라쿤은 육지에서와 마찬가지로 수가 많지 않았고, 온갖 뱀들과 마주치고 싶어서 오는 사람은 당연히 없을 터였다. 가끔 백인 남자들이 와서 불을 피우고는 강변 여기저기에서 술에 취해 배들이 지나다니는 모습을 지켜보기는 했다. 나는 물고기를 잡아서 먹고, 자고,

생각하고, 글을 썼다. 내 생각을 확장하기 위해 글을 썼고, 그동안 속에 담아둔 이야기를 다 쓰기 위해 글을 썼고, 그러면서도 늘 그게 가능한 일인지 궁금했다. 잠은 케이티가 강간당하는 장면이 자꾸 떠올라서 제대로 잘 수 없었다. 그 남자가 싫었다. 그 상황에 개입하지 못한 나 자신도 싫었다. 정의를 실현하려고 하면 반드시 부당한 보복이 뒤따라서 정의를 실현할 수 없게 하는 세상이 싫었다. 내 아내에게 가해졌던, 그리고 내 딸에게 가해질 그런 폭력이 싫었다. 감시인이 케이티에게 돌아가리라는 사실이 싫었다. 그것도 계속해서, 반복적으로.

그러다 어느 날 아침, 나는 백인 남자들이 탄 작은 배가 그들이 좋아하던 강변을 떠나는 모습을 지켜보았다. 그들이 떠난 자리에 카누 하나가 남았는데, 그 카누와 함께 감시인 홉킨스가 남아 있었다. 그는 일행이 피워놓은 불에 땔감을 더 집어넣고는 그들과 마시기 시작했던 술병에서 술을 계속 따라 마셨다. 내가 거기 있다는 건 아무도 몰랐다. 홉킨스는 술에 취한 채 섬에 남겨진 것이었다. 그는 혼잣말로 노래를 중얼거렸다. 지난밤에 홉킨스를 비롯한 남자들은 함께 웃고 있었다. 어쩌면 자신들이 저지른 강간과 다른 범죄에 관해 얘기하고 있었는지도 모른다. 나는 내 안에 있던 분노를 다시 발견했고, 그 분노가 더 타오르게 했다. 그리고 기회를 잡았다는 생각을 하면서 나를 둘러싼 숲의 고요함을 보호벽으로 삼았다. 내가 거기 있다는 건 아무도 몰랐다. 나는 백인 여자를 무심코 쳐다보았던 어린 노예를 떠올렸다. 그에게 선고를 내린 밧줄의 끝부분은 다른 모든 사람에 대한 경고의 의미로 나무에 몇 년 동안이나 남아 있었다. 나는 죽음으로 얼어붙은 그의 얼굴을 기억했다. 살해당한 후에도 여전히 소년처럼 보였다. 나는 홉킨스 친구들의 권총에서 발사된 총알이 그 소년의 몸을 비껴갔을 때, 총도 제대로 쏘지 못한다고 친구들을 비난하던 홉킨스의 모습을 떠올렸다.

내 분노가 최고조에 달했을 때 홉킨스에게 다가갔다. 그는 반쯤 잠들어 있었고, 반쯤 술에 취해서 노래를 흥얼거렸다. 나는 그의 옆 땅바닥에 떨어져 있는 권총을 집어서 내 바지에 넣었다. 백인들이 그렇게 하는 모습을 본 적이 있었다. 그리고 그의 모닥불에 통나무를 하나 넣고, 또하나 넣고, 그렇게 불꽃이 높이 타오를 때까지 나무를 넣었다. 거대한 벽처럼 솟은 열기에 그는 불편함을 느꼈고, 잠에서 깨어 불꽃 너머로 내 모습을 보았다.

"누구야?"

"그냥 깜둥이에여, 감시인 씨, 나리."

"무슨 깜둥이지? 날 알아?"

"저를 아실 거에여, 나리."

"널 안다고, 내가?" 그는 손을 땅으로 떨구더니 권총을 찾기 시작했다.

"나리 총은 제가 가지구 이써여, 나리."

"이리 내놔."

"겁을 먹으셨네여, 나리?"

"내 총을 내놔, 깜둥아."

"총이 왜 필요하신가여, 감시인 홉킨스 씨, 나리? 제가 총을 쏠까바 무서우신가여?"

"깜둥이, 정신이 나간 거냐?"

"어떤 대답을 하면 네가 더 무서워할까?"

"뭐라고?"

"사실 간단한 질문이야, 홉킨스. 어느 쪽이 더 무서워? 정신이 나간 노예, 아니면 정신이 멀쩡하고 네가 어떤 인간인지 잘 아는 노예?"

"말투를 들어보니 넌 노예가 아니군. 누구냐?"

나는 얼굴을 불 쪽으로 기울였다.

"깜둥이 짐?"

"깜둥이 짐, 그 본인이지." 내가 말했다. "통역해주마. 예, 나리, 저에여. 감시인 홉킨스 씨." 나는 잠시 말을 멈췄다. "나리."

"이봐, 이게 다 무슨 상황이지?"

"나는 이제 네 쪽으로 걸어갈 거야. 네가 움직이면 나는 널 쏠 거고. 네가 무슨 말이든 다 믿는다면 이 말도 믿어야겠지. 자, 이제 꼼짝 말고 가만히 있어."

홉킨스는 떨고 있었다. 그는 술에 취해 꿈을 꾸고 있다고 믿고 싶어 했다. 나는 모닥불 옆을 빙 돌아 그에게 향했고, 그는 시선으로 내 움직임을 쫓았다. 나는 그의 무기를 건드리지 않았다. 총 손잡이가 내 허리춤에 드러나 있었다. 나는 그의 뒤로, 그의 등을 지지하고 있는 바위 뒤로 갔다. 천천히 그의 목에 내 팔을 감자 턱이 팔꿈치 안쪽에 얹혔다. 그리고 나는 압박을 가했다.

"이 몇 분을 낭비하지 않기 위해서 말이야, 감시인 홉킨스야, 나는 너한테 네가 강간했던 여자들을 생각해보라고 할 거야. 케이티에 대해 생각해봐. 케이티가 느꼈던 공포, 케이티의 목소리, 멈춰달라고 빌던 모습을 생각해봐." 나는 그의 목을 감싼 팔을 더 단단하게 조였다. 거기서 그를 붙잡고 있던 힘은 내 신체적인 힘을 넘어서는 수준이었다. 나 자신을 넘어서는 수준이었다. 그가 발버둥쳤다. "그 여자들이 보이나, 홉킨스 씨, 나리. 이제는 그들이 보이겠지."

그가 뭔가 말하려고 했다.

나는 그의 목을 감싼 팔에서 힘을 약간 풀었다. "뭐라고?"

"깜둥이, 정신이 나간 거냐?"

"아마도? 말해봐, 케이티를 강간할 때 어느 부분이 가장 좋았던 거야? 부드러운 갈색 피부? 달콤한 냄새?" 그의 목을 감싼 팔을 다시 단단하게 조였다. "뚜렷하게 느껴지던 공포? 그래, 그거였겠지. 케이티의 공포. 넌 그애가 그렇게 울부짖는 게 좋았겠지, 그렇지 않아? 솔직하게 말해봐."

그는 더 발버둥을 쳤고, 나는 그의 목을 졸랐다. 그리고 비틀었다. 내 호흡은 일정했고 깊었다. 그의 발길질이 거세지면서 불을 발로 차자 불똥이 이리저리 흩날렸다. 그러고 나서 모든 게 조용해졌다. 발버둥이 멈췄다. 아무 말도 들리지 않았다. 시선을 아래로 내려보니 그가 싸놓은 오줌이 보였다. 어쩌면 오줌이 아닐 수도 있었다.

"그것참 창피하겠군." 내가 말했다.

그의 입에서 침방울이 튀어나왔다.

"넌 죽을 거야, 홉킨스. 내가 여기서 어느 부분이 가장 좋은지 알아? 알겠어? 맞혀봐."

홉킨스는 팔을 마구 움직였고 다시 미친듯이 발버둥쳤다. 그의 머리카락에서 시큼한 냄새가 났고, 그 냄새가 마음에 들지 않았다. 그의 발버둥이 느려졌다.

"네 공포는 답이 아니야. 넌 그게 답이라고 생각했겠지. 정답은 내가 정말로 아무렇지도 않다는 사실이야. 그게 여기서 가장 좋은 부분이지. 난 정말 아무렇지도 않아." 나는 그가 이미 죽어서 내 마지막 말을 들을 수 없다 해도 아무렇지 않았다. 그는 전혀 중요하지 않았다.

   나는 홉킨스를 카누로 끌고 갔다. 그리고 뾰족한 돌로 선체에 구멍을 냈다. 그 인간을 배에 실었다. 나는 그의 곁에 권총을 놓아둘지 고민했다. 권총의 무게가 느껴졌고, 이 물건이 어린 새미에게 했던 일도 떠올랐다. 배를 강에 흘려보냈다. 나는 배가 물살에 삼켜져 가라앉는 모습을 지켜보았다.

8장

며칠이 더 지났다. 나는 내가 저지른 일을 이해해보고 싶어 꿈속에서 목소리들을 찾고 있었다. 물론 어떤 측면에서 내 행동의 의미는 너무나 간단했다. 복수를 한 것이다. 하지만 누구를 위한 복수일까? 한 가지 행위에 대한 복수였을까, 아니면 다수의 행위에 대한 복수였을까? 한 남자에게 한 복수였을까, 다수의 남자에게 한 복수였을까, 아니면 이 세상에 복수한 거였나? 내가 죄책감을 느껴야 하는지 궁금했다. 내 행동을 자랑스러워해야 할까? 용감한 일을 한 걸까? 악한 일을 한 걸까? 악한 걸 죽이는 게 악한 일일까? 사실대로 인정하자면 나는 아무렇지도 않았다. 이 무심함 때문에 나 자신에 대해 궁금해졌다. 어째서 아무 감정도 느끼지 않는지, 또는 내가 감정을 느낄 수 없는지가 궁금한 게 아니라, 내가 이 외에 또 무슨 일을 할 수 있을지 궁금했다. 그렇게 나쁜 느낌은 아니었다.

나는 방울뱀에게 물렸다가 회복했을 때 누워 있었던 바로 그 나뭇잎 침대에 다시 누웠다. 아주 멀리 해니벌에서 교회 종소리가 들리는 걸 보니 오늘은 일요일이었다. 꽤 오랫동안 무슨 요일인지 알지 못했다. 동굴 입구로 가서 파랑새가 지저귀는 소리에 귀를 기울였다. 그때 마른 잎을 밟는 소리가 들렸다. 나는 빽빽한 덤불 안쪽에 숨어 몸을 웅크렸다.

"짐?" 헉이었다.

"헉. 네가 날 찾을 줄 알았어."

"사람들이 무슨 매처럼 날 계속 지켜보고 있었어. 혼자서 오줌도 쌀 수 없었다니까. 지금은 교회에서 몰래 빠져나와 겨우 탈출할 수 있었어."

"우리 앉아서 얘기하자. 강을 건너는 걸 본 사람이 있어?"

"없는 것 같아." 헉이 말했다. "아무에게 아무 말도 하지 않았어. 사람들이 정말 나한테 오십 번은 물어봤을 거야. 널 봤냐고. 매번 못 봤다고 대답했지."

"내가 죽었다고 말할 거라고 생각했어."

"널 죽은 사람 취급할 순 없었어."

"고마워, 헉."

"사람들이 어디 있었냐고 물어서 말해줬어. 왕과 빌지워터에 대해, 그리고 배가 폭발했던 일도 말했어. 그런데 사람들이 이미 그 소식을 들어서 알고 있더라고. 다른 노예를 훔쳐간 노예에 대한 소문도 다들 들었던데. 그거 너였지, 짐?"

"그 밖에는?" 내가 물었다. "세이디와 리지에 대해선 물어봤어?"

"그러려고 했지. 그런데 물어봤더니 날 이상하게 쳐다보더라고. 그 감시인, 홉킨스라는 사람은 알고 있었어. 그레이엄 농장에 대해 뭐라고 말했는데, 그게 어디에 있는지는 모르겠어. 이제 그 사람도 사라져버렸고."

"사라져?"

"갑자기 사라졌다고 다들 그러던데. 누가 그 사람의 배를 발견했대. 아마 강이 삼켜버린 모양이야." 헉이 내 얼굴을 살폈다.

"누군지 기억나." 내가 말했다. "늘 채찍질할 준비가 되어 있는 사람이었지."

"대처 판사는 그 사람이 술에 취해서, 술 취한 사람들이 강에서 늘상 하는 짓을 했다고 생각해. 물에 빠져 죽은 거지."

나는 홉킨스를 붙잡아놓고도 질문할 생각조차 하지 못했던 나 자신에게 화가 났다. 그때 나는 감정에, 특히 분노, 복수를 해야겠다는 마음에 사로잡혀 있었다. 나는 그런 일이 다시는 일어나지 않도록 하겠다고 다짐했다. 앞으로는 결코 통제력을 잃지 않을 것이다.

"사람들이 널 절대 찾지 못하면 좋겠어." 헉이 말했다. "만약에 잡힌다면, 넌 차라리 미시시피강에 빠져 죽는 편이 더 나았을 거라고 생각하게 될 테니까."

"그래?"

"사람들은 널 두 번 목매달고 싶어해."

나는 고개를 끄덕였다. 지금까지 평생 두려움을 느껴왔으니 이제 더는 두려울 것도 없다는 사실을 깨달았다.

우리는 오랫동안 조용히 앉아 있었다.

"낚시는 어떻게 돼가?" 헉이 물었다.

나는 어깨를 으쓱했다.

"사람들은 나 혼자 낚시하러 가지도 못하게 했어."

"전쟁은 어떻게 되고 있대?" 내가 물었다.

"아직 계속되고 있대. 대처 판사는 내가 군대에 들어가기엔 너무 어리다고 했어."

나는 노예제에 반대하는 북부 백인들의 입장을 생각해봤다. 노예제를 끝내고자 하는 욕구의 얼마나 많은 부분이, 백인의 죄책감과 고통을 진정시키고 억누르려는 필요에서 비롯됐을까? 그저 지켜보기에는 도가 지나치다고 생각한 걸까? 그런 관행을 허용하는 사회에서 살아가자니 기독교인의 감정이 상했던 걸까? 그들이 벌이는 전쟁의 원인이 무엇이든 노예 해방은 부수적인 약속이며 부수적인 결과가 되리라는 것을 알고 있었다. "어느 쪽을 지지할지는 이제 정했어?" 내가 물었다.

"연방 쪽."

"그들은 노예제에 찬성해 아니면 반대해?"

"반대해."

나는 고개를 끄덕였다. "고마워, 헉. 이제 사람들이 네가 사라진 걸 알기 전에 어서 돌아가는 편이 좋겠어. 그들이 이 근처까지 와서 널 찾아다니면 안 되니까."

나는 헉과 함께 걸어서 강변까지 갔고, 헉이 노를 저어 강을 건너가는 모습을 나무들 틈에서 지켜보았다. 그레이엄 농장. 나는 그곳이 어디인지 찾아내야 했다.

9장

그날 밤, 거의 만월에 가까운 달 아래에서 나는 식량과 노트와 권총을 보따리에 싸서 머리에 이고, 진흙탕 수로를 헤치고 걷다가 헤엄쳐서 육지로 건너갔다. 이제 잭슨섬으로 돌아가지 않을 것이다. 밤은 혼자 동떨어진 완전히 다른 계절, 다른 동물처럼 느껴졌다. 내 목소리는 횡경막에 뿌리를 내린 듯이 내가 듣기에도 울림이 깊고 풍부해졌다. 내 연필은 새롭게 말린 노트의 책장을 더 단단하게 움켜잡았다. 나는 더 또렷하게, 더 멀리, 더 깊이 볼 수 있었다. 내 이름은 내 것이 되었다.

해니벌은 해가 떨어지자마자 죽은듯이 고요해졌다. 모기들이 나를 괴롭혔다. 나는 그림자 속에서 움직이며 대처 판사의 집 쪽으로 향했다. 개들이 내 소리를 듣고 짖었지만 원래도 늘 짖는 녀석들이었다. 나는 판사의 개를 알고 있었고 그 개도 나를 알았다. 그래서 내가 다가가

도 그 커다랗고 게으른 머리를 들어 힐끔 쳐다보기만 하고 다시 고개를 내렸다. 해니벌의 모든 문이 그렇듯이 노예가 사용할 수 있는 유일한 문인 뒷문도 잠겨 있지 않았다. 보따리 속 권총이 지나치게 무거워서 그 무게가 두려웠다. 나는 집안으로 살금살금 들어가 주방을 지나쳤다. 바닥의 나무판에서 소음이 났지만 그 소리는 집이 혼자서 내는, 아무도 주목하지 않는 흔한 소음처럼 들렸다. 판사의 서재로 천천히 들어갔다. 거기 잠깐 멈춰 서서 책들과 파이프 담배에서 나는 쿰쿰한 냄새를 들이쉬며 공기 속에 존재하는 종이 먼지를 느꼈다. 이전에도 이 방에 숨어든 적이 많았고, 이쪽 구석 또는 저쪽 구석에 숨어 책을 읽곤 했다. 하지만 오늘밤은 아니었다. 오늘밤 나는 책상에 앉아서, 마치 먹을 시간도 없는데 식사를 대접받은 사람처럼 책들의 존재를 느꼈다. 그리고 램프 옆에서 성냥을 찾아 불을 밝혔다. 성냥 몇 개비도 주머니에 챙겼다. 가방도 발견해서 필요한 것들을 담아 가져가기로 했다. 책, 성냥, 연필 몇 자루. 지도도 발견했지만 읽는 법을 몰랐다. 그래도 어쨌든 가방에 넣었다. 서랍을 열었다. 나는 매도증서를 찾고 있었다. 그 문서에 그레이엄 농장의 위치가 나와 있을 테고, 그러면 내 가족을 찾을 수 있을 것이다. 하지만 그런 종이는 찾을 수 없었다.

그림자가 보이더니 사람 형상 하나가 문가에 나타났다. 대처 판사였다. "거기 누구요?"

나는 아무 말도 하지 않고 판사의 의자에 앉은 채 등을 꼿꼿이 세웠다.

그가 앞쪽으로 걸어와서 말했다. "깜둥이인가?"

여전히 나는 조용히 있었다.

"이놈, 지금 내 의자에 왜 앉아 있는지 날 납득시킬 만한 훌륭한 이유가 없다면 벌을 면치 못할 게다."

나는 보따리 속에 슬쩍 손을 넣어 권총을 찾았다. 권총을 잡는 순간 내가 이런 물건에 무지하다는 사실이 떠올랐다. 어느 쪽 끝이 위험한지만 알 뿐이었다. 하지만 그 물건의 뾰족한 쪽 끝은 강한 메시지를 담고 있었다. 내가 판사의 높이에 맞춰 총열을 들자 그는 걸음을 멈췄다.

"짐?"

"제임스." 내가 말했다.

"이놈아, 사람들이 널 잡아다 하루가 멀다 하고 린치할 거다."

나는 백인들의 엄청난 분노를 담은 그의 말에 너무 당혹스러워서 총열을 아래로 떨구었다. 그가 천천히 다가왔다. 나는 다시 총을 들어 위협하는 대신 이렇게 말했다. "제발, 오지 마요."

그가 걸음을 멈췄다. 그리고 나를 천천히 살펴보고서 마치 도움을 구하려는 것처럼 내 뒤쪽의 창밖을 쳐다보았다. "여기서 뭘 하는 거야?"

"내 아내와 딸은 어디에 있어요? 당신이 두 사람을 매도하는 데 관여한 걸 알아요. 그들이 어디로 끌려갔는지 알아야겠어요."

"왜 그런 말투로 말하는 거지?"

"혼란스럽죠, 그렇지 않나요?" 내가 물었다.

"노예는 팔리곤 해. 늘 있는 일이야." 그가 말했다.

"누가 그들을 사갔죠?" 나는 고개를 약간 기울였다. 그리고 다시 권총을 그에게 겨눴다. "앉아요." 나는 책상 앞에 있는 의자 쪽으로 고개를 까딱했다.

그가 자리에 앉았다. "왜 그런 말투로 말하는 거지?"

"내가 당신에게 권총을 겨눈 채 가족의 행방을 묻는데, 당신은 내 말투에 관심을 갖는 거예요? 머리가 어떻게 된 거예요? 그레이엄 농장이 어디예요? 내 가족들이 있는 곳이죠, 맞나요?"

"그래." 그가 말했다. "그 농장은 에디나에 있어."

나는 내 머릿속을 뒤졌다. 그 단어를 들어본 적이 있었지만 그건 아무 의미도 없었다. "그게 어딘데요? 다른 주?"

"에디나, 미주리주에 있지."

나는 지도를 꺼내 책상 위에 펼쳤다. "거기가 어딘지 보여줘요."

그가 손가락으로 위치를 가리켰다.

나는 종이의 색깔들과 선들을 훑어보았다. 미시시피강이 명확하게 적혀 있었다. "여기 강이 있죠? 지금 우리 위치가 어디인지 알려줘요."

"우리는 바로 여기에 있어." 그가 말하면서 손가락으로 지도를 짚었다.

나는 대충 느낌이 왔다. "표시해요."

그가 펜을 잡고 잉크통에 살짝 담갔다 꺼내더니 해니벌과 에디나에 동그라미 표시를 했다. 해니벌은 지도에 이름이 적혀 있었지만 에디나는 없었다.

"여기 지도에 에디나는 왜 없죠?"

"글을 읽을 수 있어?"

"왜 적혀 있지 않은 거예요?"

"거긴 새로 개척된 마을이야."

"여기서 얼마나 멀어요?"

"깜둥이, 넌 네가 상상할 수 없을 정도로 큰 곤경에 처해 있어." 그가 말했다.

"대체 왜 내가 상상할 수 없을 거라고 생각하죠? 당신이 나를 고문하고 내장을 다 빼낸 다음 거세하고 천천히 불태워 죽이는 거 말고, 또 무슨 짓을 할 수 있는데요? 말해봐요, 대처 판사. 내가 상상할 수 없는 게 또 뭐가 있어요?"

그가 의자에서 꿈틀거렸다.

"흑인이, 노예가, 깜둥이가 당신에게 이런 식으로 말하는 모습을 상상할 수나 있었을까요? 그렇다면 상상력이 부족한 건 어느 쪽일까요?"

"날 죽일 거냐?"

"그런 생각도 들었는데요, 아직 마음을 정하지는 않았어요. 아, 미안해요. 당신을 위해 무슨 말인지 통역해줄게요. 맘을 정하지 못해써여, 줜님."

백인 남자가 그렇게 공포에 사로잡힌 모습을 본 적이 없었다. 그러나 놀라운 진실은 그 공포가 권총이 아니라 내 말투 때문이라는 것이었다. 내가 그의 예상에 들어맞지 않는 사람이며 글을 읽을 수 있다는 사실 때문에 그가 상당한 불안과 두려움을 느끼고 있다는 것이었다.

"이제 뭘 어떻게 할 거지?" 그가 물었다.

"여기서 일단 같이 나가죠. 조용히요. 난 이 권총을 다루는 데 익숙하지 않아서 언제든 쏴버릴지도 몰라요. 그러니까 천천히, 조용히 움직여요. 헛간에서 밧줄과 노끈을 가져가야 하니까 그것들을 챙긴 뒤 같이 산책이나 가죠."

주방을 가로질러 뒷문으로 가는 길에는 비스킷과 사과 몇 개와 칼을 챙겼다.

 나는 대처를 마을 바깥으로 끌고 갔고, 우리는 숲을 지나 강으로 향했다. 물에 떠 있는 부두에 작은 배와 카누 여럿이 정박해 있었다. 작은 배를 하나 골라 대처를 한가운데에 앉힌 다음 내 쪽을 쳐다보게 했다. 그는 노를 저었고, 나는 그의 모습을 지켜보았다. 강 언저리에서 물살을 거슬러 노를 저으며 우리는 느리더라도 꾸준히 앞으로 나아갔다.
 "짐, 정말 실망스럽구나." 대처가 말했다.
 "뭐라고요?"
 "내가 너한테 그렇게 많은 걸 해줬는데 말이야. 그 오랜 세월 동안 먹여줬지, 거처도 마련해줬지, 옷도 줬지."
 "난 노예예요." 내가 그를 쳐다보았다. 대처 판사는 힘겹게 노를 저으며 이제 자신이 나를 위해 일하고 있음을 깨달았다. "당신이 일하는 모습을 봐요, 판사. 잠깐이나마 당신이 내 노예 같네요."
 이 말에 그는 불쾌해했다. "나는 노예가 아니야."
 "계속 노를 젓고 싶어요? 아니겠죠." 내가 그의 대답을 대신했다. "노 젓는 일로 급여를 받고 있나요? 아니요. 내가 무섭고 무슨 짓을 할지 몰라 두려워서 노를 젓고 있나요? 네. 그렇다면 당신은 노예와 다를 것이 없네요, 대처 판사."
 "난 노예가 아니야."
 나는 권총의 총열을 그의 얼굴에 겨눴다. "더 빠르게 저어요."
 그는 그렇게 했다.
 "아뇨, 당신은 노예예요." 나이가 많은 대처 판사는 점점 피로감을 느끼고 있었다. "천천히 해요. 죽으면 노를 저을 수 없으니까."

"총은 어디서 구했지?" 그가 물었다.
"어떤 남자에게서요." 내가 망설임 없이 말했다.
"콜트 피터슨 모델이로군."
"그런가보죠."
"톰 홉킨스가 그런 권총을 가지고 있는데."
"가지고 있었죠."
"네가 그를 죽였어?"
"네." 나는 대처의 눈을 쳐다보았다. "하지만 총을 쏘진 않았어요. 목을 졸랐죠. 그가 죽어가면서 발버둥치는 모습을 보고 있으니 마치 밧줄에 목이 매달려 있는 것 같더군요. 꽤나 추한 모습이었어요. 사실 약간 미안한 마음도 들었죠. 그게 당신과 나의 차이점일 거예요."

이제 그를 두렵게 하는 건 내 말투나 발음이 아니었다. 내가 계획적인 살인을 벌였다는 사실도 아니었다. 그는 이제 내가 아무렇지도 않게 범죄 사실을 털어놓고 있다는 걸 알고 두려워했다.

"홉킨스가 노예 여성을 강간하는 모습을 봤어요." 내가 말했다. "그 모습을 봤지만 아무것도 하지 않았죠. 당신도 노예를 강간한 적 있나요? 젊고 건장했을 때, 지금처럼 내 노예가 되기 전에 그런 적이 있나요? 여자를 강간한 적 있어요?"

그의 침묵에는 많은 의미가 담겨 있었다.

나는 고개를 끄덕였다. "판사, 나는 당신을 죽이는 데 아무 관심이 없지만, 설사 죽인다 한들 내 상황이 더 나빠지진 않을 거예요, 그렇지 않나요? 나는 당신이 친절하고 좋은 주인이라는 환상을 채워줄 수 없어요. 당신이 채찍질을 하면서 얼마나 너그럽게 굴었든, 강간을 하면서 얼마나 큰 연민을 보였든 상관없어요. 그래요, 벌을 줄 때 채찍질을 조금 덜하긴 했죠. 기온이 치솟으면 종종 우리를 쉴 수 있게도 해줬고요. 그래서 뭐가 달라지나요."

"난 네가 죽는 모습을 볼 거다, 깜둥이."

"그러시겠죠."

우리는 강 상류로 몇 마일 정도 올라갔다. 해가 이제 막 떠오르기 시작해서 모습을 숨겨야 했다. 백인 남자가 흑인을 위해 노를 젓는 모습은 주의를 끌 게 분명했다. 판사는 땀으로 흠뻑 젖었다. 그는 젊은 시절 이후로 노동이라곤 해본 적이 없었다. 나는 그가 자갈투성이 강변으로 배를 끌고 올라가려고 하는 모습을 지켜보았다. 그리고 그에게 배를 물에 띄우라고 지시했다. "그냥 배를 밀어버려요."

그는 내 말을 따랐다.

"이리로 올라와요." 나는 나무들을 둘러보았다. "여기라면 거의 하루 종일 그늘이 질 거예요."

"무슨 짓을 하려고?" 그가 물었다.

"당신을 이 나무에 묶을 거예요."

"그렇게는 안 될걸."

"다른 대안은 시끄러울 거고, 내 추측으로는 약간 극단적일 거예요. 그쪽을 더 좋아할 것 같진 않은데."

"왜 그런 말투로 말하는 거지?" 그가 다시 물었다.

"쏴버리기 전에 앉기나 해요."

그는 자리에 앉았고, 나는 그를 플라타너스에 단단하게 묶었다. 하지만 너무 꽉 묶지는 않았다. 그가 진심으로 원한다면 마침내 스스로 탈출할 수 있을지도 몰랐다. 입에 재갈은 물리지 않았다. 그가 목소리를 사용해서 힘이 남아 있는 한 원하는 대로 소리치고 비명을 지를 수 있도록 놓아뒀다.

결국에는 강에 있던 누군가가 그에게 다가올 것이다. 강에는 늘 지나다니는 배들이 있었다. 곰 또는 야심 찬 라쿤이 나타나거나 심장마비가 오지 않는 한, 그는 아마 살아남을 것이다.

"가방 안에는 뭐가 있지?" 그가 물었다.

"책 몇 권이요. 당신은 없어진 줄도 모를 책들이에요."

"무슨 책인데?"

"흥미로운 질문이네요." 내가 말했다. "이런 질문을 다 하시다니, 놀랐어요. 한 권은 어떤 노예의 이야기예요. 한 번도 펼쳐본 적 없던데. 그러니까 당신은 이 책이 없어져도 아쉬워하지 않을 거예요. 애초에 당신이 이 책을 왜 가지고 있었는지도 모르겠어요. 그리고 『캉디드』. 볼테르가 쓴 또다른 책, 존 스튜어트 밀의 책이에요."

"맙소사, 대체 무슨 일이 벌어지는 거지?"

"진보라고 하시면 돼요." 내가 말했다.

그는 밧줄을 풀려고 꿈틀거렸다. "날 여기에 이런 식으로 두고 갈 순 없어."

"이런 식이 뭔데요? 살려두는 거요?"

그는 침을 뱉고 내게서 시선을 돌려 강 쪽을 쳐다보았다.

나는 지도를 보면서 에디나가 미시시피강의 한참 서쪽에 있고, 내 위치에서는 여전히 북쪽에 있다는 걸 확인했다.

"넌 절대 거기까지 못 갈 거다."
"그럴지도 모르죠."

10장

걷는 일은 힘들었다. 이제는 밤시간에만 움직일 수밖에 없었다. 대처가 언제 밧줄을 풀거나 발견되어 자신에게 일어난 일을 모두에게 알릴지 몰랐다. 게다가 그는 내가 어디로 가고 있는지 알고 있었다. 그래서 계속 앞으로 갔다. 엄청난 거리를 걸었다. 내가 가족에게 가까워지고 있다는 건 알았지만, 그래도 나는 여전히 그들과 멀리 떨어진 곳에 있었다. 사흘 동안 대부분의 시간을 걸으며 보냈다. 비스킷도 다 떨어졌고 배가 고팠다.

수확을 마친 옥수수밭의 가장자리에서 흑인 남자 한 명과 마주치는 바람에 우리는 서로 깜짝 놀랐다. 그가 도망가기 시작해서 나는 그를 불렀다.
"이봐요, 친구!"

그가 멈춰 서서 내 쪽으로 몸을 돌렸다. "어디서 왔어요?" 그가 물었다.

"숲이요. 전 도망자예요."

"그럴 수가! 어디서 도망쳤어요?"

"해니벌이요. 그레이엄 농장을 찾고 있어요."

"그 번식업자요?" 그가 물었다.

"그게 무슨 뜻이에요?"

"그레이엄은 번식업자예요. 노예를 번식시켜서 팔아먹죠."

"내 아내와 딸이 거기로 끌려갔어요."

남자가 조용해졌다.

"그게 어딘지 아나요?"

"어느 정도는요. 가본 적은 없지만요. 계곡 반대편 마을 근처에 있어요."

"에디나요?"

"그런 것 같네요."

"저쪽인가요?" 내가 방향을 가리키자 그는 고개를 끄덕였고, 나는 그에게 감사인사를 했다.

"배가 고픈가요?"

"네."

"여기서 기다려요."

나는 그의 말대로 거기서 기다렸다. 그곳이 옥수수밭이라 다행이었다. 키가 큰 식물들이 내 몸을 잘 숨겨줬기 때문이다. 나는 가방을 열고 윌리엄 브라운의 이야기를 꺼냈다. 작가 이름을 보다가 갑자기 극도의 죄책감과 슬픔이 밀려왔다. '브라운'은 노먼이 선택한 그의 성이기도 했다. 첫 몇 장을 읽어보니 마치 내 이야기 같았다. 사실 내 이야기나 다름없었다. 자고 싶었지만 계속 책을 읽었다. 그가 어떻게 배를 타고 자유주로, 그가 진짜라고 상상했던 도시들로, 그리고 캐나다로 향하게 되었는지 읽었다. 아, 내 아내와 딸과 함께 캐나다에 갈 수만 있다면!

보아하니 나는 잠이 든 것 같았다. 깨어보니 아까 만난 노예가 있었다. 그와 어떤 여자가 내 곁에 쭈그려앉아 있었다. 나는 몸을 일으켜 똑바로 앉았다. "저는 제임스예요."

"저는 에이프릴이요." 남자가 말했다. "이쪽은 홀리예요."

나는 고개를 숙여 인사를 건넸다.

"음식을 좀 가져왔어요. 닭목이랑 닭똥집이에요." 홀리가 말했다. "밥도 조금 가져왔어요."

"고마워요." 음식은 기름지고 맛있었다.

"도망친 지는 얼마나 된 거예요?" 에이프릴이 물었다.

"얼마 되지 않았어요. 제 가족을 찾으려고 해요. 아내와 딸이요. 그레이엄 농장으로 보내졌다고 들었거든요."

홀리가 고개를 저었다. 마치 나쁜 생각을 떨쳐내려는 듯했다.

"거기 가본 적 있나요?" 내가 물었다.

"아니요. 끔찍한 곳이에요. 그것만 알아요."

나는 음식을 다 먹고 나서 자리에서 일어섰다. 지금은 밤이었다. 농지를 가로질러 이동하기 좋은 시간이었다.

"뭘 하는 거예요?" 에이프릴이 물었다.

"가족을 찾으러 가야죠." 내가 말했다.

"그냥 그렇게 농장으로 걸어들어가 가족을 내놓으라고 하려고요?"
에이프릴이 말도 안 된다는 표정으로 나를 빤히 쳐다보았다.

나는 그의 질문을 너무도 잘 이해하고 있었다. 방법을 고민해보긴 했지만 아직 답을 생각해낼 정도는 아니었다. "일단 거기 도착하면 뭘 해야 할지 알게 될 것 같아요."

"정신이 나갔군요." 그가 말했다.

"제가 얼마나 정신 나간 사람인지 상상도 못할걸요." 내가 말했다. "도망자이자 납치, 절도, 살인 혐의로 수배되어 있거든요."

"당신에게 잘못이 있나요?" 홀리가 물었다.

"그게 중요한가요?" 내가 물었다.

"그렇지는 않은 것 같아요."

"아무튼 네, 제게 잘못이 있어요."

나는 어둠 속을 걸었다. 넓은 계곡 바닥의 진흙탕 길을 가로질러 걸었다. 저멀리 여기저기 점처럼 흩어진 불빛이 보였다. 그곳이 에디나일 거라고 생각했고, 그러기를 바랐다. 더 많은 사람들 소리가 들려왔다. 사람들 소리보다 더 무서운 건 없었다. 목소리, 웃음소리, 훌쩍이는 소리. 아마 노예 거주 구역으로 보이는 곳에 둥글게 모여 있는 판잣집들이 눈에 들어왔다. 열려 있는 변소에서 대소변 냄새가 나서 그곳을 피해 이동했다. 기둥에 쇠사슬로 묶인 노예 남자 네 명이 보였다. 그들 가운데에는 옥수수죽 한 그릇이 놓여 있었다.

그들은 내가 갑자기 나타나자 무서워했지만, 나는 그들을 조용히 시켰다. 그리고 그들 옆에 앉아서 쇠사슬을 쳐다보았다.

"이곳이 그레이엄의 농장인가요?" 내가 물었다.

"맞아요." 덩치가 큰 남자가 말했다. 그들은 모두 나보다 덩치가 좋았다.

"제 아내와 딸을 찾고 있어요."

"여자들은 다른 구역에 있어요." 다른 남자가 말했다.

"왜 여러분을 쇠사슬로 묶어놓은 건가요?"

"우리가 무서운가봐요." 첫번째 남자가 그렇게 말하자 다들 웃음을 터뜨렸다. "우리도 모르죠. 이렇게 하면 우리가 스스로를 더 동물처럼 느낄 것 같나봐요. 그럼 우리가 동물처럼 짝짓기할 수 있을 거라고 생각했는지도요."

나는 녹이 슨 쇠사슬의 자물쇠를 살펴보았다. 왓슨 아주머니의 지하 창고 문에 매달려 있던 사슬의 자물쇠와 같았다. 나는 칼로 그 자물쇠를 여는 방법을 알고 있었다.

"여러분은 인간이에요. 도망치고 싶나요?" 내가 그들을 '인간'이라고 부른 건 꽤 의도적이었다. 첫째, 그들은 실제로 인간이었고, 둘째, 그들이 그런 말을 들어야 하기 때문이었다. "저는 가족을 되찾아 북쪽으로 도망갈 거예요. 그러니 여기서 아내와 딸을 찾아야 해요." 나는 대처의 부엌에서 챙긴 칼을 꺼내 자물쇠 하나를 풀었다.

"맙소사!" 남자 중 한 명이 말했다. 그는 자유로워진 발목을 문질렀다.

나는 그들을 전부 풀어줬다. 그리고 우리는 모두 일어섰다. 그들은 나보다 키가 훨씬 컸다.

"아내 이름이 뭡니까?" 첫번째 남자가 물었다.

"세이디예요. 딸 이름은 리지고요. 아홉 살이죠."

"어떤 여자가 어린 여자아이와 함께 농장으로 들어오는 모습을 내가 봤어요." 그가 말했다. "아마 두 주 전일 거예요."

"어디 있는지 알아요?" 내가 물었다.

"다른 여자들과 함께 있을 거예요."

나는 가방에 손을 넣어서 권총을 꺼냈다. 남자들이 뒤로 물러섰다. "혹시 여러분 중에 이런 걸 어떻게 사용하는지 아는 분이 있나요?"

"내 지난번 주인이 뭐든지 총으로 쏘곤 했어요. 그가 하는 걸 봤는데 엄지로 이걸 뒤로 당기더라고요." 아직 입을 연 적 없던 남자가 말하며 손으로 가리켰다. "이 부분이 공이치기예요."

"안에 총알도 있나요?" 내가 그에게 총을 넘겼다.

그는 총을 받아서 살펴보고는 그게 뜨겁기라도 한 것처럼 다시 내게 건넸다. "네."

서쪽 하늘에 반달이 떠 있었다. 나는 기다리고 지켜보며 인내하다가 모든 것이 완벽하게 맞아떨어지는 순간에 공격하는 것이 가장 좋은 방법임을 알고 있었다. 하지만 지금은 인내할 수 없었다. 그리고 모든 것이 완벽하게 맞아떨어지는 순간은 절대 오지 않는다는 것도 알고 있었다. 게다가 더 오래 기다릴수록, 구조된 대처의 경고 때문이든 그냥 우연히든, 내가 발각될 가능성이 더 커진다는 것도 알고 있었다.

"갑시다." 내가 말했다.

"그게 계획이에요? 그냥 '갑시다'가?" 가장 덩치가 큰 남자가 말했다.

"유감스럽게도 그런 것 같네요." 내가 말했다.

"당신은 누굽니까?"

"제 이름은 제임스예요. 저는 가족을 되찾으러 갈 거예요. 여러분은 저와 함께 가도 되고, 여기에 그냥 남아도 돼요. 저와 함께 가서 자유를 얻기 위해 노력해도 되고, 여기에 그냥 남아도 돼요. 자유를 얻기 위해 노력하다 저와 함께 죽을 수도 있고, 여기에 그냥 남아 있다가 죽을 수도 있죠. 제 이름은 제임스예요."

"모리스예요."

"하비요."

"르웰린이에요."

"벅입니다." 마지막은 가장 덩치가 작은 사람의 말이었다. "갑시다."

11장

여자들이 거주하는 구역으로 다가가던 참에 계획이 하나 떠올랐다. 사실 계획이라고 보기는 힘들었다. 백인 남자가 캠프에 돌아다녔고, 그의 권력 수단인 채찍은 허리띠에 묶여 있었다. 그는 백인 남자들이 강간을 저지른 뒤 으레 그러는 것처럼 으스대듯 걷고 있었다.

"가족분들이 어디에 있는지 우리가 알아야 하지 않을까요?" 벅이 물었다.

"그들은 여기 있어요. 전 알 수 있어요. 느껴져요. 어쨌든 우리는 모두를 데리고 갈 거예요." 내가 말했다.

"모두요?" 모리스가 말했다.

"모두요. 북쪽으로 향하는 길이 있을까요?"

"저쪽에 도로가 있어요." 벅이 말했다.

"오솔길도요." 모리스가 덧붙였다.

나는 우리 서쪽에 있는 거대한 하얀색 저택을 보았다. 번식이란 꽤나 돈이 되는 사업임이 분명했다. 그 거대한 저택의 남쪽에는 아까 내가 숨어 있던 곳처럼 수확을 마친 옥수수밭이 있었다. "감시인을 제압할 수 있을 것 같아요?" 내가 모리스에게 물었다.

"할 수 있죠. 그러고 싶고요. 언제요?"

"그가 옥수수밭 쪽으로 달려가기 시작할 때요."

"그가 왜 그런 짓을 하는데요?" 르웰린이 물었다.

"그렇게 할 거예요." 내가 말했다. "일단 우리가 이 계획을 실행하면 되돌릴 수 없어요."

나는 몸을 낮게 웅크리고 옥수수밭 쪽으로 달려갔다. 그런 다음 옥수숫대 하나를 잡아 손안에 움켜쥐고 으스러뜨렸다. 밭은 내가 기대한 만큼 건조한 상태였다. 바람은 남서쪽으로 부는 것 같았다. 나는 주머니에서 성냥을 꺼내 불을 붙인 다음 내가 서 있는 한쪽 구석에 불을 붙였다. 불은 식물로 옮겨붙어 빠르게 퍼져나갔고, 두툼한 연기가 밤하늘을 채우기 시작했다. 거대한 저택 근처에서 누군가 비명을 질렀다. 나는 노예 거주 구역으로 다시 달려왔다. 잠옷을 입은 여자들이 저택에서 뛰어나와 불길을 쳐다보며 손가락으로 가리키고 있었다. 나는 몸을 돌려 다시 주변을 자세히 살폈다. 눈앞의 광경은 마치 지옥 같았다. 나는 함께 탈출한 노예들 쪽으로 달려갔고, 기절한 채 땅바닥에 쓰러져 있는 감시인을 발견했다. 모리스가 감시인의 채찍을 들고 있었다.

판잣집이 모여 있는 노예 거주 구역 저편의 가장 작은 집에 달린 낮은 문이 열려 있었고, 거기에는 내가 시선을 뗄 수 없는 한 여자가 서 있었다. 나는 한 걸음, 다시 또 한 걸음, 그쪽으로 다가갔다. 내 아내, 세이디였다. 세이디가 내 눈앞에 있다는 걸 믿을 수 없었다. 나는 발을 헛디뎌 휘청거리다 마당을 가로질러 세이디에게 뛰어갔다. 내가 세이디 앞에 멈춰 섰고, 우리는 서로를 확인했다.

"짐?" 세이디가 물었다. "당신 맞아?"

나는 세이디의 어깨에 두 손을 올렸다. 세이디가 나를 껴안았다.

그때 리지가 판잣집에서 나왔다. 내 딸. 리지는 세이디와 내가 그랬던 것처럼 믿지 못하겠다는 듯이 잠시 발걸음을 멈췄다. 나는 손을 뻗어 리지를 내 쪽으로 끌어당겼다.

감시인을 때려눕힌 남자들이 우리 근처로 왔다. "모두 북쪽으로 도망칩시다." 내가 말했다. "손에 잡히는 대로 음식을 챙겨서 달려요!"

불이 거세게 타오르며 하늘에서 찰랑거렸다. 이 정도 불길이면 몇 마일 밖에서도 분명 보일 것 같았다. 바람이 방향을 바꿔 이제는 불똥이 저택 쪽으로 흩날리고 있었다. 잠옷을 입은 늙은 백인 남자가 저택에서 나와 여자들에게 합류했다. 산탄총을 든 채였다. 그는 불길을 빤히 쳐다보며 몸서리를 치더니 우리 노예들에게 시선을 돌렸다. 그리고 우리 쪽으로 걸어오면서 서둘러 불을 끄라고 소리쳤다.

"깜둥이 놈들! 불이 났다!" 그는 자신의 소유물이 모두 불을 피해서, 그를 피해서, 나무들 사이로 달아나고 있다는 걸 깨닫자 무기를 들어올렸다. "깜둥이 놈들, 네놈들이 어딜 갈 수 있다고 생각하는 거냐?"

내가 그의 앞에 나섰다.

"네놈은 대체 누구냐?" 그가 묻고는 내게 총을 겨눴다.

나도 내 권총을 그에게 겨눴다. "나는 죽음의 천사다. 이 밤에 달콤한 정의를 선사하려고 왔지. 나는 하나의 징조다. 나는 네 미래다. 나는 제임스다." 그리고 권총의 공이치기를 뒤로 당겼다.
"대체 그게 무슨?" 그도 무기의 공이치기를 당겼다.
내가 발사한 총성이 마치 포격음처럼 계곡을 관통하며 울려퍼졌다. 메아리치는 그 소리가 영원히 사라지지 않을 것 같았다. 나와 함께 있던 모든 사람이 멈춰 서서 그 남자가 총알에 맞는 모습을 지켜보았다. 그의 가슴이 터지면서 잠옷을 붉게 물들였다. 무엇 하나 그리 대단할 것 없던 그 인간은 쓰러질 때도 볼품없이 고꾸라졌다. 얼굴부터 앞쪽으로, 우리 중 그 누구도 볼 수 없는 어둠 속으로 풀썩 쓰러졌다. 그의 뒤에 서 있던 여자들이 비명을 질렀지만 그들의 소리는 포효하는 불길과 밤에 파묻혔다. 바람이 거세지며 불길을 이리저리 휘저었다.
"가자." 세이디가 내 팔을 잡으며 말했다.
우리는 달렸다. 모두 북쪽으로 달렸고, 일부는 도로로, 일부는 오솔길로 달렸다. 나는 리지를 품에 안고 있었다. 리지가 계속 속삭였다. "아빠, 아빠, 아빠."

12장

겁을 먹은데다 제대로 준비되지 않은 사람들이 으레 그러하듯이 우리는 사방으로 흩어졌다. 일부는 붙잡힐 것이고, 일부는 살해당할 것이다. 어쩌면 일부는 다시 굽실거리며 돌아갈지도 모른다.

세이디, 리지, 나는 북쪽으로 가서 연방에 속한 아이오와주에 있다는 어떤 마을에 도착했다. 모리스와 벅도 우리와 함께였다. 이 마을의 백인들은 우리를 달가워하는 것 같지 않았지만 어쨌든 전쟁이 계속되고 있었다. 그리고 그 전쟁은 우리와 관련이 있었다. 거리에서 마주친 마을 보안관이 의심스러운 눈초리로 우리를 쳐다보았다.

"도망자들?" 그가 물었다.

"맞아요." 내가 말했다.

"이중에 깜둥이 짐이라는 이름을 가진 사람이 있나?"

나는 우리들을 한 명씩 가리켰다. "세이디, 리지, 모리스, 벅이에요."

"그럼 넌 누구지?"
"저는 제임스예요."
"제임스 뭐?"
"그냥 제임스요."

JAMES

감사의 말

내 편집자인 리 부드로에게 감사인사를 전하고 싶다. 함께 이 책을 작업한 것은 소설가로서 내가 쌓아온 경력 중 제일 값진 일이었다. 나는 이십구 년간 그레이울프 출판사의 피오나 매크레이와 함께 일하는 영광과 기쁨과 즐거움을 경험했다. 피오나를 비롯한 그레이울프의 모든 직원 덕분에 내가 누릴 수 있었던 그 모든 예술적 자유와 지원은 선물 같았다. 에이전트인 멜러니 잭슨은 내 안내자이자 책임자이자 첫번째 독자다. 멜러니와 피오나는 내게 가족과도 같다. 아울러 내 가장 친한 친구이자 아내인 댄지 세나가 없었다면 그 어떤 작품도 존재하지 않았을 것이다. 댄지와 두 아들인 헨리와 마일스는 내가 이 세상의 일부라는 사실을 늘 느끼게 해준다. 마지막으로 마크 트웨인에게도 인사를 보낸다. 나는 작가가 되기 오래전부터 그의 유머와 인간성으로부터 큰 영향을 받았다. 그의 말처럼 날씨는 천국이 더 좋겠지만, 내가 오랫동안 기다려온 마크 트웨인과의 점심식사를 위해서는 지옥이 더 좋은 선택이 될 것 같다.

옮긴이 **송혜리**
서울예술대학교 실용음악과에서 작곡을 전공하고, 이화여자대학교 통역번역대학원 한영번역과를 졸업했다. 옮긴 책으로 E. E 커밍스 시선집 『내 심장이 항상 열려 있기를』 『세상이 더 푸르러진다면』, 프랭크 오하라 『점심 시집』 등이 있다. 주로 예술, 과학, 문학을 중심으로 다양한 번역 작업을 하고 있다.

문학동네 세계문학
제임스

1판 1쇄 2025년 9월 4일 | 1판 2쇄 2025년 10월 17일

지은이 퍼시벌 에버렛 | 옮긴이 송혜리
기획 박지영 | 책임편집 고선향 | 편집 송원경
디자인 이현정 최미영 | 저작권 박지영 형소진 주은수 오서영 조경은
마케팅 정민호 서지화 한민아 이민경 왕지경 정유진 정경주 김혜원 김예진 이서진
브랜딩 함유지 박민재 이송이 박다솔 조다현 김하연 이준희
제작 강신은 김동욱 이순호 | 제작처 영신사

펴낸곳 (주)문학동네 | 펴낸이 김소영
출판등록 1993년 10월 22일 제2003-000045호
주소 10881 경기도 파주시 회동길 210
전자우편 editor@munhak.com | 대표전화 031)955-8888 | 팩스 031)955-8855
문학동네카페 http://cafe.naver.com/mhdn
인스타그램 @munhakdongne | 트위터 @munhakdongne
북클럽문학동네 http://bookclubmunhak.com

ISBN 979-11-416-1279-5 03840

잘못된 책은 구입하신 서점에서 교환해드립니다.
기타 교환 문의 031) 955-2661, 3580

www.munhak.com